La Hermandad de la Sábana Santa

Julia Navarro

La Hermandad
de la Sábana Santa

CÍRCULO de LECTORES

Para Fermín y Alex... porque a veces
los sueños se convierten en realidad.

AGRADECIMIENTOS

A Fernando Escribano, que me descubrió los túneles de Turín, y siempre está de «guardia» cuando sus amigos le necesitamos.

Con Gian Maria Nicastro también tengo una deuda de gratitud porque me guió a través de los secretos de Turín, su ciudad; ha sido mis ojos en la ciudad, además de suministrarme, con generosidad y rapidez, cuanta información le he pedido.

Carmen Fernández de Blas y David Trías apostaron por la novela. Gracias.

Y también a Olga, la voz amable de Random House Mondadori.

Hay otros mundos, pero están en éste.

H. G. WELLS

1

Abgaro, rey de Edesa, saluda a Jesús, el buen Salvador que ha aparecido en Jerusalén.

Han llegado a mis oídos noticias referentes a ti y a las curaciones que realizas sin necesidad de medicinas ni de hierbas.

Y, según dicen, devuelves la vista a los ciegos y la facultad de andar a los cojos; limpias a los leprosos y expulsas espíritus inmundos y demonios; devuelves la salud a los que se encuentran aquejados de largas enfermedades y resucitas a los muertos.

Al oír, pues, todo esto de ti he dado en pensar una de estas dos cosas: o que tú eres Dios en persona que has bajado del cielo y obras estas cosas, o bien que eres el Hijo de Dios y por eso realizas esos portentos.

Ésta es la causa que me ha impulsado a escribirte, rogándote al propio tiempo te tomes la molestia de venir hasta mí y curar la dolencia que me aqueja.

He oído decir, además, que los judíos murmuran de ti y que pretenden hacerte mal.

Sábete, pues, que mi ciudad es muy pequeña, pero noble, y nos basta para los dos[1].

El rey descansó la pluma mientras clavaba la mirada en un hombre joven como él que, inmóvil y respetuoso, aguardaba en el otro extremo de la estancia.

–¿Estás seguro, Josar?

–Señor, creedme...

El hombre se acercó con paso rápido y se detuvo cerca de la mesa sobre la que escribía Abgaro.

–Te creo, Josar, te creo; eres el amigo más leal que tengo, lo eres desde que éramos niños. Nunca me has fallado, Josar,

---

1. De los Evangelios Apócrifos.

pero son tales los prodigios que cuentas de ese judío que temo que el deseo de ayudarme haya confundido tus sentidos...

–Señor, debéis creerme, porque sólo los que creen en el Judío se salvan. Mi rey, yo he visto cómo Jesús, con sólo rozar con sus dedos los ojos apagados de un ciego, hacía que recuperara la vista; he visto cómo un pobre paralítico tocaba el borde de la túnica de Jesús y éste, con una mirada dulcísima, le instaba a andar y ante el asombro de todos aquel hombre se levantó y sus piernas le llevaban como las vuestras a vos. He visto, mi rey, cómo una pobre leprosa observaba al Nazareno oculta en las sombras de la calle mientras todos la huían y Jesús acercándose a ella decía: «Estás curada», y la mujer, incrédula, gritaba: «¡Estoy sanada! ¡Estoy sanada!». Porque verdaderamente su rostro volvía a ser humano y sus manos antes ocultas aparecían enteras...

»Y he visto con mis propios ojos el mayor de los prodigios cuando seguía yo a Jesús y a sus discípulos y nos tropezamos con el duelo de una familia que lloraba la muerte de un pariente. Entró Jesús en la casa y conminó al hombre muerto a que se levantase y Dios debería estar en la voz del Nazareno, porque te juro, mi rey, que aquel hombre abrió los ojos, se incorporó y él mismo se asombraba de estar vivo...

–Tienes razón, Josar, he de creer para sanar, quiero creer en ese Jesús de Nazaret, que verdaderamente es hijo de Dios si puede resucitar a los muertos. Pero ¿querrá sanar a un rey que se ha dejado apresar por la concupiscencia?

–Abgaro, Jesús no sólo cura los cuerpos, también sana las almas; asegura que, con el arrepentimiento y el deseo de llevar una vida digna sin volver a pecar, es suficiente para ser perdonado por Dios. Los pecadores encuentran consuelo en el Nazareno...

–Ojalá sea así... Yo mismo no puedo perdonarme mi lujuria hacia Ania. Esa mujer me ha enfermado el cuerpo y el alma...

–¿Cómo ibas a saber, señor, que estaba enferma, que el regalo del rey de Tiro era una trampa? ¿Cómo ibas a sospechar que llevaba la semilla de la enfermedad y te la contagiaría? Ania era la mujer más bella que hayamos visto jamás, cualquier hombre hubiese perdido la cabeza por tenerla...

–Pero yo soy rey, Josar, y no debí de perderla por muy bella que fuera la bailarina... Ahora ella pena por su hermosura, porque las huellas de la enfermedad van carcomiendo la blancura de su rostro, y yo, Josar, siento un sudor continuo que no me abandona y la vista se me nubla y temo sobre todo que la enfermedad pudra mi piel y...

Unos pasos sigilosos alertaron a los dos hombres. La mujer, de cuerpo ligero, rostro moreno y cabello negro, se acercaba esbozando una sonrisa.

Josar la admiraba. Sí, admiraba la perfección de sus facciones pequeñas y la sonrisa alegre que siempre tenía presta; admiraba también su fidelidad al rey, y que sus labios no hubieran esbozado ni un reproche al ser preterida por Ania, la bailarina del Cáucaso, la mujer que había contagiado a su marido la terrible enfermedad.

Abgaro no se dejaba tocar por nadie pues temía contagiar a su vez a los demás. Cada vez se mostraba menos en público.

Pero no había podido resistirse ante la voluntad férrea de la reina, que insistía en cuidarle personalmente; y, no sólo eso, también le insuflaba ánimo en el alma para que creyera en el relato que Josar hacía acerca de las maravillas que obraba el Nazareno.

El rey la miró con tristeza.

–Eres tú... Hablaba con Josar del Nazareno. Le llevará una carta invitándole a venir, compartiré con él mi reino.

–Josar debería viajar con escolta para que nada pueda acaecer en el viaje y pueda traer con él al Nazareno...

–Viajaré con tres o cuatro hombres; será suficiente. Los romanos son desconfiados y no les gustaría ver llegar a un grupo de soldados. Tampoco a Jesús. Yo espero, señora, poder cumplir la misión y convencer a Jesús para que me acompañe. Llevaré, eso sí, caballos veloces, que puedan traeros las nuevas en cuanto llegue a Jerusalén.

–Terminaré la carta, Josar...

–Saldré al amanecer, mi rey.

2

El fuego empezaba a morder los bancos de los fieles, mientras el humo envolvía en penumbras la nave principal. Cuatro figuras vestidas de negro avanzaban presurosas hacia una capilla lateral. Desde una puerta cercana al altar mayor un hombre se retorcía las manos. El pitido agudo de las sirenas de los bomberos se oía cada vez más cerca. En cuestión de segundos irrumpirían en la catedral, y eso significaría un nuevo fracaso.

Sí, ya estaban aquí; así que presuroso corrió hacia las figuras de negro instándolas a que corrieran hacia él. Una de las figuras continuó avanzando, mientras que las otras, asustadas, retrocedieron ante el fuego que las empezaba a rodear. Se les había acabado el tiempo. El fuego había avanzado más deprisa de lo que habían calculado. La figura que insistía en llegar a la capilla lateral se vio envuelta por las llamas. El fuego le iba prendiendo, pero sacó fuerzas para arrancarse la capucha con que ocultaba el rostro. Las otras intentaron acercarse, pero no pudieron, el fuego lo ocupaba todo y la puerta de la catedral estaba cediendo ante el empuje de los bomberos. A la carrera siguieron al hombre que les esperaba tembloroso junto a una puerta lateral. Huyeron en el mismo segundo en que el agua de las mangueras irrumpía en la catedral, mientras la figura envuelta por el fuego ardía sin emitir sonido alguno.

De lo que no se habían dado cuenta los fugitivos es de que otra figura que se ocultaba entre las sombras de uno de los púlpitos había seguido atentamente cada uno de sus pasos. Llevaba en la mano una pistola con silenciador, que no había llegado a disparar.

Cuando los hombres de negro desaparecieron por la

puerta lateral, bajó del púlpito y, antes de que los bomberos le pudieran ver, accionó un resorte oculto en una pared y desapareció.

Marco Valoni aspiró el humo del cigarrillo que se mezclaba en su garganta con el humo del incendio. Había salido a respirar mientras los bomberos terminaban de apagar los rescoldos que aún humeaban junto al ala derecha del altar mayor.

La plaza estaba cerrada con vallas y los *carabinieri* contenían a los curiosos que intentaban saber qué había pasado en la catedral.

A esas horas de la tarde, Turín era un hervidero de gente que quería saber si la Sábana Santa había sufrido algún daño.

Había pedido a los periodistas que acudieron a cubrir el suceso que tranquilizaran a la gente: la Síndone no había sufrido ningún daño.

Lo que no les había dicho es que alguien había muerto entre las llamas. Aún no sabía quién.

Otro incendio. El fuego perseguía a la vieja catedral. Pero él no creía en las casualidades, y la de Turín era una catedral donde sucedían demasiados accidentes: intentos de robo y, que él recordara, tres incendios. En uno de ellos, acontecido después de la Gran Guerra, encontraron los cadáveres de dos hombres abrasados por las llamas. La autopsia determinó que ambos tenían alrededor de veinticinco años; que, además del fuego, habían muerto por disparos de pistola. Y por último, un dato espeluznante: no tenían lengua, se la habían extirpado mediante una operación. Pero ¿por qué? ¿Y quiénes les habían disparado? No habían logrado averiguar quiénes eran. Caso sin resolver.

Ni los fieles ni la opinión pública sabían que la Síndone había pasado grandes períodos de tiempo fuera de la catedral en el último siglo. Quizá por eso se había salvado de los efectos de tantos accidentes.

Una caja fuerte de la Banca Nacional había servido de refugio a la Síndone, y de allí sólo había salido para las ostensiones, y siempre bajo estrictas medidas de seguridad. Pero a pesar de dichas medidas de seguridad, en distintas ocasiones la Sábana había corrido peligro, verdadero peligro.

Aún se acordaba del incendio del 12 de abril de 1997. ¡Cómo no lo iba a recordar si aquella madrugada se estaba emborrachando con sus compañeros del Departamento del Arte! Tenía entonces cincuenta años y acababa de superar una delicada operación de corazón. Dos infartos y una operación a vida o muerte fueron argumentos suficientes para dejarse convencer por Giorgio Marchesi, su cardiólogo y cuñado, de que debía dedicarse al *dolce far niente* o, como mucho, solicitar un puesto tranquilo, burocrático, de esos en los que pasas el tiempo leyendo el periódico y a media mañana puedes tomarte sin prisas un capuchino, en algún bar cercano.

Pese a las lágrimas de su mujer había optado por lo segundo. Paola insistía en que se retirara; le halagaba diciéndole que ya había llegado a lo más alto en el Departamento del Arte –era su director– y que podía dar por culminada una brillante carrera y dedicarse a disfrutar de la vida. Pero él se resistió. Prefería poder ir todos los días a una oficina, la que fuera, a convertirse con cincuenta años en un trasto jubilado. No obstante, dejaba su cargo de director del Departamento del Arte, y aquella madrugada, pese a las protestas de Paola y de Giorgio, se había ido a cenar y a emborracharse con sus compañeros. Los mismos con los que en los últimos veinte años había compartido catorce, quince horas al día, persiguiendo a las mafias que trafican con obras de arte, descubriendo falsificaciones y protegiendo, en definitiva, el inmenso patrimonio artístico de Italia.

El Departamento del Arte era un órgano especial que dependía al tiempo del Ministerio de Interior y del de Cultura.

Estaba integrado por policías –*carabinieri*–, pero también por un buen número de arqueólogos, historiadores, expertos en arte medieval, en arte moderno, en arte sacro... Él le había dedicado lo mejor de su vida.

Le había costado subir por la escalera del éxito. Su padre trabajaba de empleado en una gasolinera, su madre era ama de casa. Vivieron con lo justo; él tuvo que estudiar con becas y accedió a los deseos de su madre, que quería que buscara un empleo seguro, que trabajara para el Estado. Un amigo de su padre, un policía que paraba a repostar en la gasolinera, le ayudó a presentarse a las oposiciones al cuerpo de *carabinieri*. Lo hizo, pero no tenía vocación de policía, así que después del trabajo, estudiando por las noches, consiguió licenciarse en historia y pidió el traslado al Departamento del Arte. Unía las dos especialidades, la de policía y la de historiador, y poco a poco, con horas de trabajo y suerte, fue subiendo en el escalafón hasta llegar a la cima. ¡Cuánto había disfrutado viajando por el país! ¡Cuánto conociendo otros países!

En la Universidad de Roma había conocido a Paola. Ella estudiaba arte medieval; lo suyo fue un flechazo, y en pocos meses se casaron. Llevaban juntos veinticinco años, tenían dos hijos y eran lo que se dice una pareja feliz.

Paola daba clases en la universidad y nunca le había reprochado el poco tiempo que pasaba en casa. Sólo una vez en la vida habían tenido un disgusto descomunal. Fue cuando él regresó de Turín aquella primavera de 1997 y le dijo que no se retiraba, pero que no se preocupara que ya no pensaba viajar, ni ir de un lado a otro, que ejercería sólo de director, de burócrata. Giorgio, su médico, le dijo que estaba loco. Quienes lo celebraron fueron sus compañeros. Lo que le hizo cambiar de opinión fue el convencimiento de que aquel incendio en la catedral no había sido fortuito por más que él mismo declarara a la prensa lo contrario.

Y aquí estaba, investigando otro nuevo incendio en la catedral de Turín. No hacía ni dos años que había investigado un intento de robo. Lograron coger al ladrón por casualidad. Bien es verdad que no llevaba nada encima, seguramente no le dio tiempo a robar. Un sacerdote que pasaba cerca de la catedral sospechó del hombre que corría asustado, perseguido por el ruido de la alarma que sonaba más fuerte que las campanas. Corrió tras él gritando «¡al ladrón, al ladrón!» y con la ayuda de dos anónimos transeúntes, dos jóvenes, después de un forcejeo consiguieron retenerlo. Pero no lograron sacar nada en claro. El ladrón no tenía lengua, se la habían extirpado y carecía también de huellas dactilares: las yemas de los dedos eran cicatrices abrasadas; es decir, era un hombre sin patria, sin nombre, que ahora se pudría en la cárcel de Turín y del que jamás había logrado sacar nada.

No, no creía en las coincidencias, no era una coincidencia que «ladrones» de la catedral de Turín carecieran de lengua y tuvieran las huellas dactilares quemadas.

El fuego perseguía a la Síndone. Se había empapado de su historia, y así supo que desde que estuvo en poder de la Casa de Saboya, el lienzo había sobrevivido a varios incendios. Por ejemplo la noche del 3 al 4 de diciembre de 1532, la sacristía de la capilla donde la Casa de Saboya guardaba la Sábana comenzó a arder y las llamas alcanzaron la reliquia, custodiada entonces dentro de una urna de plata regalada por Margarita de Austria.

Un siglo más tarde otro incendio estuvo a punto de llegar hasta donde se guardaba la Sábana Santa. Dos hombres fueron sorprendidos, y ambos, sintiéndose perdidos, se arrojaron al fuego sin emitir sonido alguno a pesar del horrible tormento. ¿Acaso no tenían lengua? Nunca lo sabría.

Desde que en 1578 la Casa de Saboya depositó la Sábana Santa en la catedral de Turín, los incidentes se habían sucedido. No había pasado un siglo sin un intento de robo o sin un incendio, y en los últimos años lo más cerca que se había estado de los autores siempre arrojaba un balance desolador: no tenían lengua.

¿La tendría el cadáver que habían trasladado al depósito?

Una voz le devolvió a la realidad.

—Jefe, el cardenal está aquí; acaba de llegar, ya sabe que estaba en Roma... Quiere hablar con usted, parece muy impresionado por lo sucedido.

–No me extraña. Tiene mala suerte, no hace ni seis años que se le quemó la catedral, dos que intentaron robar y ahora, otro incendio.

–Sí, lamenta haberse dejado convencer otra vez para hacer reformas, dice que es la última vez, que esta catedral ha aguantado en pie cientos de años y que ahora con tantas reformas y chapuzas se la van a cargar.

Marco entró por una puerta lateral en la que se indicaba que allí estaban las oficinas. Tres o cuatro sacerdotes iban de un lado a otro presos de gran agitación; dos mujeres mayores que compartían mesa en un pequeño despacho parecían muy atareadas mientras que algunos de los agentes a sus órdenes examinaban las paredes, tomaban muestras y entraban y salían. Un sacerdote joven, de unos treinta años, se acercó a él. Le tendió la mano. El apretón fue firme.

–Soy el padre Yves.

–Y yo Marco Valoni.

–Sí, ya lo sé. Acompáñeme, Su Eminencia le espera.

El sacerdote abrió una pesada puerta que daba acceso a la estancia, un despacho de madera noble, con cuadros del Renacimiento, una *Madonna*, un Cristo, la Última Cena... Sobre la mesa, un crucifijo de plata labrada. Marco calculó que podía tener por lo menos trescientos años. El cardenal era un hombre de rostro afable, alterado en ese momento por el suceso.

–Siéntese, señor Valoni.

–Gracias, Eminencia.

–Dígame qué ha pasado, ¿se sabe ya quién ha muerto?

–Aún no lo sabemos con certeza, Eminencia. Hasta el momento todo indica que se ha producido un cortocircuito por las obras y eso ha provocado el incendio.

–¡Otra vez!

–Sí, Eminencia, otra vez... pero, si me lo permite, vamos a investigar a fondo. Nos quedaremos unos días por aquí, quiero revisar de arriba abajo la catedral, no dejar ni un hueco por mirar, y mis hombres y yo vamos a seguir hablando con todos los que han estado en las últimas horas y en los últimos días en la catedral. Le pediría a Su Eminencia su colaboración...

–La tiene señor Valoni, la tiene, la ha tenido en otras ocasiones, investigue cuanto quiera. Es una catástrofe lo que ha sucedido, hay una persona muerta, además de que se han quemado obras de arte irreemplazables y las llamas casi alcanzan a la Sábana Santa; no sé qué habría pasado si se llega a destruir.

–Eminencia, la Sábana...

–Lo sé Valoni, sé lo que me va a decir: que el carbono 14 ha dictaminado que no pudo ser la tela que envolvió el cuerpo de Nuestro Señor, pero para muchos millones de fieles, la Sábana es auténtica diga lo que diga el carbono 14, y la Iglesia permite su culto; además, hay científicos que no se explican aún la impresión de la figura que tenemos por la de Nuestro Señor, y...

–Perdone, Eminencia, no quería poner en duda el valor religioso de la Síndone. A mí me impresionó la primera vez que la vi, y continúa impresionándome el hombre de la Sábana.

–¿Entonces?

–Quería preguntarle si en los últimos días, en los últimos meses, ha pasado algo extraño, algo que por insignificante que sea le haya llamado la atención.

–Pues no, la verdad es que no. Después del último susto, cuando intentaron robar en el altar mayor hace dos años, hemos estado tranquilos.

–Piense, Eminencia, piense.

–Pero ¿qué quiere que piense? Cuando estoy en Turín celebro a diario misa en la catedral a las ocho de la mañana. Los domingos a las doce. Paso algún tiempo en Roma, hoy mismo estaba en el Vaticano cuando me avisaron del incendio. Vienen peregrinos de todo el mundo a ver la Síndone, hace dos semanas, antes de que comenzaran las obras, estuvo aquí un grupo de científicos franceses, ingleses y estadounidenses realizando nuevas pruebas y...

–¿Quiénes eran?

–¡Ah! Un grupo de profesores, católicos todos, que creen que pese a las investigaciones y el dictamen categórico del carbono 14, la Sábana es la auténtica mortaja de Cristo.

–¿Alguno le llamó la atención por algo?

–No, la verdad es que no. Les recibí en mi despacho del Palacio Episcopal, hablamos como una hora, les invité a un refrigerio. Me expusieron algunas de sus teorías de por qué creían que no era fiable el método del carbono 14, y poco más.

–¿Alguno de estos profesores le pareció especial?

–Verá, señor Valoni, llevo años recibiendo a científicos que estudian la Síndone, ya sabe que la Iglesia ha estado abierta y ha facilitado su investigación. Estos profesores estuvieron muy simpáticos; sólo uno de ellos, el doctor Bolard, se mostró más reservado, menos parlanchín que sus colegas, pero es que le pone nervioso que hagamos obras en la catedral.

–¿Por qué?

–¡Qué pregunta, señor Valoni! Porque el profesor Bolard es un científico que lleva años colaborando en la conservación de la Síndone y teme que se la exponga a riesgos innecesarios. Lo conozco hace muchos años, es un hombre serio, un científico riguroso, y un buen católico.

–¿Recuerda las ocasiones en que ha estado aquí?

–Innumerables, ya le digo que colabora con la Iglesia en la conservación de la Síndone; tanto es así que cuando vienen otros científicos para estudiarla le solemos llamar para que él tome las medidas necesarias para que la Sábana no se exponga a ningún deterioro. Además, nosotros tenemos archivados los nombres de todos los científicos que nos han visitado, que han estudiado la Síndone, los hombres de la NASA, aquel ruso ¿cómo se llamaba? No me acuerdo... Bueno, y todos esos doctores famosos, Barnet, Hynek, Tamburelli, Tite, Gonella, ¡qué sé yo! Tampoco puedo olvidar a Walter McCrone, el primer científico que se empeñó en que la Sábana no era la mortaja de Cristo Nuestro Señor, y que ha muerto hace unos meses, Dios le tenga en su Gloria.

Marco pensaba en ese doctor Bolard. No sabía por qué, pero necesitaba saber algo más de aquel profesor.

–Dígame las fechas en que ese doctor Bolard ha estado aquí.

–Sí, sí, pero ¿por qué? El doctor Bolard es un prestigioso científico y no sé qué puede tener que ver con su investigación...

Marco comprendió que al cardenal no le iba a hablar de instinto, ni de corazonadas. Además, seguramente era una estupidez querer saber algo de un hombre por el mero hecho de que fuera silencioso. Optó por pedirle al cardenal la lista de todos los equipos de científicos que habían estudiado la Síndone en los últimos años, así como las fechas en que habían estado en Turín.

–¿Hasta cuándo quiere remontarse? –preguntó el cardenal.

–Pues si es posible, a los últimos veinte años.

–¡Pero hombre, dígame qué busca!

–No lo sé, Eminencia, no lo sé.

–Usted comprenderá que me debe una explicación de qué tienen que ver los incendios que ha sufrido esta catedral con la Síndone y los científicos que la han estudiado. Lleva usted años empeñado en que los accidentes que sufre la catedral tienen como objetivo la Sábana Santa, y yo, mi querido Marco, no termino de creerlo. ¿Quién va a querer destruir la Síndone? ¿Por qué? En cuanto a los intentos de robo, usted sabe que cualquier pieza de la catedral vale una fortuna, y hay muchos desaprensivos que no tienen respeto ni siquiera por la casa de Dios. Aunque algunos de los pobres desgraciados que han intentado robar, son inquietantes. No puedo dejar de rezar por ellos.

–Seguramente tiene usted razón; pero convendrá conmigo en que no es normal que en algunos de estos llamémosles accidentes estén mezclados hombres sin lengua y sin huellas dactilares. ¿Me facilitará la lista? Es sólo rutina, por no dejar cabos sueltos.

–No, desde luego que no es normal, y a la Iglesia le preocupa. He visitado en varias ocasiones, discretamente eso sí, a ese pobre desgraciado que intentó robarnos hace dos años. Se sienta enfrente de mí y permanece impasible, como si no entendiera nada de lo que digo. En fin, le diré a mi secretario, ese joven sacerdote que le ha acompañado, que busque esos datos y se los entregue cuanto antes. El padre Yves es muy eficiente, lleva conmigo siete meses, desde que murió mi anterior ayudante y debo de reconocer que para mí ha supuesto un descanso. Es inteligente, discreto, piadoso, habla varios idiomas...

–¿Es francés?

–Sí, es francés, pero su italiano, como habrá comprobado, es perfecto; lo mismo domina el inglés, el alemán, el hebreo, el árabe, el arameo...

–¿Y quién se lo recomendó, Eminencia?

–Mi buen amigo el ayudante del sustituto del secretario de Estado, monseñor Aubry, un hombre singular.

Marco pensó que la mayoría de los hombres de iglesia que había conocido eran singulares, sobre todo los que se movían por el Vaticano. Pero se mantuvo en silencio escudriñando al cardenal, un buen hombre le parecía a él, más sagaz e inteligente de lo que dejaba entrever, y muy dotado para la diplomacia.

El cardenal descolgó el teléfono y pidió que entrara el padre Yves. Éste no tardó ni un segundo en acudir.

–Pase, padre, pase. Ya conoce al señor Valoni. Quiere que le facilitemos una lista de todas las delegaciones que han visitado la Síndone en los últimos veinte años. Así que manos a la obra, porque mi buen amigo Marco lo necesita ya.

El padre Yves observó a Marco Valoni antes de preguntarle.

–Perdón, señor Valoni, pero ¿podría decirme qué busca?

–Padre Yves, ni el señor Valoni sabe lo que busca, pero el caso es que quiere saber quién ha tenido relación con la Síndone en los últimos veinte años y nosotros se lo vamos a facilitar.

–Desde luego, Eminencia, trataré de entregárselo cuanto antes, aunque con este jaleo no será fácil encontrar un rato para buscar en los archivos; ya sabe que aún nos falta mucho por informatizar.

–Tranquilo, padre –respondió Valoni–, puedo esperar unos días, pero cuanto antes me dé esa información, mejor.

–Eminencia, ¿puedo preguntar qué tiene que ver el incendio con la Síndone?

–¡Ah! Padre Yves, llevo años preguntando al señor Valoni por qué cada vez que nos sucede una desgracia se empeña en que el objetivo es la Síndone.

–¡Dios mío, la Síndone!

Valoni observó al padre Yves. No parecía un sacerdote, o al menos no se parecía a la mayoría de los sacerdotes que él conocía, y vivir en Roma suponía conocer a muchos.

El padre Yves era alto, bien parecido, atlético; seguro que practicaba algún deporte. Además, no había ni un ápice de blandura en él, esa blandura que es fruto de la mezcla de castidad y la buena comida y que provoca estragos entre los curas. Si el padre Yves no llevara alzacuellos, parecería un ejecutivo de esos que cuidan su aspecto dedicando tiempo al deporte.

–Sí, padre –dijo el cardenal–, la Síndone. Pero afortunadamente Dios Nuestro Señor la protege, porque jamás ha sufrido daño.

–Sólo trato de no dejar ningún cabo suelto al investigar los múltiples incidentes que se vienen sucediendo en la catedral. Padre Yves, ésta es mi tarjeta, le apuntaré el número de mi móvil para que me llame en cuanto tenga la lista que les he solicitado, y si a usted se le ocurre cualquier cosa que crea que pueda servirnos para la investigación, le rogaría que me lo comunicara.

–Desde luego, señor Valoni, así lo haré.

El teléfono móvil sonó y Marco respondió al momento. El forense le informó escuetamente: era un hombre el que había ardido en la catedral, creía que tendría alrededor de treinta años, no muy alto, 1,75 de estatura, delgado. No, no tenía lengua.

–¿Está seguro doctor?

–Estoy todo lo seguro que se puede estar con un hombre carbonizado. El cadáver no tenía lengua, y no como consecuencia del fuego, sino porque se la habían extirpado, no me pregunte cuándo, porque es difícil de saber dado el estado del cadáver.

–¿Alguna otra cosa, doctor?

–Le enviaré el informe completo. Le he llamado apenas he terminado la autopsia, tal y como me pidió.

–Pasaré a verle doctor, ¿le importa?

–No, en absoluto. Estaré aquí todo el día, venga cuando quiera.

–Marco, ¿qué te pasa?

–Nada.

–Vamos jefe, que te conozco, y estás de malhumor.

–Verás, Giuseppe, hay algo que me molesta y no sé qué es.

–Pues yo sí que lo sé. Te impresiona lo mismo que a nosotros haber encontrado otro mudo. He pedido a Minerva que busque en su ordenador si hay alguna secta que se dedique a cortar lenguas y a robar. Ya sé que es descabellado, pero tenemos que buscar en todas las direcciones, y Minerva es un genio buceando por internet.

–Está bien; ahora cuéntame lo que habéis averiguado.

–En primer lugar no falta nada. No han robado. Antonino y Sofia aseguran que no se han llevado nada: cuadros, candelabros, tallas... en fin, todas las maravillas que hay en la catedral están, aunque algunas hayan sufrido los efectos del fuego. Las llamas han destrozado el púlpito de la derecha, también los bancos de los fieles, y de la talla del siglo XVIII de la Purísima sólo queda ceniza.

–¿Todo eso constará en el informe?

–Sí, jefe, pero el informe aún no lo han terminado. Pietro

todavía no ha vuelto de la catedral. Ha estado interrogando a los operarios que trabajaban en la nueva instalación eléctrica; al parecer el fuego se debe a un cortocircuito.

–Otro cortocircuito.

–Sí, jefe, otro, como el del 97. Pietro también ha hablado con la compañía encargada de las obras y ya ha pedido a Minerva que busque en el ordenador todo lo que haya sobre los dueños de la empresa y, de paso, sobre los operarios. Algunos son inmigrantes y nos costará más obtener información. Además, entre Pietro y yo hemos interrogado a todo el personal de la sede episcopal. En la catedral no había nadie cuando se produjo el incendio. A las tres de la tarde siempre está cerrada; ni siquiera los obreros estaban trabajando, es la hora del almuerzo.

–Tenemos el cadáver de un hombre solo. ¿Tenía cómplices?

–No lo sabemos, pero es probable. Es difícil que un hombre prepare y ejecute en solitario un robo en la catedral de Turín, a no ser que sea un ladrón que actuara por encargo, que viniera por una pieza de arte concreta, en cuyo caso no necesitaba a nadie. Aún no lo sabemos.

–Pero, si no estaba solo, ¿por dónde han desaparecido sus cómplices?

Marco guardó silencio. El malestar que sentía en el estómago era síntoma de su inquietud. Paola le decía que estaba obsesionado con la Síndone y a lo mejor hasta tenía razón: le obsesionaban los hombres sin lengua. Estaba seguro de que se le escapaba algo, que había un cabo suelto en alguna parte y que si lo encontraba y empezaba a tirar encontraría la solución. Iría a la cárcel de Turín a ver al mudo. El cardenal le había dicho algo que le llamó la atención: que cuando le había visitado el hombre permanecía impasible, como si no le entendiera. Podía ser una pista, a lo mejor el mudo no era italiano y no entendía lo que le decían. Dos años atrás él se lo había dejado a los *carabinieri* una vez comprobado que no tenía lengua, y que se negaba a hacer el más mínimo gesto ante sus preguntas. Sí, iría a la cárcel, el mudo era la única pista, e idiota de él, la había apartado.

Mientras encendía otro cigarro, decidió llamar a John Barry, el agregado cultural de la embajada estadounidense. En realidad John era un agente del servicio secreto, como casi todos los agregados culturales de las embajadas. Los gobiernos no tenían excesiva imaginación a la hora de buscar camuflajes para sus agentes en el exterior.

John era un buen tipo aunque trabajara para el Departamento de Análisis y Evaluación de la CIA. El suyo no era un trabajo de agente de campo: sólo analizaba la información de éstos, la interpretaba y la enviaba a Washington. Hacía años que eran amigos. Una amistad que habían ido cimentando a través del trabajo, ya que el destino de muchas de las obras de arte robadas por las mafias era ir a parar a las manos de algunos norteamericanos ricos que, porque estaban enamorados unos de una obra de arte en concreto, por vanidad otros o por simple negocio, no tenían reparos en adquirir mercancía robada. En ocasiones los robos se producían por encargo.

John no respondía a la imagen tópica de estadounidense y de la CIA. Era un cincuentón, como él; enamorado de Europa, que se había doctorado en Harvard en historia del arte. Se había casado con una arqueóloga inglesa, Lisa, una mujer encantadora. No muy guapa, la verdad, pero tan vital que contagiaba entusiasmo y uno la terminaba encontrando atractiva. Se había hecho amiga de Paola, así que de cuando en cuando cenaban los cuatro, e incluso habían pasado algún fin de semana en Capri.

Sí, llamaría a John en cuanto regresara a Roma. Pero también llamaría a Santiago Jiménez, el representante de Europol en Italia, un español eficiente y simpático con el que también mantenía una buena relación. Les invitaría a almorzar. A lo mejor, pensó, le podían ayudar a buscar, aunque todavía no supiera muy bien qué.

3

Josar alcanzó con la mirada las murallas de Jerusalén. El brillo del sol al amanecer y la arena del desierto se fundían con las piedras hasta formar una masa dorada que cegaba la vista.

Acompañado de cuatro hombres, Josar se dirigió a la Puerta de Damasco por la que a esa hora empezaban a entrar campesinos de las tierras cercanas y a salir caravanas en busca de sal.

Un pelotón de soldados romanos, a pie, patrullaba el perímetro de las murallas.

Tenía ganas de ver a Jesús. Aquel hombre irradiaba algo extraordinario: fuerza, dulzura, firmeza, piedad.

Creía en Jesús, creía que era el Hijo de Dios, no sólo por los prodigios que le había visto obrar, sino porque cuando Jesús posaba sus ojos en uno se podía sentir que esa mirada trascendía lo humano, sabías que leía dentro de ti, que no se le escapaban ni los más recónditos pensamientos.

Pero Jesús no te hacía sentir vergüenza por lo que eras, porque sus ojos estaban cargados de comprensión, de perdón.

Josar quería a Abgaro, su rey, porque siempre le había tratado como un hermano. Le debía su posición y su fortuna, pero si Jesús no aceptaba la invitación de Abgaro para ir a Edesa, él, Josar, se presentaría ante su rey y le pediría licencia para regresar a Jerusalén y seguir al Nazareno. Estaba dispuesto a renunciar a su casa, a su fortuna y bienestar. Seguiría a Jesús e intentaría vivir según sus enseñanzas. Sí, estaba decidido.

Josar se dirigió a casa de un hombre, Samuel, que por unas pocas monedas le permitiría dormir y cuidaría de los caballos. En cuanto estuviera instalado saldría a preguntar por Jesús. Iría a casa de Marcos, o de Lucas, ellos le dirían dónde encontrarle. Sería difícil convencer a Jesús para que viajara a Edesa, pero él, Josar, argumentaría al Nazareno que el viaje sería corto y que una vez que curase a su señor podría regresar, si es que decidía no quedarse.

Cuando salió de la casa de Samuel, camino de la de Marcos, Josar compró un par de manzanas a un pobre cojo, al que preguntó por las últimas noticias de Jerusalén.

–¿Qué quieres que te cuente, forastero? Todos los días sale el sol por levante y se marcha por el poniente. Los romanos... ¿tú no serás romano? No, no, no vistes como un romano, ni hablas como ellos. Los romanos nos han subido los impuestos a mayor gloria del emperador, por eso Pilatos teme una rebelión y procura congraciarse con los sacerdotes del Templo.

–¿Qué sabes de Jesús, el Nazareno?

–¡Ah! Tú también quieres saber de él. ¿No serás un espía?

–No, buen hombre, no soy un espía, sólo un viajero que sabe de las maravillas que obra el Nazareno.

–Si estás enfermo él podría curarte, son muchos los que afirman haber sanado con el roce de los dedos del Nazareno.

–¿Tú no lo crees?

–Señor, yo trabajo de sol a sol, cultivando mi huerto y vendiendo mis manzanas. Tengo mujer y dos hijas a las que alimentar. Cumplo con todos los preceptos que puedo para ser un buen judío, y creo en Dios. Si el Nazareno es el Mesías como dicen, yo no lo sé, no diré ni que sí ni que no. Pero te contaré, forastero, que los sacerdotes no le quieren bien y los romanos tampoco, porque Jesús no teme su poder y desafía a unos y a otros. Uno no puede enfrentarse a los romanos y a los sacerdotes y pretender salir bien. Ese Jesús terminará mal.

–¿Sabes dónde está?

–Va de un lado a otro con sus discípulos, aunque pasa mucho tiempo en el desierto. No sé, pero puedes preguntar al aguador que está en aquella esquina. Es un seguidor de Jesús, antes era mudo y ahora habla, el Nazareno le curó.

Josar deambuló por la ciudad, hasta dar con la casa de Marcos. Allí le indicaron dónde podía encontrar a Jesús, a orillas de la muralla sur, predicando a una multitud.

No tardó en verlo. El Nazareno, vestido con una sencilla túnica, hablaba a sus seguidores con una voz firme pero dulcísima.

Sintió los ojos de Jesús en él. Le había visto, le sonreía, y con un gesto le invitaba a acercarse.

Jesús le abrazó y le indicó que se sentase a su lado. Juan, el más joven de los discípulos, se apartó para dejarle sentar al lado del Maestro.

Así pasaron la mañana, y cuando el sol estaba en el punto más alto del cielo, Judas, uno de los discípulos de Jesús, repartió pan, higos y agua entre los asistentes. Comieron en silencio y en paz. Luego, Jesús se levantó para marcharse.

–Señor –dijo Josar en un murmullo–, traigo una misiva para ti de mi rey, Abgaro de Edesa.

–¿Y qué quiere Abgaro, mi buen Josar?

–Está enfermo señor y te ruega que le ayudes, también yo te lo ruego porque es un buen hombre y un buen rey, y sus súbditos le saben justo. Edesa es una ciudad pequeña, pero Abgaro está dispuesto a compartirla contigo.

Jesús apoyó su mano en el brazo de Josar mientras caminaban. Y Josar se sentía privilegiado por estar cerca del hombre al que verdaderamente creía Hijo de Dios.

–Leeré la carta y responderé a tu rey.

Aquella noche Josar compartió la cena con Jesús y sus discípulos, inquietos por las noticias de la animadversión creciente de los sacerdotes. Una mujer, María Magdalena, había escuchado en el mercado que los sacerdotes instaban a los romanos a detener a Jesús, al que acusaban de ser el instigador de los disturbios contra el poder de Roma.

Jesús escuchaba en silencio y cenaba tranquilo. Parecía como si todo lo que allí se decía ya lo supiera, como si ninguna de las noticias que se comentaban fuera nueva para él. Luego les habló del perdón, de cómo debían de perdonar a quienes les hicieran mal, tenerles compasión. Los discípulos le contestaban que resulta difícil perdonar a un hombre que te hace mal, permanecer impasible sin responder a los agravios.

Jesús les escuchaba y argumentaba a favor del perdón como alivio para el alma del propio agraviado.

Al final de la cena, buscó con la mirada a Josar y le pidió que se acercara, para entregarle una carta.

–Josar, he aquí mi respuesta para Abgaro.

–Señor, ¿vendrás conmigo?

–No, Josar, no iré contigo, no puedo ir contigo, he de cumplir con lo que quiere mi Padre. Enviaré a uno de mis discípulos. Pero tu rey me verá en Edesa, y si tiene fe, se curará.

–¿A quién enviarás? ¿Cómo es posible lo que dices, señor, cómo te quedarás aquí si dices que Abgaro te podrá ver en Edesa?

Jesús sonrió y traspasándole con los ojos le dijo:

–¿No me sigues y me escuchas? Irás tú, Josar, y tu rey se curará, y me verá en Edesa aun cuando ya no esté en este mundo.

Josar le creyó.

El sol entraba a raudales por el ventanuco de la estancia en la que Josar se afanaba escribiendo a Abgaro mientras el posadero procuraba alimento a los hombres que le habían acompañado.

De Josar, a Abgaro, rey de Edesa.

Señor, mis hombres te llevan la respuesta del Nazareno. Te pido, señor, que tengas fe, pues él dice que sanarás. Sé que obrará el prodigio, pero no me preguntes cómo ni cuándo.

Te pido licencia para quedarme en Jerusalén, cerca de Jesús. Mi corazón me dice que debo quedarme aquí. Necesito escucharle, escuchar sus palabras y, si me lo permite, seguirle como el más humilde de sus discípulos. Todo lo que tengo me lo has dado tú, así que, mi rey, dispón de mis bienes, de mi casa, de mis esclavos para repartirlos entre los necesitados. Yo me quedaré aquí, y para seguir a Jesús apenas necesito nada. Presiento, además, que va a pasar algo, pues los sacerdotes del Templo odian a Jesús por decirse Hijo de Dios y vivir de acuerdo con la Ley de los Judíos, lo que ellos no hacen.

Te ruego, mi rey, tu comprensión y que me permitas cumplir mi destino.

Abgaro leyó la carta de Josar y le invadió la pesadumbre. El Judío no viajaría a Edesa y Josar se quedaba en Jerusalén.

Los hombres que habían acompañado a Josar habían viajado sin descanso para entregarle las dos misivas. Primero había leído la de Josar, ahora leería la de Jesús, pero de su corazón se había borrado la esperanza y poco le importaba lo que pudiera escribirle el Nazareno.

La reina entró en la estancia y le observó preocupada.

—He oído que han llegado noticias de Josar.

—Así es. El Judío no vendrá. Josar me pide permiso para quedarse en Jerusalén, quiere que cuanto tiene lo reparta entre los necesitados. Se ha convertido en discípulo de Jesús.

—¿Tan extraordinario es ese hombre que Josar abandona todo por seguirlo? Cuánto me gustaría conocerlo.

—¿Tú también me abandonarás?

—Señor, sabes que no, pero creo que ese Jesús es un dios. ¿Qué te dice en la carta?

—Aún no he roto el sello; espera, te la leeré.

Bienaventurado seas tú, Abgaro, que crees en mí, sin haberme conocido.

Porque de mí está escrito: los que lo vean no creerán en él, a fin de que los que no lo vean puedan creer y ser bienaventurados.

En cuanto al ruego que me haces de ir a tu lado, es preciso que yo cumpla aquí todas las cosas para las cuales he sido enviado y que después de haberlas cumplido vuelva a Aquel que me envió.

Y, cuando haya vuelto a Él, te mandaré a uno de mis discípulos, para que te cure de tu dolencia, y para que comunique a ti y a los tuyos el camino de la bienaventuranza[1].

–Mi rey, el Judío te curará.

–Pero ¿cómo puedes estar segura?

–Tienes que creer, tenemos que creer y esperar.

–Esperar... ¿Acaso no ves cómo la enfermedad me va ganando? Cada día me siento más débil y pronto no me podré mostrar ni siquiera ante ti. Sé que mis súbditos murmuran y mis enemigos acechan, e incluso a Maanu, nuestro hijo, le susurran que pronto será rey.

–Aún no ha llegado tu hora, Abgaro. Lo sé.

1. De los Evangelios Apócrifos.

4

La voz cantarina de Minerva llegaba con interferencias a través del móvil.

—Cuelga, que te llamaré yo, estamos en el despacho.

El Departamento del Arte disponía de dos despachos en el cuartel de los *carabinieri*, de manera que cuando Marco y su equipo se desplazaban a Turín tenían un lugar donde trabajar.

—Cuéntame, Minerva —inquirió Sofia a su compañera—, el jefe no está, se ha levantado pronto y ha ido a la catedral. Me ha dicho que pasará allí buena parte de la mañana.

—Tiene el móvil apagado porque me sale el buzón de voz.

—Está raro, ya sabes que desde hace años sostiene que alguien quiere acabar con la Síndone. A veces pienso que tiene razón. Con todas las catedrales e iglesias que tiene Italia, a la de Turín le pasa de todo, han robado que yo recuerde media docena de veces, ha sufrido varios incendios, unos más graves que otros, pero tantos sucesos son como para mosquear a cualquiera, y luego está lo de los mudos; reconocerás que es espeluznante que el cadáver que se ha encontrado sea el de un hombre sin lengua, y sin huellas dactilares. O sea, lo de siempre, un hombre sin identidad.

—Marco me ha pedido que busque si hay alguna secta que se dedique a cortar lenguas. Me ha dicho que vosotros sois historiadores pero que algo se os escapa. No he encontrado nada. En fin, lo que he podido averiguar hasta el momento es que la empresa que está realizando la restauración lleva muchos años operando en Turín, más de cuarenta, y no les falta trabajo. Su mejor cliente es la Iglesia. En estos años ha cambiado el sistema eléctrico de la mayoría de los conventos e iglesias de la zona e incluso ha remodelado la casa del cardenal. Es una sociedad anónima, pero he podido averiguar que uno de los accionistas es un hombre importante, con negocios en empresas de aeronáutica, productos químicos... en fin, que esta empresa de restauración es *peccata minuta* para lo que se trae entre manos.

–¿Quién es?

–Umberto D'Alaqua, un habitual en las páginas de los periódicos económicos. Un tiburón de las finanzas que, mira por dónde, también tiene una participación en esta empresa que se dedica a poner cables y tuberías. Pero no sólo eso, también ha sido accionista de otras, algunas desaparecidas, que en algún momento han tenido relación con la catedral de Turín. Recordarás que antes del incendio del noventa y siete hubo otros, concretamente en septiembre del ochenta y tres, unos meses antes de que se firmara la cesión por parte de la Casa de Saboya de la Sábana Santa al Vaticano. Ese verano comenzó a limpiarse la fachada de la catedral y la torre estaba cubierta de andamios. Nadie sabe cómo, pero se declaró un incendio. En aquella empresa de limpieza de monumentos también tenía una participación Umberto D'Alaqua. ¿Recuerdas la rotura de varias cañerías que se produjo en la plaza de la Catedral y en las calles adyacentes a causa de unas obras de pavimentación? Pues en la empresa que pavimentaba también tiene acciones D'Alaqua.

–No te pongas neurótica. No tiene nada de extraordinario que ese hombre tenga acciones en varias empresas que operan en Turín. Habrá muchos como él.

–No me he vuelto neurótica. Sólo expongo los datos. Marco quiere saberlo todo, y en ese todo me ha salido en varias ocasiones el nombre de Umberto D'Alaqua. Ese hombre debe de estar muy bien relacionado con el cardenal de Turín, y desde luego con el Vaticano. Por cierto, está soltero.

–Bueno, manda todo por e-mail, ya lo leerá Marco cuando vuelva.

–¿Hasta cuándo os quedáis en Turín?

–No lo sé. Marco no lo ha dicho; quiere hablar personalmente con algunas de las personas que estuvieron en la catedral antes de que se produjera el incendio. También se ha empeñado en hablar con el mudo, el del robo de hace dos años, y con los obreros y el personal de la sede episcopal. Supongo que nos quedaremos tres o cuatro días, pero ya te llamaremos.

Sofia decidió ir a la catedral para hablar con Marco. Sabía que su jefe prefería estar solo; de lo contrario les hubiese dicho a Pietro, a Giuseppe o a Antonino que le acompañaran. Pero a cada uno le había encargado algo.

Hacía muchos años que trabajaban con él. Los cuatro sabían que Marco confiaba en ellos.

Pietro y Giuseppe eran dos buenos sabuesos, dos *carabinieri* incorruptibles; Antonino y ella, doctorados en arte, y Minerva, buceando en la red, formaban el meollo del equipo de Marco. Había más compañeros, claro está, pero la confianza de Marco en ellos era mayor; además, los años les habían convertido en amigos. Sofia pensó que pasaba más tiempo en el trabajo que en casa. Claro que al fin y al cabo en casa no había nadie esperándola. No se había casado; se consolaba diciéndose a sí misma que no había tenido tiempo, primero la carrera, el doctorado, su fichaje en el Departamento del Arte, los viajes. Acababa de cumplir cuarenta años y sentía que su vida sentimental era un desastre, porque no se engañaba: aunque se acostaba de cuando en cuando con Pietro, éste nunca se separaría de su mujer, y tampoco ella estaba segura de que quisiera que lo hiciera.

Estaban bien así, compartiendo habitación cuando viajaban, o cenando juntos algunas noches después del trabajo. Pietro la acompañaba a casa, tomaban una copa, cenaban, se iban a la cama, y a eso de las dos o tres de la madrugada él se levantaba sigilosamente y se marchaba.

En la oficina procuraban disimular, pero Antonino, Giuseppe y Minerva lo sabían, y Marco les dijo en una ocasión que eran mayorcitos para hacer lo que les viniera en gana, pero que esperaba que los asuntos personales no perjudicaran ni al equipo ni al trabajo.

Pietro y ella estuvieron de acuerdo en que cualquier desavenencia entre ellos no podían trasladarla, ni siquiera comentarla, con el equipo. Hasta ahora habían cumplido, bien es verdad que los enfados habían sido los menos y siempre por idioteces, nada que no pudieran arreglar. Los dos sabían que la relación no iba a dar más de sí y por lo tanto ni el uno ni el otro esperaban nada.

–Jefe...

Marco se volvió sobresaltado al escuchar la voz de Sofia. Estaba sentado a unos metros de la urna que guardaba la Síndone. Sonrió al verla y la cogió del brazo para que se sentara a su lado.

–Es impresionante ¿verdad?

–Sí, sí que lo es, y eso que es falsa.

–¿Falsa? Yo no diría con tanta rotundidad que es falsa. Hay algo misterioso en la Sábana, algo que los científicos no han sabido terminar de explicar. La NASA determinó que la imagen del hombre es tridimensional. Hay científicos que aseguran que la imagen es fruto de una radiación desconocida para la ciencia, otros que las huellas son restos de sangre.

–Marco, tú sabes que la prueba del carbono 14 es concluyente. El doctor Tite y los laboratorios que trabajaron en la datación de la Síndone no podían permitirse el error. El lienzo es del siglo XIII o XIV, entre 1260 y 1390, y lo dictaminaron tres laboratorios distintos. La probabilidad de error es del cinco por ciento. La Iglesia ha aceptado el juicio del carbono 14.

–Pero continúa sin aclararse cómo se ha formado la imagen del lienzo. Y te recuerdo que en las fotografías tridimensionales se han encontrado algunas palabras, alrededor del rostro hay tres veces escrito INNECE.

–Sí, «A muerte».

–Y en el mismo lado, de arriba abajo, hacia el interior hay varias letras: S N AZARE.

–Que se puede leer como NEAZARENUS.

–Arriba hay otras letras, IBER...

–Y algunos creen que las letras que faltan forman TIBERIUS.

–¿Y los leptones?

–Las fotografías ampliadas muestran unos círculos sobre los ojos; sobre todo en el derecho se ha podido reconocer una moneda.

–Lo que era común en aquella época para mantener cerrados los ojos de los muertos.

–Y se puede leer...

–Uniendo las letras hay quienes dicen leer TIBEPIOY CAICAROC, Tiberio César, que es la inscripción que aparece en las monedas acuñadas en tiempos de Poncio Pilatos; eran de bronce y en el centro llevaban el cayado de los adivinos.

–Eres una buena historiadora, doctora, y por tanto no das nada por seguro.

–Marco ¿puedo hacerte una pregunta personal?

–Si no puedes tú entonces nadie puede hacerlo.

–¿Eres creyente? Pero creyente de verdad. Católicos somos todos nosotros, somos italianos, y de lo que te enseñan de pequeño algo queda. Pero tener fe es otra cosa, y a mí, Marco, me parece que tú tienes fe, que estás convencido de que el hombre de la Sábana es Cristo y te da lo mismo lo que digan los informes científicos; tú tienes fe.

–Verás doctora, la respuesta es complicada. No sé muy bien en lo que creo y en lo que no; te diría unas cuantas cosas que la lógica me lleva a rechazar y desde luego mis creencias tienen poco que ver con las que manda la Iglesia, con lo que llaman fe. Pero este lienzo tiene algo especial, mágico si quieres; no es sólo un trozo de tela. Yo siento que en ese lienzo hay algo más.

Se quedaron en silencio, mirando la tela de lino con la imagen impresa de un hombre que sufrió los mismos tormentos que Jesús. Un hombre que, según los estudios y las medidas antropométricas realizadas por el profesor Judica-Cordiglia, pesaba unos ochenta kilos, su estatura alcanzaba 1,81 metros y sus características no respondían a las de ningún grupo étnico concreto.

La catedral estaba cerrada al público. Lo estaría durante un tiempo y de nuevo iban a trasladar la Síndone a la caja fuerte de la Banca Nacional. La decisión la había adoptado Marco y el cardenal estuvo de acuerdo. La Sábana Santa era el tesoro más preciado de la catedral, una de las grandes reliquias de la Cristiandad y dadas las circunstancias estaría mejor protegida en las entrañas del banco.

Sofia apretó el brazo de Marco; quería que no se sintiese solo, que supiera que ella creía en él. Le admiraba, sentía veneración por Marco, por su integridad, porque detrás de la imagen de duro sabía que había un hombre sensible, siempre dispuesto a escuchar, humilde, al que no le importaba reconocer que otros sabían más que él, tan seguro estaba de sí mismo, de que nada mermaba su autoridad.

Cuando discutían sobre la autenticidad de una obra de arte, Marco nunca imponía su opinión, siempre dejaba que los miembros del equipo dieran la suya, y Sofia sabía que se fiaba especialmente de ella. Unos años atrás la llamaba cariñosamente «cerebrito», por su currículo académico: doctora en historia del arte, licenciada en lenguas muertas, licenciada en filología italiana, hablaba con soltura inglés, francés, español y griego, la soltería también le había dejado tiempo para estudiar árabe: no lo dominaba pero lo entendía y se hacía entender.

Marco la miró de reojo y se sintió reconfortado por el gesto de Sofia. Pensó que era una pena que una mujer como ella no hubiera encontrado una pareja como es debido. La mujer era guapa, muy guapa, ni ella misma era consciente de su atractivo. Rubia, con los ojos azules, esbelta, simpática e inteligente, extraordinariamente inteligente. Paola siempre le estaba buscando pareja, pero había fracasado en el empeño, los hombres se sentían apabullados en su presencia por su superioridad. Él no entendía cómo una mujer así podía mantener una relación estable con el bueno de Pietro, pero Paola le decía que era lo más cómodo para Sofia.

Pietro había sido el último en incorporarse al equipo. Llevaba diez años en el departamento. Era un buen investigador. Meticuloso, desconfiado, al que no se le escapaba detalle por pequeño que fuera. Había trabajado en homicidios durante muchos años y había pedido el traslado harto, según decía, de la sangre. Lo cierto es que le causó buena impresión cuando se lo mandaron para que le entrevistara y le hiciera un hueco en el equipo, ya que siempre se estaba quejando de que necesitaba más gente.

Marco se levantó seguido de Sofia. Se dirigieron al altar mayor, lo rodearon y entraron en la sacristía, a la que en ese momento llegaba un sacerdote de los que trabajaban en la sede episcopal...

—¡Ah, señor Valoni, le estaba buscando! El señor cardenal le quiere ver, dentro de media hora aproximadamente llegará el camión blindado para trasladar la Síndone. Nos ha llamado uno de sus hombres, un tal Antonino. El cardenal asegura que no estará tranquilo hasta que no la sepa en el banco, y eso que usted ha llenado la catedral de *carabinieri* y no hay quien dé un paso sin tropezarse con alguno.

—Gracias, padre, hasta ese momento la Sábana Santa estará custodiada, y yo personalmente iré en el camión blindado hasta el banco.

—Su Eminencia quiere que el padre Yves, como representante del obispado, acompañe a la Síndone hasta el banco y se encargue de todos los trámites para su custodia.

—Me parece bien, padre, me parece bien. ¿Dónde está el cardenal?

—En su despacho, ¿quiere que le acompañe?

—No hace falta, la doctora y yo sabemos dónde es.

Marco y Sofia entraron en el despacho del cardenal. Éste parecía nervioso, incómodo.

–¡Ah, Marco, pase, pase! ¡Y la doctora Galloni! Siéntense.

–Eminencia –dijo Marco–, la doctora y yo iremos con la Síndone al banco, ya sé que también vendrá el padre Yves...

–Sí, sí, pero no era por eso por lo que quería verle. Verá, en el Vaticano están muy preocupados. Monseñor Aubry me ha asegurado que el Papa está conmocionado por este nuevo incendio, y me ha pedido que le trasmita todo lo que se vaya averiguando a fin de tener informado al Santo Padre. Por eso le ruego, Marco, que usted me vaya contando el resultado de sus investigaciones para que yo a mi vez pueda informar a monseñor. Por supuesto cuenta con nuestra discreción, sabemos lo importante que es la discreción en estos casos.

–Eminencia, aún no sabemos nada, lo único que tenemos es un cuerpo sin lengua en el depósito de cadáveres. Un hombre de unos treinta años, sin identidad. No sabemos si es italiano o sueco.

–Pues a mí me parece que el que está en la cárcel de Turín es italiano.

–¿Por qué?

–Por el aspecto: moreno, no muy alto, piel cetrina...

–Eminencia, ese biotipo corresponde a media Humanidad.

–Sí, también tiene usted razón. Bueno, Marco, ¿le importará ir informándome? Le voy a dar el número privado de mi casa, y el del móvil, para que me tenga usted localizado las veinticuatro horas del día por si averigua cualquier cosa de importancia, me gustaría saber los pasos que va dando.

El cardenal escribió unos números en una tarjeta que entregó a Marco y que éste guardó en el bolsillo. Desde luego no pensaba informar al cardenal de los palos de ciego que estaba dando e iba a dar. No iba a comunicar sus investigaciones al arzobispo de Turín para que éste, a su vez, se lo comunicara a monseñor Aubry, y éste al sustituto del secretario de Estado, éste al secretario de Estado y el secretario de Estado a saber a quién, además de al Papa.

Pero no dijo nada, asintió con la cabeza como si estuviera de acuerdo.

–Marco, cuando la Síndone esté a buen recaudo en la cámara acorazada del banco, infórmenme usted y el padre Yves.

Marco levantó una ceja perplejo. El cardenal le trataba como si trabajara para él. Decidió que tampoco respondería a lo que consideró una impertinencia y se levantó seguido de Sofia.

–Nos vamos, Eminencia; el camión blindado debe de estar a punto de llegar.

5

Los tres hombres descansaban en unos camastros, cada uno perdido en sus pensamientos. Habían fracasado, y en los próximos días debían marcharse. Turín se había convertido en un lugar peligroso.

Su compañero había muerto pasto de las llamas y posiblemente la autopsia habría revelado que no tenía lengua. Ninguno de ellos la tenía. Intentar regresar a la catedral sería un suicidio, el hombre que trabajaba en el obispado les había contado que los *carabinieri* estaban por todas partes, interrogando a todos, y que no descansaría hasta que desaparecieran.

Se irían, pero aún deberían permanecer escondidos, por lo menos un par de días, hasta que los *carabinieri* aflojaran el cerco y los medios de comunicación acudieran en tropel a algún otro lugar donde se produjera cualquier catástrofe.

El sótano olía a humedad y apenas había espacio para caminar. El hombre del obispado les había dejado provisiones para tres o cuatro días. Les dijo que hasta que no estuviera seguro de que había pasado el peligro no volvería. Habían pasado dos días, que les parecieron una eternidad.

A miles de kilómetros de aquel sótano, en Nueva York, en un edificio de vidrio y acero, en un despacho herméticamente insonorizado y con las más avanzadas medidas de seguridad para garantizar la privacidad, siete hombres celebraban con una copa de vino de Borgoña el fracaso de los anteriores.

Estos siete hombres, de edades entre los cincuenta y los setenta años, elegantemente vestidos, habían analizado deta-

45

lladamente toda la información de la que disponían sobre el incendio de Turín. Su fuente de información no eran los periódicos, ni la televisión; disponían de un informe de primera mano elaborado meticulosamente por la figura vestida de negro que se había ocultado en el púlpito durante el incendio.

Sentían alivio, el mismo alivio que en ocasiones anteriores habían sentido sus antecesores, cada vez que evitaban que los hombres sin lengua se acercaran a la Síndone.

El más anciano alzó levemente la mano y los demás se dispusieron a escuchar.

–Lo único que me preocupa es lo que nos dicen de ese policía, del director del Departamento del Arte. Si está obsesionado con la Síndone puede terminar encontrando una pista que le lleve hasta nosotros.

–Habrá que extremar todas las medidas de seguridad, y procurar que los nuestros se confundan con el paisaje. He hablado con Paul, intentará obtener información de los pasos que vaya dando ese Marco Valoni, pero no será fácil, porque cualquier tropiezo nos puede poner en evidencia. En mi opinión, maestre, deberíamos quedarnos quietos, no hacer nada, sólo observar.

El que así había hablado era un hombre alto, atlético, entrado ya en la cincuentena, con el cabello gris y el rostro esculpido como el de un emperador romano.

El más anciano, que respondía al título de maestre, asintió.

–¿Alguna sugerencia?

Todos dijeron estar de acuerdo con no hacer nada y observar de lejos los pasos que fuera dando Valoni. Acordaron comunicarse con el llamado Paul para que no presionara en exceso en busca de información.

Uno de los asistentes, un hombre de fuerte complexión y estatura media, con un ligero acento francés, preguntó:

–¿Lo intentarán de nuevo?

El anciano sin dudar respondió:

–No, no lo harán inmediatamente. Primero intentarán salir de Italia y luego ponerse en contacto con Addaio. Eso, si

46

tienen suerte y lo consiguen, les llevará tiempo. Addaio tardará en enviar un nuevo comando.

–La última vez fue hace dos años –recordó el hombre con rostro de emperador romano.

–Y nosotros continuaremos estando allí, como hemos estado siempre. Ahora vamos a acordar nuestro próximo encuentro, y a cambiar las claves.

6

Josar seguía a Jesús dondequiera que fuera. Los amigos de Jesús se habían acostumbrado a su presencia y a veces le invitaban a compartir con ellos algún momento de asueto. Por ellos supo que Jesús sabía que iba a morir y que, pese a sus recomendaciones y consejos para que huyera, el Nazareno insistía en que tenía que cumplir con los designios de su Padre.

Resultaba duro entender que el Padre quisiera la muerte del Hijo, pero Jesús lo decía con tal serenidad, que parecía que así debía ser.

Cuando Jesús lo veía, le prodigaba algún gesto de amistad. Un día dirigiéndose a él le había dicho:

–Josar, yo tengo que cumplir con lo que debo, para eso he sido enviado por mi Padre, y tú, Josar, también tienes una misión que cumplir. Por eso estás aquí, y darás fe de lo que soy, de lo que has visto, y me tendrás cerca de ti cuando ya no esté.

Josar no había entendido las palabras del Nazareno, pero no había osado preguntar ni contradecirle.

En los últimos días los rumores eran persistentes. Los sacerdotes querían que los romanos resolvieran el problema de Jesús el Nazareno, mientras que Pilatos, el gobernador, intentaba a su vez que fueran los judíos quienes juzgaran a aquel que era uno de los suyos. Era cuestión de tiempo que unos u otros perpetraran el crimen.

Jesús se había marchado al desierto. Lo hacía a menudo. En esta ocasión había ayunado, preparándose, les dijo, para afrontar los designios de su Padre.

Una mañana lo despertó el hombre de la casa donde se alojaba.

—Han prendido al Nazareno.

Saltó del lecho y se restregó los ojos; se acercó a un cántaro que reposaba en un rincón de la estancia y se echó agua en la cara para despertarse. Después cogió su manto y se dirigió hacia el Templo. Allí encontró a uno de los amigos de Jesús, que escuchaba temeroso, entre la muchedumbre.

—¿Qué ha pasado, Judas?

Judas se echó a llorar, intentando huir de Josar, pero éste lo alcanzó y lo sujetó cerrando la mano en el hombro.

—Pero ¿qué pasa? ¿Por qué huyes de mí?

Judas, con los ojos bañados en lágrimas, intentaba zafarse del brazo de Josar, pero no podía, y al fin contestó.

—Lo han prendido. Los romanos se lo han llevado, le van a crucificar, y yo...

Las lágrimas le resbalaban por las mejillas como si fuera un niño. Pero Josar, extrañamente, no se sintió conmovido y continuó sujetándole con fuerza para que no escapara.

—Yo, Josar, le he traicionado. He traicionado al mejor de los hombres. Por treinta monedas de plata le he entregado a los romanos.

Josar le apartó con un gesto de rabia y salió corriendo, ofuscado, sin saber muy bien adónde dirigirse. De nuevo en la explanada del Templo tropezó con un hombre al que había visto alguna vez escuchando las prédicas de Jesús.

—¿Dónde está? —le preguntó con apenas un cuarto de voz.

—¿El Nazareno? Le van a crucificar. Pilatos complace así a los sacerdotes.

—Pero ¿de qué le acusan?

—Dicen que blasfema por proclamarse el Mesías.

—Pero Jesús nunca ha blasfemado, nunca ha afirmado que fuera el Mesías, es el mejor de los hombres.

—Ten cuidado, tú le seguías, alguien te puede denunciar.

—Tú también le seguías.

—Ciertamente, por eso te doy el consejo. Quienes hemos seguido al Nazareno no estamos seguros.

–Al menos dime dónde puedo encontrarle, dónde le llevarán...

–Morirá el viernes antes de que caiga el sol.

El rostro de Jesús reflejaba el dolor de la tortura. Sobre la cabeza le habían incrustado un casco hecho de espinos que se le clavaba en la frente. La sangre le resbalaba por la cara hasta empaparle la barba.

Josar contaba mentalmente los golpes de flagelo con que dos soldados romanos iban castigando a Jesús. Ciento veinte.

Arrastraba la cruz en la que iba a ser crucificado y su peso, unido al dolor del flagelo, le vencía, obligándole a hincar las rodillas en los cantos del camino.

Josar dio un paso para sujetarlo, pero un soldado le apartó de un empujón. Jesús le miró agradecido.

Siguió a Jesús hasta lo alto de la colina donde iba a ser crucificado junto a otros reos. Sintió que las lágrimas le anegaban los ojos cuando vio cómo un soldado lo colocaba sobre la cruz y, cogiendo la mano izquierda de Jesús a la altura de la muñeca, lo sujetaba con un clavo al madero. A continuación repitió el mismo gesto con la mano derecha, pero el clavo no logró atravesar la muñeca a la primera, como había sucedido con la mano izquierda. El soldado lo intentó dos veces más antes de que el clavo alcanzara el madero.

Los pies los clavó juntos, con un mismo clavo, colocando el izquierdo sobre el derecho.

El tiempo le parecía infinito, y Josar le pedía a Dios que Jesús muriera cuanto antes. Lo veía sufrir, víctima de la asfixia.

Juan, su discípulo más querido, lloraba en silencio por el suplicio de su Maestro. Josar tampoco podía contener las lágrimas.

Un soldado clavó su lanza en el costado de Jesús y de la herida manó abundante sangre y algo de agua.

Había muerto y Josar dio gracias a Dios por ello.

Ese viernes de abril la primavera aparecía envuelta en nubes cargadas de tormenta. Cuando bajaron de la cruz el cuerpo del Nazareno apenas quedaba tiempo para prepararle debidamente. Josar sabía que la ley de los judíos obligaba a interrumpir cualquier trabajo, incluso el de amortajar un cadáver, cuando estaba a punto de ponerse el sol.

Además, por ser Pascua, había que enterrar el cadáver ese mismo día.

Josar, con los ojos cegados por las lágrimas, asistía inmóvil a la preparación del cadáver, mirando cómo José de Arimatea amortajaba el cuerpo de Jesús con un lienzo fino y suave de lino que tenía forma rectangular.

Josar no durmió aquella noche, ni tampoco encontró descanso al día siguiente. Tan fuerte era el dolor de su alma.

Al tercer día de la crucifixión de Jesús, se dirigió hacia el lugar donde habían depositado su cuerpo. Allí se encontró con María, la madre de Jesús, y Juan, el discípulo preferido, que junto a otros de sus seguidores exclamaban que el cuerpo del Maestro había desaparecido. En la tumba, sobre la piedra en que habían depositado el cadáver, quedaba el lienzo en el que José de Arimatea le había envuelto y que ninguno de los presentes se atrevía a tocar. La ley judía prohíbe tener contacto con objetos impuros y la mortaja de un muerto lo es.

Josar la tomó en sus manos. Él no era judío, ni le afectaban los tabúes de su ley. Apretó el lienzo contra su cuerpo y se sintió inundado de placidez. Sentía al Maestro, abrazar aquel sencillo trozo de lino era como abrazarle a él. En ese momento supo lo que tenía que hacer. Dispondría su regreso a Edesa y entregaría el sudario de Jesús a Abgaro y éste se curaría. Ahora entendía lo que le había dicho el Maestro.

Salió de la tumba y respiró el aire fresco mientras, con el sudario doblado en el brazo, buscó el camino de la posada para dejar cuanto antes Jerusalén.

En Edesa el calor de mediodía invitaba a sus habitantes a esperar en sus casas a que cayera la tarde. A esa hora la reina colocaba paños húmedos sobre la frente enferma de Abgaro, y le tranquilizaba asegurándole que la enfermedad no le había carcomido aún la piel.

Ania, la bailarina, era un deshecho humano. Llevaba tiempo lejos de la ciudad, pero Abgaro no había querido dejarla abandonada a su mala suerte, y le enviaba víveres a la cueva donde se había refugiado. Esa mañana, uno de sus hombres, al volver de dejar cerca de la cueva un saco con cereales y un pellejo de agua fresca, la vio. Al regresar contó al rey que el otrora hermoso rostro era una masa informe descarnada. Abgaro no había querido escuchar más y se había refugiado en sus aposentos, donde preso del horror sufría una fiebre que le hacía delirar.

La reina le cuidaba y no dejaba que nadie se acercara a él. Algunos adversarios del rey habían comenzado a conspirar para sustituirlo, y la tensión aumentaba según pasaban los días. Lo peor es que no habían vuelto a tener noticias de Josar. Éste se había quedado con el Nazareno y aunque Abgaro se lamentaba de que Josar le hubiese abandonado, la reina le aseguraba que confiara en él. Pero en ese momento a ella misma le flaqueaba la confianza.

—¡Señora! ¡Señora! ¡Josar está aquí!

La esclava había irrumpido gritando en la estancia donde Abgaro dormitaba abanicado por la reina.

—¡Josar! ¿Dónde está?

La reina salió corriendo ante la mirada atónita de cuantos se encontraba a su paso, soldados y cortesanos, hasta tropezar con Josar.

Su leal amigo, cubierto aún por el polvo del viaje, tendió las manos hacia la reina.

—Josar, ¿le has traído? ¿Dónde está el Nazareno?

—Mi señora, el rey sanará.

—Pero ¿dónde está, Josar? Decidme dónde está el Judío.

La voz de la reina traslucía la desesperación tanto tiempo contenida.

—Llevadme con Abgaro.

La voz de Josar sonaba fuerte y rotunda, y cuantos contemplaban la escena quedaron impresionados. La reina lo guió hasta el aposento donde yacía Abgaro.

El rey entornó los ojos y al ver a Josar suspiró aliviado.

–Has vuelto, mi buen amigo.

–Sí, Abgaro, y ahora sanarás.

En la puerta de la estancia, la guardia del rey impedía el paso a algunos cortesanos curiosos que no querían perderse la escena del reencuentro del rey con su mejor amigo.

Josar ayudó a Abgaro a incorporarse y le entregó el lino que el rey apretó a su cuerpo sin saber qué era.

–Aquí está Jesús y si crees sanarás. Él me dijo que sanarías, y me envía a ti con ese encargo.

La firmeza de las palabras de Josar, su convicción, dieron seguridad a Abgaro, que apretó con más fuerza la tela contra su cuerpo.

–Sí, creo –dijo Abgaro.

Y su corazón era sincero. Entonces se obró el milagro. El color volvió al rostro del rey y las huellas de la enfermedad se borraron. Abgaro sintió cómo la fuerza le recorría la sangre y cómo una sensación de paz invadía su espíritu.

La reina lloraba en silencio abrumada por el prodigio, mientras que los soldados y los cortesanos apiñados en el umbral del aposento no sabían explicarse cómo se había producido la curación del rey.

–Abgaro, Jesús te ha sanado tal y como prometió. Éste es el lienzo con que amortajaron su cuerpo; porque has de saber, mi señor, que Pilatos, con la complicidad de los sacerdotes judíos, ordenó crucificar a Jesús después de someterlo a tormento. Pero no te aflijas, porque Él ha vuelto con su Padre, y desde donde está nos ayudará y ayudará a los hombres hasta el fin de los tiempos.

El milagro de la curación del rey corrió como el polvo por todos los caminos. Abgaro le pidió a Josar que le hablara de Jesús a fin de hacer suyas las enseñanzas del Nazareno. Él, Abgaro, la reina y todos sus súbditos adoptarían la religión de

Jesús, así que mandó desmantelar los templos e hizo que Josar le predicara a él y a su pueblo a fin de convertirse en buenos seguidores del Nazareno.

Josar predicó a Abgaro y a los habitantes de Edesa como discípulo de Jesús que era, y no hubo en la ciudad otra religión que la del Nazareno.

–¿Qué haremos con el sudario, Josar?

–Mi rey, debes de procurar un lugar seguro para guardarlo. Jesús te lo envió para tu sanación y debemos conservarlo procurando que no sufra daño alguno. Muchos de tus súbditos me piden que les deje tocar el lino y he de decirte que ha obrado nuevos milagros.

–Mandaré construir un templo, Josar.

–Sí, señor.

Cada día, a la hora que el sol irrumpía por el este, Josar aprovechaba la primera luz para ponerse a escribir. Quería dejar testimonio escrito de los prodigios hechos por Jesús de los que él había sido testigo y de cuanto los amigos del Maestro le habían contado durante el tiempo en que vivió en Jerusalén. Después, Josar acudía a palacio y le hablaba a Abgaro, a la reina y a muchos otros de cuanto sabía de las enseñanzas del Nazareno.

Veía el asombro reflejado en los rostros cuando predicaba que no había que odiar ni desear mal a los enemigos. Jesús había enseñado a poner la otra mejilla.

Además de Abgaro, Josar contaba con la fe de la reina para ayudarle a que prendiera la semilla de las enseñanzas de Jesús.

En poco tiempo Edesa era cristiana, y Josar enviaba misivas a algunos de los amigos de Jesús que como él llevaban la buena nueva por pueblos y ciudades.

Cuando Josar terminó de escribir la historia del Nazareno, Abgaro encargó a sus escribas varias copias, para que los hombres nunca olvidaran la vida y prédicas de ese judío extraordinario que le había sanado después de muerto.

7

Mientras aparcaba el coche, Marco pensó que igual estaba perdiendo el tiempo. Dos años atrás no había logrado sacar nada en claro del mudo. Habían recurrido a un médico especialista, que después de examinarlo les aseguró que el hombre tenía el oído bien y que no había ninguna causa física que le impidiera la audición. Sin embargo el mudo permanecía tan encerrado en sí mismo que era difícil saber si realmente les oía o no. Posiblemente ahora pasaría lo mismo, pero le parecía que tenía que verlo, escudriñar qué podía haber detrás de ese hombre misterioso y sin huellas.

El director de la cárcel no estaba, pero había dado órdenes precisas para que le facilitaran lo que pidiera; lo que pidió fue estar a solas con el mudo.

–No hay inconveniente –le dijo el jefe de los celadores–, es un hombre pacífico. No crea ningún problema, además es un poco místico, le gusta estar en la capilla en vez de salir al patio con los demás. Le falta poco para dejar esto; como no causó grandes daños, le cayeron tres años. Así que un año más y en libertad. Si tuviera abogado ya habría pedido la condicional por buena conducta, pero nadie se ocupa de él.

–¿Entiende cuando le hablan?

–¡Ah! Eso es un misterio. A veces parece que sí, otras que no. Depende.

–Pues no me aclara usted mucho.

–Es que este hombre es especial, no sé, no parece un ladrón. Bueno al menos no se comporta como los ladrones. Aquí tuvimos a otro mudo hace muchos años, y era distinto, no sé, se notaba que era un delincuente. Pero éste, ya le digo que se le va el tiempo mirando al frente o en la capilla.

–¿No ha pedido lectura, algún periódico?

–No, nunca, tampoco ve la televisión, no le interesan ni los partidos del Mundial. No recibe cartas ni tampoco él escribe a nadie.

Cuando el mudo entró en la sala donde le esperaba Marco, sus ojos no denotaron sorpresa, sólo indiferencia. Se quedó de pie, cerca de la puerta, con la mirada baja, expectante.

Marco le indicó con un gesto que se sentara, pero el mudo permaneció de pie.

–No sé si me entiende o no, pero sospecho que sí.

El mudo levantó ligeramente los ojos del suelo, en un gesto imperceptible para cualquiera que no fuera un profesional de la condición humana, y Marco lo era.

–Sus amigos han vuelto a intentar robar en la catedral. Esta vez han provocado un incendio. Afortunadamente la Síndone continúa intacta.

El mudo mantenía un riguroso control de sus emociones y su rostro permanecía inmóvil sin que le costara mayor esfuerzo. Pero Marco tenía la impresión de que sus palos de ciego estaban dando en alguna parte, porque ese hombre que llevaba dos años en prisión era más vulnerable que cuando le detuvieron.

–Supongo que debe de ser desesperante estar aquí. No le voy a hacer perder el tiempo, porque tampoco quiero perder el mío. Le quedaba un año de condena, y digo que le quedaba porque hemos reabierto su sumario a raíz de las investigaciones por el incendio de hace unos días. Un hombre ha muerto achicharrado, era mudo como usted. Así que le espera una larga temporada en la cárcel hasta que terminemos de investigar, de atar cabos, y eso en tiempo pueden ser dos, tres, cuatro años, no sé. Por eso estoy aquí; si usted me dice quién es y quiénes son sus amigos a lo mejor podemos llegar a un acuerdo. Intentaría que le dieran la condicional, y pasaría a ser un testigo protegido. Eso significa nueva identidad y que sus amigos nunca le puedan encontrar. Piénselo. Yo puedo tardar en resolver este caso un día o diez años, pero mientras el caso esté abierto usted se pudrirá en esta prisión.

Marco le entregó una tarjeta con sus teléfonos.

–Si quiere comunicarme algo, enseñe esta tarjeta a los celadores; ellos me llamarán.

El mudo no alargó la mano para coger la tarjeta que le tendía, por lo que Marco decidió dejarla sobre la mesa que ocupaba el centro de la estancia.

–Usted verá, es su vida, no la mía.

Cuando salió de la sala evitó la tentación de mirar atrás. Había interpretado el papel de duro y una de dos, o había hecho el ridículo porque el mudo no le había entendido nada o, por el contrario, había logrado sembrar incertidumbre en el hombre y éste podía reaccionar.

Pero ¿le había entendido? ¿Comprendía el italiano? No lo sabía. En algún momento le había parecido que sí, pero a lo mejor se equivocaba.

Cuando el mudo regresó a su celda, se tumbó en el camastro mirando al techo. Sabía que las cámaras de seguridad barrían cada rincón de su celda y por tanto debía continuar impasible.

Un año, le faltaba un año para recuperar la libertad y ahora este policía le decía que no soñara con salir. Podía ser un farol, pero también podía estar diciendo la verdad.

Como deliberadamente no veía la televisión junto al resto de los presos, se mantenía al margen de las noticias del exterior. Addaio les había dicho que si les cogían se aislaran, cumplieran condena y buscaran la manera de regresar a casa.

Ahora, Addaio había mandado a otro equipo, lo había vuelto a intentar. Un incendio, un compañero muerto y otra vez la policía buscando pistas, desconcertada.

En la prisión había tenido tiempo para pensar y la conclusión era evidente: tenían un traidor entre ellos, no podía ser que cada vez que planeaban la acción algo saliera mal y terminaran detenidos o entre las llamas.

Sí, había un traidor en sus filas y los había habido en el pasado. Estaba seguro. Tenía que regresar y convencer a Addaio para que investigara, para que encontrara al culpable de tantos fracasos, de su desgracia.

Pero tenía que esperar, por mucho que le costara. Si ese policía había ido a ofrecerle un trato es porque no tenía nada; de lo contrario se habría visto ante un tribunal. Era un farol, y él no podía flaquear. Su fuerza se la daba la mudez y el aislamiento riguroso al que se había sometido. Le habían entrenado para esto, pero cuánto había sufrido estos dos años sin leer un libro, sin tener noticias del exterior, sin comunicarse aunque fuera por señas con los demás.

Los celadores y los guardias se habían convencido de que era un pobre chiflado inofensivo, arrepentido de haber intentado robar en la catedral y que por eso iba a la capilla a rezar. Eso es lo que les oía decir cuando hablaban de él. Sabía que les daba pena. Ahora debía continuar haciendo su papel, el papel del que no sólo no habla, sino que ni oye, ni entiende, el papel de desgraciado, y esperar a que se confiaran y hablaran delante de él. Lo hacían siempre porque para ellos era como un mueble.

Deliberadamente había dejado en la mesa de la sala de visitas la tarjeta que le había dado el policía. Ni la había rozado. Ahora a esperar, esperar a que pasara otro maldito año.

—Dejó la tarjeta donde tú la dejaste, ni la tocó.

—Y estos días ¿habéis notado algo especial?

—Nada, está igual que siempre. Va a la capilla en las horas libres, y el resto en su celda, mirando el techo. Las cámaras de vigilancia le graban las veinticuatro horas. Si hiciera algo distinto te llamaría.

—Gracias.

Marco colgó el teléfono. Le había fallado la corazonada. Estaba convencido de que el mudo iba a reaccionar, pero el director de la prisión le aseguraba que no se había producido ningún cambio en él. Sentía una cierta desazón porque la investigación no avanzaba.

Estaba a punto de llegar Minerva. Le había pedido que viajara a Turín porque quería mantener una reunión con todo su equipo, y entre todos ver qué podían sacar en claro.

Se quedarían dos o tres días más. Luego tenían que regresar a Roma; no podía dedicarse exclusivamente a este caso, en el departamento no lo entenderían, en los ministerios tampoco, y lo peor que le podía suceder es que le creyeran obsesionado. Los grandes jerifaltes no lo entenderían. La Sábana Santa estaba intacta, no había sufrido daño, de la catedral no se habían llevado nada. Estaba el cadáver de uno de los ladrones; no se había podido determinar quién era, pero tampoco a nadie parecía importarle demasiado.

Sofia y Pietro entraron en el despacho. Giuseppe había ido a recoger a Minerva al aeropuerto, y Antonino, siempre puntual, llevaba un rato leyendo papeles.

–¿Qué hay, jefe? –saludó Sofia.

–Nada, el director de la prisión me asegura que el mudo ni se ha inmutado, como si no me hubiese visto.

–Entra dentro de lo normal –apostilló Pietro.

–Sí, supongo que sí.

En ese momento una carcajada y el sonido de unos tacones les sirvió de anuncio de la llegada de Minerva. Giuseppe y ella entraron riendo.

Minerva, de mediana estatura, ni gorda ni delgada, ni guapa ni fea, siempre parecía de buen humor. Estaba felizmente casada con un ingeniero informático que, al igual que ella, era un auténtico genio de la ofimática.

Después de los saludos de rigor, comenzó la reunión.

–Bien –dijo Marco–, vamos a recapitular, y quiero que cada uno de vosotros me deis vuestra opinión. Pietro...

–La empresa que está haciendo las obras en la catedral se llama COCSA. He interrogado a todos los obreros que trabajan en la renovación del sistema eléctrico, no saben nada, y me parece que dicen la verdad. La mayoría son italianos, aunque hay algún inmigrante: dos turcos y tres albaneses. Tienen los papeles en regla, incluidos los permisos de trabajo.

»Por lo que dicen, llegan a la catedral a las ocho y media de la mañana, al término de la primera misa. En cuanto se van los fieles se cierran las puertas y ya no hay servicios hasta las seis de la tarde, hora en que ellos se van. Hacen un pequeño descanso para comer, entre la una y media y las cuatro. A las cuatro en punto regresan y terminan a las seis.

»Aunque el sistema eléctrico no es demasiado antiguo, lo están renovando para iluminar mejor algunas capillas de la catedral. También están reparando algunos desconchones que hay en las paredes, fruto de la humedad. Calculan que en dos o tres semanas más habrán terminado.

»El día del incendio no recuerdan que pasara nada especial. En la zona donde se desató el fuego estuvieron trabajando uno de los turcos, Tarik, y dos obreros italianos. No se explican cómo pudo producirse el cortocircuito. Los tres aseguran que ellos dejaron los cables perfectamente recogidos cuando se fueron a almorzar a una pequeña taberna cerca de la catedral. Aún no entienden cómo sucedió.

—Pero sucedió —apostilló Sofia.

Pietro la miró con mala cara y prosiguió:

—Los obreros están contentos con la empresa; aseguran que les pagan bien y el trato es correcto. Me dijeron que el padre Yves es el que supervisa los trabajos en la catedral, que es muy amable, pero que no se le escapa una y tiene muy claro cómo debe quedar el trabajo. Al cardenal lo ven cuando oficia la misa de ocho y en un par de ocasiones ha recorrido las obras con el padre Yves.

Marco encendió un cigarro pese a la mirada reprobatoria de Minerva.

—No obstante, el informe de los peritos es concluyente —continuó Pietro—. Se prendieron unos cables que colgaban sobre el altar de la capilla de la Virgen; a partir de ahí comenzó el incendio. ¿Un descuido? Los obreros me aseguran que ellos dejaron los cables recogidos, en perfectas condiciones, pero ¿es verdad o lo dicen para justificarse? Interrogué al padre Yves. Me aseguró que los obreros le habían parecido muy profesionales en el trabajo, pero está convencido de que alguien tuvo un descuido.

—¿Quién había en la catedral a esa hora? —preguntó Marco.

—Al parecer —continuó Pietro— sólo el portero, un hombre mayor, de sesenta y cinco años. En las oficinas están hasta las dos y luego se van a comer y regresan a eso de las cuatro y media. El incendio fue hacia las tres, y sólo se encontraba el portero. Estaba en estado de shock. Cuando le interrogué se puso a llorar, estaba muy asustado. Se llama Francesco Turgut, es italiano, de padre turco y madre italiana. Él nació en Turín. Su padre trabajó en la Fiat y su madre era hija del portero de la catedral y ayudaba a su madre a limpiar la nave. Los porteros tienen una vivienda contigua al edificio y cuando sus padres se casaron, por falta de medios se instalaron con los suegros en esa vivienda. Francesco ha nacido ahí, la catedral es su casa y dice que se siente culpable por no haber podido evitar el incendio.

—¿Oyó algo? —preguntó Minerva.

—No, estaba viendo la televisión y un poco dormido. Se levanta muy temprano para abrir la catedral y las oficinas anexas. Dice que se sobresaltó cuando llamaron al timbre y un hombre que pasaba por la plaza lo alertó del humo que salía del edificio. Fue corriendo y se encontró con el fuego, llamó a los bomberos, y desde entonces está destrozado, ya os digo que no para de llorar.

—Pietro, ¿crees que el incendio fue provocado o fruto de una negligencia?

La pregunta de Marco sorprendió a Pietro.

—Si no hubiéramos encontrado el cadáver de un mudo, te diría que fue una negligencia. Pero tenemos el cadáver de un hombre del que no sabemos nada. ¿Qué hacía allí? ¿Cómo entró? El portero afirma que él recorre la catedral antes de cerrarla, y que no había nadie. Parte de su trabajo consiste precisamente en asegurarse de que nadie se queda dentro. Jura que cuando apagó las luces la catedral estaba vacía.

–Pudo tener un despiste, es un hombre mayor –supuso Sofia.

–O miente –terció Pietro.

–Alguien entró después de haber cerrado –afirmó Giuseppe.

–Sí –continuó Pietro–. Efectivamente alguien forzó la puerta lateral que va a las oficinas; desde allí se puede llegar a la catedral. La cerradura estaba forzada. Ese hombre sabía por dónde entrar y cómo llegar. La prueba es que lo hizo sin ruido, sin llamar la atención y cuando sabía que no había nadie en las oficinas.

–Estamos seguros –afirmó Giuseppe– de que el ladrón, o los ladrones, conocen a alguien que trabaja o tiene relación con la catedral. Alguien que le avisó de que ese día y a esas horas no quedaría ni un alma.

–¿Por qué estáis tan seguros? –preguntó Minerva.

–Porque en este incendio –continuó Giuseppe–, como en el supuesto robo de hace dos años, como en el incendio del noventa y siete, como en los otros accidentes, los ladrones han sabido siempre que dentro no había nadie. Sólo hay una entrada, además de la principal que se abre al público, la de las oficinas, porque las otras entradas a la catedral están cegadas. Y siempre han forzado esa entrada lateral. La puerta está blindada, pero un blindaje no es problema para profesionales. Creemos que había otros hombres con nuestro mudo muerto y que huyeron. Asaltar una catedral no es algo que se haga en solitario. También hemos constatado que todos los falsos asaltos suelen llevarse a cabo cuando hay obras. Aprovechan para provocar un cortocircuito, una inundación, el caos. Pero esta vez tampoco se han llevado nada. Por tanto, seguimos preguntándonos: ¿qué buscaban?

–La Síndone –afirmó Marco sin dudar–, pero ¿para qué?, ¿para destruirla?, ¿para robarla? No lo sé. Me pregunto si lo de forzar la puerta no es una pista falsa que nos dejan, es demasiado evidente... no sé. Minerva, ¿tú qué has averiguado?

–Puedo añadir que en la empresa de las obras, COCSA, tiene una participación Umberto D'Alaqua. Ya se lo comenté a Sofia. Es una empresa seria, solvente, que trabaja para la Iglesia en Turín y en el resto de Italia. D'Alaqua es un hombre conocido y estimado por el Vaticano. Es una especie de asesor de finanzas, les ha aconsejado pingües inversiones, les ha hecho préstamos importantes para operaciones en las que el Vaticano no quería aparecer. Es un hombre de confianza de la Santa Sede, que también ha participado en misiones diplomáticas delicadas. Sus negocios van desde la construcción hasta los aceros, pasando por prospecciones petrolíferas, etcétera. En COCSA tiene una participación sustanciosa.

»Y es un hombre interesante. Soltero, atractivo aunque tiene cincuenta y siete años, sobrio. Jamás hace alarde ni del dinero ni del poder que tiene. Nunca se le ha visto en fiestas de la jet, ni tampoco se le conoce ninguna novia.

–¿Homosexual? –preguntó Sofia.

–No, tampoco. Ni siquiera es del Opus, ni de ninguna orden laica, pero es como si hubiera hecho voto de castidad. Su afición es la arqueología: ha financiado algunas excavaciones en Israel, Egipto y Turquía, incluso él mismo ha pasado temporadas excavando en Israel.

–No me parece que con ese historial D'Alaqua pueda estar entre los sospechosos de querer robar o destruir la Síndone –apostilló Sofia.

–No, pero es un personaje singular –insistió Minerva–. Como también es un personaje singular el profesor Bolard. Verás, jefe, este profesor es un reconocido científico francés. Químico y microanalista, es uno de los más reputados estudiosos de la Síndone. Lleva más de treinta y cinco años estudiando la Sábana, comprobando su estado. Cada tres o cuatro meses acude a Turín; él es uno de los científicos a los que la Iglesia ha encargado la conservación de la Síndone. No se da un paso sin consultarle.

–Efectivamente –dijo Giuseppe–. Antes de trasladar la Sábana al banco, el padre Yves habló con Bolard. Éste dio instrucciones precisas de cómo había que organizar el traslado. En la cámara acorazada hace años que hay un pequeño habitáculo que se acondicionó de acuerdo con las instrucciones del profesor Bolard y otros profesores, que es donde se guarda la Sábana.

–Bueno, pues Bolard –continuó Minerva– es dueño de una gran empresa química, está soltero, es riquísimo, lo mismo que D'Alaqua, y nunca se le ha conocido un mal romance. Tampoco es homosexual.

–¿Se conocen D'Alaqua y Bolard? –preguntó Marco.

–Parece que no, pero aún estoy investigando. Tampoco sería extraordinario que se conocieran, ya que Bolard también siente pasión por el mundo antiguo.

–¿Qué has averiguado del padre Yves? –continuó preguntando Marco a Minerva.

–Un chico listo ese cura. Es francés, su familia pertenece a la vieja aristocracia, con influencias. Su padre, ya fallecido, era diplomático, y fue uno de los jefazos del Ministerio de Exteriores en la época de De Gaulle. Su hermano mayor es diputado en la Asamblea Nacional, además de haber ocupado distintos cargos en los gobiernos de Chirac. Su hermana es magistrada del Tribunal Supremo y él lleva una carrera meteórica dentro de la Iglesia. Su protector más directo es monseñor Aubry, el ayudante del sustituto de la Secretaría de Estado, pero también el cardenal Paul Visier, encargado de las finanzas del Vaticano, siente simpatía por él, ya que en la universidad fue compañero de Jean, el hermano mayor del padre Yves. De manera que le ha promocionado y le ha hecho curtirse en el servicio diplomático. El padre Yves ha ocupado puestos en las nunciaturas de Bruselas, Bonn, México y Panamá. Precisamente por recomendación de monseñor Aubry le nombraron secretario del cardenal de Turín, y se rumorea que pronto le nombrarán obispo auxiliar de esta diócesis. Su biografía no tiene nada de especial, salvo que es un chico bien metido a cura, con una familia influyente que le apoya en su carrera eclesiástica. Su currículo académico no está nada mal. Además de teología ha estudiado filosofía pura, se ha licenciado en lenguas muertas, ya sabéis, latín, arameo, y además habla correctamente otros idiomas.

»Lo único peculiar es que le gustan las artes marciales. Al parecer de niño era un poco enclenque y para evitar que le pegaran su padre decidió que aprendiera kárate. Le gustó, y además de ser cinturón negro con no sé cuántos danes de kárate, lo es de taekwondo, kickboxing y aikido. Las artes marciales son su única debilidad, pero teniendo en cuenta las debilidades que tienen en el Vaticano, la del padre Yves es de lo más inocente. ¡Ah!, y a pesar de lo guapo que es, lo digo por la foto, no se le conocen devaneos sentimentales ni con chicas, ni con chicos. Nada, absolutamente célibe.

–¿Qué más tenemos? –preguntó Marco sin dirigirse a nadie en concreto.

–Nada, no tenemos nada –dijo Giuseppe–. Estamos otra vez en punto muerto. Sin pistas, y lo que es peor, sin móvil. Investigaremos lo de la puerta si tú crees que puede ser una pista falsa, pero entonces ¿por dónde demonios entran y salen? Hemos revisado la catedral de arriba abajo, y te aseguro que no hay entradas secretas. El cardenal se rió cuando le preguntamos por esa posibilidad. Ha asegurado que la catedral no tiene pasadizos secretos. Tiene razón, hemos comprobado una y otra vez los planos de los túneles que comunican la ciudad subterránea, y en esa zona no hay ninguno. Por cierto, los turineses están haciendo negocio llevando a los turistas a visitar los túneles, explicándoles la historia de su héroe Pietro Micca.

–El móvil es la Sábana –recalcó Marco en tono malhumorado–. Van a por la Sábana, aún no sé si quieren robarla o destruirla, pero el objetivo es la Sábana Santa, estoy seguro. Bien, ¿alguna sugerencia?

Se hizo un silencio incómodo. Sofia buscó la mirada de Pietro, pero éste, cabizbajo, se entretenía encendiendo un cigarro, así que decidió hablar, decirles lo que había estado pensando.

–Marco, yo soltaría al mudo.

Todas las miradas se clavaron en Sofia. ¿Habían oído bien?

–El mudo puede ser nuestro caballo de Troya. Verás, Marco, si tú tienes razón y alguien va a por la Síndone, está claro que es una organización que manda a sicarios mudos, con las huellas dactilares quemadas, de manera que si son detenidos, como el de la cárcel de Turín, pueden mantenerse en silencio, aislarse, no caer en la tentación de hablar. Sin huellas dactilares es imposible conocer la identidad, el origen de estos hombres. Y en mi opinión, Marco, tus amenazas al mudo no van a servir de nada; estoy segura de que no pedirá hablar contigo. Esperará a cumplir condena, y le falta sólo un año.

»Podemos hacer dos cosas, esperar un año o tú, Marco, convences a los jefes para que aprueben una nueva línea de investigación que pasa por que suelten al mudo, y una vez que esté en la calle nos pegamos a sus talones. Tendrá que ir a alguna parte, ponerse en contacto con alguien.

»Es el hilo que nos puede conducir al corazón del ovillo, nuestro caballo de Troya. Si te decides por este plan hay que prepararlo bien. No lo pueden soltar inmediatamente, habría que esperar yo diría que por lo menos un par de meses, y además hacer una buena puesta en escena para que no sospeche por qué le dejamos en libertad.

–¡Dios, qué estúpidos hemos sido! –exclamó Marco dando un puñetazo sobre la mesa–. ¡Pero cómo es posible que hayamos sido tan tontos! Nosotros, los *carabinieri*, todos. Teníamos ahí la solución y hemos estado dos años haciendo el bobo.

Le miraron expectantes. Sofia no sabía si estaba aprobando su plan o sencillamente se acababa de dar cuenta de algo que a los demás les había pasado inadvertido, pero las siguientes palabras de Marco disiparon sus dudas.

66

–¡Lo haremos Sofia, lo haremos! Tu plan es perfecto, es lo que teníamos que haber hecho. Hablaré con los ministros y se lo expondré, necesitamos que hablen con los jueces, con el fiscal, con quien sea, pero que le dejen en libertad y a partir de ese momento pondremos en marcha un dispositivo para seguirle donde quiera que vaya.

–Jefe –le interrumpió Pietro–, no te precipites, pensemos primero cómo vender al mudo que le dejan libre. Dos meses, como propone Sofia, me parece poco tiempo teniendo en cuenta que acabas de estar con él y le has dicho que se pudrirá en la cárcel. Si le dejamos suelto sabrá que es una trampa y no se moverá.

Minerva se revolvió incómoda en la silla, mientras que Giuseppe parecía abstraído. Antonino permanecía inmóvil. Ahora les tocaba a ellos opinar, lo sabían. Marco siempre exigía a los miembros de su equipo que se mojaran expresando su opinión. Las decisiones las tomaba él, pero nunca antes de haberles escuchado.

–Antonino, ¿por qué no dices nada? –le inquirió Marco.

–El plan de Sofia me parece brillante. Creo que debemos ponerlo en marcha, pero estoy con Pietro en que al mudo no se le puede dejar en libertad demasiado pronto; casi me inclino a que dejemos que cumpla el año que le falta.

–¡Y mientras tanto qué, nos cruzamos de brazos a esperar que vuelvan a intentar algo contra la Síndone! –exclamó Marco.

–La Síndone –respondió Antonino– está en la cámara acorazada del banco y allí puede seguir en los próximos meses. No es la primera vez que pasa una larga temporada sin estar expuesta al público.

–Tiene razón –apostilló Minerva– y tú lo sabes. Entiendo que ahora que hemos encontrado el caballo de Troya dé rabia tener que esperar, pero si no lo hacemos podemos perder la única pista que tenemos, porque a mí no me cabe la menor duda de que no dará un paso en falso si le sueltas ahora.

–¿Giuseppe?

–Verás, jefe, a mí me da rabia, lo mismo que a ti, que ahora que hemos encontrado la manera de empezar a investigar de verdad este asunto tengamos que cruzarnos de brazos.

–No quiero esperar –afirmó Marco con rotundidad–; no podemos esperar un año como dice Pietro.

–Pues es lo más sensato –argumentó Giuseppe.

–Yo haría algo más.

Todas las miradas volvieron a confluir en Sofia. Marco levantó las cejas y las manos invitándola a hablar.

–En mi opinión hay que volver a investigar a los obreros hasta estar convencidos de que el cortocircuito ha sido realmente un accidente. También tenemos que investigar a COCSA, e incluso entrevistarnos con D'Alaqua. Puede que detrás de tanta normalidad haya algo que se nos escapa.

–¿Qué sospechas, Sofia? –inquirió Marco.

–Exactamente nada, pero mi intuición me dice que debemos volver a investigar a los obreros.

Pietro la miró contrariado. Él se había encargado de interrogarlos, y lo había hecho exhaustivamente. Tenía una carpeta con datos de todos ellos, de los italianos y de los otros, y en los ordenadores de la policía no había encontrado nada, ni tampoco en los de Interpol. Estaban limpios.

–¿Vas a desconfiar de ellos porque son extranjeros?

Sofia sintió las palabras de Pietro como un golpe bajo.

–Tú sabes que no, y me parece una insinuación hecha con mala fe. Simplemente creo que debemos volver a investigarlos a todos, a los extranjeros y a los italianos, y si me apuras incluso al cardenal.

Marco se dio cuenta del duelo que mantenía la pareja y le fastidió. Apreciaba a los dos, si acaso más a Sofia Galloni, por la que sentía cierta admiración. Además, pensaba que tenía razón, que a lo mejor se les estaba escapando algo, y por tanto no pasaba nada por volver a insistir en la investigación. Pero tenía que dar la razón a Sofia sin herir a Pietro, al que veía fastidiado sin saber por qué. ¿Acaso celos del brillante plan de Sofia? ¿O habrían tenido una disputa de pareja y estaban librando una batalla sentimental allí, delante de todos y a cuenta del trabajo? Si era así lo cortaría de raíz. Ellos sabían que no toleraría que los problemas personales se mezclaran con el trabajo.

—Todos revisaremos lo que hemos hecho hasta ahora, y no cerraremos ninguna línea de investigación.

Pietro se revolvió en su asiento.

—¿Qué pasa, que vais a convertir a todo el mundo en sospechoso?

A Marco le empezaba a fastidiar la situación, y el tono de Pietro le resultó ofensivo.

—Vamos a continuar investigando. Yo me vuelvo a Roma ahora mismo. Quiero hablar con los ministros para que den luz verde al caballo de Troya. Pensaré en cómo no tener que esperar un año para soltar al mudo sin que sospeche. En Roma tenemos trabajo, así que algunos de vosotros os quedáis aquí unos días más y otros regresáis, sabiendo que quien regresa no es que deje el caso, simplemente lo combinará con el trabajo de la oficina. ¿Quién se queda?

—Yo —dijo Sofia.

—Y yo —dijeron al tiempo Giuseppe y Antonino.

—Bien, pues entonces Minerva y Pietro regresan conmigo. Creo que hay un avión a las tres, así que a Pietro y a mí nos da tiempo a recoger nuestro equipaje en el hotel.

—A mí me parece —comentó Minerva— que os seré más útil con mis ordenadores en Roma.

8

El hombre levantó la trampilla y con el halo de luz de su linterna iluminó el sótano. Allí estaban los tres mudos, mirándole impacientes. Bajó la destartalada escalera que conducía a aquel sótano oculto, y sintió un leve estremecimiento. Tenía ganas de que los mudos se marcharan, pero también sabía que cualquier decisión precipitada podía dar con los huesos de todos ellos en la cárcel y, lo que era peor, con la vergüenza de un nuevo fracaso y el desprecio eterno de Addaio, que hasta podría dictar su excomunión.

–Los policías de Roma se han marchado. Hoy se han despedido del cardenal y el jefe, el tal Marco, ha estado un buen rato con el padre Yves. Creo que ya podéis salir de aquí, porque por lo que he podido escuchar los *carabinieri* no sospechan de que además de vuestro compañero muerto hubiera nadie más. De acuerdo con las instrucciones de Addaio tenéis que seguir cada uno vuestro plan de fuga.

El mayor de los mudos, un hombre de unos treinta y pocos años, asintió mientras en un papel escribía una pregunta.

«¿Estás seguro de que no hay peligro?»

–Todo lo seguro que puedo estar. Escríbeme en ese papel si necesitáis algo.

El mudo que parecía el jefe volvió a escribir en el papel.

«Necesitamos asearnos, no podemos salir así. Tráenos más agua, un barreño donde podamos lavarnos a fondo, y ¿qué pasa con los camiones?»

–Pasada la medianoche, hacia la una, bajaré a buscarte. Te acompañaré por el túnel hasta el cementerio monumental. Allí saldrás tú solo al exterior. Un camión esperará en la estación de Merci Vanchiglia, al otro lado de la plaza, no se detendrá más de cinco minutos. Ésta es la matrícula –le dio un papel con un número apuntado–, a ti te llevará hasta Génova; allí embarcas como marinero en el *Estrella del Mar* y en una semana estarás en casa.

El jefe asintió con la cabeza. Sus dos compañeros habían permanecido expectantes. Eran más jóvenes, apenas en la veintena, el uno con el pelo negro cortado estilo militar, ancho de espaldas, brazos musculosos, alto; el otro de complexión más endeble y más bajo, cabello castaño y un destello permanente de impaciencia en la mirada.

El hombre se dirigió al del pelo negro.

–Tu camión pasará a recogerte la madrugada de mañana. Haremos el mismo recorrido por el túnel hasta el cementerio. Cuando salgas a la calle tuerce a la izquierda, camina hacia el río; el camión te estará esperando. Pasaréis la frontera con Suiza, de allí a Alemania. En Berlín te esperan; ya conoces la dirección de los que te llevarán a casa.

El joven de complexión débil se le quedó mirando fijamente. El hombre sintió miedo porque percibió ira en los ojos castaños del joven mudo.

–Te toca salir el último. Tienes que estar otros dos días aquí. El camión te recogerá también de madrugada, a las dos, vas directamente a casa. Que tengáis suerte. Os traeré el agua.

El mudo con el pelo cortado estilo militar le agarró fuerte del brazo y le indicó que quería hacer una pregunta que escribió rápido en el papel.

–¿Quieres saber de Mendibj? Está en prisión, ya lo sabéis. Se comportó como un loco, no quiso esperar a que llegaran sus compañeros, se introdujo en la catedral y llegó hasta la capilla. No sé lo que hizo, pero la alarma empezó a sonar. Tengo órdenes de Addaio de no correr riesgos, de manera que no puedo ayudarle. Le cogieron corriendo por la piazza del Castelo. Seguid las instrucciones y no habrá problemas, no tiene por qué haberlos. Nadie sabe nada de este sótano, ni del túnel. En el subsuelo de Turín se cruzan decenas de túneles, pero no se conocen todos; éste no ha sido descubierto, sería una catástrofe que lo hicieran. Nos harían desaparecer de la faz de la tierra.

Cuando el hombre entrado en años abandonó el sótano, se miraron. El jefe empezó a escribir en un papel las instrucciones que había de seguir cada uno. Dentro de unas horas iniciarían un largo viaje y o bien lograban llegar a casa o eran detenidos. La suerte no les había abandonado del todo, la prueba es que estaban vivos, pero huir de Turín no sería tan fácil. No es fácil que tres mudos pasen inadvertidos. Que Dios escuchara sus oraciones y pudieran llegar hasta Addaio.

Espontáneamente se abrazaron, las lágrimas de los tres se fundieron con el abrazo.

9

–¡Josar, Josar!

El joven entró corriendo en la estancia donde Josar descansaba. El sol acababa de dibujarse en el horizonte y Josar aún dormitaba, cansado.

Le costaba abrir los ojos. Cuando lo hizo se encontró con la figura espigada de Izaz, su sobrino.

Izaz estaba aprendiendo el oficio de escriba. Él le enseñaba, así que pasaban mucho tiempo juntos, aunque también recibía lecciones de un filósofo, Marción, del que aprendía griego, latín, matemáticas, retórica y filosofía.

–Llega una caravana, y un mercader ha mandado recado a palacio preguntando por ti. Dice que le acompaña Tadeo, un amigo de Jesús, y que te traen noticias de Tomás.

Josar se levantó sonriendo y se apresuró a refrescarse mientras preguntaba a Izaz.

–¿Estás seguro de que Tadeo ha llegado a Edesa? ¿No te habrás confundido?

–Me ha enviado la reina a buscarte; ha sido ella quien me ha dicho lo que debía decirte.

–¡Ay, Izaz! No puedo creer que sea posible tanta alegría. Tadeo era uno de los seguidores de Jesús. Y Tomás... Tomás contaba con la confianza del Salvador, era uno de los discípulos más cercanos, de los doce elegidos. Tadeo traerá noticias de Jerusalén, de Pedro, de Juan...

Josar se vistió con rapidez. Deseaba llegar a donde descansaban las caravanas después de sus largos recorridos. Llevaría consigo a Izaz para que su joven sobrino conociera a Tadeo.

Salieron de la modesta casa donde vivía Josar. Desde su regreso de Jerusalén Josar había vendido sus pertenencias, casa y enseres, y repartido las ganancias entre los más necesitados de la ciudad. Había encontrado acomodo en una casa tan pequeña como humilde, donde todo cuanto tenía era, además del lecho, una mesa, asientos y pergaminos, cientos de rollos que él leía y escribía a su vez.

Josar e Izaz se apresuraron por las calles de Edesa hasta llegar a los límites de la ciudad. Allí se encontraba el caravansar, y a esas horas de la mañana los mercaderes preparaban sus mercancías para acercarse a la ciudad, mientras un enjambre de esclavos se movía de un lado para otro dando de comer y beber a los animales, sujetando fardos, alentando el fuego de las hogueras.

−¡Josar!

La voz profunda del jefe de los guardias del rey le hizo girarse. Allí estaba Marvuz con un grupo de soldados.

−El rey me ha enviado para que te escolte a palacio junto a ese Tadeo que llega de Jerusalén.

−Gracias, Marvuz. Aguarda aquí mientras lo busco y luego nos acompañarás a palacio.

−He preguntado, y la tienda del mercader que le acompaña es aquella grande del color gris de la tormenta. Me dirigía allí.

−Espera, Marvuz, espera, me gustaría abrazar tranquilo a mi amigo.

El soldado hizo un gesto a sus hombres y aguardaron mientras Josar se dirigía a la tienda del mercader. Izaz le seguía dos pasos atrás, sabiendo la emoción que sentía su tío por volver a encontrarse con un discípulo de Jesús. Le había hablado mucho de ellos, de Juan, el favorito del Maestro; de Pedro, en quien Jesús confiaba pese a que le había traicionado; de Marcos y Lucas; de Mateo y Tomás, y de tantos otros cuyos nombres apenas recordaba.

Josar se acercó tembloroso a la entrada de la tienda, de la que en ese momento salía un hombre alto, de facciones amables, vestido como lo hacen los mercaderes ricos de Jerusalén.

−¿Tú eres Josar?

–Lo soy.

–Pasa, Tadeo te aguarda.

Josar entró en la tienda, y allí, sentado en un almohadón en el suelo, estaba Tadeo escribiendo sobre un pergamino. Los dos hombres cruzaron la mirada y ambos sonrieron satisfechos del encuentro. Tadeo se incorporó y abrazó a Josar.

–Amigo mío, me alegra encontrarte –dijo Tadeo.

–Nunca imaginé que te volvería a ver. Me llenas de alegría, ¡cuánto os recuerdo! Pensar en vosotros me hace sentirme cerca del Maestro.

–Él te quería, Josar, y confiaba en ti. Sabía que tu corazón estaba lleno de bondad y que transmitirías su palabra allá donde fueras, allá donde te encontraras.

–Eso he hecho, Tadeo, eso he hecho, siempre temiendo no ser capaz de transmitir como debiera las palabras del Maestro.

En ese instante entró el mercader.

–Tadeo, te dejaré aquí con tu amigo para que podáis hablar. Mis servidores os traerán dátiles y queso y agua fresca; no os molestarán salvo que los necesitéis. Yo debo acercarme a la ciudad donde esperan mis mercancías. Por la tarde volveré.

–Josar –dijo Tadeo–, este buen mercader se llama Josué, y he viajado bajo su protección desde Jerusalén. Es un buen hombre que solía acudir a escuchar a Jesús y se escondía temiendo que el Maestro lo rechazara. Pero Jesús, que a todos veía, le dijo un día que se acercara, y sus palabras fueron un bálsamo para el alma de Josué, que acababa de enviudar. Es un buen amigo que nos ha ayudado, sus caravanas nos mantienen comunicados y nos ayuda a llevar la palabra del Maestro por todos los caminos.

–Bienvenido seas, Josué –respondió Josar–, aquí estás entre amigos; dime si en algo te podemos ayudar.

–Gracias, buen amigo, pero nada necesito, aunque agradezco tu ofrecimiento. Sé que seguías al Maestro, y Tadeo y Tomás te tienen en gran estima. Ahora iré a la ciudad y regresaré al atardecer. Disfrutad del reencuentro, debéis de tener mucho de que hablar.

Josué salió de la tienda mientras un hombre negro como la noche disponía unos platos con dátiles, fruta y una jarra con agua. Tan silencioso como había entrado salió.

Izaz contemplaba toda la escena en silencio. No se atrevía a hacerse presente. Su tío parecía haberse olvidado de él, pero Tadeo le sonrió y le hizo un gesto para que se acercara.

—¿Y este joven?

—Es mi sobrino Izaz. Le estoy enseñando mi antiguo oficio de escriba y puede que un día pueda ocupar mi antiguo puesto en palacio. Es un buen chico, seguidor de las enseñanzas de Jesús.

En ese momento entró Marvuz en la tienda.

—Josar, perdona que interrumpa, pero Abgaro ha enviado una sirviente de palacio porque está deseoso de tener noticias de ti y de este hombre que ha llegado de Jerusalén.

—Tienes razón, Marvuz, la emoción del encuentro me había hecho olvidarme de que el rey espera nuestras noticias. Querrá conocerte y honrarte, Tadeo, porque has de saber que Abgaro ha abandonado las prácticas paganas y cree en un solo Dios, el Padre de Nuestro Señor. Y que la reina y la corte también profesan la fe de Jesús. Hemos construido un templo, humilde, sin adornos, donde nos reunimos a pedir misericordia al Dios Padre y hablamos de las enseñanzas de Jesús. He escrito cuanto he recordado de lo que le escuché, pero ahora que estás aquí tú podrás hablarnos de las enseñanzas del Maestro y explicar mejor de lo que yo lo he hecho cómo era Jesús y cómo decidió morir para salvarnos.

—Iremos a ver al rey —asintió Tadeo— y por el camino me irás contando las nuevas. Unos mercaderes llevaron a Jerusalén la noticia de que Abgaro se había curado de su mortal enfermedad después de tocar el sudario de Jesús. Quiero que me cuentes este milagro del Salvador y me hables de cómo ha prendido la fe en esta hermosa ciudad.

Abgaro estaba impaciente. La reina, a su lado, intentaba tranquilizarlo. Josar y Tadeo se estaban retrasando. El sol ya calentaba sobre Edesa y aún no habían llegado. Ardía en deseos de escuchar a ese discípulo de Jesús, de que ampliara sus conocimientos sobre el Salvador. Le pediría que se quedara para siempre, o al menos un tiempo largo para que todos pudieran saber de sus labios otras historias de Jesús, además de las que les había contado Josar.

A él, Abgaro, rey de aquella próspera ciudad, a veces le costaba entender algunas de las cosas que había dicho el Maestro, pero las aceptaba todas, tal era su fe en el hombre que después de muerto le había curado.

Sabía que en la ciudad no todos compartían su decisión de haber sustituido a los dioses que tenían desde la noche de los tiempos por un Dios sin imagen, que había enviado a su hijo a la Tierra para que lo crucificaran.

Un hijo que a pesar de los tormentos que sabía que le esperaban había predicado el perdón a los enemigos, asegurando que sería más fácil que un pobre entrara en el reino de los cielos que lo hiciera un rico.

Había muchos de sus súbditos que seguían adorando a los dioses ancestrales en sus casas, y acudían a las cuevas de la montaña a hacer libaciones ante las estatuas del dios luna.

Él, Abgaro, les dejaba; sabía que no se podía imponer un dios, y que, como decía Josar, el tiempo iría convenciendo a los incrédulos de que sólo hay un Dios.

No es que sus súbditos no creyeran en la divinidad de Jesús; es que pensaban que era otro dios más, y como tal lo aceptaban, pero sin renunciar a los dioses de sus padres.

Josar le fue contando a Tadeo cómo había sentido la necesidad de coger el lienzo que había cubierto el cuerpo del Maestro, sabiendo que ninguno de sus amigos osaría siquiera tocarlo porque de acuerdo con la ley judía un sudario es un objeto impuro. Tadeo asentía con la cabeza a las explicaciones de su amigo. No habían echado en falta el sudario; en realidad habían olvidado ese pedazo de lino hasta que llegaron noticias de que había obrado un milagro devolviendo la salud al rey Abgaro. Les había sorprendido y maravillado, aunque estaban acostumbrados a los prodigios obrados por Jesús.

Tadeo también explicó a su amigo el porqué de su visita.

–Tomás siempre te recuerda con afecto y recordaba tu insistencia al Maestro para que viajara a Edesa a curar a tu rey y también el compromiso de Jesús de enviar a uno de los suyos. Por eso, al saber que el sudario había sanado a Abgaro y que tú difundías las enseñanzas del Salvador, me pidió que viniera aquí para servirte de ayuda. Estaré el tiempo que estimes oportuno y te ayudaré a predicar entre estas buenas gentes las palabras de Jesús. Pero en algún momento habré de partir porque son muchas las ciudades y muchos los hombres a los que hemos de enseñar la Verdad.

–¿Quieres ver el sudario? –preguntó Josar.

Tadeo titubeó. Él era judío, y la ley era la ley, también era la ley del Salvador. Sin embargo, aquel trozo de lino aportado por José de Arimatea con el que habían envuelto el cuerpo de Jesús parecía impregnado de los poderes que éste tuvo. Él no sabía qué decir ni qué hacer. Casi no sabía ni qué pensar.

Josar fue consciente del conflicto que embargaba a su amigo y le apretó el brazo amistosamente.

–No te preocupes, Tadeo, conozco vuestra ley y la respeto. Pero para nosotros, habitantes de esta vieja ciudad, una mortaja no es un objeto impuro que no se deba tocar. No tienes ni que verla, sólo debes saber que Abgaro mandó construir una urna al mejor artesano de Edesa para guardar el sudario y que se halla en lugar seguro, siempre custodiado por la guardia personal del rey. Esa tela hace milagros, curó a Abgaro y ha curado a muchos más que se han acercado a ella con fe. Has de saber que la sangre y el sudor dejaron reflejados en la tela el rostro y el cuerpo de Jesús. En verdad te digo, amigo mío, que al mirar la sábana puedo ver a nuestro Maestro, y sufro por el tormento al que le sometieron los romanos.

–En algún momento te pediré que me enseñes la mortaja,

pero he de buscar dentro de mi corazón el momento de hacerlo, ya que eso supone quebrantar la ley.

Llegaron al palacio, donde Abgaro les recibió con afecto. La reina, a su lado, no podía ocultar la ansiedad que le producía conocer a un amigo de Jesús.

–Seas bienvenido como amigo que fuiste de Jesús. Puedes quedarte el tiempo que quieras en nuestra ciudad, donde serás nuestro invitado y nada te faltará. Sólo te pedimos que nos hables del Salvador, que recuerdes sus palabras y sus hechos, y yo, con tu permiso, pediré a mis escribas que estén atentos a tus palabras y las recojan para guardarlas en los pergaminos, y así los hombres de mi ciudad y de otras ciudades puedan conocer la vida y las enseñanzas de tu Maestro.

Durante todo el día y parte de la noche, Tadeo, junto a Josar, relató al rey y a su corte los milagros hechos por Jesús, aceptando la invitación de Abgaro para permanecer en Edesa.

Tadeo no aceptó más que una pequeña habitación, con un lecho, en una casa cercana a la de Josar, y rechazó, lo mismo que hiciera Josar a su regreso de Jerusalén, tener ningún esclavo que le ayudara. Acordó con el rey que Josar sería su escriba e iría recogiendo cuanto él recordaba de Jesús.

10

En Nueva York lucía un sol primaveral, algo raro en esa época del año. El anciano apartó la mirada de los cristales que filtraban la luz de la mañana mientras descolgaba el teléfono que acababa de sonar. El sistema de comunicaciones de aquel despacho hacía imposible que alguien pudiera escucharles.

–Sí –dijo con voz firme.

–El primer mudo ya está en camino.

–¿Sin problemas?

–Continúan utilizando los mismos contactos de ocasiones anteriores y las mismas rutas sin que la policía sospeche nada.

–¿Y el segundo mudo?

–Saldrá esta noche. El tercero mañana; le trasladan directamente en un camión que transporta tornillería. Es el más nervioso.

–Hoy hablaré con nuestra gente en Urfa. Tenemos que saber cómo reacciona Addaio y qué va a hacer.

–Tendrá un ataque de cólera.

–Sepamos qué hace y qué decide. ¿Algo nuevo del hombre de Addaio en la catedral?

–Está muy alterado. Pero no despierta sospechas, le tienen por un buen hombre, afectado por lo sucedido. Ni el cardenal ni la policía sospechan de él.

–Hay que continuar vigilándole.

–Así lo harán.

–¿Y nuestro hermano?

–Le han estado investigando. Quién es, qué gustos tiene, cómo ha llegado a ocupar el puesto que tiene. También me han investigado a mí y a otros hermanos. Ese policía,

Marco Valoni, es una persona inteligente y cuenta con un buen equipo.

–Tengamos cuidado.

–Lo tendremos.

–La semana próxima en Boston.

–Allí estaré.

Sofia y Pietro estaban en silencio, incómodos el uno con el otro. Marco se había ido al despacho del jefe de los *carabinieri* de Turín; Minerva, Giuseppe y Antonino decidieron ir a tomar un café al bar de la esquina, con la intención de dejar a la pareja que hablara. Todos habían notado la tensión que había entre ellos.

Mientras Sofia guardaba con cierta parsimonia sus papeles en la cartera, Pietro, que parecía ensimismado, observaba la calle desde la ventana. Guardaba silencio porque no quería reprochar a Sofia que no le hubiera puesto al tanto de la operación caballo de Troya. Sofia, por su parte, tenía mala conciencia, ahora le parecía una chiquillada no haber contado su plan a Pietro.

–¿Estás enfadado? –preguntó Sofia en un intento de romper aquel embarazoso silencio.

–No. No tienes por qué contarme todo lo que piensas.

–Vamos, Pietro, que te conozco y sé cuándo algo te fastidia.

–No tengo ganas de iniciar una discusión. Tú has pensado un plan, que a mí me parece que habría que madurar más, pero al jefe lo has convencido, así que te has apuntado un buen tanto. Se hará lo que dices y a partir de ahora todos trabajaremos para que salga bien caballo de Troya. No le des vueltas o terminaremos enzarzados en una pelea absurda que no nos llevará a ninguna parte excepto a estar fastidiados.

–De acuerdo, pero dime por qué no crees que mi plan sea bueno, ¿porque se me ha ocurrido a mí o porque de verdad le ves puntos flacos?

–Es un error soltar al mudo, sospechará, y no nos conducirá a ninguna parte. En cuanto a volver a investigar a los obreros, hazlo, ya me contaréis si encontráis algo.

Sofia se calló. Sentía alivio porque Pietro se iba. Prefería quedarse con Giuseppe y Antonino, sin Pietro. Si él se hubiese quedado habrían terminado peleándose en serio, y lo peor es que se habría resentido el trabajo. No le obsesionaba la Síndone como a Marco, pero le parecía un reto intentar resolver el caso.

Sí, mejor que Pietro se marchara y pasaran unos días, luego todo volvería a la normalidad. Harían las paces, y vuelta a empezar.

–¿Por dónde empezamos, doctora?

–Verás, Giuseppe, yo creo que debemos volver a hablar con los obreros y ver si lo que nos cuentan ahora difiere de lo que le dijeron a Pietro. También deberíamos saber algo más de ellos, dónde viven, con quién, qué opinan sus vecinos, si hay algo raro en su vida cotidiana...

–Pero eso nos llevará tiempo –intervino Antonino.

–Sí, por eso Marco le ha pedido al jefe de los *carabinieri* un par de hombres de aquí para que nos echen una mano. Ellos conocen su ciudad mejor que nosotros y sabrán si algo de lo que nos cuentan de esos hombres se sale de lo normal. Giuseppe puede encargarse de eso, y tú y yo volver a la catedral, hablar de nuevo con los empleados, con el portero, con ese padre Yves, con las solteronas de la secretaría...

–De acuerdo, pero si alguien tiene algo que ocultar sospechará de nuestra insistencia y no se moverá, te lo digo yo que he perseguido a muchos malos –dijo Giuseppe.

–Si alguien se pone nervioso, eso lo delatará. También creo que debemos pedir una entrevista con D'Alaqua.

–Un pez gordo, demasiado gordo. Si metemos la pata y le molestamos, en Roma nos pueden cortar las alas.

–Ya lo sé, Antonino, pero hay que intentarlo; siento curiosidad por conocer a ese hombre.

–¡Cuidado, doctora, no sea que tu curiosidad nos dé algún disgusto!

–No seas bobo. Giuseppe, me parece que debemos hablar con ese hombre porque su empresa siempre ha estado relacionada con los accidentes y eso por lo menos a mí me resulta extraño, y a ti que eres policía te debería resultar aún más.

Decidieron repartirse el trabajo. Antonino volvería a hablar con los empleados de la catedral, Giuseppe se encargaría de los obreros, y Sofia pediría una entrevista con D'Alaqua. Intentarían terminar en una semana y luego decidir qué hacer si es que encontraban alguna pista.

Sofia había convencido a Marco para que moviera las teclas necesarias y lograra que Umberto D'Alaqua la recibiera.

Marco había refunfuñado, pero coincidía con ella en que era imprescindible hablar con ese hombre. Así que el director del Departamento del Arte se lo pidió directamente al ministro de Cultura, quien le dijo que se había vuelto loco si pensaba que iba a dejarle entrometerse en una empresa como COCSA e investigar a un hombre como D'Alaqua. Pero al final Marco le había convencido de que era necesario, y que la doctora Galloni era una mujer exquisita incapaz de la más mínima incorrección que pudiera molestar a ese hombre poderoso.

El ministro logró la cita para el día siguiente a las diez de la mañana. Cuando Marco se lo dijo a Sofia ésta rió satisfecha.

–Jefe, eres una joya, sé lo que te habrá costado.

–Sí, y más vale que no metas la pata o el ministro nos enviará a los dos a quitar el polvo a los archivos. Por favor Sofia, ve con cuidado, D'Alaqua no sólo es un empresario importante en Italia; por lo que ha dicho el ministro lo es en todo el mundo, sus intereses van de aquí a Norteamérica, Oriente Próximo, Asia... En fin, que a un hombre así no se le puede ir con tonterías.

–Tengo una corazonada.

–Espero que tus corazonadas no nos den ningún disgusto.

–Confía en mí.

–Si no lo hiciera no estarías ahí.

Ahora, mientras terminaba de maquillarse, se sentía nerviosa. Se había esmerado en arreglarse, eligiendo un traje de chaqueta beige de Armani. Había desayunado en la habitación, pero antes de irse se despediría de Antonino y Giuseppe.

–Suerte doctora, estás guapísima, parece que vas a una cita galante.

–¡Giuseppe, no me hagas bromas! Estoy nerviosa. Mira que si meto la pata le creo un problema a Marco.

–Giuseppe tiene razón, estás guapísima, no sé si demasiado guapa para un hombre tan extraño como ése al que no se le conocen debilidades femeninas. Pero tu mejor baza siempre es tu cabeza, y yo confío en ella.

–Gracias Antonino, gracias a los dos, deseadme suerte.

Le sorprendió el secretario de Umberto D'Alaqua. En primer lugar porque esperaba que fuera una mujer y no un hombre, y en segundo lugar porque aquel caballero de mediana edad, discretamente elegante, parecía un ejecutivo y no un secretario, por muy importante que fuera su jefe. Se había presentado como Bruno Moretti y le había ofrecido un café mientras, le dijo, esperaban a que el señor D'Alaqua terminara con otra visita.

Sofia rechazó el café, no quería estropearse el maquillaje. Pensó que Bruno Moretti tenía la misión de sondearla, pero se dio cuenta de su error cuando Moretti la dejó sola en aquella sala sorprendente, cuyas paredes albergaban un canaletto, un modigliani, un braque y un pequeño picasso.

Estaba ensimismada con el modigliani y no se dio cuenta de que la puerta se había abierto y un hombre alto, guapo, elegante, pasados los cincuenta, la observaba con ojos severos al tiempo que con curiosidad.

–Buenos días, doctora Galloni.

Sofia se dio la vuelta y se encontró con Umberto D'Alaqua. Sintió que se ruborizaba, como si estuviera haciendo algo indebido.

D'Alaqua imponía, no sólo por su estatura y por su elegancia, también por la seguridad que desprendía. Seguridad y fortaleza, se dijo a sí misma.

–Buenos días, perdone, estaba examinando su modigliani, es auténtico.

–Sí, claro que lo es.

–Hay tantas falsificaciones... pero éste es evidente que es auténtico.

Se sintió estúpida. ¡Cómo no iba a ser auténtico un modigliani que colgaba de la sala de visitas de aquel hombre poderoso! D'Alaqua pensaría que era una estúpida, y lo era; su comentario había sido una estupidez, pero aquel hombre no sabía por qué la había puesto nerviosa con su sola presencia, sin decir nada.

–En mi despacho estaremos más cómodos, doctora.

Sofia asintió. El despacho de D'Alaqua le resultó sorprendente. Muebles modernos, de diseño, cómodos, y las paredes con cuadros de grandes maestros. Varios dibujos de Leonardo, una *Madonna* del quattrocento, un Cristo de El Greco, un arlequín de Picasso, un miró... En una mesa pequeña, en un rincón apartado de la mesa de despacho, un crucifijo tallado en madera de olivo llamaba la atención por su sencillez.

Umberto D'Alaqua le hizo un gesto para que se acomodara en el sofá y él se sentó en un sillón a su lado.

–Bien doctora, ¿en qué puedo ayudarla?

–Señor D'Alaqua, sospechamos que el incendio de la catedral ha sido provocado. Creemos que ninguno de los accidentes que ha sufrido la catedral de Turín ha sido fortuito.

D'Alaqua no movió ni un músculo. Nada en su gesto denotaba preocupación, ni siquiera sorpresa. La miraba tranquilo esperando que continuara hablando, como si lo que estuviera escuchando no tuviera nada que ver con él.

–¿Los obreros que trabajan en las obras de la catedral son de su confianza?

–Doctora, COCSA es una de las muchas sociedades que presido. Entenderá usted que no conozca personalmente a todos los empleados. En ésta como en cualquier empresa hay un departamento de personal, que estoy seguro les habrá facilitado todos los datos que ustedes necesiten sobre los obreros que trabajaban en la catedral. Pero si usted necesita más información con mucho gusto le pediré al jefe de personal de COCSA que se ponga a su disposición y le brinde toda la ayuda que pueda precisar.

D'Alaqua cogió el teléfono y pidió que le pusieran con el jefe de personal.

–Señor Lazotti, le agradeceré que reciba ahora a la doctora Galloni, del Departamento del Arte. Necesita más información sobre los trabajadores de la catedral. En unos minutos mi secretario la acompañará a su despacho. Gracias.

Sofia se sintió decepcionada. Había pensado que sorprendería a D'Alaqua diciéndole claramente que sospechaban que los accidentes eran provocados, y la única reacción de éste era mandarla con el jefe de personal.

–¿Le parece descabellado lo que le he dicho, señor D'Alaqua?

–Doctora, ustedes son profesionales, y hacen bien su trabajo. Yo no tengo ninguna opinión respecto a sus sospechas o a su línea de investigación.

El hombre la miró tranquilamente; se notaba que había dado la conversación por terminada, y Sofia se sintió fastidiada; no quería marcharse, sentía que había desaprovechado la entrevista con D'Alaqua.

–¿Puedo ayudarle en algo más, doctora?

–No, en realidad no; simplemente queríamos que usted supiera que sospechamos que el incendio no ha sido un accidente y que por lo tanto vamos a investigar a fondo a su personal.

–El señor Lazotti le prestará toda la ayuda que usted necesite y le dará toda la información que requiera sobre el personal de COCSA.

Se dio por vencida. D'Alaqua no le diría ni una palabra más. Sofia se levantó y le tendió la mano.

–Le agradezco su colaboración.

–Encantado de conocerla, doctora Galloni.

Sofia se sentía furiosa consigo misma, y turbada, sí. Umberto D'Alaqua era el hombre más atractivo que había visto en su vida. En ese mismo instante decidió que rompería su relación con Pietro; se le hacía insoportable la idea de tener una relación con su compañero de trabajo.

Bruno Moretti, el secretario de D'Alaqua, la acompañó hasta el despacho de Mario Lazotti. Éste la recibió amablemente.

–Dígame, doctora, ¿qué necesita?

–Quiero que me facilite toda la información sobre los obreros que trabajaban en la catedral, incluso datos personales, si los tiene.

–Toda esa información se la facilité a uno de sus compañeros del Departamento del Arte, y a la policía, pero con mucho gusto le entregaré a usted un nuevo dossier. En cuanto a datos personales, siento no poder ayudarla mucho; ésta es una empresa grande, donde es difícil conocer personalmente a todos los empleados; quizá el capataz de la obra pueda darle alguna información más personal.

Una secretaria entró en el despacho y entregó a Lazotti una carpeta. Éste le dio las gracias y se la dio a Sofia.

–Señor Lazotti ¿han tenido más accidentes como el de la catedral de Turín?

–¿A qué se refiere?

–COCSA es una empresa que trabaja para la Iglesia. Ustedes han hecho obras de reparación y mantenimiento en casi todas las catedrales de Italia.

–De Italia y de buena parte de Europa. Y los accidentes en las obras, desgraciadamente, pasan aun cumpliendo con rigor todas las normas de seguridad.

—¿Podría facilitarme un listado con todos los accidentes que han tenido en obras de catedrales?

—Haré todo lo posible por complacerla, pero no será fácil, porque en todas las obras siempre hay desajustes, incidentes, y no sé si los tendremos reflejados. Normalmente, el jefe de obras suele hacer un informe sobre la obra. En fin, ¿desde qué fecha quiere usted que trate de facilitarle esa información?

—Pongamos que los últimos cincuenta años.

Lazotti la miró incrédulo, pero no discutió la petición.

—Haré lo que pueda. ¿Dónde le envío la información en caso de encontrarla?

—Le dejo mi tarjeta y el número de mi móvil. Llámeme y si estoy en Turín me pasaré a por ella. Si no, me la envía a la oficina de Roma.

—Perdone, doctora Galloni, pero ¿qué busca?

Sofia con una rápida mirada, midió a Lazotti y decidió decir la verdad.

—Busco a quienes provocan accidentes en la catedral de Turín.

—¿Cómo dice? —exclamó un sorprendido Lazotti.

—Sí, buscamos a quienes provocan accidentes en la catedral de Turín, porque sospechamos que éstos no son fortuitos.

—¿Sospechan de nuestros obreros? Pero ¡Dios mío! ¡Quién va a querer dañar la catedral!

—Eso es lo que queremos saber, quién y por qué.

—Pero ¿están seguros? Es una acusación muy directa la suya contra los obreros de COCSA...

—No es una acusación, es una sospecha, y eso es lo que nos lleva a investigar.

—Desde luego, doctora, y no dude que prestaremos toda la colaboración que necesite.

—No lo dudo, señor Lazotti.

Sofia salió del edificio de acero y cristal sopesando si se había equivocado de estrategia al exponer sus sospechas tanto a D'Alaqua como al jefe de personal.

D'Alaqua podía estar en ese momento llamando por teléfono al ministro para quejarse, o no hacer nada, bien porque no le daba importancia a las sospechas que le había expuesto o bien porque se la daba.

Decidió llamar inmediatamente a Marco para contarle los pormenores de su estancia en COCSA. Si D'Alaqua hablaba con el ministro, Marco tenía que estar preparado.

11

–Yo, Maanu, príncipe de Edesa, hijo de Abgaro, te imploro a ti, Sin, dios de dioses, para que me ayudes a destruir a los hombres impíos que confunden a nuestro pueblo y les incitan a abandonar tu culto y a traicionar a los dioses de nuestros antepasados.

En un promontorio rocoso situado a pocas leguas de Edesa, el santuario de Sin aparecía débilmente iluminado a la luz de las antorchas que Sultanept, con la ayuda de Maanu y Marvuz, había distribuido por la cueva del mismo.

El relieve de Sin esculpido en la piedra parecía casi humano, de tan real como lo había tallado el artista.

Maanu quemaba incienso y hierbas aromáticas, que le emborrachaban los sentidos y le ayudaban a comunicarse con el dios. El dios luna, Sin, poderoso, al que nunca había dejado de adorar, ni él, ni otros muchos edesianos fieles a las tradiciones, como su leal Marvuz, el jefe de la guardia del rey, al que convertiría en su principal consejero cuando Abgaro muriera.

Sin pareció escuchar la oración de Maanu porque irrumpió con fuerza saliendo de entre las nubes, e iluminando su santuario.

Sultanept, el gran sacerdote de Sin, indicó a Maanu que aquello era una señal de Sin, la manera en que el dios les confiaba que estaba con ellos.

Sultanept vivía con otros cinco sacerdotes escondido en Sumurtar. Amparado en el laberinto de túneles y cámaras subterráneas desde donde servían a los dioses, al Sol, la Luna y los planetas, principio y fin de todas las cosas.

Maanu había prometido a Sultanept devolverle el poder y

la riqueza que les había arrebatado Abgaro al proscribir la religión de los antepasados.

–Mi príncipe, deberíamos irnos. El rey puede llamarte, y hace muchas horas que dejamos el palacio.

–No me llamará, Marvuz, creerá que estoy con mis amigos en alguna taberna, o fornicando con alguna bailarina. Mi padre apenas quiere saber de mí, tal es la decepción que le causo por no adorar a su Jesús. La reina es la culpable. Ella le ha convencido para que traicionara a nuestros dioses e hiciera de ese Nazareno su único dios.

»Pero yo te aseguro, Marvuz, que el pueblo volverá sus ojos a Sin y destruirá los templos que la reina ha mandado levantar en honor del Nazareno. En cuanto Abgaro se entregue al sueño eterno, mataremos a la reina y acabaremos con la vida de Josar y de ese Tadeo.

Marvuz tembló. No sentía ningún afecto por la reina, la consideraba una mujer dura, la verdadera gobernante de Edesa desde que Abgaro enfermara contagiado por Ania y luego recuperara la salud gracias a la tela que le trajo Josar.

Ella desconfiaba de él, de Marvuz, jefe de la guardia real. Sentía su mirada gélida escudriñándolo, porque le sabía amigo de Maanu. Pero ¿se atrevería a matarla? Porque estaba seguro de que Maanu le pediría que lo hiciera.

En cuanto a Josar y Tadeo no tendría problemas. Les atravesaría con su espada. Estaba harto de sus sermones, de sus palabras reprobatorias porque fornicaba con cualquier mujer que se prestase, y porque en honor a Sin bebía sin moderación en las noches de luna llena hasta perder el sentido. Porque él, Marvuz, conservaba la fe en los dioses de sus padres, en los dioses de su ciudad, no aceptaba la imposición de ese dios virtuoso del que hablaban Josar y Tadeo.

Izaz escribía con destreza cuanto le iba relatando Tadeo. Su tío Josar le había enseñado el arte de la escritura, y soñaba con que algún día se convertiría también él en escriba real.

Se sentía orgulloso, porque Abgaro y la reina habían alabado los pergaminos en los que cuidadosamente había trasladado cuanto Tadeo le contaba de Jesús.

Tadeo le llamaba a menudo para dictarle los recuerdos que tan celosamente conservaban sobre el Nazareno.

El joven se sabía de memoria las peripecias de Tadeo junto a Jesús.

Tadeo cerraba los ojos y parecía sumergirse en un sueño mientras le iba contando, para que lo escribiera, cómo era Jesús, qué cosas decía y hacía.

Josar había escrito sus propios recuerdos, se los había mandado copiar, y una de sus copias se guardaba en los archivos reales. Lo mismo se haría con las historias que le contaba Tadeo. Así lo había dispuesto Abgaro, que soñaba que Edesa pudiera dejar a sus hijos el relato de la verdadera historia de Jesús.

Izaz se alegraba de que Tadeo se hubiera quedado en la ciudad. Su tío Josar se sentía acompañado por alguien que como él había conocido al Nazareno. Respetaba a Tadeo por haber sido discípulo de Jesús, y le consultaba sobre lo que debía decir a los habitantes de Edesa que acudían a su casa para saber de Él y orar.

Tadeo no había encontrado el momento de marchar, ya que la reina y Abgaro le pedían que se quedara, que les ayudara a ser buenos cristianos, que ayudara a Josar a extender las enseñanzas de Jesús, haciendo de Edesa un lugar donde tendrían acogida todos aquellos que creyeran en el Nazareno.

El tiempo había ido pasando y Tadeo había hecho definitiva su estancia en Edesa.

Todos los días, junto a Josar, acudía al primer templo que la reina mandó levantar en honor a Jesús; allí hablaba y rezaba con grupos de mujeres y hombres que acudían a buscar consuelo a sus tribulaciones esperando que sus rezos llegaran a aquel Jesús que había salvado a Abgaro de la más cruel enfermedad. También atendía a los fieles que se congregaban en un nuevo templo que había construido el gran Marcio, el arquitecto real.

Tadeo le había pedido a Marcio que el nuevo templo fuera igual de sencillo que el primero, poco más que una casa con un gran atrio donde poder predicar la palabra de Jesús. Había explicado a Marcio cómo el Nazareno había expulsado a los mercaderes del templo de Jerusalén, y cómo el espíritu de Jesús sólo podría estar allá donde hubiera sencillez y paz.

12

Amanecía sobre el Bósforo cuando el *Estrella del Mar* surcaba las aguas cercanas a Estambul. En cubierta los marineros se afanaban en las tareas previas al atraque.

El capitán observaba al joven moreno que silenciosamente fregaba la cubierta. En Génova uno de sus marineros había enfermado y se había tenido que quedar en tierra, y su segundo le llevó a ese mudo, asegurándole que aunque no podía hablar era un buen marinero. En ese momento, llevado de la necesidad de partir cuanto antes, no se había fijado en que las manos del supuesto marinero no tenían un solo callo. La piel era suave. Eran manos de quien nunca había trabajado con ellas. Pero el mudo cumplió con cuanto le mandó hacer durante la travesía, sus ojos no mostraban ninguna emoción fuera cual fuese el trabajo encargado. Su segundo le aseguró que se lo había recomendado un viejo parroquiano de la taberna del puerto El Halcón Verde, y por eso le había llevado a bordo. El capitán sabía que su segundo le mentía, pero ¿por qué?

El oficial le había dicho que el mudo desembarcaba en Estambul, que no continuaría trabajando en el barco, y se había encogido de hombros cuando le preguntó por qué y cómo lo sabía.

Era genovés, y llevaba cuarenta años surcando el mar, había recalado en mil puertos y conocido todo tipo de gente, pero aquel hombre joven tenía algo especial, llevaba el fracaso escrito en la mirada y la resignación en el gesto, como si supiese que había llegado al final. Pero ¿al final de qué? ¿Por qué?

Estambul se le antojaba más hermosa que nunca. El marinero mudo suspiró calladamente mientras con los ojos escudriñaba el puerto. Sabía que alguien acudiría a recogerle, posiblemente el mismo hombre que le ocultó a su llegada de Urfa. Deseaba regresar a su ciudad, abrazar a su padre, reunirse con su mujer y escuchar la risa alegre de su hija.

Temía el encuentro con Addaio, su decepción. Pero en estos momentos poco le importaba el fracaso, su propio fracaso, sintiéndose vivo y de regreso en casa. Era más de lo que había conseguido su hermano dos años atrás. El hombre de la catedral le había contado que Mendibj aún estaría en prisión, aunque nada había vuelto a saber de él desde la fatídica tarde en que le detuvieron como a un vulgar ratero. Los periódicos informaron en su día de que el misterioso ladrón había sido condenado a tres años de cárcel; si fuese así, al cabo de un año recuperaría la libertad.

Bajó del barco sin despedirse de nadie. La noche anterior el capitán le pagó el salario convenido y le preguntó si no quería continuar enrolado con su tripulación. Por gestos le dijo que no.

Salió del puerto y comenzó a caminar sin saber bien adónde dirigirse. Si el hombre de Estambul no aparecía, buscaría la manera de llegar a Urfa por sus propios medios. Tenía el dinero que había ganado como marinero.

Sintió unos pasos presurosos detrás de él, y al volverse se encontró con el hombre que meses atrás le diera cobijo.

–Llevo un rato detrás de ti, observando, tenía que asegurarme de que nadie te seguía. Dormirás esta noche en mi casa, te recogerán mañana al amanecer. Es mejor que no salgas hasta entonces.

Asintió con la cabeza. Le hubiera gustado pasear por Estambul, perderse por las callejuelas del Bazar en busca de un perfume para su mujer y un regalo para su hija, pero no lo haría. Cualquier otro contratiempo encendería más la ira de Addaio, y él, a pesar de su fracaso, se sentía feliz por haber podido regresar. No quería que ningún incidente enturbiara más su vuelta.

–Lo he conseguido.

La voz de Marco sonaba alegre, triunfante. Sofia sonrió mientras hacía señas a Antonino para que se acercara a escuchar por el auricular.

–Me ha costado convencer a los dos ministros, pero al final me han dado carta blanca. Pondrán en libertad al mudo cuando nosotros digamos y nos autorizan a llevar a cabo una operación de seguimiento hasta donde quiera que vaya.

–¡Bravo, jefe!

–Antonino, ¿estás ahí?

–Estamos los dos –respondió Sofia– y es la mejor noticia que podías darnos.

–Sí, la verdad es que estoy contento, no las tenía todas conmigo. Ahora tenemos que decidir cuándo y cómo le ponen en libertad. Y a vosotros ¿cómo os ha ido?

–Ya te conté lo de D'Alaqua...

–Sí, pero los ministros no me han dicho nada, lo que quiere decir que no ha protestado.

–Estamos investigando de nuevo a los obreros y al personal de la catedral, pero en un par de días estaremos ahí.

–De acuerdo, entonces decidiremos qué pasos dar, pero yo ya tengo un plan.

–¿Cuál?

–No sea curiosa, doctora, todo a su debido tiempo. *Ciao!*

–Cómo eres... Bueno, *ciao!*

13

Josar dormía cuando los dedos nerviosos de un hombre golpearon la frágil puerta de su casa.

Aún no había amanecido sobre Edesa, pero el guardia que estaba en la puerta le transmitió órdenes directas de la reina. Antes de que cayera el sol debía, junto con Tadeo, acudir a palacio.

Pensó que la reina, obligada por el insomnio a velar la cabecera de Abgaro, no había caído en la cuenta de lo temprano de la mañana. Pero la mirada nerviosa del guardia le avisó de que algo pasaba.

Avisaría a Tadeo y al caer la tarde subirían a la colina palaciega. Presentía que algo grave podía suceder.

De rodillas, con los ojos cerrados, oró buscando respuesta para la ansiedad que le anegaba el alma.

Horas más tarde, Izaz llegó a su casa, casi al tiempo que Tadeo. Su sobrino, un joven inteligente y robusto, les dio noticias sobre los rumores que circulaban por palacio. Abgaro empeoraba a ojos vistas. Los físicos murmuraban que había pocas esperanzas de que saliera victorioso del que parecía un último envite de la muerte contra su vida.

Consciente de su situación, Abgaro había pedido a la reina que convocara a algunos amigos junto a su lecho. Quería darles instrucciones para después de su muerte. Por eso la reina les había mandado llamar; para sorpresa de Izaz, también él había sido convocado.

Cuando llegaron a palacio fueron conducidos con presteza a los aposentos de Abgaro. Recostado en su lecho parecía más pálido que los días anteriores. La reina, que estaba refrescando la frente del rey con un paño humedecido en agua de rosas, suspiró aliviada cuando les vio entrar.

Al instante otros dos hombres entraron en la estancia, Marcio, el arquitecto real, y Senín, el más rico de los comerciantes de Edesa, emparentado con el rey, del que era fiel amigo.

La reina les hizo un gesto para que se acercaran a Abgaro, al tiempo que despedía a sus sirvientas y ordenaba a sus guardias que cerraran las puertas y no permitieran la entrada de nadie.

–Amigos, quería despedirme de vosotros y daros mis últimas órdenes.

La voz de Abgaro sonaba débil. El rey se moría, lo sabía, y el respeto y afecto que le profesaban les llevó a no pronunciar palabras con falsas esperanzas. Por eso aguardaron en silencio a escuchar lo que tuviera que decirles.

–Mis espías me han avisado de que en cuanto yo muera mi hijo Maanu desencadenará una cruel persecución contra los cristianos y querrá arrebataros la vida a algunos de vosotros. Tadeo, Josar, y tú, Izaz, debéis abandonar Edesa antes de que yo muera. Después no podré protegeros. Maanu no se atreverá a asesinar a Marcio ni a Senín, aunque les sabe cristianos, porque representan a las familias nobles de Edesa, y el resto de los de su clase juraría venganza.

»Maanu quemará los templos dedicados a Jesús, lo mismo hará con las casas de algunos de mis súbditos más significados con el credo cristiano. Muchos hombres, mujeres y niños serán asesinados para aterrorizar a los cristianos y obligarles a volver a adorar a los dioses antiguos. Temo por la mortaja de Jesús, temo que el lienzo sagrado sea destruido. Maanu ha jurado quemarlo en la plaza del mercado ante todos los edesianos, y lo hará el mismo día de mi muerte. Vosotros, amigos, debéis salvarlo.

Los cinco hombres escuchaban silenciosos las recomendaciones del rey. Josar miró a la reina y por primera vez se dio cuenta de que la apostura de antaño había cedido y el cabello que entreveía entre los pliegues de su velo era de color gris. La mujer había envejecido, aunque conservaba el brillo de la mirada y sus gestos denotaban la misma majestad de siempre.

¿Qué sería de ella? Estaba seguro de que Maanu, su hijo, la odiaba.

Abgaro intuyó la preocupación de Josar. Sabía que su amigo siempre había estado secretamente enamorado de la reina.

–Josar, le he pedido a la reina que se vaya, aún está a tiempo, pero rechaza mis súplicas.

–Señora –dijo Josar–, vuestra vida corre más peligro aún que la nuestra.

–Josar, soy la reina de Edesa, y una reina no huye. Si tengo que morir lo haré aquí junto a quienes como yo creen en Jesús. No abandonaré a quienes han confiado en nosotros, a los amigos junto a los que he orado. Me quedaré junto a Abgaro; no soportaría abandonarle a su suerte en este palacio. Mientras el rey viva, Maanu no se atreverá a hacer nada contra mí. Ahora escuchad todos el plan del rey.

Abgaro se incorporó en el lecho, mientras apretaba la mano de la reina. Los últimos días se habían visto sorprendidos por la salida del sol mientras hablaban y elaboraban el plan que ahora iba a explicar a los más queridos de sus amigos.

–Mi última orden es que salvéis la mortaja de Jesús. En mí obró el milagro de la vida y he podido llegar a la ancianidad. El lino sagrado no me pertenece, es de todos los cristianos, y para ellos debéis salvarlo, pero eso sí, os pido que no salga de Edesa, que la ciudad lo conserve por los siglos de los siglos. Jesús quiso venir aquí y aquí se quedará. Tadeo, Josar, debéis entregar la mortaja a Marcio. Tú, Marcio, sabrás dónde esconderla para salvarla de la ira de Maanu. De ti, Senín, espero que organices la huida de Tadeo y de Josar, y también del joven Izaz. Mi hijo no se atreverá a violentar ninguna de tus caravanas. Les pongo bajo tu protección.

–Abgaro, ¿dónde quieres que oculte la tela sagrada? –preguntó Marcio.

–Eso lo debes decidir tú, mi buen amigo. Ni la reina ni siquiera yo debemos saberlo, aunque has de elegir a alguien para compartir el secreto, y ponerle igualmente a salvo con la ayuda de Senín. Siento que mi vida se apaga. No sé cuántos días me quedan, espero que los suficientes para que podáis llevar a cabo lo que os pido.

Durante la siguiente hora, y sabiendo que podía ser la última ocasión, el rey se despidió afectuosamente de todos ellos.

Amanecía cuando Marcio llegó a la muralla occidental. Los obreros le aguardaban para seguir sus instrucciones. Como arquitecto real, Marcio se ocupaba no sólo de levantar edificaciones que dieran gloria a Edesa; también se encargaba de dirigir todas las obras de la ciudad, como esta de la muralla occidental donde estaban abriendo una nueva puerta.

Se sorprendió al ver a Marvuz hablando con Jeremín, el capataz.

–Te saludo, Marcio.

–¿Qué busca aquí el jefe de la guardia del rey? ¿Acaso Abgaro me manda llamar?

–Me envía Maanu, que pronto será rey.

–Lo será si así lo dispone Dios.

La risotada que emitió Marvuz resonó en el silencio del amanecer.

–Lo será, Marcio, lo será, y tú lo sabes puesto que ayer estuviste con Abgaro y es evidente que le acecha la muerte.

–¿Qué quieres? Dilo pronto, pues debo trabajar.

–Maanu quiere saber qué ha dispuesto Abgaro. Sabe que no sólo tú, sino que también Senín, Tadeo, Josar, incluso Izaz el escriba, estuvisteis hasta entrada la noche junto al lecho del rey. El príncipe quiere que sepas que si le eres leal nada te pasará; de lo contrario, no te garantiza la suerte que puedas correr.

–¿Vienes a amenazarme en nombre de Maanu? ¿Tan poco se respeta el príncipe a sí mismo? Soy viejo para temer nada. Maanu sólo puede quitarme la vida y ésta llega ya a su final. Ahora vete y déjame trabajar.

–¿Me dirás lo que os dijo Abgaro?

Marcio dio media vuelta sin responder a Marvuz, y empezó a examinar el mortero de barro que removía uno de los obreros.

–Te arrepentirás, Marcio, te arrepentirás –exclamó Marvuz mientras hacía virar el caballo y al galope emprendía el regreso a palacio.

Durante las siguientes horas Marcio pareció ensimismado con el trabajo. El capataz le observaba de reojo. Marvuz le había sobornado para que espiara al arquitecto real, y él había aceptado. Sentía traicionar al anciano, que siempre había sido bondadoso con él, pero los días de Marcio habían pasado y Marvuz le había asegurado que Maanu le sabría agradecer sus servicios.

El sol brillaba en toda su plenitud cuando Marcio señaló al capataz que había llegado el momento de hacer un descanso. El sudor corría por los cuerpos de los obreros y el mismo capataz se sentía cansado, deseoso de sentarse a descansar.

Dos jóvenes sirvientes de la casa de Marcio llegaron en ese momento con dos cestas, donde el capataz pudo ver que traían fruta fresca y agua, que el arquitecto se dispuso a compartir con los obreros.

Durante una hora todos descansaron, aunque como en tantas otras ocasiones Marcio parecía ensimismado en sus planos, además de subir y bajar por los andamios para comprobar la firmeza de la muralla que iban ampliando y los contornos de la gran puerta, que quería que fuera ornamental.

El capataz cerró los ojos, agotado como estaba, mientras los obreros apenas tenían fuerzas para hablar.

Hasta que el sol no empezó a despedirse por el oeste, Marcio no dio orden de interrumpir el trabajo. Poco podía contar el capataz de la actividad de Marcio, pero se dispuso a acudir a la taberna del Trébol, para reunirse con Marvuz.

El arquitecto se despidió de todos y se dirigió a su casa acompañado de sus sirvientes.

Marcio, viudo desde hacía años y sin hijos, cuidaba de sus dos jóvenes sirvientes como si lo fueran. Eran cristianos como él, y sabía que no le traicionarían.

La noche anterior, antes de abandonar el palacio de Abgaro, había acordado con Tadeo y Josar que cuando supiera dónde iba a esconder la mortaja de Jesús les mandaría recado. Idearon un plan para que Josar se la entregara sin despertar las sospechas de Maanu, ya que, Abgaro se lo advirtió, podían estar siendo vigilados por su hijo. Tomaron también una decisión, Marcio sólo le diría a Izaz dónde escondía el lino, por lo que el sobrino de Josar, en cuanto recibiera la indicación del arquitecto real, debería, con la ayuda de Senín, huir de la ciudad. Tadeo había dispuesto que viajara a Sidón, donde se había constituido una pequeña pero próspera comunidad cristiana. El jefe espiritual de la comunidad, Timeo, había sido enviado por Pedro a predicar. Izaz encontraría amparo en Timeo, y éste sabría qué hacer con la mortaja de Cristo.

A pesar de la petición de Abgaro para que salvaran la vida, Tadeo y Josar habían decidido quedarse en Edesa y correr la misma suerte que el resto de los cristianos. Ninguno de los dos quería abandonar el sudario, por más que no supieran dónde lo guardaría Marcio.

Tadeo y Josar se habían reunido en el templo con muchos de los cristianos de la ciudad. Oraban juntos por Abgaro y pedían a Dios que fuera de nuevo misericordioso con el rey.

Esa mañana Josar había enrollado cuidadosamente el lino, disimulándolo en el fondo de un cesto de acuerdo con el plan elaborado por Marcio. Antes de que el sol se hiciera fuerte, acudió al mercado, con el cesto en el brazo, y se entretuvo en distintos puestos hablando con los comerciantes. A la hora convenida vio a uno de los jóvenes sirvientes de Marcio comprando fruta a un anciano, se acercó al puesto y saludó afectuoso al joven, que llevaba un cesto igual al suyo. Disimuladamente los cambiaron. Nadie se dio cuenta, y los espías de Maanu no vieron nada sospechoso en que Josar saludara a un cristiano como el sirviente de su amigo Marcio.

Como tampoco el capataz sospechó de Marcio cuando éste, en lo alto de un andamio al que había subido con una cesta de fruta, cogió una manzana y distraídamente la mordisqueó mientras iba de un lado a otro comprobando la solidez del muro, al que iría engordando, tapando huecos, con los ladrillos de barro cocido. A Marcio siempre le había gustado colocar ladrillos, allá él si no descansaba siquiera esas horas en que el calor adormecía los sentidos, pensó el capataz.

Marcio se refrescó con agua fría que uno de sus sirvientes le había llevado hasta su cámara. Aliviado del calor del día, el arquitecto real cambió la túnica por otra limpia. Sentía que sus días se acababan. En cuanto Abgaro muriera Maanu querría saber dónde estaba la Sábana para destruirla. Torturaría a cuantos creyera que podían saber dónde se encontraba, y él estaba entre los amigos de Abgaro de los que Maanu sospecharía que podían conocer el secreto. Por eso había tomado una decisión que esa misma noche comunicaría a Tadeo y a Josar, y que llevaría a cabo en cuanto supiera que Izaz estaba a salvo.

Acompañado de sus dos jóvenes sirvientes se dirigió al templo donde sabía que sus amigos estarían orando. Cuando llegó, ocupó un lugar discreto, lejos de las miradas de la gente. Abgaro les había advertido de los espías de Maanu.

Izaz distinguió al anciano oculto entre las sombras. Aprovechó el momento en que Tadeo y Josar le pidieron que les ayudara a repartir pan y vino entre los fieles para acercarse a Marcio. Éste le entregó un trozo de pergamino cuidadosamente doblado que Izaz guardó entre los pliegues de su túnica. Después buscó con la mirada la figura de un hombre alto, fuerte, que parecía estar esperando su señal. Izaz salió discretamente del templo y seguido por el coloso se dirigió con presteza al caravansar.

La caravana de Senín estaba preparada para abandonar Edesa. Harran, el hombre encargado por Senín para llevar la caravana hasta Sidón aguardaba impaciente.

Indicó a Izaz y al coloso, de nombre Obodas, el lugar que les había destinado y dio orden de partir.

Hasta que hubo amanecido Izaz no desplegó el pergamino que le había entregado Marcio, y pudo leer las dos líneas en que con precisión el arquitecto señalaba dónde había ocultado la Sábana Santa. Hizo añicos el pergamino y fue dispersando sus pequeños trozos por el desierto.

Obodas le observaba atentamente, y observaba a su alrededor. Tenía órdenes de Senín de proteger la vida del joven con la suya propia.

Sólo tres noches más tarde Harran y Obodas consideraron que estaban a suficiente distancia de Edesa como para hacer un breve descanso y enviar a un mensajero a casa de Senín. Tardaría otros tres días en llegar, y para entonces Izaz estaría a salvo.

Abgaro agonizaba. La reina mandó llamar a Tadeo y a Josar, para avisarles de que en cuestión de horas, acaso de minutos, la vida del rey se apagaría. Ya no la reconocía ni a ella.

Habían pasado diez días desde que Abgaro reuniera en esa misma cámara a sus amigos para hablarles hasta que la negrura de la noche se hizo espesa. Ahora el rey era un cuerpo inerte, no abría los ojos, y sólo su débil aliento sobre un espejo indicaba que aún le quedaba vida.

Maanu no se movía de palacio, aguardando impaciente la muerte de Abgaro. La reina no le dejaba entrar en la cámara real, pero daba lo mismo, sabía cuanto sucedía porque había sobornado a una joven esclava a la que prometió darle la libertad si le contaba lo que pasaba en el aposento de Abgaro.

La reina sabía que era espiada, de manera que cuando Josar y Tadeo llegaron hizo salir a todos los sirvientes y habló a sus amigos en voz baja. Sonrió aliviada al saber que el lino sagrado estaba a salvo. Prometió comunicarles de inmediato cuando Abgaro muriera. Les avisaría a través de un escriba, Ticio, que había profesado el cristianismo y era leal. Se despidieron emocionados sabiendo que no se encontrarían en esta vida, y les pidió a Tadeo y a Josar que la bendijeran y rezaran por ella para que tuviera fuerzas a la hora de enfrentarse a la muerte a la que su hijo Maanu la había condenado.

Con los ojos llenos de lágrimas Josar no encontraba el momento de despedirse de la reina. Ya no era la mujer hermosa que fuera antaño, pero sus ojos brillaban enérgicos y sus ademanes regios aún hacían de ella una mujer formidable. Consciente de la devoción que le profesaba el antiguo escriba, le apretó la mano y lo abrazó, en un gesto que quería demostrar que sabía cuánto la había amado y que ella le quería como al más fiel de los amigos.

Tres días más se prolongó la agonía de Abgaro. El palacio estaba sumido en la espesura de la noche, y sólo la reina velaba al rey. Éste abrió los ojos y le sonrió agradecido, una mirada cargada de ternura y amor. Después expiró en paz consigo mismo y con Dios. La reina apretó con fuerza la mano de su marido. Luego le cerró suavemente los ojos y lo besó en los labios. No se permitió más que unos minutos para rezar y pedir a Dios que acogiera a Abgaro.

Con sigilo, se deslizó por los pasillos oscuros hasta llegar a una estancia cercana donde desde hacía días reposaba Ticio, el escriba real.

Dormía, pero se despertó al sentir la mano de la reina presionándole el hombro. Ninguno de los dos dijo nada. Ella regresó a la cámara real oculta por la noche, mientras que Ticio se deslizó con cuidado fuera de palacio para llegar a casa de Josar.

Aún no había amanecido cuando Josar, sumido en la desolación, escuchaba de Ticio la noticia de la muerte de Abgaro. Debía mandar recado a Marcio; así se lo había pedido el arquitecto real para llevar a cabo su plan. También debía avisar con prontitud a Tadeo, puesto que la vida de ambos, estaba seguro, había llegado al final.

14

–Vamos, Marco, cuéntanos qué te preocupa.

La pregunta directa de Santiago Jiménez cogió desprevenido a Marco.

–¿Tan evidente es que estoy preocupado?

–¡Hombre, que nosotros somos del oficio, no nos puedes engañar!

Paola sonrió. Marco le había pedido que invitara a cenar en casa a John, agregado cultural de la embajada estadounidense, y a Santiago Jiménez, representante de Europol en Roma.

John había acudido con su mujer, Lisa. Santiago estaba soltero, así que siempre les sorprendía acudiendo a las cenas con alguna acompañante ocasional. En esta ocasión había acudido con su hermana, Ana, una joven morena y vivaracha, periodista, que se encontraba en Roma cubriendo una cumbre de jefes de Gobierno de la Unión Europea.

–Ya sabéis que ha habido otro accidente en la catedral de Turín –explicó Marco.

–¿Y crees que ha sido intencionado?

–Sí, John, sí lo creo. La historia de accidentes en la catedral en los últimos siglos es impresionante, ya lo sabéis, incendios, intentos de robo, inundaciones. Como lo son todas las vicisitudes por las que ha pasado la Sábana. En nuestro oficio sabemos que hay que desconfiar de las casualidades.

–La historia de la Sábana es interesante, sus apariciones y desapariciones en distintas épocas, los peligros a los que ha estado expuesta, pero ¿crees que alguien quiere hacer daño a la Sábana Santa o simplemente robarla? –dijo Lisa.

–¿Robarla? No, no hemos pensado nunca que nadie quisiera robarla. Más bien destruirla, puesto que los accidentes que ha sufrido han podido ser fatales para su supervivencia.

–La Sábana Santa está en la catedral de Turín desde que la Casa de Saboya decidió depositarla allí, después de que el entonces cardenal de Milán, Carlos Borromeo, prometiera ir andando desde su ciudad hasta Chambèry, donde estaba la Síndone, para pedir que desapareciera la peste que asolaba la ciudad. Los Saboya, conmovidos por la piedad del cardenal, decidieron trasladar la Sábana a mitad de camino, hasta Turín, para evitarle un viaje tan largo. Y allí sigue. Es evidente que si la catedral ha sufrido tantos accidentes, y por lo que se ve tú no crees en las casualidades, tienes que pensar que no es posible que quien provocó un incendio hace quince días sea el mismo que lo hizo el siglo pasado, luego...

–Lisa, no seas impertinente –la regañó John–. Marco tiene razón, puede haber algo raro en tanto accidente.

–Sí, lo que me pregunto es qué, por qué, y no logro encontrar un motivo. Puede que haya un loco que quiera destruir la Síndone.

–Sí, pero ese loco podrá haber provocado los accidentes de los últimos diez, quince, veinte años, pero ¿y los anteriores? –preguntó Ana–. ¡Menuda historia! Me gustaría escribirla...

–¡Ana! ¡No estás aquí como periodista!

–Déjala, Santiago, déjala. Estoy seguro de que puedo contar con la discreción de tu hermana aunque sea periodista. Os pido que me ayudéis a pensar, a salir de este atolladero. No sé si mi gente y yo estamos tan metidos en el problema que no somos capaces de ver más allá de nuestras narices y nos estamos empeñando, bueno, sobre todo yo, en que hay un móvil detrás de los accidentes, y a lo mejor no hay nada salvo un cúmulo de casualidades. Me gustaría pediros algo, y es que dierais un repaso a un informe que he preparado con todo lo que ha pasado en la catedral y en torno a la Síndone en los últimos cien años. Sé que es aprovecharme de vuestra amistad y que andáis fatal de tiempo, pero me gustaría que lo leyerais y, una vez que saquéis vuestras propias conclusiones, nos volviéramos a reunir.

–Cuenta conmigo para echarte una mano en lo que pueda. Además, sabes que si quieres ver los archivos de Europol no hay problema.

–Gracias, Santiago.

–Amigo mío, yo estudiaré tu informe y te diré francamente cuál es mi opinión. Sabes que cuentas con mi ayuda para lo que necesites, la oficial y la extraoficial –se ofreció John.

–A mí también me gustaría leer el informe.

–Ana, tú no eres poli, ni tienes nada que ver con estas cosas; por tanto, Marco no te puede dar un informe oficial que es confidencial.

–Lo siento, Ana –empezó a excusarse Marco.

–Peor para vosotros, porque mi intuición me dice que si hay algo, lo que sea, tenéis que abordarlo desde una perspectiva histórica, no policial, pero allá vosotros.

Quedaron para cenar una semana después. Lisa se ofreció para ser la anfitriona.

–¿Sabes, hermanito, que estoy por quedarme contigo unos días más?

–Ana, sé que lo que ha contado Marco puede ser una buena historia para tu periódico, pero resulta que Marco es mi amigo; además, me crearías un problema profesional si se supiera que mi hermana se dedica a publicar asuntos que están siendo investigados por la policía y que sólo ha podido conocer a través de mí. Te cargarías mi carrera, así de simple.

–Bueno, no te pongas melodramático, no escribiré ni una línea, te lo prometo.

–¿No me harás la faena? ¿Respetarás el *off the record*?

–No, no te haré ninguna faena, estate tranquilo, que soy tu hermana. Además, yo respeto todos los *off the record*, es parte de las reglas de juego de mi oficio.

–¡Por qué te daría por ser periodista!

–Peor es lo tuyo siendo poli.

–Vamos, te llevo a tomar una copa a un sitio que te encantará; está de moda, así podrás presumir cuando regreses a Barcelona.

–De acuerdo, pero de todas formas me gustaría que confiaras en mí. Creo que os podría ayudar, y te prometo que lo haría sin decir nada a nadie ni escribir una línea. Es que estas historias me encantan.

–Ana, no puedo dejar que te metas en una investigación que no es mía sino del Departamento del Arte. Me traería problemas, ya te lo he dicho.

–Pero nadie se enteraría. Te lo juro, por favor confía en mí. Estoy harta de escribir de política, de olfatear escándalos en los gobiernos. He tenido mucha suerte en mi profesión, me ha ido bien desde el principio, pero aún no me he topado con una gran historia, y ésta lo puede ser.

–Pero ¿no me acabas de decir que confíe en ti, que no dirás ni escribirás nada?

–¡Y no lo haré!

–Entonces ¿qué es eso de que aún no te has topado con una gran historia?

–Mira, te propongo un trato. Me dejas investigar por mi cuenta, sin decir nada a nadie. Sólo te contaré a ti lo que sepa, si es que llego a poder averiguar algo. Si al final encuentro una pista o lo que sea, que os pueda ayudar a desentrañar el misterio de los accidentes en la catedral, y Marco resuelve el caso, entonces os pediría que me dejarais contarlo todo, o al menos una parte. Pero nunca antes de que el caso esté resuelto.

–No puede ser.

–¿Por qué?

–Porque no es un asunto mío, y no puedo ni debo hacer tratos, ni contigo ni con nadie. ¡Quién me mandaría llevarte a cenar a casa de Marco!

–Santiago, no te enfades. Yo te quiero y nunca haría nada que pudiera perjudicarte. Soy periodista, me encanta lo que hago, pero antes estás tú, nunca antepondría el periodismo a las personas, nunca. Y menos en tu caso.

—Quiero confiar en ti, Ana, quiero confiar en ti, además no tengo otro remedio que hacerlo. Pero mañana te marchas, vuelves a España, no te quedas aquí.

15

El mudo dejaba vagar la mirada por la carretera, sobrecargada de coches y camiones. El camionero que le conducía a
Urfa parecía tan mudo como él, apenas le había dirigido la
palabra desde que salieron de Estambul.

El camionero se había presentado en casa del hombre
que le escondía.

–Soy de Urfa, vengo a recoger a Zafarín.

Su guardián había asentido, y le había hecho salir del
cuarto donde dormía. Zafarín reconoció al hombre que le había ido a buscar. Era de su pueblo y, como él, persona de confianza de Addaio.

Su anfitrión les entregó una bolsa con dátiles, naranjas y
un par de botellas de agua, y les acompañó hasta donde el camionero había aparcado el camión.

–Zafarín –le dijo–, con este hombre estarás seguro, él te
llevará hasta Addaio.

–¿Qué instrucciones te han dado? –preguntó al camionero.

–Sólo que lo lleve lo más rápido que pueda y que procure
no parar en sitios donde podamos llamar la atención.

–Tiene que llegar sano y salvo.

–Llegará. Yo cumplo con lo que ordena Addaio.

Zafarín se acomodó en el asiento al lado del conductor. Le
hubiera gustado que éste le diera noticias de Addaio, de su familia, del pueblo, pero permanecía encerrado en un obstina-
do silencio. Sólo se había dirigido a él en un par de ocasiones
para preguntarle si tenía hambre o si quería ir al baño.

Se le notaba cansado después de tantas horas conducien-
do, así que Zafarín le hizo un gesto indicándole que él podía
conducir, pero el camionero se negó.

–No falta mucho, y no quiero problemas. Addaio no me perdonaría que metiera la pata, y tú por lo que parece ya la has metido bastante.

Zafarín apretó la mandíbula. Se había jugado la vida y este estúpido le reprochaba que había metido la pata. ¡Qué sabía él del peligro que había afrontado con sus compañeros!

El volumen de coches aumentaba en la carretera. La E-24 es una de las carreteras más transitadas de Turquía porque es la que la une con Irak, con los campos petrolíferos iraquíes, sobrecargada además por los camiones y coches militares que patrullan la frontera turco-siria, alerta sobre todo por los guerrilleros kurdos que operan en la zona.

En menos de una hora estaría en casa y eso era lo único que en ese momento le importaba.

–¡Zafarín, Zafarín!

La voz quebrada de su madre le sonó a música celestial. Allí estaba, pequeña y enjuta, con los cabellos cubiertos por el velo. A pesar de su pequeña estatura dominaba a toda la familia. A su padre, a sus hermanos, a él, desde luego a su mujer y a su hija. Ninguno se atrevía a contradecirla.

Su mujer, Ayat, tenía los ojos llenos de lágrimas. Ella le había suplicado que no fuese, que no aceptara esa misión. Pero ¿cómo negarse a una orden de Addaio? Su madre y su padre habrían sufrido la vergüenza de verse señalados por la Comunidad.

Bajó del camión y en un segundo sintió los brazos de Ayat sobre su cuello, mientras su madre pujaba también por abrazarlo, y su hija, asustada, se puso a llorar.

Su padre le observaba emocionado, esperando que las mujeres dejaran de zarandearlo con sus muestras de afecto. Se abrazaron, y entonces Zafarín, al sentir la fuerza de los brazos campesinos de su padre, se dejó llevar por la emoción y rompió a llorar. Se sentía como cuando era pequeño, y su padre le abrazaba fuerte consolándolo cuando llegaba a casa con las huellas en la cara de alguna pelea mantenida en la calle o en el colegio. Su padre siempre le transmitió seguridad, la seguridad de que podía contar con él, de que pasara lo que pasase él estaría ahí para protegerlo. Y ahora, sintió, iba a necesitar de su protección cuando se enfrentara con Addaio. Sí, tenía miedo a Addaio.

16

El jardín de la casa, de arquitectura neoclásica, estaba más iluminado que de costumbre. Policías del condado y agentes secretos competían por garantizar la seguridad de los invitados a la exclusiva fiesta. El presidente de Estados Unidos y su esposa se encontraban entre los invitados, así como el secretario del Tesoro y el de Defensa, varios senadores y congresistas influyentes tanto del bando republicano como del demócrata, además de los presidentes de los principales consorcios y multinacionales norteamericanos y europeos, y de una docena de banqueros, junto a abogados de grandes firmas, médicos, científicos, y alguna que otra celebridad del mundo académico.

No hacía calor esa noche en Boston; al menos no lo hacía en la zona residencial donde se encontraba la mansión de los Stuart.

Mary Stuart cumplía cincuenta años y su marido, James, había querido agasajarla con una fiesta de cumpleaños que reuniera a todos sus amigos.

En realidad, pensaba Mary, en la fiesta había buenos conocidos más que amigos. No se lo diría nunca a James para no decepcionarle, pero ella hubiera preferido que la hubiera sorprendido con un viaje a Italia, los dos solos, sin prisas ni compromisos sociales. Perderse en la Toscana, donde pasaron su luna de miel treinta años atrás. Pero a James eso jamás se le habría ocurrido.

–¡Umberto!

–Mary, querida, felicidades.

–Qué alegría me da verte.

–La alegría me la dio James a mí al hacerme el honor de invitarme a esta fiesta. Ten, espero que te guste.

El hombre depositó en su mano una caja pequeña envuelta en papel charol de color blanco.

–No tenías que molestarte... ¿Qué es?

Mary abrió la caja con rapidez y se quedó extasiada ante la figura que asomaba entre el papel burbuja que la había protegido.

–Es una figura del siglo II antes de Cristo. Una dama tan encantadora y bella como tú.

–Es preciosa. Gracias, muchas gracias. Me siento abrumada. James... James...

James Stuart se acercó hasta donde estaba su esposa con Umberto D'Alaqua. Los dos hombres se estrecharon la mano con afecto.

–¿Con qué has sorprendido en esta ocasión a Mary? ¡Qué maravilla! Bueno, al lado de tu regalo el mío es insignificante.

–¡James, no digas eso, sabes que me ha encantado! Me ha regalado estos pendientes y esta sortija. Son las perlas más perfectas que he visto nunca.

–Son las perlas más perfectas que existen, te lo aseguro. Bueno, ve a guardar esta dama maravillosa mientras yo ofrezco una copa a Umberto.

Diez minutos después, James Stuart había dejado a Umberto D'Alaqua junto al presidente y otros invitados, mientras él continuaba yendo de un grupo a otro atendiendo a sus invitados.

A sus sesenta y dos años Stuart se sentía en su plenitud. Tenía todo cuanto podía desear en la vida: una buena familia, salud, y éxito en los negocios. Fábricas de laminados de acero, laboratorios farmacéuticos, fábricas de reconversión tecnológica y otro sinfín de negocios hacían de él uno de los hombres más ricos e influyentes del mundo.

Había heredado un pequeño imperio industrial de su padre, pero él lo había sabido multiplicar. Lástima que sus hijos no tuvieran mucho talento para los negocios. Gina, la pequeña, había estudiado arqueología y se gastaba el dinero financiando y participando en excavaciones en los lugares más absurdos del planeta. Gina era igual que su cuñada Lisa, aunque esperaba que su hija fuera más sensata. Tom había estudiado medicina y nada le importaban los laminados de acero. Menos mal que Tom se había casado y ya tenía dos hijos, sus pequeños nietos, a los que adoraba y de los que esperaba que tuvieran el talento y las ganas suficientes para heredar su imperio.

A nadie le llamó la atención que aquellos siete hombres llevaran un rato hablando entre ellos, pendientes, eso sí, de cuanto sucedía a su alrededor. Cambiando de conversación cuando alguien se acercaba a ellos, fingiendo hablar de la crisis de Irak, de la última cumbre de Davos o de cualesquiera de aquellos asuntos que se suponía podía preocuparles dado quiénes eran y a qué se dedicaban.

El más anciano, alto y delgado, parecía llevar el peso de la conversación.

–Ha sido una buena idea el vernos aquí.

–Sí –respondió uno de sus interlocutores con acento francés–, aquí no llamamos la atención, nadie se fijará en nosotros.

–Marco Valoni ha pedido al ministro de Cultura que dejen en libertad al mudo de la cárcel de Turín –dijo otro de los hombres en un impecable inglés a pesar de que su lengua materna era el italiano–, y el ministro del Interior ha aceptado la demanda de su colega. La idea ha sido de una de sus colaboradoras, la doctora Galloni. Una mujer inteligente que ha llegado a la conclusión evidente de que sólo el mudo les puede conducir a alguna pista. La doctora Galloni también ha convencido a Valoni de que deben investigar COCSA, de arriba abajo.

–¿Hay alguna manera de apartar a la doctora Galloni del Departamento del Arte?

–Sí, siempre podríamos presionar para decir que esa mujer es una entrometida. COCSA podría protestar, mover hilos en el Vaticano, y que desde allí se presione al gobierno italiano para que dejen a la empresa en paz. También se puede activar a través del ministro de Economía, al que seguro no le gustará que se moleste a una de las principales empresas del país por un incendio afortunadamente sin consecuencias. Pero en mi opinión deberíamos aguardar antes de hacer nada respecto a Sofia Galloni.

El anciano clavó la mirada en el hombre que acababa de hablar. No sabía por qué pero había algo en el tono de voz de su amigo que le había sobresaltado. Sin embargo, ni el gesto ni la mirada del hombre delataban ninguna emoción. No obstante... decidió sorprenderle para ver su reacción.

–También podríamos hacerla desaparecer. No podemos permitirnos el lujo de que ninguna investigadora curiosa se entrometa más de la cuenta. ¿Estáis de acuerdo?

El hombre con acento francés fue el primero en hablar.

–No, yo no; me parece innecesario. Un error fatal. Por ahora no debemos hacer nada; que tire del hilo, siempre hay tiempo para cortarlo y apartarla.

–Creo que no debemos precipitarnos –apostilló el italiano–, sería un error apartar a la doctora Galloni o hacerla desaparecer. Eso sólo irritaría a Marco Valoni, le confirmaría que detrás de los accidentes hay algo más y le llevaría a él y al resto del equipo a no cejar en la investigación aunque se lo ordenaran. La doctora Galloni es un riesgo porque es inteligente, pero debemos correr ese riesgo. Contamos con una ventaja y es saber todo lo que hacen y piensan hacer Valoni y su gente.

–¿No sospechan de nuestro informador?

–Es una de las personas de más confianza de Valoni.

–Bien, ¿qué más tenemos? –preguntó el anciano.

Un hombre con aspecto de aristócrata inglés pasó a informar.

–Zafarín llegó hace dos días a Urfa. Aún no me han informado de la reacción de Addaio. Otro de sus compañeros, Rasit, ha llegado a Estambul, y el tercero, Dermisat, llegará hoy.

–Bien, ya están a salvo. Ahora el problema es de Addaio, no nuestro. Debemos ocuparnos del mudo de la cárcel de Turín.

–Podría sufrir algún contratiempo antes de salir de prisión. Sería lo más seguro; si sale, le seguirán la pista hasta Addaio –sugirió el inglés.

–Sería lo más prudente –dijo otro de los hombres con acento francés.

–¿Podemos hacerlo? –preguntó el anciano.

–Sí, tenemos gente dentro de la prisión. Pero habrá que organizarlo con cuidado porque si le sucede algo al mudo, Marco Valoni no se conformará con el informe oficial.

–Aunque le dé un ataque de ira tendrá que aceptarlo. Sin el mudo, se le acaba el caso, al menos por ahora –sentenció el anciano.

–¿Y la Sábana? –preguntó otro de los hombres.

–Continúa en el banco. En cuanto terminen las obras de reparación de la catedral volverá a la capilla donde estaba expuesta. El cardenal quiere hacer una misa solemne para dar gracias a Dios por haber salvado una vez más la Sábana Santa.

–Señores... ¿ultimando algún negocio?

El presidente de Estados Unidos, acompañado por James Stuart, se había acercado al grupo de hombres. Éstos abrieron el corrillo para departir con ellos. Hasta dos horas más tarde no pudieron volver a hablar sin despertar sospechas entre el resto de los invitados.

–Mary, aquel hombre de allí, ¿quién es?

–Uno de nuestros mejores amigos. Umberto D'Alaqua, ¿no te acuerdas de él?

–Sí, sí, ahora que me dices el nombre, sí. Continúa tan impresionante como siempre, qué guapo es.

–Es un solterón empedernido. Una pena, porque además de guapo es adorable.

–Hace poco he oído algo de él... pero dónde...

Lisa recordó dónde. En el informe que Marco había enviado a John sobre el incendio de la catedral de Turín se hablaba de una empresa, COCSA, y de su propietario, D'Alaqua; pero no le podía decir nada de eso a su hermana. John no se lo perdonaría.

–Si quieres saludarle te acompaño. Me ha regalado una figura del siglo II antes de Cristo que es una maravilla, luego subes a mi cuarto y te la enseño.

Las dos hermanas se acercaron a D'Alaqua.

–Umberto, ¿te acuerdas de Lisa?

–Naturalmente, Mary, que recuerdo a tu hermana.

–Hace tantos años...

–Sí, desde que tú, Mary, no viajas tan a menudo a Italia como deberías. Lisa, creo recordar que usted vive en Roma, ¿es así?

–Sí, vivimos en Roma, y no estoy segura de poder vivir en ningún otro sitio.

–Gina está en Roma con Lisa, prepara su doctorado en la universidad. Además, Lisa ha conseguido incorporarla al equipo que excava en Herculano.

–¡Ah! Ahora recuerdo que usted, Lisa, es arqueóloga.

–Sí, y Gina ha heredado de su tía la pasión por la arqueología.

–No conozco un trabajo más maravilloso que investigar el pasado. Usted, Umberto, creo recordar que también es aficionado a la arqueología.

–Así es. De cuando en cuando encuentro tiempo para escaparme y trabajar en alguna excavación.

–La fundación de Umberto financia excavaciones.

James Stuart se acercó a D'Alaqua y se lo llevó a otro grupo ante la desolación de Lisa, que le hubiera gustado seguir conversando con ese hombre que aparecía en el informe de Marco Valoni. Cuando se lo contara, John no se lo iba a creer. El propio Marco se sorprendería. Rió para sus adentros pensando que había sido una buena idea aceptar la invitación de James para dar una sorpresa a su hermana el día de su cumpleaños. Pensaba que cuando Mary fuera a Roma podría organizar una cena e invitar a D'Alaqua y también a Marco. Claro, que lo mismo D'Alaqua se molestaba y Mary podría enfadarse con ella. Lo comentaría con su sobrina; entre las dos elaborarían la lista de invitados.

17

El joven sirviente lloraba aterrado. El rostro de Marcio estaba teñido de sangre. El segundo sirviente había corrido a casa de Josar para avisarle de la tragedia en casa del arquitecto real.

Josar y Tadeo no se sorprendieron ante el relato del sirviente.

—Entonces escuchamos un grito agudo, terrible, y cuando entramos en la cámara de Marcio éste tenía la lengua en una mano y en la otra una daga afilada con la que se la había cortado. Ha perdido el conocimiento y no sabemos qué hacer. Él nos avisó de que esta noche pasaría algo y nos conminó a no asustarnos viéramos lo que viéramos. ¡Pero, Dios mío, si se ha cortado la lengua! ¿Por qué? ¿Por qué?

Josar y Tadeo intentaron tranquilizar al muchacho. Le sabían asustado. Se pusieron de inmediato camino de la casa de Marcio, y allí encontraron a su amigo desmayado, el lecho lleno de sangre, mientras el otro sirviente encogido en un rincón lloraba y rezaba con grandes aspavientos.

—¡Calmaos! —ordenó Josar—. El físico vendrá de inmediato y curará a Marcio. Pero esta noche, amigos míos, debéis ser fuertes. No os puede abatir el miedo ni la pena; de lo contrario la vida de Marcio correrá peligro.

Los jóvenes sirvientes se fueron calmando. Cuando el físico llegó, les mandó salir de la cámara y se quedó solo con su ayudante. Tardaron largo rato en salir.

—Ya está. Descansa tranquilo. Quiero que durante unos días esté en duermevela con estas gotas que deberéis poner en el agua que beba. Le evitarán el dolor y dormirá tranquilo hasta que cicatrice la herida.

–Queremos pedirte un favor –dijo Tadeo dirigiéndose al físico–, nosotros también queremos prescindir de la lengua.

El físico, cristiano como ellos, les observó preocupado.

–Nuestro Señor Jesús no estaría de acuerdo con estas mutilaciones.

–Es preciso que perdamos la lengua –explicó Josar–, porque es la única manera de que Maanu no nos obligue a hablar. Nos torturará para saber dónde está la Sábana que envolvió el cuerpo de Jesús. Nosotros no lo sabemos, pero podríamos decir algo que pusiera en peligro a quien sí lo sabe. No queremos huir, debemos quedarnos con nuestros hermanos, porque has de saber que todos los cristianos sufriremos la ira de Maanu.

–Por favor, ayúdanos –insistió Tadeo–, no somos tan valientes como Marcio, que ha sido capaz de arrancarse la lengua con un tajo de su daga afilada.

–Lo que me pedís va contra las leyes de Dios. Mi deber es ayudar a curar, no puedo mutilar a ningún ser humano.

–Entonces lo haremos nosotros –dijo Josar.

El tono de voz resuelto de Josar convenció al físico.

Primero fueron a casa de Tadeo, y allí el físico mezcló con agua el contenido de una pequeña botella. Una vez que Tadeo se sumergió en el sueño, el físico pidió a Josar que saliera de la cámara y se fuera a su propia casa, donde él no tardaría en llegar.

Josar aguardaba impaciente la llegada del físico. Éste entró en su casa con el gesto contrito.

–Tiéndete en el lecho y bebe esto –le dijo a Josar–, te dormirás. Cuando despiertes no tendrás lengua. Que Dios me perdone.

–Él te ha perdonado ya.

La reina había arreglado su tocado cuidadosamente. La noticia de la muerte de Abgaro había llegado hasta el último rincón del palacio. Esperaba que de un momento a otro su hijo Maanu se presentara en la cámara real.

Los sirvientes, con ayuda de los físicos, habían preparado el cuerpo muerto de Abgaro para mostrarlo al pueblo. El rey le había pedido que oficiaran rezos por su alma antes de guardar su cuerpo en el mausoleo real.

No sabía si Maanu permitiría que enterrara a Abgaro de acuerdo con las leyes de Jesús, pero estaba dispuesta a librar esa última batalla por el hombre al que amaba.

Durante las horas que permaneció a solas con el cuerpo muerto de Abgaro buscó en los rincones de su corazón la razón del odio de su hijo. Encontró la respuesta; en realidad siempre la había conocido aunque nunca hasta esa madrugada se había enfrentado a ella.

No había sido una buena madre. No, no lo había sido. Su amor por Abgaro era excluyente, no había permitido que nada ni nadie, ni siquiera sus hijos, la apartaran un segundo del lado del rey. Además de Maanu había traído al mundo a cuatro hijos más. Tres hembras y un varón que murió poco después de nacer. Sus hijas le habían interesado poco. Eran unas niñas calladas que pronto fueron casadas para reforzar alianzas con otros reinos. Apenas había sentido su marcha, tan intenso era su amor hacia el rey.

Por eso sufrió en silencio el dolor del amor de Abgaro por Ania, la bailarina que le contagió la mortal enfermedad. De sus labios no dejó escapar ni un reproche para que nada pudiera enturbiar su relación con el rey.

No había tenido tiempo para Maanu, tan absorbente era su amor por Abgaro, tan cerca habían llegado a estar el uno del otro.

Ahora que iba a morir, porque estaba segura de que Maanu no le perdonaría la vida, sentía la traición perpetrada contra su hijo al haberle negado su maternidad. ¡Cuán egoísta había sido! ¿La perdonaría Jesús?

La voz fuerte e histriónica de Maanu llegó antes que él a la cámara real.

—Quiero ver a mi padre.

—Ha muerto.

Maanu la miró desafiante.

–Soy, pues, el rey de Edesa.

–Lo eres y como tal todos te reconocerán.

–¡Marvuz! Llévate a la reina.

–No, hijo, aún no. Mi vida está en tus manos, pero antes enterremos a Abgaro como a un rey. Permíteme cumplir con sus últimas instrucciones, que el escriba real te confirmará.

Ticio se acercó temeroso llevando un rollo de pergamino en la mano.

–Mi rey, Abgaro me dictó sus últimos deseos.

Marvuz murmuró unas palabras en el oído de Maanu. Éste paseó la mirada por la estancia, y se dio cuenta de que el jefe de la guardia real tenía razón: además de los sirvientes, escribas, físicos, guardias y cortesanos observaban expectantes la escena. No podía dejarse llevar por el odio, al menos de manera manifiesta o asustaría a quienes iban a ser súbditos, y lejos de encontrar su colaboración conspirarían contra él. Se dio cuenta de que la reina había vuelto a ganar. Deseaba matarla allí mismo con sus propias manos, pero debía esperar y aceptar enterrar a su padre como el rey que había sido.

–Lee, Ticio –ordenó.

El escriba, con voz temblorosa, leyó despacio las últimas órdenes de Abgaro. Maanu tragaba saliva, rojo de ira.

Abgaro había dispuesto que se celebrara un oficio religioso cristiano, y que toda su corte acudiera a rezar por su alma. En el oficio debía estar presente Maanu acompañando a la reina. Durante tres días y tres noches su cuerpo debía reposar en aquel primer templo que mandó construir Josar. Después de los tres días, un cortejo encabezado por Maanu y la reina lo conduciría al mausoleo real.

Ticio carraspeó y miró primero a la reina y después a Maanu. Del pliegue de su manga sacó un nuevo pergamino.

–Si me lo permites, señor, leeré también lo que Abgaro quiere que hagas como rey.

Un murmullo de sorpresa se escuchó en la atestada sala.

Los dientes de Maanu chirriaron, seguro de que su padre aun muerto le había preparado una celada.

Yo, Abgaro, rey de Edesa, ordeno a mi hijo Maanu, convertido en rey, que respete a los cristianos permitiéndoles continuar su culto. También le hago responsable de la seguridad de su madre, la reina, cuya vida me es tan querida. La reina podrá elegir el lugar donde quiera vivir, se la tratará con el respeto debido a su rango, y nada le ha de faltar.

Tú, hijo mío, serás el garante de cuanto ordeno. Si no cumplieras estos mis últimos deseos, Dios te castigará y no encontrarás, ni en la vida ni en la muerte, la paz.

Todas las miradas se dirigieron al nuevo rey. Maanu temblaba de rabia y fue Marvuz el que se hizo cargo de la situación.

–Despediremos a Abgaro como él ha pedido. Ahora, que cada uno regrese a sus quehaceres.

Lentamente los presentes empezaron a abandonar la cámara real. La reina, pálida y quieta, aguardaba a que su hijo decidiera qué hacer con ella.

Maanu esperó a que la cámara quedara vacía, entonces se dirigió a su madre.

–No saldrás de aquí hasta que te mande llamar. No hablarás con nadie ni de dentro ni de fuera del palacio. Dos sirvientas quedarán contigo. Enterraremos a mi padre como ha pedido. Y a ti, Marvuz, te hago responsable de que se cumplan mis órdenes.

Maanu salió de la estancia con paso rápido. El jefe de la guardia real se dirigió a la reina.

–Señora, será mejor que aceptes lo que manda el rey.
–Lo acepto, Marvuz.

La reina le clavó la mirada con tal intensidad que el hombre bajó los ojos avergonzado y, despidiéndose, marchó con paso apresurado.

Las instrucciones de Maanu fueron precisas: se enterraría a Abgaro tal y como había dispuesto y, un segundo después de que se sellase el mausoleo real, la guardia detendría a los principales cabecillas cristianos, a sus odiados Josar y Tadeo. También debían destruir todos los templos donde los cristianos se reunían a orar; además, Maanu se lo había encomendado personalmente a Marvuz, el lino sagrado le tenía que ser entregado en palacio.

A la reina no se le permitió salir de su cámara hasta el tercer día de la muerte de Abgaro. El cadáver del rey permaneció durante ese tiempo sobre un lecho ricamente recamado que se colocó en el centro del primer templo que Abgaro mandó construir en honor de Jesús.

La guardia real veló al que fuera su rey, y el pueblo de Edesa le rindió su último tributo acudiendo a contemplar el cuerpo inerte del hombre que durante tantas décadas les garantizó la paz y la prosperidad.

–Señora, ¿estáis preparada?

Marvuz había acudido a buscar a la reina para conducirla al templo; desde allí, junto a Maanu, formó parte del cortejo hasta el mausoleo donde Abgaro descansaría el resto de la eternidad.

La reina se había ataviado con su mejor túnica y su más rico velo, y adornado con sus mejores joyas. Resultaba majestuosa a pesar de que las arrugas y el sufrimiento habían hecho mella en su rostro. Cuando llegaron al pequeño templo cristiano, éste estaba abarrotado. La corte entera estaba allí, así como los hombres principales de Edesa. La reina buscó con la mirada a Josar y a Tadeo, pero no les vio. Se sintió inquieta. ¿Dónde estarían sus amigos?

Maanu llevaba la corona de Abgaro y estaba malhumorado. Había requerido la presencia de Tadeo y de Josar pero sus guardias no les habían sabido encontrar. Tampoco el lino sagrado se encontraba en el lugar en el que durante tantos años había sido guardado.

Un joven discípulo de Tadeo inició el rezo dirigiendo la

ceremonia del adiós. Cuando la comitiva real estaba a punto de abrir la marcha hacia el mausoleo, Marvuz se acercó al rey.

—Señor, hemos buscado en las casas de los cristianos principales, pero no hemos encontrado el lino sagrado. Tampoco hay rastro de Tadeo ni de Josar.

El jefe de la guardia real calló. En ese momento, abriéndose paso, Tadeo y Josar, pálidos como la muerte, se acercaban hasta donde estaban. La reina abrió sus brazos y luchando para contener las lágrimas les tendió la mano. Josar la miró con ternura, más nada le dijo, tampoco Tadeo.

Maanu dio orden de que el cortejo se pusiera en marcha. Era hora de enterrar a Abgaro, después ajustaría cuentas con los cristianos.

Una multitud silenciosa les acompañó hasta el mausoleo. Allí, antes de que el maestro de obras volviera a sellar la entrada, la reina pidió unos minutos para rezar.

Cuando la piedra quedó encajada sellando la tumba, Maanu hizo un gesto a Marvuz, y éste a su vez hizo una señal a los guardias, que se apresuraron a detener a Josar y Tadeo, a la vista de todos los presentes. Un rumor de terror comenzó a expandirse entre la multitud, que de repente comprendió que Maanu no respetaría la voluntad de Abgaro y perseguiría a los cristianos.

Con pasos atropellados unos, y a la carrera otros, el gentío comenzó a dispersarse para acudir a sus casas en busca de refugio. Algunos murmuraban que esa misma noche abandonarían Edesa huyendo de Maanu.

No les daría tiempo ni siquiera a intentarlo. En ese mismo instante la guardia real estaba destruyendo las casas de los cristianos más significados, mientras que otros eran detenidos y ejecutados allí mismo, ante el mausoleo real.

El horror se dibujó en el rostro de la reina, arrastrada por Marvuz de regreso al palacio. La mujer pudo ver cómo Tadeo y Josar eran apresados sin que ninguno de los dos opusiera resistencia, sin emitir un sonido.

El olor del fuego llegaba hasta la colina sobre la que se

alzaba el palacio real. Los gritos de la gente sonaban como aullidos desesperados. Edesa temblaba de terror, mientras Maanu en la sala del trono bebía vino y observaba satisfecho el miedo reflejado en el rostro de los cortesanos.

La reina permanecía de pie, así se lo había ordenado Maanu. Muy cerca, Josar y Tadeo, con las manos atadas a la espalda y las túnicas desgarradas por los latigazos que les había proferido la guardia real, continuaban sin proferir ni una palabra.

—Azotadles más, quiero que me supliquen que pare su tormento.

Los guardias se empleaban con saña contra los ancianos, pero éstos continuaban sin emitir sonido alguno ante el asombro de la corte y la ira del rey.

La reina gritó cuando Tadeo cayó desmayado, mientras que las lágrimas casi ocultaban el rostro de Josar cuya espalda sangraba despellejada.

—¡Basta! ¡Parad!

—¡Cómo te atreves a dar órdenes! —gritó Maanu.

—¡Eres un cobarde, atormentar a dos ancianos no es digno de un rey!

Con el dorso de la mano Maanu abofeteó a su madre. Ésta se tambaleó y cayó al suelo. Un murmullo de horror brotó al unísono en la sala.

—Morirán aquí, delante de todos, si no me dicen dónde han ocultado el lino, y morirán sus cómplices, ¡todos!, sean quienes sean.

Dos guardias entraron con Marcio, el arquitecto real, seguidos por sus dos jóvenes sirvientes asustados.

Maanu se dirigió a ellos.

—¿Os ha dicho dónde está el lino?

—No, mi rey.

—¡Azotadle hasta que hable!

—Le podemos azotar, pero no hablará. Sus sirvientes han confesado que el arquitecto ha hecho algo terrible: hace unos días se cortó la lengua.

La reina miró a Marcio, después su mirada fue hasta el cuerpo inerte de Tadeo y al de Josar. Comprendió que los hombres habían decidido mutilarse para que la tortura no les venciera y de esa manera guardar el secreto de la Sábana.

Comenzó a llorar doliéndose por el sacrificio de sus amigos, sabiendo que su hijo les haría pagar cara esa afrenta.

Maanu temblaba. La ira le había enrojecido la piel. Marvuz se acercó a él temiendo su reacción.

—Mi rey, encontraremos a alguien que sepa dónde han ocultado el lino, buscaremos por todo Edesa, lo encontraremos...

El rey no le escuchaba, dirigiéndose a su madre la levantó del suelo y zarandeándola le gritaba:

—¡Dime tú dónde está, dímelo o te arrancaré la lengua!

La reina lloraba presa de convulsiones. Algunos de los nobles de la corte decidieron intervenir avergonzados de su cobardía por permanecer impasibles ante los golpes que Maanu propinaba a su madre. ¡Si Abgaro viviera le habría mandado matar!

—¡Señor, dejadla! –rogaba uno.

—Mi rey, calmaos, ¡no golpeéis a vuestra madre! –pedía otro.

—¡Sois el rey, debéis mostrar clemencia! –apuntaba un tercero.

Marvuz sujetó el brazo del rey cuando éste iba a volver a golpear a la reina.

—¡Señor!

Maanu dejó caer el brazo, y se apoyó en Marvuz. Se sentía burlado por su madre y los dos ancianos, y agotado. La ira le había agotado.

Marcio contemplaba toda la escena maniatado. Pedía a Dios que fuera misericordioso, que se apiadara de ellos.

Pensó en el sufrimiento de Jesús en la cruz, en la tortura que le infligieron los romanos y en cómo les había perdonado. Buscó en su interior el perdón para Maanu, pero sólo sentía odio hacia el rey.

El jefe de la guardia real se hizo cargo de la situación y ordenó que llevaran a la reina a sus aposentos.

Marvuz hizo sentarse al rey y le puso una copa de vino en las manos, vino que éste bebió con avidez.

—Deben morir —dijo casi en un susurro.

—Sí —respondió Marvuz—; morirán.

Hizo una seña a los soldados, y éstos se llevaron a rastras a Tadeo y a Josar, ya inconscientes por el dolor. Marcio lloraba en silencio. Ahora se vengarían en él.

El rey alzó la mirada y clavó los ojos en los de Marcio.

—Todos los cristianos moriréis. Vuestras casas, vuestras haciendas, todo cuanto podáis poseer lo repartiré entre los que me son leales. Tú, Marcio, me has traicionado doblemente. Eres uno de los más grandes nobles de Edesa y has vendido tu corazón a esos cristianos que tanto te han embrujado hasta arrancarte la lengua. Encontraré el lino y lo destruiré. Lo juro.

A un gesto de Marvuz un soldado se llevó a Marcio.

—El rey quiere descansar. Ha sido un día largo —despidió Marvuz a los cortesanos.

Cuando quedaron solos Maanu se abrazó a su cómplice y rompió a llorar. Su madre le había arrebatado el sabor de la venganza.

—Quiero que la reina muera.

—Morirá señor, pero debéis esperar. Primero busquemos la Sábana, y acabemos con todos los cristianos; después le llegará el turno a la reina.

Esa noche los gritos de espanto y el crujir del fuego llegaron hasta el último rincón del palacio. Maanu había traicionado la última voluntad de su padre.

18

Sofia había llamado al padre Yves. El sacerdote la intrigaba. No sabía por qué, pero tenía la impresión de que detrás de su afabilidad y buena disposición, había algún recoveco infranqueable.

Había pensado que sorprendería al padre Yves invitándolo a comer, pero éste no lo pareció, y le respondió que si el cardenal no ponía ningún inconveniente almorzaría con ella.

Y allí estaban los dos, en una pequeña *trattoria* cerca de la catedral.

–Me alegro de que el cardenal le haya permitido aceptar mi invitación. Verá, me gustaría charlar con usted sobre la catedral, sobre lo que ha pasado.

El sacerdote la escuchaba con atención pero sin un interés especial.

–Padre Yves, quisiera que me dijera la verdad, ¿usted cree que el incendio ha sido un accidente?

–Mal estaría que yo no dijera la verdad... –dijo sonriendo el sacerdote–. Desde luego que creo que fue un accidente, salvo que usted sepa algo que yo no sé.

El padre Yves la miró fijamente. La suya era una mirada limpia, amable, pero Sofia seguía pensando que el sacerdote era algo más de lo que parecía.

–Supongo que es deformación profesional, pero desconfío de las casualidades y en la catedral de Turín ha habido demasiados accidentes fortuitos.

–¿Sospecha que este accidente ha sido provocado? ¿Por quién? ¿Por qué?

–Eso es lo que estamos investigando, el porqué y por quién. No se olvide que tenemos un cadáver, el cadáver de un hombre joven. ¿Quién era? ¿Qué hacía allí? Por cierto, que la autopsia ha revelado que el hombre calcinado no tenía lengua. Tenemos otro mudo en la cárcel. ¿Se acuerda del intento de robo de hace unos años? No hay que ser un genio para sospechar que hay algo raro.

—Me desconcierta... Yo no había pensado que... En fin, a mí me parece que los accidentes son posibles, sobre todo en edificios tan antiguos como lo es la catedral de Turín. En cuanto a lo del cadáver sin lengua y al mudo de la cárcel, pues no sé qué decirle, no sé qué relación pueden tener.

—Padre, a mí me parece que usted no es un sacerdote del montón.

—¿Cómo?

—Sí, que usted no es un sacerdote simple, su currículo es el de un hombre inteligente y preparado. Por eso he querido verle y hablar con usted, e insisto en que me gustaría que fuera franco conmigo.

Sofia no había disimulado la irritación que le producía que el padre Yves intentara jugar con ella al ratón y al gato.

—Siento contrariarla, pero yo soy un sacerdote, y mi mundo no es el suyo. Efectivamente, he tenido la suerte de tener una buena preparación, pero mis conocimientos no tienen nada que ver con los suyos, yo no soy policía, y entre mis preocupaciones y mis deberes no están los de sospechar de nada ni de nadie.

El tono de voz del padre Yves se había endurecido. Tampoco él quería disimular su enojo.

—Lo siento, quizá he sido muy brusca, y no he sabido pedirle ayuda.

—¿Pedirme ayuda?, ¿para qué?

—Para desentrañar el misterio de los accidentes, para buscar algún cabo suelto que dé lugar a una pista. Seré franca con usted: no creemos que el incendio haya sido casual. Ha sido provocado, lo que no sabemos es por qué.

—¿Y en qué cree que puedo ayudarla? Dígame concretamente en qué.

El sacerdote seguía molesto. Sofia se dio cuenta de que había metido la pata con él al expresarle tan a las claras su desconfianza.

–Quisiera conocer su opinión sobre los obreros que trabajan en la catedral. Usted les ha tratado durante estos meses, ¿ha habido alguno que le haya parecido sospechoso, que haya dicho o hecho algo que le haya llamado la atención? También me gustaría que me dijera qué le parece el personal que trabaja en la sede episcopal, no sé, las secretarias, el portero, incluso el cardenal...

–Doctora, tanto yo como todos los miembros del obispado hemos colaborado con los *carabinieri* y con ustedes los del Departamento del Arte. Sería una felonía por mi parte que me dedicara a difundir sospechas sobre los obreros o sobre las personas que trabajan en el obispado. No tengo nada que decir que no haya dicho ya, y si usted cree que no ha sido un accidente, debe investigarlo; naturalmente, sabe que cuenta con la colaboración del arzobispado. Sinceramente, no entiendo su juego. Entenderá que informe al cardenal sobre esta conversación.

La tensión entre ambos era evidente. Sofia pensó que el padre Yves parecía sincero en su enojo. Ella también se sentía incómoda, tenía la sensación de que no estaba abordando con inteligencia la investigación.

–No le estoy pidiendo que hable mal de los obreros o de sus compañeros...

–¿Ah, no? Una de dos, o usted cree que yo sé algo que no he dicho, en cuyo caso es evidente que sospecha de mí, porque si sé algo y no lo he dicho es que tengo algo que ocultar, o de lo contrario me está pidiendo que le dé no sé qué tipo de detalles sobre los obreros y mis compañeros del obispado, y que se los dé aquí, extraoficialmente, no sé con qué fin.

–¡Yo no busco cotilleos! Dígame por qué ha aceptado almorzar conmigo.

–¡Buena pregunta!

–¡Pues respóndala!

El sacerdote clavó los ojos en Sofia. La intensidad de la mirada la perturbó tanto que sintió que se estaba poniendo roja.

–Me pareció usted una persona seria y competente.

–Ésa no es una respuesta.

–Lo es.

Ninguno de los dos había tomado bocado. El padre Yves pidió la cuenta.

–Le había invitado yo.

–Si no le importa la invitará el arzobispado.

–Creo que ha habido un malentendido; si soy la responsable, discúlpeme.

El padre Yves la volvió a mirar. Pero esta vez la mirada era tranquila, de nuevo indiferente.

–Dejémoslo.

–No me gustan los malentendidos, quisiera...

La cortó con un gesto de la mano.

–No importa, dejémoslo.

Salieron a la calle. Un sol tibio iluminaba todo el exterior. Empezaron a caminar juntos, en silencio, en dirección a la catedral. De repente el sacerdote se paró en seco y volvió a mirarla intensamente. Sofia le sostuvo la mirada, y se sorprendió cuando él sonrió.

–La invito a un café.

–¿Me invita a un café?

–Bueno, o a lo que quiera. A lo mejor he estado un poco brusco con usted.

–¿Y por eso me invita a un café?

–¡Uf! Hay personas que se pelean por todo, y me parece que usted y yo entramos en esa categoría.

Sofia rió. No sabía por qué el padre Yves había cambiado de opinión, pero estaba contenta.

–De acuerdo, tomemos un café.

Él la cogió suavemente del brazo para cruzar la calle. Sortearon la catedral, y caminaron tranquilos y en silencio hasta llegar a un viejo café, con mesas de caoba pulida y camareros con canas.

–Tengo hambre –dijo el padre Yves.

–No me extraña, por su enfado no hemos comido nada.

–Bueno, pidamos un dulce ¿le parece?

–Yo no tomo dulces.

–Entonces, ¿qué le apetece?

–Sólo café.

Pidieron al camarero y se quedaron el uno frente al otro, observándose.

–¿De quién sospecha, doctora?

La pregunta la descolocó. En realidad era él quien la descolocaba continuamente con su actitud.

–¿Está seguro de que quiere hablar del accidente de la catedral?

–¡Vamos!

–De acuerdo. No sospechamos de nadie en concreto, no tenemos pistas, sólo sabemos que las piezas no encajan. Marco, mi jefe, cree que los accidentes tienen que ver con la Sábana Santa.

–¿Con la Síndone? ¿Por qué?

–Porque la de Turín es la catedral con más accidentes de todas las de Europa. Porque la Síndone está en la catedral de Turín, porque tiene esa corazonada.

–Pero a la Síndone, a Dios gracias, jamás le ha pasado nada. No entiendo qué relación hay entre los accidentes y la Síndone, sinceramente.

–Las corazonadas son difíciles de explicar, pero Marco la tiene, y nos la ha contagiado a los miembros de su equipo.

–¿Cree que alguien puede querer destruir la Síndone como sucedió con la *Piedad* de Miguel Ángel? ¿Algún pobre loco que quiere pasar a la posteridad?

–Ésa sería la respuesta más sencilla. Pero ¿y los mudos?

–Bueno, sólo hay dos mudos y las casualidades, doctora, por mucho que no crea usted en ellas, existir, existen.

–Nosotros creemos que el mudo de la cárcel...

Sofia se calló; había estado a punto de contarle el plan a aquel sacerdote guapo y encantador.

–Siga.

–Bueno, nosotros creemos que el mudo que está en la cárcel sabe algo.

–Supongo que le habrán interrogado de alguna manera.

–Es mudo y no parece entender nada de lo que se le dice.

–Le habrán interrogado por escrito.

–Con resultado nulo.

–Doctora, ¿y si fuera todo más sencillo? ¿Y si las casualidades existiesen?

Charlaron durante una hora, pero a Sofía la conversación no le sirvió de mucho. El padre Yves no le dijo nada relevante. Habían pasado un rato agradable, pero nada más.

–¿Hasta cuándo se queda en Turín?

–Me voy mañana.

–No dude en llamarme si cree que le puedo ser de alguna utilidad.

–Me lo pensaría dos veces, no vaya a ser que se vuelva a enfadar.

Se despidieron amigablemente. El padre Yves le dijo que la llamaría si pasaba por Roma. Sofía prometió igualmente llamarle si volvía a Turín. Pura formalidad por ambas partes.

Marco había convocado la reunión a primera hora de la tarde. Estaba deseando explicarles el plan que iba a poner en marcha para dejar en libertad al mudo.

Sofía fue la última en llegar. Marco no supo por qué pero la encontró cambiada. Igual de guapa, pero cambiada, lo que aún no sabía era en qué.

–Bien, el plan es sencillo. Ya sabéis que cada mes en todas las prisiones se reúne la Junta de Seguridad, de la que participan el juez y el fiscal de vigilancia penitenciaria, los psicólogos y trabajadores sociales, además del director de la prisión. Suelen visitar a todos los presos, sobre todo a los que están a punto de cumplir condena, tienen buen comportamiento y son merecedores de algún beneficio penitenciario como la libertad provisional. Mañana soy yo el que se va a Turín para reunirme con todos ellos. Quiero pedirles que hagan un poco de teatro.

Todos le escuchaban en silencio, con atención, así que Marco decidió seguir.

–Pretendo que el próximo mes, cuando los miembros de la Junta de Seguridad acudan a la cárcel de Turín, visiten al mudo y que delante de él hablen con naturalidad, como siempre lo han hecho, pensando que no les entiende. Pediré a la asistente social y al psicólogo que dejen caer que no tiene mucho sentido seguir reteniendo al mudo, que su comportamiento es ejemplar, que no supone ningún peligro para la sociedad, y que la ley prevé que pueda acogerse a la libertad condicional. El director pondrá alguna objeción y se irán. Quiero que esa escena se repita durante tres o cuatro meses, hasta finalmente dejarlo en libertad.

–¿Colaborarán contigo? –preguntó Pietro.

–Los ministros han hablado con sus respectivos jefes. No creo que pongan inconveniente, al fin y al cabo no se trata de dejar en libertad a ningún asesino ni a ningún terrorista, sino a un ladronzuelo.

–Es un buen plan –dijo Minerva.

–Sí que lo es –apostilló Giuseppe.

–Tengo más noticias. Ésta te gustará a ti, Sofia. Me ha llamado Lisa, la esposa de John Barry. Lisa es hermana de Mary Stuart, que, por si no lo sabéis, está casada con James Stuart, que, por si no lo sabéis, es uno de los hombres más ricos del mundo. Amigo del presidente de Estados Unidos y de los presidentes de medio mundo, del medio mundo rico claro está. En su lista de amigos también están los hombres de negocios y banqueros más importantes del planeta. La hija pequeña del matrimonio Stuart, Gina, es arqueóloga como Lisa, y está pasando una temporada en Roma, en casa de su tía, además de colaborar con la financiación de la excavación de Herculano. Bueno, pues Mary y James Stuart llegarán a Roma dentro de dos semanas. Lisa va a organizar una cena a la que invitará a muchos de los amigos que los Stuart tienen en Italia, entre ellos a Umberto D'Alaqua. Estoy invitado a esa cena y puede que John y Lisa sean benevolentes y me permitan llevarte, doctora.

A Sofia se le iluminó el rostro. No podía ocultar lo mucho que le satisfacía volver a ver a D'Alaqua.

–Me parece que es lo más cerca que podremos volver a estar de ese hombre.

Cuando la reunión terminó Sofia se acercó a Marco.

–Es sorprendente que una mujer como Lisa tenga una hermana casada con un tiburón de las finanzas.

–No, no lo es. Mary y Lisa son hijas de un profesor de historia medieval de la Universidad de Oxford. Ambas estudiaron también historia: Lisa arqueología y Mary historia medieval, como su padre. Lisa obtuvo una beca para hacer el doctorado en Italia, su hermana la visitaba a menudo, pero la vida de Mary transcurría por otros derroteros. Entró a trabajar en Sotheby's como experta en arte medieval. Eso la llevó a conocer gente importante, entre otros a su marido, James Stuart. Se conocieron, se enamoraron y se casaron. Lisa conoció a John y se casó con él; ambas parecen muy felices con sus respectivas parejas. Mary pertenece a la alta sociedad mundial, Lisa con su esfuerzo se ha hecho un nombre en el mundo académico. Su hermana la apoya, como ahora hace con su hija Gina, contribuyendo a subvencionar algunas excavaciones. No hay más secretos.

–Hemos tenido suerte con que tú seas amigo de John.

–Sí, son muy buena gente los dos. John es el único norteamericano que conozco que no tiene ningún interés en medrar, y se resiste a que le trasladen a otro lugar. Naturalmente, la influencia de los Stuart le ha ayudado para mantenerse tantos años en el puesto que tiene en la embajada.

–¿Crees que te permitirán llevarme a la fiesta?

–Lo voy a intentar. D'Alaqua te ha impactado, ¿verdad?

–Mucho, es un hombre del que cualquier mujer se podría enamorar.

–Supongo que no es tu caso.

—¡Uf! No lo supongas —rió Sofia.

—¡Cuidado, doctora!

—No te preocupes Marco, tengo los pies en el suelo y por nada en el mundo los voy a despegar. D'Alaqua no está a mi alcance, así que tranquilo.

—Te voy a hacer una pregunta personal. Si te incomoda, mándame a la mierda. ¿Qué pasa con Pietro?

—No te mandaré a la mierda, te diré la verdad: punto final. La relación no da más de sí.

—¿Se lo has dicho?

—Vamos a cenar juntos esta noche para hablar. Pero él no es tonto y lo sabe. Creo que está de acuerdo.

—Me alegro.

—¿Te alegras? ¿Por qué?

—Porque Pietro no es un hombre para ti. Es una buena persona, con una mujer estupenda, que será inmensamente feliz al recuperar a su marido. Tú, Sofia, un día de éstos deberías de dejarnos e iniciar otro recorrido profesional, con otra gente, con otras perspectivas. En realidad el Departamento del Arte te queda pequeño.

—¡No digas eso! ¡Por Dios! ¿Sabes lo feliz que soy con mi trabajo? No quiero irme, no quiero cambiar.

—Tú sabes que tengo razón; otra cosa es que te dé vértigo intentarlo.

Pietro les interrumpió. Se despidieron de Marco, que por la mañana temprano viajaría a Turín.

—¿Vamos a tu casa? —preguntó Pietro.

—No, prefiero que cenemos en un restaurante.

Pietro la llevó a una pequeña taberna del Trastevere. Sofia se dio cuenta de que era la misma taberna donde habían cenado juntos la primera vez, cuando iniciaron su relación. Hacía mucho tiempo que no iban. Encargaron la cena, y hablaron de cosas intrascendentes, retrasando el momento de enfrentarse el uno al otro.

—Pietro...

—Tranquila, sé lo que quieres decirme y estoy de acuerdo.

–¿Lo sabes?

–Sí, cualquiera lo sabría. Para algunas cosas eres transparente.

–Pietro, yo te tengo mucho cariño pero no estoy enamorada de ti, y no quiero tener ningún compromiso. Me gustaría que fuéramos amigos, que pudiéramos seguir trabajando como hasta ahora, con compañerismo y sin tensiones.

–Yo te quiero. Sólo un tonto no estaría enamorado de ti, pero también sé que no estoy a tu altura...

Sofia hizo un gesto interrumpiéndole, incómoda.

–No digas eso, no digas tonterías, por favor.

–Soy un poli y parezco un poli. Tú eres una universitaria, una mujer con clase, da lo mismo que vayas en vaqueros que con un traje de Armani, siempre pareces una señora. He tenido mucha suerte de haberte tenido, pero siempre he sabido que un día me darías con la puerta en las narices y ese día ha llegado. ¿D'Alaqua?

–¡Ni siquiera me miró! No, Pietro, no tiene que ver con nadie. Simplemente nuestra relación no da más de sí. Tú quieres a tu mujer y yo lo entiendo. Es una buena persona, guapa además. Nunca te separarás de ella, no soportarías quedarte sin tus hijos.

–Sofia, si tú me hubieras dado un ultimátum me habría ido contigo.

Se quedaron en silencio. Sofia tenía ganas de llorar, pero se contuvo. Estaba decidida a romper con Pietro, a no dejarse llevar por ninguna emoción que retrasara más la decisión que debía haber tomado mucho tiempo atrás.

–Creo que lo mejor para los dos es dejarlo. ¿Serás mi amigo?

–No lo sé.

–¿Por qué?

–Porque no lo sé. Sinceramente no sé cómo llevaré el verte y no estar contigo, el que un día llegues y cuentes que hay otro hombre en tu vida. Es muy fácil decir que seré tu amigo, pero no quiero engañarte, no sé si podré. Y si no puedo, me iré antes de odiarte.

A Sofia le impresionaron las palabras de Pietro. Cuánta razón tenía Marco en que era un error mezclar placer y trabajo. Pero la suerte estaba echada y no había vuelta atrás.

–Me iré yo. Sólo quiero terminar la investigación sobre el incendio en la catedral, ver qué pasa con el mudo. Luego pediré la baja y me iré.

–No, no sería justo. Sé que tú eres muy capaz de tratarme como un amigo, como uno más. El problema soy yo, me conozco. Pediré el traslado.

–No. A ti te gusta el Departamento del Arte, ha sido un salto en tu carrera y no lo vas a perder por mí. Marco dice que debería buscar otros derroteros profesionales, y en realidad yo tengo ganas de hacer otras cosas, de dar clases en la universidad, de buscar trabajo en alguna excavación o, quién sabe, a lo mejor me lanzo y pongo una galería de arte. Siento que estoy cerrando un ciclo en mi vida. Marco se ha dado cuenta, me ha animado a que busque otro camino y tiene razón. Sólo quiero pedirte un favor: haz lo posible para que pueda continuar unos meses más, hasta que terminemos la investigación sobre el incendio de la catedral. Por favor, ayudémonos a pasar estos meses de la mejor manera.

–Lo intentaré.

Pietro tenía los ojos llenos de lágrimas. Sofia se sorprendió, nunca había imaginado que la quisiera tanto. O acaso era tan sólo su orgullo herido.

19

Izaz y Obodas devoraban el queso y los higos con que Timeo les había obsequiado. Estaban cansados por los largos días de viaje, pero sobre todo porque habían temido que los soldados de Maanu les alcanzaran para devolverles a Edesa.

Pero allí estaban, en casa de Timeo, en Sidón. Harran, el jefe de la caravana, les había asegurado que mandaría un mensajero a Senín para dar fe de que habían culminado con éxito el viaje.

Timeo era un anciano de mirada penetrante que les había recibido con afecto y les había conminado a descansar antes de que le relataran las peripecias del viaje. El anciano no se había sorprendido de su llegada. En realidad, les esperaba desde hacía meses, cuando recibió una carta de Tadeo en la que le daba cuenta de su preocupación por la débil salud de Abgaro y explicaba la situación comprometida de los cristianos en cuanto el rey muriera, pese a contar con el apoyo de la reina.

El anciano les observaba paciente, sabiéndolos agotados de cuerpo y alma. Había dispuesto que Izaz y el coloso Obodas se quedaran en su casa compartiendo una pequeña estancia, la única de que disponía además de la suya, ya que su casa era modesta, como correspondía a un seguidor de las verdaderas enseñanzas de Jesús.

El anciano les contó que en Sidón habían constituido una pequeña comunidad de cristianos. Se reunían al atardecer para rezar y aprovechaban para contarse las nuevas; siempre había algún viajero que traía noticias de Jerusalén, o algún pariente que enviaba misivas de Roma.

Izaz escuchaba atento al anciano, y cuando él y Obodas terminaron de comer, pidió a Timeo que le escuchara a solas.

Obodas torció el gesto. Las instrucciones de Senín habían sido tajantes: no debía de perder de vista al joven Izaz, debía defender con su vida la del sobrino de Josar.

El anciano Timeo, viendo la sombra de incertidumbre reflejada en los ojos del gigante, le tranquilizó.

–No te preocupes, Obodas. Tenemos espías y sabremos si la gente de Maanu llega a Sidón. Descansa tranquilo, mientras yo hablo con Izaz. Tú mismo nos podrás ver desde la ventana de la estancia donde dormiréis.

Obodas no se atrevió a contradecir al anciano, y ya en la estancia se colocó al lado del ventanuco con una mirada vigilante en Izaz.

El joven hablaba en voz baja con Timeo. Las palabras se perdían con la brisa suave de la mañana. Obodas pudo observar que el rostro del anciano se iba transfigurando según escuchaba a Izaz. Asombro, dolor, preocupación... estas y otras emociones afloraron en el rostro de Timeo.

Cuando Izaz terminó de hablar, Timeo le apretó el brazo con afecto y le bendijo con la señal de la cruz en recuerdo de Jesús. Luego entraron en la casa. Timeo se dirigió a la estancia donde aguardaba Obodas y ambos jóvenes siguieron la recomendación de Timeo: descansarían hasta la tarde en que se unirían a la pequeña comunidad de cristianos de Sidón, su nueva patria, porque sabían que nunca jamás podrían regresar a la tierra de sus antepasados. Si lo hicieran, Maanu los haría matar.

Timeo entró en el templo contiguo a la casa. Allí, de rodillas, rezó a Jesús y le pidió que le ayudara a saber qué hacer con el secreto que Izaz le había confiado, y por el que Josar, Tadeo, el tal Marcio y otros cristianos se habían sacrificado.

Sólo Izaz y él sabían ahora dónde estaba depositada la mortaja del Señor. A Timeo le angustiaba pensar que en algún momento deberían confiar a su vez el secreto a alguien porque él era anciano y moriría. Izaz era joven, pero ¿qué sucedería cuando entrara en la ancianidad? Pudiera ser que Maanu muriera antes que ellos y los cristianos pudieran volver a Edesa, pero ¿y si no era así? ¿A quién confiar el lugar donde Marcio había ocultado la mortaja? No podían llevarse ese secreto a la tumba.

Las horas transcurrieron sin que Timeo las percibiera. Allí donde estaba, de rodillas rezando, lo encontraron Izaz y Obodas al caer la tarde. Para ese momento el anciano ya había tomado una decisión.

Timeo se levantó despacio. Tenía las rodillas entumecidas, le dolían. Sonrió a sus huéspedes y les pidió que le acompañaran a casa de su nieto, de la que sólo les separaba un pequeño huerto.

–¡Juan! ¡Juan! –llamó el anciano.

De la casa encalada de blanco, protegida del sol por una parra, salió una mujer joven con una niña en brazos.

–Aún no ha llegado, abuelo. No tardará, ya sabes que siempre acude a la hora del rezo.

–Ésta es Alaida, la esposa de mi nieto. Y ésta es su pequeña hija, Miriam.

–Pasad a tomar agua fresca con miel –ofreció Alaida.

–No hija, ahora no; nuestros hermanos estarán a punto de llegar para rezar a Nuestro Señor. Sólo quería que Juan y tú conocierais a estos dos jóvenes, que vivirán conmigo de ahora en adelante.

Se encaminaron al templo donde ya había un grupo de familias charlando amigablemente. Campesinos y pequeños artesanos que se habían convertido a la fe de Jesús. Timeo les fue presentando a Izaz y a Obodas, y pidió a los dos jóvenes que relataran su huida de Edesa.

Con cierta timidez, Izaz empezó a dar nuevas de Edesa y a responder a las sencillas preguntas que le hacían los miembros de la comunidad. Cuando terminó de hablar, Timeo les pidió a todos que rezaran para que Jesús ayudara a los fieles de Edesa. Así lo hicieron, rezaron y cantaron y compartieron una ración de pan con vino que Alaida había llevado consigo.

Juan era de complexión fuerte, ni alto ni bajo, con el cabello negro, tan negro como la barba. Había llegado tarde,

143

acompañado de Harran y unos cuantos hombres de la caravana cargados con sacos. Timeo les hizo entrar en su casa.

—Senín, mi señor —les dijo Harran—, quería que os entregara estos presentes que os ayudarán a mantener a Izaz, el sobrino de Josar, y a su guardián Obodas. También me manda que te entregue esta bolsa con oro, os será útil en caso de dificultad.

Izaz observaba asombrado la entrega de tantos bienes. Senín era generoso, mucho; antes de partir también a él le había entregado una bolsa llena de oro, el suficiente para vivir holgadamente el resto de su vida.

—Gracias Harran, buen amigo. Rezo porque encuentres a Senín como lo dejaste y para que la ira de Maanu no se haya cebado en él. Dile a tu señor que estos presentes, como los que me trajiste de parte de la reina hace meses, los dedicaremos a ayudar a los pobres, como nos enseñó Jesús, y a procurar el bienestar de nuestra pequeña comunidad. Puesto que aún estarás unos días en Sidón antes de regresar a Edesa, me dará tiempo de escribir a Senín.

Las pesadillas no permitieron dormir a Izaz. En su sueño veía rostros carcomidos por las llamas, y un campo regado de sangre. Cuando se despertó estaba empapado en sudor, en el sudor del miedo.

Salió a refrescarse al pilón del huerto y allí encontró a Timeo podando un limonero.

Timeo le pidió que lo acompañara a dar un paseo hasta la playa aprovechando el frescor del amanecer.

—¿No se asustará Obodas cuando despierte?

—Seguramente, pero le pediré a Juan que esté pendiente para que cuando tu guardián despierte le indique dónde estamos.

Una vez dadas las instrucciones a su nieto, que ya se había levantado y comenzado a trabajar en el huerto que compartía con su abuelo, se encaminaron a la playa.

El Mare Nostrum, como lo llamaban los romanos, estaba

furioso aquella mañana. Las olas golpeaban con fuerza los guijarros de la playa y arrancaban la arena de la orilla.

Izaz miraba extasiado al mar. Era la primera vez que veía aquella inmensidad de agua que le pareció un milagro.

–Izaz, Dios ha querido que seamos depositarios de un gran secreto, el lugar donde se encuentra la mortaja de su Hijo, y que tantos milagros ha hecho ya. Donde la depositó Marcio debe de permanecer, no importa cuánto tiempo, pero nunca antes de que Edesa vuelva a ser cristiana y estemos seguros de que el lino no correrá peligro. Puede que ni tú ni yo veamos ese día, así que cuando yo muera deberás elegir a un hombre que guarde el secreto y se lo transmita a su vez a otro hombre, así hasta que ninguna sombra empañe la presencia de los cristianos en Edesa. Si Senín sobrevive, él nos irá dando noticias de cuanto sucede en el reino. En todo caso he de cumplir con una promesa que hice a Tadeo, a tu tío Josar y a la reina cuando hace meses me mandaron misivas explicando lo que se podía avecinar cuando Abgaro muriera. Me pedían que, pasara lo que pasase, procurara que la semilla de Cristo no fuera arrancada de Edesa, y me pedían que si sucedía lo peor, transcurrido un tiempo enviara cristianos a Edesa.

–Pero eso sería enviarlos a la muerte.

–Los que vayan lo harán sin significar nuestras creencias. Se instalarán en el reino, trabajarán e intentarán buscar a los cristianos que puedan quedar para reconstruir la comunidad con sigilo. No se trata de provocar la ira de Maanu ni desatar una persecución, sino de hacer que para siempre perviva la semilla de Jesús en Edesa. Él lo quiso así haciendo que Josar llevara su mortaja hasta Abgaro. Él ha santificado esa tierra con su presencia y sus milagros, y nosotros debemos cumplir los deseos del Señor.

»Esperaremos a que Harran regrese con una caravana, y entonces decidiremos qué hacer y cuándo. Pero has de saber que la mortaja jamás debe salir de Edesa, y que debemos procurar que la fe en Jesús jamás se apague en la ciudad.

A lo lejos, la figura imponente de Obodas se dirigía hacia ellos. El gigante estaba molesto.

–Izaz, Timeo, burláis mi presencia y yo he jurado proteger a Izaz con mi vida. Si le pasa algo será responsabilidad mía y jamás me lo podría perdonar.

–Obodas, necesitábamos hablar –dijo Izaz.

–Yo, Izaz, no te molestaré cuando necesites hablar sin testigos con Timeo, o cualquier otro. Estaré cerca, donde te pueda ver y no pueda oír, pero no escapes de mi mirada, no dificultes mi promesa.

Izaz le dio su palabra de que así sería. Con el tiempo confiaría en Obodas más que en cualquier otro hombre.

20

Addaio estaba sentado tras una inmensa mesa de madera tallada. El sillón frailero no empequeñecía su imponente figura.

No tenía ni un solo cabello, pero las arrugas que rodeaban los ojos y las comisuras de los labios no dejaban dudas en cuanto a la edad del hombre, que delataban también las manos nudosas con las venas transparentándose a través de la piel.

En la habitación había dos ventanas, pero los pesados cortinajes no dejaban traspasar ni un rayo de luz. La penumbra lo inundaba todo.

A ambos lados de la imponente mesa había cuatro sillas de respaldo alto, y sentados en ellas un total de ocho hombres, vestidos de negro riguroso, con la mirada baja.

Un hombrecillo delgado, vestido con modestia, les había abierto la puerta y conducido hasta el despacho de Addaio.

Zafarín temblaba. Sólo la presencia de su padre impedía que saliera corriendo. Su madre le agarraba del brazo, y su mujer, Ayat, con su hijita, caminaban a su lado sin decir palabra, tan asustadas como él.

El hombrecillo introdujo en una estancia a las mujeres.

–Aguardad aquí –indicó, y con paso presuroso acompañó a los hombres hasta el umbral de una puerta de madera ricamente labrada; abrió una de las hojas e hizo pasar a Zafarín y a su padre.

–Has fracasado.

La voz de Addaio retumbó contra las paredes de madera, cubiertas de libros. Zafarín agachó la cabeza sin disimular un gesto de dolor, de dolor en el alma. Su padre dio un paso adelante y sin miedo clavó la mirada en Addaio.

—Te he dado dos hijos. Ambos han sido valientes, se han sacrificado renunciando a su lengua. Serán mudos hasta que Dios Nuestro Señor les resucite el día del Juicio Final. Nuestra familia no merece tus recriminaciones. Desde hace siglos los mejores de nosotros hemos dedicado nuestra vida a Jesús el Salvador. Somos hombres, Addaio, sólo hombres, por eso fracasamos. Mi hijo cree que hay un traidor entre nosotros, alguien que sabe cuándo vamos a ir a Turín y que conoce los planes que vas pergeñando.

»Zafarín es inteligente, tú lo sabes. Tú mismo te empeñaste en que, al igual que Mendibj, fuera a la universidad. El fallo está aquí, Addaio, debes buscar al traidor que anida entre nosotros. La traición ha pervivido en nuestra comunidad a través del tiempo, sólo así se explica que hayan fracasado hasta el momento todos los intentos de rescatar lo que es nuestro.

Addaio escuchaba sin mover un músculo, con la mirada encendida por la ira que con gran esfuerzo contenía.

El padre de Zafarín se acercó a la mesa y entregó a Addaio más de cincuenta folios escritos por ambas caras.

—Toma, en estos papeles encontrarás el relato de lo sucedido. También mi hijo te participa sus sospechas.

Addaio no miró los papeles que el padre de Zafarín había depositado sobre la mesa. Se levantó y comenzó a dar vueltas en silencio. Con paso decidido se plantó delante de Zafarín, apretaba los puños, parecía que iba a descargar un golpe sobre la cara del joven, pero los dejó caer sobre el costado.

—¿Sabes lo que significa este fracaso? ¡Meses, meses! ¡Quizá años antes de poder volver a intentarlo! La policía está investigando a fondo, algunos de los nuestros pueden ser detenidos y si hablan, entonces, ¿qué?

—Pero ellos no saben la verdad, no saben a qué han ido... —irrumpió el padre de Zafarín.

—¡Calla! ¿Qué sabes tú? Nuestra gente en Italia, en Alemania, en otros lugares, sabe lo que tiene que saber, y si caen en manos de la policía les harán hablar, de manera que podrían llegar hasta nosotros. Entonces, ¿qué haremos? ¿Nos cortaremos todos la lengua para no traicionar a Nuestro Señor?

–Lo que pase será voluntad de Dios –afirmó el padre de Zafarín.

–¡No! No lo será. Será consecuencia del fracaso y estupidez de quienes no son capaces de cumplir con su voluntad. Será mi culpa por no saber elegir a los mejores para cumplir con lo que nos ha mandado Jesús.

La puerta se abrió, y el hombrecillo introdujo a dos hombres jóvenes acompañados a su vez por sus padres.

Rasit, el segundo mudo, y Dermisat, el tercero, se fundieron en un abrazo con Zafarín ante la mirada airada de Addaio.

Zafarín no sabía que sus compañeros habían llegado a Urfa. Addaio había impuesto el silencio entre familiares y amigos, para que hasta ese momento los tres no se encontraran.

Hablaron los padres de Rasit y de Dermisat en nombre de sus hijos, suplicando comprensión y clemencia.

Addaio parecía no escucharles, estaba como ausente, rumiando su propia desesperación.

–Purgaréis el pecado que con vuestro fracaso habéis cometido contra Nuestro Señor.

–¿No te basta con que nuestros hijos hayan sacrificado su lengua? ¿Qué más castigo les quieres imponer? –se atrevió a preguntar el padre de Rasit.

–¡Te atreves a desafiarme! –gritó Addaio.

–No. ¡Dios no lo permita! Sabes que somos fieles a Nuestro Señor, y que te obedeceremos, sólo te pido compasión –respondió el padre de Rasit.

–Tú eres nuestro pastor –se atrevió a interrumpir el padre de Dermisat–, tu palabra es la ley, hágase tu voluntad puesto que tú representas al Señor en la tierra.

Se pusieron de rodillas y comenzaron a rezar con las

cabezas agachadas. Sólo les quedaba esperar la decisión de Addaio.

Hasta ese momento los ocho hombres que acompañaban a Addaio no habían despegado los labios. A una señal suya salieron de la habitación y él les siguió. Entraron en otra estancia a deliberar.

–¿Y bien? –preguntó Addaio–. ¿Creéis que hay un traidor entre nosotros?

El silencio ominoso de los ocho hombres irritó sobremanera a Addaio.

–¿No tenéis nada que decir? ¿Nada, después de lo que ha pasado?

–Addaio, eres nuestro pastor, el elegido de Nuestro Señor; tú nos debes iluminar –dijo uno de los hombres de negro.

–Sólo vosotros ocho conocíais el plan completo. Sólo vosotros sabéis quiénes son nuestros contactos. ¿Quién es el traidor?

Los ochos hombres se movieron inquietos mirándose entre sí, incómodos, sin saber si las palabras del pastor eran sólo una provocación o efectivamente les estaba acusando. Ellos eran, junto a Addaio, los pilares de la comunidad, sus linajes se perdían en el tiempo, fieles a Jesús, fieles a su ciudad, fieles a su encomienda.

–Si hay un traidor, morirá.

La afirmación de Addaio sobrecogió a los hombres que le sabían capaz de semejante castigo. Su pastor era un hombre bueno, que vivía con modestia, y todos los años ayunaba durante cuarenta días para recordar el ayuno de Jesús en el desierto. Ayudaba a cuantos acudían a él, ya fuera pidiendo un trabajo, dinero, o que mediara en una disputa familiar. Él sabía imponer su palabra. Era un hombre respetado en Urfa, donde pasaba por ser abogado y como tal le conocían y le reconocían.

Al igual que los ocho hombres que lo acompañaban, Addaio vivía en la clandestinidad desde la infancia, rezando fuera de la vista de sus vecinos y amigos, porque era depositario de un secreto que determinaba sus vidas como había determinado la de sus padres y sus antepasados.

Él hubiera preferido no haber sido designado pastor, pero cuando lo eligieron aceptó el honor y el sacrificio y juró lo que antes otros como él habían jurado, que cumpliría con la voluntad de Jesús.

Uno de los hombres de negro carraspeó. Addaio entendió que quería hablar.

—Habla, Talat.

—No dejemos que las sospechas prendan un fuego que arrase con la confianza que nos tenemos. Yo no creo que haya ningún traidor entre nosotros. Nos enfrentamos a fuerzas poderosas e inteligentes, por eso han impedido que recuperemos lo que es nuestro. Debemos ponernos a trabajar y elaborar un nuevo plan, y si fracasamos, lo intentaremos de nuevo. Será el Señor quien decida cuándo somos dignos de tener éxito en nuestra misión.

Talat quedó en silencio, expectante. Las canas cubrían su cabello como un manto de nieve, las arrugas de su rostro daban un aspecto venerable a su ancianidad.

—Muestra tu benevolencia a los tres elegidos —suplicó otro de los hombres de negro que respondía al nombre de Bakkalbasi.

—¿Benevolencia? ¿Tú crees, Bakkalbasi, que podremos sobrevivir mostrando benevolencia?

Addaio entrecruzó las manos con fuerza y exhaló un suspiro.

—A veces pienso que hicisteis mal en elegirme, que no soy el pastor que Jesús necesita para esta era y circunstancia. Ayuno, hago penitencia y le pido a Dios fortaleza, que me ilumine y enseñe el camino, pero Jesús no responde, ni me envía ninguna señal...

La voz de Addaio traslucía desesperación pero se recuperó con rapidez.

—Mientras sea el pastor actuaré y decidiré de acuerdo con lo que marque mi conciencia, con un solo objetivo: devolver a nuestra Comunidad lo que Jesús le dio, y procurando el bienestar de todos, pero sobre todo la seguridad. Dios no nos quiere muertos, sino vivos. No necesita más mártires.

–¿Qué harás con ellos? –preguntó Talat.

–Durante un tiempo vivirán retirados en oración y ayuno. Les observaré y cuando crea llegado el momento los devolveré a sus familias. Pero deben penar por el fracaso. Tú, Bakkalbasi, que eres un gran matemático, te encargarás de hacer cálculos.

–¿Qué cálculos quieres que haga, Addaio?

–Quiero que calcules si entre nosotros hay margen para la traición, que pienses en dónde y por qué hay una fuga.

–¿Entonces das por buenas las insinuaciones del padre de Zafarín?

–Sí, y no debemos resistirnos ante la evidencia. Lo encontraremos, y morirá.

Los hombres de negro sintieron un leve estremecimiento. Sabían que Addaio no hablaba en vano.

Cuando regresaron a la sala donde aguardaban los tres mudos, encontraron a éstos y a sus padres de rodillas, la mirada baja, rezando. Addaio y los ocho hombres de negro se sentaron en sus asientos.

–Levantaos –ordenó Addaio.

Dermisat lloraba en silencio. Rasit tenía una sombra de ira en la mirada, y Zafarín parecía haberse tranquilizado.

–Purgaréis el fracaso con retiro y oración durante cuarenta días y cuarenta noches de ayuno. Os quedaréis aquí, conmigo. Trabajaréis la huerta mientras las fuerzas os aguanten. Cuando termine ese tiempo, ya os diré qué hacer.

Zafarín miró a su padre con preocupación. Éste leyó en la mirada de su hijo y habló por él.

–¿Les permitirás despedirse de nuestras familias?

–No. La expiación ha comenzado.

Addaio hizo sonar una pequeña campanilla que reposaba sobre su mesa. Segundos después entró el hombrecillo que había abierto la puerta.

–Guner, acompáñales a los aposentos que dan a la huerta.

Procúrales ropa adecuada y que dispongan de agua y zumos. Es cuanto tomarán mientras dure su estancia con nosotros. También les explicarás los horarios y costumbres de la casa. Ahora, idos.

Los tres jóvenes se abrazaron a sus padres. La despedida fue breve para no impacientar a Addaio. Cuando los jóvenes salieron siguiendo a Guner, Addaio habló:

–Regresad a vuestras casas, con vuestras familias. Sabréis de vuestros hijos dentro de cuarenta días.

Los hombres hicieron una reverencia y le besaron la mano, e inclinaron la cabeza con respeto ante los ochos acompañantes de Addaio, que permanecían impasibles como estatuas.

Cuando estuvieron solos salieron de la estancia. Addaio les condujo por un pasillo envuelto en penumbras hasta una pequeña puerta cerrada que abrió con una llave. Era una capilla de la que no salieron hasta caer la noche.

Addaio no durmió. Con las rodillas descarnadas después de tantas horas rezando, sentía la necesidad de mortificarse. Dios sabía cuánto le amaba, pero ese amor no le eximía para que pudiera perdonarlo por la ira. Esa ira que jamás había logrado arrancarse del alma. Satán se complacía en perderle con ese pecado capital.

Cuando Guner entró sigilosamente en su cuarto el alba ya había dejado paso a la mañana. El fiel sirviente le traía una taza de café y una jarra con agua fresca. Ayudó a Addaio a ponerse en pie y a sentarse en la única silla del austero dormitorio.

–Gracias, Guner, necesitaré este café para enfrentarme al día. ¿Cómo están los mudos?

–Llevan un rato trabajando en el huerto. Sus espíritus están quebrados, tienen los ojos enrojecidos de las lágrimas que no han podido contener.

–Tú no estás de acuerdo con el castigo ¿verdad?

–Yo obedezco, soy tu criado.

–¡No! ¡No lo eres! Eres mi único amigo, lo sabes bien, me ayudas...

—Y te sirvo, Addaio, y te sirvo bien. Mi madre me entregó a tu servicio cuando cumplí diez años. Ella consideraba un honor que su hijo te sirviera. Murió pidiéndome que siempre cuidara de ti.

—Tu madre fue una mujer santa.

—Fue una mujer simple que aceptó las enseñanzas de sus padres sin preguntar.

—¿Acaso dudas de nuestra fe?

—No, Addaio, creo en Dios y en nuestro Señor Jesús, pero dudo de la bondad de esta locura que perpetráis desde hace siglos los pastores de nuestra Comunidad. A Dios se le honra con el corazón.

—¡Te atreves a cuestionar los cimientos de nuestra Comunidad! ¡Te atreves a decir que los santos pastores que me han precedido erraban! ¿Crees que es fácil cumplir con los mandamientos de nuestros predecesores?

Guner bajó la cabeza. Sabía que Addaio le necesitaba y le quería como a un hermano, puesto que era la única persona que participaba de su intimidad. Después de tantos años de servirle, Guner sabía que sólo ante Él Addaio aparecía como lo que era, un hombre iracundo, abrumado por la responsabilidad, que desconfiaba de todos y ante todos ejercía majestuosamente su autoridad. Pero no ante él, Guner, que se ocupaba de lavar su ropa, cepillar sus trajes, mantener impoluto el cuarto de dormir. Que le veía con legañas en los ojos o sudoroso y sucio después de haber sufrido algún acceso de fiebre. Que conocía sus miserias de hombre y sus esfuerzos por aparecer revestido de majestad ante las almas cándidas que apacentaba.

Guner jamás se separaría de Addaio. Había hecho voto de castidad y obediencia, y su familia, sus padres mientras vivieron y ahora sus hermanos y sobrinos, disfrutaban de la tranquilidad económica con que les gratificaba Addaio, y también se sabían honrados en la Comunidad.

Hacía cuarenta años que servía a Addaio y había llegado a conocerle tan bien como se conocía a sí mismo; por eso le temía, a pesar de la confianza que habían tejido con el paso de los años.

–¿Crees que hay un traidor entre nosotros?

–Puede ser.

–¿Sospechas de alguien?

–No.

–Y si lo hicieras no me lo dirías ¿verdad?

–No, no te lo diría sin estar seguro de que mis sospechas fueran ciertas. No quiero condenar a ningún hombre por un prejuicio.

Addaio lo miró fijamente. Envidiaba la bondad de Guner, su templanza, y pensó que en realidad Guner sería mejor pastor que él, que quienes lo eligieron cometieron un error llevados por el peso de su linaje, por aquella absurda y ancestral costumbre de premiar a los descendientes de los grandes hombres, rindiéndoles honores y dándoles prebendas, en muchos casos inmerecidas.

La de Guner era una familia humilde de campesinos cuyos antepasados, lo mismo que los suyos, se habían mantenido en el secreto de la fe.

¿Y si renunciara? ¿Y si convocara un concilio y recomendara que eligieran como pastor a Guner? No, pensó, no lo harían, pensarían que se había vuelto loco. En realidad, se estaba volviendo loco ejerciendo de pastor, luchando contra su naturaleza de hombre, intentando domeñar el pecado de la ira, ofreciendo certidumbres a los fieles que se las demandaban, y preservando los secretos de la Comunidad.

Recordaba con dolor el día en que su padre, emocionado, le acompañó hasta esta casa donde antes vivía el anciano pastor Addaio.

Su padre, un hombre prominente de Urfa, militante clandestino de la verdadera fe, le decía desde pequeño que si se portaba bien algún día podría suceder a Addaio. Él le respondía que no quería, que prefería correr por las huertas preñadas de hortalizas, nadar en el río e intercambiar miradas y guiños con las adolescentes que como él despertaban a la vida.

Le gustaba especialmente la hija de unos vecinos, la dulce Rania, una muchacha de ojos almendrados y cabello oscuro con la que soñaba en la penumbra de su cuarto.

Pero su padre tenía otros planes para él, y así, apenas salido de la adolescencia, le conminó a vivir en la casa del anciano Addaio y hacer los votos preparándose para la misión que, le decían, Dios le tenía señalado. Habían decidido por él que él sería Addaio.

Su único amigo en aquellos años dolorosos fue Guner, que jamás le traicionó cuando se escapaba para acercarse a la casa de Rania intentando verla desde la distancia.

Guner era prisionero como él de la voluntad de sus padres, a los que honraba obedeciendo. Los pobres campesinos habían encontrado para su hijo, y por ende para toda la familia, un destino mejor que el de trabajar de sol a sol. Los padres de Addaio habían dispuesto para él los honores de los que creían merecedora a su familia.

Los dos hombres habían aceptado la voluntad de sus padres dejando de ser para siempre ellos mismos.

21

Juan encontró a Obodas cavando en el huerto. El gigante estaba ensimismado trabajando la tierra.

–¿Dónde está Timeo?

–Hablando con Izaz. Ya sabes que le instruye para que algún día sea un buen guía de la comunidad.

Obodas se secó el sudor de la frente con el dorso del brazo y siguió a Juan dentro de la casa.

–Traigo noticias.

Timeo e Izaz aguardaron expectantes a que Juan hablara.

–Harran ha llegado con la caravana.

–¡Harran! ¡Qué alegría! Vayamos a verle –dijo Izaz poniéndose en pie.

–Aguarda, Izaz. La caravana no es de Senín, aunque Harran viaje con ella.

–¿Entonces? ¡Por Dios, habla, Juan!

–Sí, es mejor que lo sepas. Harran está ciego. Cuando regresó a Edesa, Maanu ordenó que le sacaran los ojos. Su amo Senín ha sido asesinado y su cuerpo entregado a las alimañas del desierto.

»Harran juró que nada sabía de ti, que te había dejado en el puerto de Tiro y que a estas horas estarías en Grecia, lo que provocó aún más la furia de Maanu.

Izaz rompió a llorar. Se sentía culpable de la desgracia de Harran. Timeo le apretó afectuosamente el brazo.

–Iremos a buscarle al caravansar y le traeremos aquí, le ayudaremos, se quedará con nosotros si así lo desea.

–He insistido en que me acompañara pero no ha querido. Quería que supieses de su estado, antes de presentarse aquí. No desea que te sientas obligado a sobrellevar su carga.

Izaz, acompañado por Obodas y Juan, se dirigió al caravansar. Uno de los guías de la caravana les indicó dónde encontrar a Harran.

–El jefe de esta caravana es pariente de Harran. Por eso ha consentido en traerle hasta aquí. A Harran no le queda nadie en Edesa: su esposa e hijos han sido asesinados, y su amo Senín torturado y muerto en la plaza, delante de cuantos quisieron asistir al espectáculo de su sufrimiento. Maanu ha castigado con crueldad a todos los amigos de Abgaro.

–Pero Harran no era amigo de Abgaro...

–Pero lo era su amo, Senín, y éste no quiso revelar al rey dónde está escondida la mortaja de Jesús con la que Abgaro fue sanado. Maanu destruyó la casa de Senín, quemó sus bienes, incluso hizo una gran pira en la que sacrificó a los animales y mandó azotar a los siervos; a algunos de éstos hizo que les cortaran los brazos, a otros las piernas y a Herran le privó de los ojos, los ojos con los que había guiado las caravanas de Senín por el desierto. Harran puede darse por satisfecho con haber salvado la vida.

Encontraron a Harran sentado en el suelo, e Izaz le alzó abrazándole.

–¡Harran, mi buen amigo!

–¿Izaz? ¿Eres tú?

–Sí, Harran, soy yo, he venido a buscarte. Vendrás conmigo, te cuidaremos, nada ha de faltarte.

Timeo recibió con afecto a Harran. Había dispuesto que Juan le acomodara en su casa mientras construía otra estancia en la pequeña casa que compartía con Izaz y Obodas.

Harran se sintió reconfortado al saber que lo acogían y que no tendría que vagar pidiendo limosna. Con voz trémula les contó que Maanu había mandado quemar las casas de los cristianos sin respetar siquiera a los nobles que habían profesado la fe en Jesús. No había tenido conmiseración ni con los ancianos ni con las mujeres ni los niños. La sangre de los inocentes había ensombrecido el mármol níveo de las calles de la ciudad, aún impregnado con el olor de la muerte.

Obodas, con la voz quebrada, preguntó por su familia, por su padre y su madre, servidores de Senín, y cristianos como él.

–Muertos. Lo siento, Obodas.

Las lágrimas inundaron el rostro del gigante, sin que las palabras de Timeo e Izaz lo pudieran consolar.

Por fin Izaz hizo la pregunta que temía hacer: qué había sido de su tío Josar y de Tadeo.

–Josar fue asesinado en la plaza, lo mismo que Senín. Maanu quería que la muerte de los nobles sirviera de aviso al pueblo, que supieran que no tendría misericordia con los cristianos, no importa quiénes fueran éstos... Josar no dejó escapar ni un gemido. Maanu acudió a ver su tortura y obligó a la reina a que la presenciara. De nada sirvieron las súplicas de su madre. La reina se hincó de rodillas y suplicó por la vida de tu tío mientras el rey reía satisfecho por verla sufrir. Lo siento, Izaz... Siento ser portador de noticias de muerte.

El joven intentaba controlar las lágrimas. Todos tenían motivo para dejarse llevar por la desesperación. Todos habían sido ultrajados y perdido a sus seres queridos. Izaz sentía un nudo en el estómago al tiempo que le crecía un deseo de venganza.

El anciano Timeo lo observaba sabiendo la lucha interna que se libraba en el corazón del joven, la misma que se estaba produciendo en el corazón de Obodas.

–La venganza no es la solución. Sé que ambos os sentiríais reconfortados si Maanu fuera castigado, si pudierais verlo morir presa de gran sufrimiento. Yo os aseguro que será castigado porque tendrá que dar cuenta de lo que ha hecho ante Dios.

–¿No dices, Timeo, que Dios es infinita Misericordia? –se quejó Obodas llorando.

–Y también infinita Justicia.

–¿Y la reina, vive aún? –preguntó Izaz temiendo la respuesta.

–Después de la muerte de tu tío nadie la volvió a ver. Algunos sirvientes de palacio aseguran que murió de tristeza y

Maanu la mandó arrojar al desierto para que su cuerpo sirviera de alimento a los animales. Otros cuentan que el rey la mandó matar. Nadie la ha vuelto a ver. Lo siento, Izaz, siento ser portador de tan malas noticias.

–Amigo mío, no es el mensajero el culpable de lo que cuenta –afirmó Timeo–. Recemos juntos y pidamos a Dios que arranque la ira de nuestros corazones, que nos ayude a soportar el dolor por la pérdida de los seres queridos.

22

La noche estaba impregnada con el olor de las flores. Roma brillaba a los pies de los invitados de John Barry y Lisa, que abarrotaban la espaciosa terraza del ático que dominaba la ciudad.

Lisa estaba nerviosa. John se había enfadado cuando, a su regreso de Washington, le anunció que había decidido organizar una fiesta en honor de Mary y James y que ya había invitado a Marco y a Paola.

Su marido la había acusado de deslealtad hacia su hermana.

—¿Le dirás a Mary por qué has invitado a Marco? No, claro que no, porque no puedes ni debes. Marco es amigo nuestro y estoy dispuesto a ayudarle en lo que sea necesario, pero eso no implica mezclar a la familia, y mucho menos que tú te metas en las investigaciones del Departamento del Arte. Lisa, eres mi esposa, no tengo secretos para ti, pero te ruego que no te inmiscuyas en mi trabajo, como tampoco yo lo hago en el tuyo. No te imaginaba utilizando a tu propia hermana y, además, ¿por qué? ¿Qué más te da a ti el incendio de la catedral?

Era la primera discusión seria que habían tenido en muchos años. John la había hecho sentirse culpable. En realidad, se daba cuenta de que había actuado con frivolidad para agradar a sus amigos.

Mary no le había puesto ningún inconveniente a la lista de invitados cuando se la pasó por e-mail. Su sobrina Gina tampoco había manifestado ninguna objeción cuando vio el nombre de Marco Valoni y de su esposa Paola; sabía que eran buenos amigos de sus tíos. Les había tratado en algunas ocasiones, y le parecían agradables y simpáticos. Preguntó, eso sí, quién era esa doctora Galloni que iba a acompañar a los Valoni. Su tía le explicó que era una erudita que trabajaba en el Departamento del Arte, muy apreciada por los Valoni. Gina no preguntó más.

Cuatro camareros pasaban bandejas con cócteles entre los invitados. Cuando Marco Valoni, acompañado de Paola y Sofia, entró en la casa, no pudieron disimular su asombro: dos ministros, un cardenal, varios diplomáticos, entre ellos el embajador de Estados Unidos, hombres de negocios, y media docena de catedráticos amigos de Lisa, más unos cuantos arqueólogos amigos de Gina formaban el nutrido grupo de invitados.

—Me siento fuera de lugar —susurró Marco a las dos mujeres.

—Yo también —respondió Paola—, pero ya no podemos volvernos atrás.

Sofia empezó a buscar con la mirada a Umberto D'Alaqua. Allí estaba, hablando con una mujer rubia, bella y sofisticada, con un ligero parecido a Lisa. Ambos reían, se notaba que se sentían cómodos el uno con el otro.

—Bienvenidos. Paola, estás guapísima. Y usted es la doctora Galloni, supongo. Encantado.

Marco sintió la incomodidad de John. Estaba tenso desde que Lisa los había invitado a la fiesta. Incluso había hecho lo posible para que rechazaran la invitación. Con sutileza, amablemente, pero había tratado de que no acudieran. Se preguntaba por qué.

Lisa se acercó a ellos sonriente. «Al igual que John está tensa. ¿O me estaré volviendo paranoico?», pensó Marco. El caso es que la sonrisa de Lisa era un rictus, y los ojos siempre tranquilos de John brillaban inquietos.

Gina también acudió a saludarles y su tía le encargó que les presentará al resto de los invitados.

John se dio cuenta del efecto que Sofia causaba entre los hombres. Todos la miraban de reojo, incluido el cardenal.

Pronto quedó incorporada a la conversación de un grupo formado por dos embajadores, un ministro, tres hombres de negocios y un banquero.

Vestida de blanco con una túnica de Armani, el pelo rubio suelto, sin más joyas que unos brillantes diminutos en las orejas y un reloj de Cartier, Sofia era sin duda la mujer más bella aquella noche.

La conversación giraba en torno a la guerra contra Irak, y el ministro amablemente le preguntó su opinión.

–Lo siento, pero estoy en contra. En mi opinión Saddam Hussein no es una amenaza para nadie, excepto para su propio pueblo.

Su opinión era la única discrepante, así que avivó la conversación. Sofia fue desgranando argumentos en contra de la guerra, dio una lección magistral de historia y logró que sus interlocutores la miraran embobados.

Mientras tanto Marco y Paola hablaban con dos arqueólogos amigos de Gina que se sentían tan fuera de lugar como ellos.

Sofia no perdía de vista a la mujer rubia que charlaba tan animadamente con D'Alaqua; aprovechó que John se acercaba a ese grupo para disculparse con sus interlocutores y dirigirse hacia donde estaban sus amigos.

–Muchas gracias por haberme invitado, señor Barry.

–Estamos encantados de que haya podido acompañar a mis buenos amigos Marco y Paola...

La mujer rubia se volvió sonriendo e hizo un gesto de saludo con la mano.

–Es mi cuñada. Mary Stuart.

–Se parece mucho a Lisa –afirmó Marco–. ¿Nos la presentarás?

Sofia bajó la cabeza, sabía que Marco estaba jugando sus cartas. Mary Stuart hablaba con D'Alaqua, así que era la oportunidad de acercarse a aquel hombre.

Lisa se acercó en ese momento.

–Cariño, Marco quiere conocer a Mary y a James.

–¡Oh, sí, claro!

Lisa acompañó al grupo hacia donde se encontraba su hermana con D'Alaqua y tres parejas más. Sofia clavó la mirada en D'Alaqua, éste ni pestañeó. ¿La había reconocido?

–Mary, quiero que conozcas a dos de nuestros mejores amigos, Marco y Paola Valoni, y la doctora Galloni, que les acompaña.

La mujer rubia les dedicó una amplia sonrisa; cortésmente les incorporó al grupo y a su vez les presentó. D'Alaqua hizo una cortés inclinación de cabeza y les sonrió indiferente.

–Encantada. ¿Son arqueólogos como mi hermana? –preguntó amablemente Mary Stuart.

–No, Mary. Verás, Marco es el director del Departamento del Arte, Paola es profesora en la universidad y Sofia trabaja con Marco.

–¿El Departamento del Arte? ¿Qué es?

–Somos un cuerpo especial dedicado a perseguir los delitos artísticos. Robo de obras de arte, falsificaciones, contrabando...

–¡Ah, qué interesante! –exclamó sin ningún interés Mary Stuart–. Precisamente estábamos hablando de ese Cristo de El Greco que se ha subastado en Nueva York... Intento que Umberto confiese si lo ha comprado o no.

–Desgraciadamente no ha sido así –afirmó D'Alaqua.

Sofia, nerviosa, no despegaba los labios, aunque miraba embobada a D'Alaqua. Éste, con naturalidad y un tono distante, se dirigió hacia ella.

–¿Qué tal van sus investigaciones, doctora Galloni?

Mary y el resto del grupo lo miraron con asombro.

–¿Os conocíais? –preguntó Mary.

–Sí. Recibí a la doctora en Turín hace unas semanas. Ya sabéis lo del incendio en la catedral; el Departamento del Arte estaba, no sé si aún continúa, investigando los pormenores del incendio.

–¿Y tú qué tienes que ver? –preguntó Mary.

–Pues que la empresa encargada de las obras de la catedral es COCSA. La doctora investigaba si el accidente había sido fortuito o podía haber sido provocado.

Marco se mordió el labio. Pensó que D'Alaqua tenía un dominio de sí mismo extraordinario y estaba demostrando públicamente su indiferencia absoluta ante la investigación del Departamento del Arte. Era una manera de hacer patente su inocencia.

–Dígame, doctora, ¿el accidente pudo ser provocado? –preguntó una de las mujeres del grupo, una princesa que aparecía en las revistas del corazón.

Sofia dirigió una mirada cargada de rencor a D'Alaqua. La había hecho sentirse fuera de lugar, como si se hubiera colado en la fiesta. Paola y Marco tampoco parecían sentirse cómodos.

–Cuando se produce un accidente en un lugar, en este caso la catedral, donde hay innumerables obras de arte, nuestra obligación es investigar todas las posibilidades.

–Pero ¿ya han llegado a alguna conclusión? –insistió la princesa.

Sofia miró a Marco, y éste carraspeó antes de intervenir.

–Princesa, nuestro trabajo es más rutinario de lo que pudiera parecer. Italia es un país con un patrimonio artístico extraordinario, y nuestra labor es conservarlo.

–Sí, pero...

Lisa, nerviosa, interrumpió a la princesa, llamando al camarero para que les sirviera otra copa. John aprovechó para agarrar suavemente del brazo a Marco y llevarlo hacia otro grupo seguido de Paola. Pero Sofia se quedó clavada en el lugar en que estaba sin dejar de mirar a D'Alaqua.

–Sofia –dijo Lisa intentando llevársela–, quiero que conozcas al profesor Rosso. Dirige las excavaciones en Herculano.

–¿Cuál es su especialidad doctora? –preguntó Mary.

–Soy doctora en historia del arte, y licenciada en lenguas muertas y en filología italiana. Hablo inglés, francés, español, griego y bastante bien árabe.

Lo había dicho con orgullo, pero de repente se sintió ridícula. Había intentado sorprender a ese grupo de ricos a los que les era indiferente lo que ella pudiera ser y saber. Sintió una rabia profunda al sentirse examinada, observada como un bicho raro por aquellas mujeres hermosas y esos hombres poderosos.

Lisa volvió a hacer un intento para llevársela.

—¿Vienes, Sofia?

—Lisa, permítanos disfrutar de la conversación de la doctora.

Las palabras de D'Alaqua sorprendieron a Sofia. Lisa hizo un gesto resignado, pero intentando romper el grupo arrastró a su hermana. De repente Sofia y D'Alaqua estaban solos.

—La noto incómoda, doctora, ¿por qué?

—En realidad lo estoy, y no sé muy bien por qué.

—No debería estarlo, y mucho menos sentirse ofendida con Mary por haberle preguntado su especialidad. Mary es una mujer extraordinaria, inteligente y sensible, su pregunta no iba con segundas, créame.

—Supongo que es como usted dice.

—En realidad, usted y sus amigos han venido a esta fiesta para verme a mí. ¿Me equivoco?

La afirmación de D'Alaqua hizo que se pusiera roja. Otra vez se sentía pillada en falta.

—No, verá, mi jefe es amigo de John Barry, y yo...

—Y usted se marchó de mi despacho sin nada, de manera que con su jefe han decidido hacerse los encontradizos conmigo. Demasiado evidente.

Sofia sentía arder su cara. No estaba preparada para este duelo, para la franqueza de ese hombre que la miraba con un tono entre distante y divertido, convencido de su superioridad intelectual.

—No es fácil verle a usted.

—No, no lo es, así que aproveche y pregúnteme lo que quiera.

–Se lo dije: sospechamos que el accidente de la catedral fue provocado y sólo pudieron hacerlo algunos de sus obreros, ¿por qué?

–Usted sabe que yo no tengo respuesta a esa pregunta, pero usted sí tiene una sospecha, así que dígamela y veremos si le puedo ayudar.

En el otro extremo de la terraza Marco les observaba asombrado, lo mismo que Lisa. John, que no podía disimular su nerviosismo y disgusto, envió a Lisa a que liberara a D'Alaqua.

–Sofia perdona, pero Umberto tiene muchos amigos aquí que quieren hablar con él y le estás acaparando. Mi cuñado James te está buscando Umberto...

Sofia se sintió ridícula. Lisa, con su nerviosismo, la había ofendido sin pretenderlo.

–Lisa, soy yo quien está acaparando a la doctora Galloni, y me permitirás que lo siga haciendo ¿verdad? Hacía tiempo que no tenía una conversación tan interesante.

–¡Oh, sí claro, yo...! En fin, si necesitáis algo...

–La noche es preciosa, la cena exquisita y John y tú unos anfitriones excelentes. Estoy feliz de que me hayáis invitado para estar con Mary y James, gracias Lisa.

Lisa le miró asombrada y los dejó solos. Fue hasta donde estaba John y le cuchicheó algo al oído.

–Gracias –dijo Sofia.

–¡Por favor, doctora, no se subestime!

–No lo he hecho nunca.

–Yo diría que esta noche sí.

–Ha sido una estupidez venir aquí.

–Ha sido demasiado evidente. El nerviosismo de nuestros anfitriones delata que habían preparado esta puesta en escena. Me extrañaría que Mary y James lo supieran.

–No lo saben; deben de estar preguntándose por qué nos ha invitado su hermana, porque no pintamos nada aquí. Lo siento, ha sido un error.

–Aún no ha contestado a mi pregunta.

–¿Su pregunta?

—Sí, cuénteme qué sospecha.

—Sospechamos que alguien quiere la Sábana Santa, no sabemos si para robarla o destruirla, pero estamos seguros de que el objetivo del incendio era la Síndone, y que también lo ha sido en el pasado, en los numerosos accidentes que ha habido en la catedral.

—Es una teoría interesante. Ahora dígame de quién sospechan, quién cree que puede querer robar o destruir la Síndone, y sobre todo por qué.

—Eso es lo que estamos investigando.

—Y no tienen pistas que hagan buenas sus conjeturas, ¿me equivoco?

—No.

—Doctora, ¿usted cree que yo quiero robar o destruir la Síndone?

Las palabras de D'Alaqua tenían un deje de burla que aumentaron la sensación de ridículo de Sofia.

—Yo no he dicho que sospechemos de usted, pero es posible que algún empleado suyo sí pueda estar involucrado en el accidente de la catedral.

—¿El jefe de personal de COCSA, el señor Lazotti, ha colaborado con usted?

—Sí, no tenemos ninguna queja. Ha sido muy amable y eficaz y nos ha mandado un memorando extensísimo con todos los datos que le solicité.

—Permítame que le haga una pregunta, ¿qué esperaban su jefe y usted de su encuentro conmigo esta noche?

Sofia bajó la mirada y bebió un sorbo de la copa de champán. No tenía respuesta, al menos no una respuesta convincente. A un hombre como D'Alaqua no se le podían esgrimir excusas como la de que tenían una corazonada. Sentía que había sido examinada y había suspendido el examen, porque las preguntas hechas por ese hombre hacían que las respuestas sonaran huecas e infantiles.

—Verle, hablar con usted si era posible, y ver qué pasaba.

—¿Le parece que cenemos?

Lo miró sorprendida. D'Alaqua la había cogido suavemente del brazo encaminándose hacia una mesa donde había dispuesto un bufet. James Stuart se acercó a ellos acompañado del ministro de Finanzas.

–Umberto, Horacio y yo estamos discutiendo sobre el efecto que va a tener la gripe asiática en las bolsas europeas...

Durante un buen rato D'Alaqua disertó sobre la crisis de la economía asiática, y lo hizo ante el asombro de Sofia, haciéndola partícipe de la conversación. Sofia se encontró discutiendo con el ministro de Finanzas y rebatiendo algunas de las afirmaciones de Stuart. D'Alaqua la escuchaba interesado.

Mientras tanto, Marco Valoni no salía de su asombro al ver a Sofia integrada en aquel grupo de hombres importantes, pero sobre todo porque era evidente que había conseguido despertar el interés de Umberto D'Alaqua.

–Su amiga es encantadora.

La voz alegre de Mary Stuart devolvió a Marco a la realidad. ¿O fue el codazo que Paola le dio disimuladamente?

–Sí, sí que lo es –respondió Paola–. Es una mujer muy inteligente.

–Y muy bella –señaló Mary–. Nunca he visto a Umberto tan interesado por una mujer. Sin duda es extraordinaria para que Umberto le preste tanta atención. Se le nota contento, relajado con su compañía.

–Está soltero, ¿no? –preguntó Paola.

–Sí, nunca hemos entendido por qué, ya que lo tiene todo: es inteligente, guapo, culto, rico, y además buena persona. No sé por qué no le tratáis más, John, y tú, Lisa.

–Mary, el mundo de Umberto no es el nuestro. Tampoco lo es el tuyo por más que seas mi hermana.

–Vamos, Lisa, no digas tonterías.

–No, no las digo. En mi vida cotidiana, en mi profesión, no hay ministros ni banqueros, ni empresarios. No tiene por qué haberlos. Tampoco en el de John.

–No caigas en el viejo tópico de dividir a la gente según lo que pone en su tarjeta de visita.

–Y no lo hago; sólo digo que yo soy arqueóloga, de manera que en mi círculo difícilmente puedo encontrarme un ministro.

–Pues a Umberto le deberías tratar, es un apasionado de la arqueología, ha financiado unas cuantas excavaciones, y estoy segura de que tenéis mucho en común –insistió Mary.

Sofia y Umberto D'Alaqua se habían sentado a una mesa junto con otros invitados. D'Alaqua se mostraba atento con ella y a Sofia se la notaba feliz. Marco estaba deseando hablar con ella, saber qué había pasado, qué se habían dicho. Pero no quería acercarse a ellos, su intuición le decía que no debía hacerlo.

Era cerca de la una de la mañana cuando Paola le recordó a Marco que al día siguiente tenía que madrugar. A las ocho daba la primera clase y no quería llegar excesivamente cansada. Marco le pidió que fuera ella quien se acercara a Sofia para indicarle que se marchaban.

–Sofia, nos vamos, no sé si quieres que te llevemos a casa...

–Gracias, Paola, sí, me voy con vosotros.

Sofia esperaba que D'Alaqua se ofreciera a llevarla a su casa, pero no fue así. Se levantó y le besó la mano como despedida. Lo mismo hizo con Paola.

Cuando se dirigían hacia la puerta acompañados de Lisa y John, Sofia miró de reojo hacia la terraza. Umberto D'Alaqua conversaba animadamente con un grupo de invitados; se sintió decepcionada.

Apenas entraron en el coche Marco dio rienda suelta a su curiosidad.

–Vamos, doctora, cuéntame qué te ha dicho el gran hombre.

–Nada.

–¿Cómo?

–Que no me ha dicho nada excepto dejarme claro que era muy evidente que habíamos ido a la fiesta a verlo a él. Me hizo sentirme ridícula, cogida en falta. Y me preguntó con sorna si sospechábamos que él quería robar o destruir la Síndone.

–¿Nada más?

–El resto de la noche hemos hablado de la gripe asiática, de petróleo, arte, literatura.

–Pues parecíais muy a gusto el uno con el otro –afirmó Paola.

–Y yo lo estaba, pero no hay más.

–Él también lo estaba –insistió Paola.

–¿Os volveréis a ver? –preguntó Marco.

–No, no, no lo creo. Ha sido amable, eso es todo.

–¿*Touchée*?

–Si me dejara llevar por mis emociones te respondería que sí, pero ya soy mayorcita, así que espero que en mí continúe primando la razón.

–O sea, ¡*touchée*! –dijo Marco sin disimular una sonrisa.

–Hacéis buena pareja –sugirió Paola.

–Sois estupendos, pero no me quiero engañar. Un hombre como Umberto D'Alaqua no se interesa por una mujer como yo. No tenemos nada en común.

–Tenéis mucho en común. Mary nos ha contado que es un hombre que siente pasión por el arte, incluso participa en excavaciones arqueológicas que él mismo financia. Y tú, por si no lo sabes, eres además de inteligente y culta, guapísima, ¿verdad, Paola?

–Pues claro, hasta Mary Stuart ha venido a decirnos que nunca había visto a D'Alaqua tan atento con una mujer como le veía contigo.

–Dejémoslo. El resultado es que me ha dejado claro que nos habíamos colado en la fiesta. Esperemos que no proteste ante ningún ministro por nuestra insistencia.

Llovía intensamente. Los seis hombres acomodados en unos confortables sofás de cuero hablaban animadamente.

La estancia, una biblioteca con una chimenea crepitante y varios cuadros de maestros holandeses, delataba el gusto sobrio de su propietario.

La puerta se abrió y un anciano, alto y enjuto, entró. Los seis hombres se levantaron y uno a uno se fundieron con él en un abrazo.

–Perdonad la tardanza, pero a estas horas es difícil circular por Londres. No podía deshacer el compromiso de jugar al bridge con el duque y algunos de sus amigos y de nuestros hermanos.

Un suave tintineo en la puerta sirvió de anuncio al mayordomo que entró a retirar el servicio de té y a ofrecer bebidas a los siete hombres. Cuando de nuevo estuvieron solos, el anciano tomó la palabra.

–Bien, recapitulemos.

–Addaio ha castigado a Zafarín, Rasit y Dermisat, por su fracaso. Los ha confinado en la casona de las afueras de Urfa. La penitencia durará cuarenta días, pero mi contacto asegura que Addaio no se conformará con verlos penar durante ese tiempo, que prepara algo más. En cuanto a enviar un nuevo comando, aún no lo ha decidido, pero tarde o temprano lo hará. Le preocupa Mendibj, el mudo que se encuentra en la cárcel de Turín. Dice que ha tenido un sueño y que por culpa de Mendibj la desgracia se cernirá sobre la Comunidad.

»Mi contacto está preocupado, dice que desde que Addaio ha tenido ese sueño apenas come, y está fuera de sí. Teme por su salud y por lo que pueda decidir.

El hombre que había hablado guardó silencio. De mediana edad, moreno, con un espeso bigote, bien vestido y un impecable acento inglés, su porte se asemejaba al de los militares.

El anciano hizo un gesto a otro de los asistentes para que hablara.

–El Departamento del Arte sabe mucho pero sin saber que lo sabe.

Le miraron preocupados y con curiosidad. El anciano le indicó que continuase.

–Sospechan que cuanto ha venido sucediendo en la catedral de Turín no son accidentes, y mantienen que alguien quiere o robar o destruir la Síndone, pero no encuentran el móvil. Continúan investigando a COCSA, convencidos de que a través de la empresa pueden encontrar un hilo del que tirar y deshacer la madeja. Como os anuncié, la operación caballo de Troya está en marcha y el mudo Mendibj saldrá en libertad en un par de meses. Otro hilo para desenredar la madeja.

–Ha llegado el momento de actuar –afirmó un hombre entrado en años, bien parecido y con un ligero acento que denotaba que el inglés no era su lengua materna.

–Mendibj debe desaparecer –continuó diciendo el mismo hombre–, en cuanto al Departamento del Arte, es hora de presionar a nuestros amigos para que paren a ese Marco Valoni.

–Puede que Addaio haya llegado a la misma conclusión, que Mendibj debe desaparecer para salvaguardar la Comunidad –manifestó el hombre del bigote con porte militar–. Quizá deberíamos esperar a ver qué decide Addaio antes de actuar nosotros. Aunque pueda resultar hipócrita, prefiero no tener la muerte de ese mudo en nuestras conciencias.

–Mendibj no tiene por qué morir, basta con ayudarle a llegar a Urfa –expresó uno de los asistentes.

–Es muy arriesgado –intervino otro–. Una vez en libertad el Departamento del Arte le seguirá los pasos, no son tontos, son gente con experiencia. Montarán un dispositivo bien trabado, y podemos encontrarnos con que para salvar su vida sea necesario sacrificar la de otros muchos, lo que además de recaer sobre nuestras conciencias sería peligroso, puesto que hablamos de policías y *carabinieri*.

–¡Ah, la conciencia! –exclamó el anciano–. En demasiadas ocasiones la dejamos de lado diciéndonos que no tenemos otra salida. La nuestra es una historia en que la muerte no nos es ajena. Como tampoco nos es ajeno el sacrificio, la fe, la misericordia. Somos hombres, nada más, actuamos de acuerdo con lo que creemos mejor. Nos equivocamos, pecamos, acertamos... Que Dios se apiade de nosotros.

El anciano guardó silencio. Los otros hombres bajaron la mirada y se sumergieron en sus pensamientos.

Durante unos minutos ninguno habló. En sus rostros se había dibujado una huella de pesadumbre. Por fin el anciano levantó la mirada y erguido en su asiento volvió a hablar.

–Bien, os diré qué creo que debemos hacer y escucharé vuestra opinión.

Era de noche cuando el anciano dio por terminada la reunión. La lluvia seguía dejando un manto húmedo sobre la ciudad.

Ana Jiménez no había dejado de pensar en el incendio de la catedral de Turín. Solía hablar con su hermano todas las semanas, y en cada ocasión le preguntaba por las investigaciones de Marco. Santiago se enfadaba y le recriminaba su interés, pero no le contaba nada.

–Te estás obsesionando, y esa obsesión no te va a llevar a ninguna parte. Por favor, Ana, olvídate del incendio de la catedral y de la Síndone.

–Pero es que estoy segura de que puedo ayudaros.

–Ana, no es mi caso, es una investigación del Departamento del Arte. Marco es un buen amigo, que cree que cuatro ojos ven más que dos, y por eso nos pidió que echáramos un vistazo a sus papeles, pero sólo para que le diéramos una opinión. Eso ha hecho John y eso he hecho yo, y ya está.

–Pero Santiago, déjame echar un vistazo a los papeles de Marco, soy periodista, sé ver cosas que los polis no sabéis ver.

–Sin duda los periodistas sois listísimos y muy capaces de hacer nuestro trabajo mejor que nosotros.

–No seas tonto, y no te enfades.

–Ni lo uno ni lo otro, pero ten claro Ana que no te dejaré meter las narices en la investigación de Marco.

–Al menos dime qué es lo que opinas tú.

–Las cosas son más simples de lo que a veces parecen.

–Ésa no es una respuesta.

–Pues es lo máximo que te voy a decir.

–Tengo ganas de ir a Roma, estoy pensando en coger unos días de vacaciones... ¿Te viene bien que vaya ahora?

–No, no me viene bien porque no tienes ganas de venir a Roma de vacaciones, sino a intentar que te deje meter las narices donde no debes.

–Eres insoportable.

–Tú también.

Ana miró la pila de papeles que había sobre su mesa, junto a más de una docena de libros, todos sobre la Sábana Santa. Llevaba días leyendo sobre la Síndone. Libros esotéricos, libros religiosos, libros históricos... Estaba segura de que la clave estaba en algún lugar del recorrido de la historia de la Sábana Santa. Marco Valoni lo había dicho: los accidentes se habían sucedido desde que la Síndone estaba en la catedral de Turín.

Tomó una decisión: una vez que se hubiera empapado lo suficiente de las peripecias de la Sábana Santa, pediría unos días de vacaciones e iría a Turín. Era una ciudad que nunca le había gustado demasiado, no la habría elegido para pasar unas vacaciones pero tenía el pálpito de que Marco Valoni tenía razón, que detrás de los accidentes había una historia, una historia que ella quería escribir.

23

–Eulalio, un joven quiere verte. Viene de Alejandría.

El obispo acabó de rezar y se levantó con esfuerzo, apoyándose en el brazo del hombre que lo había interrumpido.

–Dime, Efrén, ¿por qué es tan importante ese joven que ha llegado de Alejandría para que me interrumpas la oración?

Efrén, un hombre maduro, de rostro noble y ademanes pausados, esperaba la pregunta. Eulalio sabía que no le habría interrumpido si no fuera importante.

–Es un joven extraño. Le manda mi hermano.

–¿Le manda Abib? ¿Y qué noticias trae?

–No lo sé, ha dicho que sólo hablará contigo. Está exhausto, lleva semanas viajando para llegar hasta aquí.

Eulalio y Efrén salieron de la pequeña iglesia y se dirigieron a una casa contigua.

–¿Quién eres? –preguntó Eulalio al joven moreno que reflejaba el agotamiento en los labios secos y la mirada perdida.

–Busco a Eulalio, obispo de Edesa.

–Yo soy Eulalio, ¿quién eres tú?

–¡Alabado sea Dios! Eulalio, lo que voy a revelarte es algo extraordinario, ¿podríamos hablar a solas?

Efrén miró a Eulalio y éste asintió con la cabeza. Se quedaría a solas con el joven de Alejandría.

–Aún no me has dicho tu nombre.

–Juan, me llamo Juan.

Siéntate y descansa mientras me cuentas eso que consideras extraordinario.

–Y lo es. Te costará creerme, pero confío en la ayuda de Dios para demostrarte cuanto voy a decirte.

–Empieza ya.

–Es una larga historia. Te he dicho que me llamo Juan, así se llamaba mi padre, y el padre de mi padre, y sus abuelos, y sus tatarabuelos. Puedo remontarme en mis orígenes hasta el año cincuenta y siete de nuestra era, cuando en Sidón vivía Timeo, jefe de la primera comunidad cristiana. Timeo fue amigo de Tadeo y de Josar, discípulos de Nuestro Señor Jesús, que vivieron aquí, en Edesa. El nieto de Timeo se llamaba Juan.

Eulalio escuchaba interesado al joven Juan por más que el relato de éste le resultara confuso.

–Sabrás que en esta ciudad hubo una comunidad cristiana amparada por el rey Abgaro. Maanu, hijo de Abgaro, persiguió a los cristianos, les arrebató sus bienes y muchos sufrieron martirio por mantener su fe en Jesús.

–Conozco la historia de la ciudad –afirmó impaciente Eulalio.

–Entonces sabes que Abgaro, enfermo de lepra, fue curado por Jesús. Josar trajo hasta Edesa la mortaja en que fue envuelto el cuerpo de Nuestro Señor. El contacto del lino sagrado con el cuerpo enfermo de Abgaro obró el milagro y el rey sanó. En el sudario hay algo extraordinario: la imagen de Nuestro Señor con las señales del martirio. Mientras Abgaro vivió la mortaja fue venerada, pues en ella estaba la faz de Cristo.

–Dime, joven, ¿para qué te manda Abib?

–Perdona Eulalio, sé que abuso de tu paciencia, pero escúchame hasta el final. Cuando Abgaro presintió que moría, encomendó a sus amigos, a Tadeo, Josar, y a Marcio, el arquitecto real, que guardaran la mortaja, donde nadie pudiera encontrarla. Marcio fue el encargado de su custodia, y ni siquiera los dos discípulos de Jesús, Tadeo y Josar, supieron dónde la había escondido. Marcio se cortó la lengua para que por más que le torturaran no pudiera decir dónde la había escondido. Sufrió grandes tormentos, lo mismo que los cristianos más prominentes de Edesa. Sólo un hombre conoció dónde escondió Marcio la Sábana con la imagen de Jesús.

Los ojos de Eulalio brillaban sorprendidos. Sintió un escalofrío. El joven no le parecía un loco y sin embargo la historia que le contaba resultaba fantástica.

–Marcio le dijo a Izaz, sobrino de Josar, dónde había escondido la mortaja. Izaz huyó antes de que Maanu pudiera asesinarle y llegó hasta Sidón, donde vivían Timeo y su nieto Juan, mis antepasados.

–¿Huyó con la mortaja?

–Huyó con el secreto de dónde se encontraba. Timeo e Izaz juraron que cumplirían con los deseos de Abgaro y de los discípulos de Jesús: la mortaja jamás saldría de Edesa, pertenece a esta ciudad, pero debía permanecer oculta hasta estar seguros de que no correría ningún peligro. Acordaron que si antes de que ellos murieran los cristianos continuaban siendo perseguidos en Edesa, confiarían el secreto a otro hombre, y éste a su vez no podría revelar el secreto si no estaba seguro de que la mortaja no sufriría ningún peligro, así hasta que los cristianos pudieran vivir en paz. Confiaron el lugar del escondite a Juan, el nieto de Timeo, y así generación tras generación, algún hombre de mi familia ha sido depositario del secreto del lino en que estuvo envuelto el cuerpo de Jesús.

–¡Dios Santo! ¿Estás seguro de lo que cuentas? ¿No es una fábula? Si lo fuera merecerías un castigo, no se toma el nombre de Dios en vano. Dime, ¿dónde está? ¿La tienes tú?

Juan parecía no escuchar a Eulalio, agotado como estaba, y continuó su relato.

–Hace unos días mi padre murió. En su lecho de muerte me confió el secreto de la Sábana Santa. Fue él quien me habló de Tadeo y de Josar, y de aquel Izaz que antes de morir trazó un plano de Edesa para que mi antepasado Juan supiera dónde buscar. El plano lo tengo yo, y señala el lugar donde aquel Marcio escondió la mortaja de Nuestro Señor.

El joven se quedó en silencio. Los ojos febriles delataban el esfuerzo al que había sometido a su cuerpo y a su espíritu desde que conociera el secreto.

–Dime, ¿por qué tu familia no ha querido desvelar el escondite hasta ahora?

–Mi padre me dijo que habían guardado el secreto tanto tiempo por temor a que el lino pudiera caer en manos indebidas y ser destruido. Ninguno de mis antepasados se atrevió a revelar lo que sabía, dejando esa responsabilidad para su sucesor.

Los ojos de Juan brillaron húmedos. El dolor por la muerte de su padre aún le desgarraba las entrañas, además de la angustia que sentía al saberse depositario de un secreto que conmovería a la cristiandad.

–¿Tienes el plano? –preguntó Eulalio.

–Sí.

–Dámelo –demandó el anciano obispo.

–No, no te lo puedo dar. He de ir contigo hasta el lugar en que está oculto y no debemos confiar el secreto a nadie.

–Pero, hijo, ¿qué temes?

–El sudario es milagroso, pero por su posesión murieron muchos cristianos. Debemos estar seguros de que no correrá ningún peligro, y temo que he llegado en mal momento a Edesa; mi caravana se ha encontrado con viajeros que nos han contado que la ciudad puede ser de nuevo asediada. Durante generaciones los hombres de mi familia han sido los guardianes silenciosos de la mortaja de Cristo, no puedo ser yo quien cometa un error poniendo el lino en peligro.

El obispo asintió. Veía dolor y cansancio reflejados en el rostro de Juan. El joven necesitaba descansar y él, pensar y rezar. Pediría a Dios que le iluminara sobre lo que hacer.

–Si lo que dices es cierto y en algún lugar de la ciudad está la mortaja de Nuestro Señor, no seré yo quien la ponga en peligro. Descansarás en mi casa, y cuando te recuperes de la fatiga del viaje hablaremos y entre los dos decidiremos lo que es mejor.

–¿No le confiarás a nadie lo que te he dicho?

–No, no lo haré.

El tono firme de la voz de Eulalio convenció a Juan. Rogaba a Dios no haberse equivocado. Cuando su padre moribundo le contó la historia, le advirtió que la suerte del lino con el rostro de Jesús estaba en sus manos, y le hizo jurar que no revelaría el secreto a no ser que estuviera seguro de que había llegado el momento de que los cristianos lo recobraran.

Pero él, Juan, había sentido una necesidad imperiosa de ponerse en camino y llegar a Edesa. En Alejandría le informaron de la existencia de Eulalio y de su bondad, y creyó llegado el momento de devolver a los cristianos lo que su familia, manteniendo el secreto, había guardado.

Quizá se había precipitado, se dijo Juan. Era una temeridad recuperar el lino ahora que Edesa estaba a punto de afrontar una guerra. Se sentía perdido y temía haberse equivocado.

Juan era médico, como su padre. A su casa acudían los hombres más prominentes de Alejandría confiando en sus conocimientos. Había estudiado con los mejores maestros y su padre mismo le había enseñado cuanto sabía.

Su vida había transcurrido feliz hasta la muerte de su padre, al que quería y respetaba por encima de todas las cosas, incluso le quería más que a su esposa, Miriam, esbelta y dulce, con un bello rostro y profundos ojos negros.

Eulalio acompañó al joven a una pequeña estancia donde había un lecho y una tosca mesa de madera.

–Te enviaré agua para que te refresques del cansancio del viaje y algo de comer. Descansa cuanto quieras.

El anciano, ensimismado, se dirigió de nuevo a la iglesia, y allí, de rodillas ante la cruz, ocultó el rostro entre las manos pidiendo a Dios que le indicara qué debía hacer en caso de que cuanto le había relatado el joven viajero fuera verdad.

En una esquina, oculto por la penumbra, Efrén observaba preocupado a su obispo. Nunca había visto a Eulalio turbado, ni abrumado por la responsabilidad. Decidió acercarse al caravansar y buscar alguna caravana que fuera hasta Alejandría para enviar una carta a su hermano Abib pidiéndole que le informara sobre el extraño joven que tanto pesar parecía haber provocado en Eulalio.

La luna iluminaba débilmente la noche cuando el obispo se encaminó a su casa. Estaba cansado, había esperado escuchar la voz de Dios, pero se había encontrado con el silencio. Ni la razón ni el corazón le daban la más mínima indicación. Encontró a Efrén esperando en el quicio de la puerta.

–Deberías estar descansando, es tarde.

–Estaba preocupado por ti, ¿puedo ayudar en algo?

–Me gustaría que enviaras a alguien a Alejandría y que Abib nos cuente sobre Juan.

–Ya he escrito una carta a mi hermano, pero será difícil hacérsela llegar. En el caravansar me han dicho que hace dos días que partió una caravana para Egipto y que aún tardará en ponerse otra en marcha.

–Los comerciantes andan preocupados, creen que la guerra con los persas es inevitable, de manera que en los últimos días ha aumentado el número de caravanas que han abandonado la ciudad. Eulalio, permíteme que te pregunte qué te ha contado ese joven que tanta preocupación te ha provocado.

–Aún no puedo decírtelo. Ojalá pudiera hacerlo porque sentiría alivio en mi corazón. Los pesos compartidos se hacen más livianos, pero he dado mi palabra a Juan de guardar secreto.

El sacerdote bajó la mirada, sintió un destello de dolor. Eulalio siempre había confiado en él, habían compartido los sinsabores y los peligros que en ocasiones habían acechado a la comunidad.

El obispo, consciente del estado de ánimo de Efrén, tuvo la tentación de revelarle cuanto le había contado Juan, pero supo guardar silencio.

Los dos hombres se despidieron apesadumbrados.

–¿Por qué sois enemigos de los persas?

–No lo somos, son ellos quienes, codiciosos, anhelan hacerse con nuestra ciudad.

Juan conversaba con un joven más o menos de su edad que estaba al servicio de Eulalio.

Kalman se preparaba para ser sacerdote. Era nieto de un viejo amigo de Eulalio, y el obispo le había tomado bajo su protección.

Para Juan, Kalman se había convertido en su mejor fuente de información. Le explicaba los pormenores de la política edesiana, las vicisitudes por las que atravesaba la ciudad, las intrigas de palacio.

El padre de Kalman era mayordomo real y su abuelo había sido archivero real; él había acariciado la idea de seguir los pasos de su abuelo, pero el trato con Eulalio le había hecho mella y soñaba con ser sacerdote y quién sabe si un día obispo.

Efrén entró silenciosamente en la estancia donde departían Juan y Kalman, que no se percataron de su llegada. Durante unos segundos escuchó su animada charla y luego tosiendo ligeramente les advirtió de su presencia.

—¡Ah, Efrén! ¿Me buscabas? Hablaba con Juan.

—No, no te buscaba a ti, aunque, ya que lo dices, deberíamos estar repasando las Escrituras.

—Tienes razón, perdóname mi indolencia.

Efrén sonrió comprensivo, y se dirigió a Juan.

—Eulalio quiere hablar contigo. Está en la estancia donde trabaja, allí te aguarda.

Juan le dio las gracias y salió en busca del obispo. Efrén era un buen hombre, un sacerdote, pero notaba que le miraba con recelo, que no se sentía cómodo con su presencia. Tocó suavemente la puerta de la estancia donde trabajaba Eulalio y esperó su respuesta.

—Pasa, hijo, pasa, tengo malas noticias.

La voz del obispo denotaba su preocupación. Juan aguardó a que volviera a hablar.

—Temo que en breve podamos estar asediados por los persas. Si fuera así no podrías salir de la ciudad y tu vida peligraría como la de todos nosotros. Llevas ya un mes en Edesa, y sé que aún no crees llegado el momento de confesarme dónde se encuentra la mortaja de Nuestro Señor. Pero temo por ti, Juan, y temo por ese lino en que se ha quedado reflejado el verdadero rostro de Jesús. Si es cierto cuanto me has contado, salva la Sábana y márchate cuanto antes de Edesa. No podemos correr el riesgo de que la ciudad sea destruida y el rostro de Jesús se pierda para siempre.

Eulalio observó cómo la incertidumbre se asomaba en el rostro de Juan. Sabía que el joven no estaba preparado para que le dieran un ultimátum, pero se veía en la obligación de hacerlo. Desde que Juan había llegado no había encontrado la calma en el sueño, y temía por esa tela sagrada de la que le había hablado. En algunos momentos dudaba de su existencia, en otros los ojos límpidos del joven le llevaban a creer en él sin dudar.

–¡No! ¡No puedo irme! ¡No puedo llevarme la Sábana en que estuvo envuelto el cuerpo de Nuestro Señor!

–Tranquilízate, Juan, he decidido lo que es mejor. Tienes a tu mujer en Alejandría, aquí no te puedes quedar más tiempo, no sabemos qué va a ser del reino. Eres depositario de un importante secreto y debes seguir siéndolo. No te pediré que me digas dónde está la Sábana, sólo dime cómo puedo ayudarte a recuperarla para que puedas salvarla.

–Eulalio, debo quedarme, sé que debo quedarme, no puedo marcharme ahora, y mucho menos exponer el lino a los peligros del viaje. Mi padre me hizo jurar que cumpliría con la voluntad de Abgaro, del apóstol Tadeo y de Josar. No puedo llevarme la mortaja de Edesa, lo he jurado.

–Juan, debes obedecerme –le recriminó Eulalio.

–No puedo, no debo hacerlo. Me quedaré y me someteré a la voluntad de Dios.

–Dime, ¿cuál es la voluntad de Dios?

Juan sintió la voz cansada y grave de Eulalio como un mazazo en el corazón. Clavó la mirada en el obispo y entendió de repente la incertidumbre que a éste le había provocado su llegada, su fantástica historia sobre la sábana con que José de

Arimatea había envuelto el cadáver de Jesús, y cómo la sangre había dibujado su figura y su rostro como si se tratase de un calco.

Eulalio había sido generoso y paciente con él, pero ahora le instaba a marcharse. La decisión del arzobispo le obligaba a enfrentarse con la verdad.

Sabía que su padre no le había mentido, pero ¿y si le engañaron a él? ¿Y si a lo largo de estos primeros cuatro siglos desde que nació Nuestro Señor alguien se había apoderado del lino sagrado?¿Y si todo fuera una leyenda?

El anciano obispo vio asomarse una tormenta de emociones a la mirada de Juan y sintió compasión por la angustia del joven.

—Edesa ha sobrevivido a asedios, guerras, hambrunas, incendios, inundaciones... Sobrevivirá a los persas, pero tú, hijo mío, debes actuar de acuerdo con los dictados de la razón, y por tu bien y por el secreto que tu familia ha guardado durante tantas décadas, debes salvar la vida. Dispón tu partida, Juan, dentro de tres días saldrás de la ciudad. Un grupo de comerciantes ha organizado una caravana; es la última oportunidad de salvarte.

—¿Y si te digo dónde está la Sábana?

—Te ayudaré a salvarla.

Juan abandonó la estancia confundido, con los ojos anegados por las lágrimas. Salió a la calle donde aún el frescor del amanecer no había sido suplantado por el ardiente sol de junio y, vagando sin rumbo, por primera vez se dio cuenta de que los habitantes de Edesa se estaban preparando para el asedio que sabían sufriría su ciudad.

Los obreros trabajaban incansables reforzando las murallas y los soldados andaban por doquier atareados y con gesto contrito. Los comercios apenas exhibían mercancías, y con cuantos se cruzaba denotaban en la mirada la preocupación por el ataque que se sabía inminente.

Pensó en cuán egoísta había sido no prestando atención a lo que sucedía a su alrededor, y por primera vez desde que llegó sintió nostalgia de Miriam, su joven esposa, a la que no había mandado recado para informarla de que se encontraba bien. Eulalio tenía razón: o salía inmediatamente de Edesa o correría la misma suerte que sus habitantes. Un escalofrío le recorrió la espalda porque sintió que esa suerte podía ser la muerte.

No supo cuántas horas había vagado por la ciudad, pero cuando regresó a casa de Eulalio sintió que la sed le había acompañado todo el día y que sus tripas murmuraban de hambre. Encontró a Eulalio junto a Efrén y Kalman, hablando con dos nobles circunspectos enviados de palacio.

–Entra, Juan; Hannan y Maruta nos traen tristes noticias –dijo–. Sufriremos un asedio, Edesa no se rendirá a los persas. Hoy han llegado a las puertas de la ciudad dos carros. En su interior se hallaban las cabezas de un grupo de soldados que habían salido a tantear las fuerzas de Cosroes. Estamos en guerra.

Los dos nobles, Hannan y Maruta observaron sin mucho interés al alejandrino y, tras pedir permiso al obispo, continuaron informándole de los pormenores de la situación.

Juan les escuchaba anonadado. Se daba cuenta dé que aunque quisiera le resultaría difícil abandonar la ciudad. La situación estaba peor de lo que Eulalio había creído: ninguna caravana saldría ya de Edesa. Nadie quería correr el riesgo seguro de perder la vida apenas iniciado el camino.

Los siguientes días los vivió Juan como una pesadilla. Desde las murallas de Edesa se veía con nitidez a los soldados persas alrededor de las hogueras. Los ataques se sucedían a veces durante todo el día.

Los hombres guardaban tras los muros de las casas a sus familias mientras los soldados respondían a los continuos ataques. Aún no había escasez de alimentos ni de agua porque el rey había requisado trigo y animales para que nada les faltara a sus soldados.

–¿Duermes, Juan?

–No, Kalman, hace días que no puedo dormir. El silbido de las flechas y los golpes contra las murallas han invadido mi cabeza y no soy capaz de conciliar el sueño.

–La ciudad está a punto de sucumbir. No podemos resistir mucho tiempo más.

–Lo sé, Kalman, lo sé. No doy abasto curando heridas de soldados, y atendiendo a mujeres y niños que mueren en mis brazos presos de convulsiones o de la peste. Tengo las manos encallecidas de cavar agujeros en la tierra para depositar los cadáveres. También sé que los soldados de Cosroes no perdonarán la vida a nadie. ¿Cómo está Eulalio? No he podido ocuparme de él... lo siento.

–Él prefiere que ayudes a quienes más lo necesitan. Está muy débil por este ayuno prolongado, y el dolor le atenaza los huesos. Tiene el vientre hinchado, pero no se queja.

Juan suspiró. Hacía días que apenas dormía corriendo de un lugar a otro de la muralla. Atendiendo las heridas mortales de los soldados a los que ya no podía aliviar porque no le quedaban plantas con las que cocer sus pociones.

Algunas mujeres desesperadas acudían a su puerta rogándole que salvara a sus hijos, y él dejaba escapar lágrimas de impotencia porque nada podía hacer por aquellos niños a los que se les escapaba la vida a causa del hambre y de la miseria que trae consigo la guerra.

Cuánto había cambiado su vida desde que dejó, hacía casi dos años ya, Alejandría. Cuando se sumía en un duermevela soñaba con el olor límpido del mar, las manos suaves de Miriam, la comida caliente que le preparaba su vieja aya, su casa rodeada de naranjos. Durante los primeros meses de asedio maldecía su suerte y se reprochaba haber ido a Edesa persiguiendo un sueño, pero ya no lo hacía. No le restaban fuerzas.

–Iré a ver a Eulalio.

–Le hará bien.

Acompañado por Kalman se dirigió a la estancia donde el obispo yacía rezando.

186

–Eulalio...

–Bienvenido seas, Juan. Siéntate a mi lado.

El médico se sintió impresionado por el aspecto del anciano. Había empequeñecido y sus huesos se traslucían debajo de una fina capa de piel cuyo color presagiaba la muerte.

La visión del anciano moribundo conmovió a Juan. Él, que había llegado a Edesa ufano para mostrar a la cristiandad el rostro del Señor, no se había atrevido a cumplir con su cometido. Ni siquiera había pensado en el lino sagrado durante los meses de asedio; ahora, al ver la muerte rondar el lecho de Eulalio, supo que pronto le rondaría a él.

–Kalman, déjame a solas con Eulalio.

El obispo hizo una seña al sacerdote para que aceptara la orden de Juan. Kalman salió preocupado, sabiendo que ninguno de los dos hombres estaba bien. En Juan era evidente que el dolor había hecho mella en su espíritu, mientras que en Eulalio era la carne la que se descomponía a ojos vistas.

Juan miró fijamente al obispo y, tomándolo de la mano, se sentó a su lado.

–Perdóname Eulalio, he hecho todo mal desde mi llegada, y el peor de mis pecados ha sido no confiar en ti. He pecado de soberbia al no confiarte el lugar secreto donde se encuentra la Sábana. Te lo diré y tú decidirás lo que debemos hacer. Que Dios me perdone si lo que voy a expresar es una duda, pero si realmente en el lino está la imagen de su Hijo, entonces Él nos salvará, como salvó a Abgaro de una muerte segura.

Eulalio escuchó asombrado la revelación de Juan. Así que durante más de trescientos años la mortaja de Jesús había estado enterrada bajo los ladrillos de un nicho excavado en la muralla, encima de la puerta occidental de la ciudad, el único lugar que había soportado las embestidas del ejército persa.

El anciano se incorporó a duras penas y llorando abrazó al alejandrino.

–¡Alabado sea el Señor! Siento en mi corazón una alegría inmensa. Debes acudir a la muralla y rescatar la Sábana. Efrén y Kalman te ayudarán, pero debes ir cuanto antes, siento que Jesús aún puede apiadarse de nosotros y hacer un milagro.

–No, no puedo presentarme ante los soldados que arriesgan sus vidas guardando la puerta occidental y decirles que voy a buscar un nicho oculto en la muralla. Pensarán que estoy loco, o que oculto un tesoro... No, no puedo ir allí.

–Irás, Juan.

De repente la voz de Eulalio había recuperado firmeza. Tanta, que Juan bajó la cabeza sabiendo que esta vez le obedecería.

–Permíteme, Eulalio, que diga que me envías tú.

–Y soy yo el que te envía. Antes de que entraras a verme con Kalman, en mi sueño he escuchado la voz de la madre de Jesús diciéndome que Edesa se salvaría. Así será si Dios lo quiere.

Hasta la estancia llegaban los gritos de los soldados mezclados con los llantos de los pocos infantes que quedaban con vida. Eulalio mandó llamar a Kalman y Efrén.

–He tenido un sueño. Acompañaréis a Juan a la puerta occidental y...

–Pero, Eulalio –exclamó Efrén–, los soldados no nos dejarán pasar...

–Iréis y obedeceréis las órdenes de Juan. Edesa se puede salvar.

El capitán, enfurecido, mandó retirarse a los dos sacerdotes del lugar.

–La puerta está a punto de ceder y vosotros queréis que nos pongamos a buscar un nicho oculto... ¡Estáis locos! No me importa que el obispo os haya enviado. ¡Idos!

Juan se adelantó y con voz firme aseguró al capitán que con su ayuda o sin ella excavarían en la muralla, encima de la puerta occidental.

Las flechas caían a su alrededor, pero los tres hombres excavaban sin descanso ante la mirada atónita de los soldados que, gastando sus últimas fuerzas, defendían esa parte de la muralla.

–¡Aquí hay algo! –gritó Kalman.

Minutos más tarde Juan tenía en las manos un cesto oscurecido por el tiempo y la arena. Lo abrió y acarició la tela doblada cuidadosamente.

Sin esperar a Efrén ni a Kalman empezó a correr hacia casa de Eulalio.

Su padre le había dicho la verdad: su familia era depositaria del lienzo con el que José de Arimatea amortajó a Jesús.

El obispo tembló de emoción al ver entrar a Juan tan agitado. Éste sacó la tela y la extendió ante el anciano, que levantándose del lecho cayó de rodillas maravillado al contemplar el rostro de un hombre perfectamente delineado sobre el lino.

24

–Debe de ser apasionante lo que estás leyendo porque ni te has enterado de que he entrado.

–¡Uf! Perdona, Marco –respondió Sofia–, tienes razón; no me he dado cuenta, pero tú tampoco has hecho ruido.

–¿Qué lees?

–La historia de la Sábana Santa.

–Pero si te la sabes de memoria. En realidad todos los italianos nos la sabemos.

–Sí, pero puede que haya algo que nos dé una pista.

–¿Algo que tenga que ver con la historia de la Síndone?

–Es sólo una especulación, por no dejar cabos sueltos.

Marco la miró asombrado. O se estaba volviendo viejo y ya no veía más allá de sus narices, o Sofia tenía razón y a lo mejor había que investigar algún acontecimiento del pasado que tuviera que ver con la Sábana Santa.

–¿Y has encontrado algo?

–No, me limito a leer, esperando que en algún momento se me encienda la bombilla –afirmó Sofia tocándose la frente.

–¿Por dónde vas?

–Acabo de empezar, así que estoy en el siglo IV, cuando un obispo de Edesa llamado Eulalio tuvo un sueño en el que una mujer le reveló dónde se encontraba la Sábana. Ya sabes que durante todo ese tiempo la Sábana estuvo perdida, nadie sabía dónde se encontraba, en realidad no se conocía su existencia, pero Evagrio...

–¿De qué Evagrio habláis? –preguntó Minerva, que acababa de entrar.

–Verás, según cuenta Evagrio en su *Historia eclesiástica*, en el 544 Edesa ganó una batalla a las tropas de Cosroes I que habían sitiado la ciudad, y todo gracias al Mandylion[1] que llevaron en procesión por las almenas de las murallas y...

–Pero ¿quién es Evagrio y qué es el Mandylion? –insistió Minerva.

–Si me escucharas –se quejó Sofia– lo entenderías.

–Perdona, tienes razón. Estabais hablando y yo me he metido en la conversación –contestó Minerva haciendo un mohín.

Marco observó divertido a Minerva. Notaba su impaciencia y malhumor.

–Sofia –terció Marco– está repasando la historia de la Síndone y hablábamos de su aparición en Edesa en el 544, cuando la ciudad fue sitiada por los persas. Los edesianos estaban desesperados, a punto de sucumbir al asedio. Por más que disparaban flechas con fuego contra las máquinas de guerra persas éstas no se incendiaban.

–¿Y qué pasó? –preguntó Minerva.

–Pues que según cuenta Evagrio –continuó Sofia–, Eulalio, obispo de Edesa, tuvo un sueño en el que una mujer le reveló dónde estaba escondida la Sábana Santa. La buscaron y la hallaron en la puerta occidental, en un nicho cavado en la muralla. El descubrimiento les devolvió la fe y llevaron la Sábana en procesión por las almenas desde donde continuaron disparando flechas incendiarias contra las máquinas persas, que ahora sí se incendiaron, y los persas terminaron huyendo.

–Es una bonita historia, pero ¿es verdad? –preguntó Minerva.

–Los historiadores damos por ciertos hechos que son leyendas, y creemos leyendas sobre acontecimientos que son historia. Los mejores ejemplos son Troya, Micenas, Knossos... ciudades que durante siglos se creyó que pertenecían al mundo de los mitos pero que Schliemann, Evans y otros arqueólo-

1. El Mandylion o Santa Faz es la misma Síndone plegada de manera que quede a la vista sólo el rostro. (*N. del E.*)

gos se empeñaron en demostrar su existencia, y lo lograron –respondió Sofia.

–Seguramente ese obispo sabía que la Sábana estaba allí, porque, por muy crédulos que seamos, lo que no nos vamos a creer es lo del sueño, ¿no?

–Eso es lo que nos ha llegado –respondió Marco a Minerva– y probablemente tienes razón. Eulalio tenía que saber dónde se encontraba la Síndone, o a lo mejor la mandó él colocar allí para que apareciera en el momento oportuno y decir que se había producido un milagro. Vete tú a saber la verdad de lo que pasó hace más de mil quinientos años. En cuanto a tu pregunta de qué es el Mandylion, es la palabra griega que designa a los trajes eclesiásticos.

Pietro, Giuseppe y Antonino llegaron juntos. Discutían acaloradamente de fútbol.

Marco había citado a su equipo para anunciarles que en un plazo de dos meses el mudo de Turín quedaría en libertad, y por tanto tenían que empezar a preparar el dispositivo que necesitarían para seguirlo.

Pietro miró de reojo a Sofia. Los dos se evitaban, y aunque procuraban mantener una relación profesional y amistosa, lo cierto es que no estaban cómodos el uno con el otro, una incomodidad que a veces transmitían al resto del equipo.

Tanto Marco como los demás evitaban dejarles solos o que tuvieran que compartir el trabajo. Era evidente que Pietro continuaba enamorado de Sofia y que ésta empezaba a sentir rechazo por él.

–Bien –explicó Marco–, dentro de unos días la Junta de Seguridad volverá a visitar la cárcel de Turín. Cuando lleguen a la celda del mudo, preguntarán al director, a la asistente social y a la psicóloga de la prisión su opinión sobre él. Los tres estarán de acuerdo en que el mudo es un ladronzuelo inofensivo y que no supone ningún peligro para la sociedad.

–Demasiado fácil –terció Pietro.

–No, no se lo pondrán fácil, porque la asistente social propondrá que lo lleven a un centro especial, a un centro psiquiátrico donde los médicos determinen la capacidad del mudo para vivir sin depender de los demás. Veremos si se pone nervioso ante la posibilidad de ser internado en un hospital psiquiátrico o continúa impasible. El siguiente paso será el silencio. Los guardias no hablarán de la posible libertad del mudo delante de él, al menos en los primeros días, y observarán sus reacciones. Un mes después la Junta volverá a la cárcel, y dos semanas más tarde el mudo quedará en libertad. Sofia, quiero que vayas a Turín con Giuseppe y empecéis a organizar el dispositivo. Decidme qué creéis que vamos a necesitar.

Cuando terminaron la reunión cada uno volvió a su trabajo. Marco les recordó que esa noche estaban todos invitados a cenar en su casa: era su cumpleaños.

—Así que vais a dejar en libertad al mudo. Menudo riesgo.

—Sí, pero es la única pista que tenemos. O el mudo nos lleva al ovillo o continuaremos con este caso abierto el resto de nuestra vida.

Marco y Santiago Jiménez hablaban animadamente mientras bebían un vaso de campari que Paola les acababa de poner en la mano.

Paola había organizado minuciosamente el cumpleaños de Marco y había invitado a sus amigos más íntimos. Como no tenía una mesa lo suficientemente grande para que se pudieran sentar todos, había preparado un bufet y, con la ayuda de sus hijas, se ocupaba de llenar copas y platos y de atender a la veintena de invitados.

—Sofia y Giuseppe se encargarán de montar el dispositivo en Turín. Se van allí la semana próxima.

—Mi hermana Ana también viaja a Turín. Está obsesionada con la Síndone desde aquella noche en que nos invitaste a cenar. Me ha mandado un memorando en el que mantiene que la clave de los sucesos en torno a la Síndone hay que buscarla en el pasado. En fin, te digo lo de Ana porque aunque no publicará ni una línea de cuanto se enteró aquella noche aquí en tu casa, ha decidido investigar por su cuenta, y como le he dicho que no la invito a mi casa en Roma ha decidido irse a Turín. Es una buena chica, inteligente, decidida, y entrometida como todos los periodistas. Pero tiene instinto. Supongo que su investigación no os causará molestias, pero si te llega que hay una periodista metiendo las narices donde no debe y te causa problemas dímelo. Lo siento, son los inconvenientes de tratar con la prensa, aunque sea de la familia.

–¿Me dejarás el memorando?

–¿El de Ana?

–Sí. Es curioso, pero el otro día Sofia se puso a repasar la historia de la Síndone y me dijo que a lo mejor encontrábamos una pista en el pasado.

–¡Vaya! Bueno, te lo enviaré, pero es un memorando muy especulativo, no hay nada que te pueda servir.

–Se lo daré a Sofia, aunque es una temeridad meter a un periodista en esta u otra investigación. Al final lo lían todo, y por un reportaje son capaces...

–No, no, de verdad, Marco, lo mismo que te digo una cosa te digo otra. Ana es una persona honrada, que me quiere y jamás haría nada que me pudiera perjudicar. Sabe que como representante de España en Europol de Roma no puedo tener problemas con las autoridades de aquí y menos porque un familiar mío sepa de asuntos oficiales que no debería saber. De manera que no hará nada que me pueda perjudicar.

–Pero tú me has dicho que es un poco entrometida y que se va a Turín a investigar.

–Sí, pero no publicará ni una línea de la historia, y si encuentra algo me lo dirá. Tiene claro lo que me juego si publica una investigación en marcha del Departamento del Arte.

–¿Te dirá lo que averigüe, si es que averigua algo?

–Sí, ella quería proponerte un trato, pasarte todo lo que está segura que va a llegar a saber y que a cambio tú le cuentes lo que sabes. Naturalmente, le he dicho que no sueñe con que va a hacer ningún trato ni contigo ni con nadie que tenga relación conmigo, pero la conozco y si averigua algo necesitará contrastarlo, me llamará y me pedirá que te lo diga.

—Así que nos ha salido una ayudante voluntaria... Bueno, no te preocupes. Diré a Giuseppe y a Sofia que estén alerta cuando vayan a Turín.

—¿A qué tenemos que estar alerta?

—¡Ah! Sofia, Santiago me está hablando de su hermana Ana, no sé si la has llegado a conocer.

—Me parece que sí, hace un par de años, ¿no estuvo contigo en aquella fiesta cuando la jubilación de Turcio?

—Sí, es verdad. Ana estaba en Roma y me acompañó. Viene mucho a verme, soy el mayor, y su único hermano. Mi padre murió cuando ella era pequeña y eso nos ha unido de manera especial.

—La recuerdo porque estuvimos hablando un rato sobre las relaciones entre la prensa y la policía, ella decía que a veces se producía un matrimonio de interés entre ambas partes, pero que siempre terminaba en separación. Me pareció muy simpática e inteligente.

—Me alegro de que te cayera bien porque lo mismo te la encuentras en Turín investigando sobre la Síndone —le explicó Marco.

Sofia hizo una mueca de asombro y Santiago se apresuró a explicarle por qué Ana se había interesado por la Sábana Santa y cómo ésta se estaba convirtiendo en una obsesión.

—¿Sabes qué me acaba de contar Santiago? Pues que Ana cree que la clave de los sucesos en torno a la Síndone está en el pasado...

—Sí, yo también lo he pensado, ya te lo dije...

—Se lo he dicho a Santiago. Nos va a pasar un memorando que le ha enviado su hermana. Le echaremos un vistazo; a lo mejor la periodista nos da sopas con honda.

—¿Y por qué no hablamos con ella? —preguntó Sofia.

—Por ahora vamos a dejarlo así —respondió pensativo Marco.

–No es la primera vez, y tú lo sabes, que la policía llega a algún acuerdo con un periodista durante una investigación.

–Lo sé, pero me gustaría que esta historia quedara circunscrita, al menos por ahora, a nuestro departamento. Si Ana se entera de algo que nos pueda ser útil, entonces ya veremos.

Lisa y John Barry entraron en el salón acompañados de Paola. Marco se fundió en un abrazo con John.

–Me alegro de que hayas podido venir.

–Acabo de llegar de Washington. Ya sabes cómo son los jefes y los del Departamento de Estado no son una excepción. Me he pasado la semana de reuniones absurdas que supongo les sirven a unos cuantos para justificar su sueldo.

–¿Sabéis que le han propuesto trasladarle a Londres? –apuntó Lisa.

–¿Os apetece el cambio? –preguntó Paola.

–No, les he dicho que no, prefiero quedarme en Roma. El Departamento de Estado considera que el traslado a Londres es un ascenso; de hecho lo es, pero prefiero continuar en Roma, vosotros me veis como un yanqui, pero yo me siento romano.

25

Guner terminó de cepillar el traje negro de Addaio y lo colgó en el amplio armario del vestidor; de vuelta al dormitorio ordenó los papeles que Addaio había dejado revueltos sobre el escritorio y colocó un par de libros en un estante.

Addaio había trabajado hasta tarde. El olor dulzón del tabaco turco impregnaba la sobria habitación, Guner abrió la ventana de par en par y se demoró unos segundos mirando el jardín. No escuchó los pasos silenciosos de Addaio, ni vio que le observaba con preocupación.

–¿En qué piensas, Guner?

Se dio la vuelta procurando no dejar traslucir ninguna emoción.

–En nada especial, hace buen día y dan ganas de salir.

–Podrás hacerlo en cuanto me marche. Incluso podrías aprovechar para pasar unos días con tu familia.

–¿Te marchas?

–Sí. Voy a Alemania y a Italia, quiero visitar a nuestra gente, necesito saber por qué nos equivocamos, y en dónde anida la traición.

–Correrás peligro, no deberías ir.

–No puedo hacerlos venir a todos aquí, eso sí que sería peligroso.

–Cítalos en Estambul. La ciudad está llena de turistas todo el año, allí pasarán inadvertidos.

–Todos no podrían venir. Es más fácil que me desplace yo que hacerlos venir a ellos. Está decidido. Mañana me marcho.

–¿Qué excusa darás?

–Que estoy cansado y me tomo unas pequeñas vacaciones. Voy a Alemania e Italia donde tengo buenos amigos.

–¿Cuánto tiempo estarás fuera?

–Una semana, diez días, no mucho más, así que aprovecha y descansa. Te vendrá bien perderme de vista unos días. Últimamente te noto tenso, enfadado conmigo. ¿Por qué?

–Te diré la verdad: me dan pena esos chicos a los que sacrificas. El mundo ha cambiado y tú te empeñas en que todo siga igual. No puedes continuar enviando jóvenes a la muerte con la lengua arrancada por temor a que hablen y...

–Si hablaran nos destruirían. Hemos sobrevivido veinte siglos gracias al sacrificio y al silencio de los que nos han precedido. Sí, exijo grandes sacrificios, yo también he sacrificado mi vida, una vida que nunca me ha pertenecido, como no te pertenece a ti la tuya. Morir por nuestra causa es un honor, sacrificar la lengua también lo es. Yo no se la arranco, ellos voluntariamente ofrecen ese sacrificio porque saben que es imprescindible. De esa manera nos protegen a todos y se protegen a sí mismos.

–¿Por qué no salimos a la luz?

–¡Estás loco! ¿De verdad crees que sobreviviríamos si dijéramos quiénes somos? Pero ¿qué te pasa, qué demonio se te ha metido en la cabeza?

–A veces pienso que el demonio lo tienes tú. Te has vuelto duro y cruel. No sientes piedad por nada, por nadie. Creo que tu dureza es una venganza por ser quien no querías ser.

Se quedaron en silencioso mirándose fijamente el uno al otro. Guner pensó que había dicho más de lo que quería decir, y Addaio se sorprendió aceptando sin rechistar, una vez más, los reproches de Guner. Sus vidas estaban entretejidas irremediablemente y ninguno de los dos era feliz.

¿Sería capaz Guner de traicionarle? Deshechó ese pensamiento. No, no lo haría. Confiaba en Guner, de hecho le confiaba su vida.

–Prepárame el equipaje para mañana.

Guner no respondió, se dio la vuelta y se entretuvo cerrando las ventanas, sentía la mandíbula encajada a causa de la tensión. Respiró hondo cuando escuchó el leve sonido de la puerta que cerraba Addaio.

El hombre se dio cuenta de que en el suelo, al lado de la cama de Addaio, había un papel. Se agachó a recogerlo. Era una carta escrita en turco y no pudo evitar leerla.

En ocasiones Addaio le dejaba leer cartas y documentos y le preguntaba su opinión. Sabía que no estaba bien lo que hacía, pero sentía la necesidad imperiosa de conocer el contenido de esa carta que había encontrado en el suelo.

La carta estaba sin firmar. El que la escribía comunicaba a Addaio que la Junta de Seguridad de la prisión de Turín estaba estudiando dejar en libertad a Mendibj y pedía instrucciones sobre qué hacer cuando saliera.

Se preguntó por qué Addaio no había guardado una carta tan importante como ésta, ¿acaso quería que él la encontrara? ¿Pensaba que era él el traidor?

Con la carta en la mano Guner se dirigió al despacho de Addaio. Con los nudillos tocó suavemente la puerta y esperó a que el pastor le permitiera entrar.

—Addaio, esta carta estaba en el suelo junto a tu cama.

El pastor lo miró impasible y tendió la mano para recoger la carta.

—La he leído, supongo que la has perdido voluntariamente para que la encontrara, la leyera, y tenderme una trampa para saber si soy yo el traidor. No, no lo soy. Mil veces me he dicho que debía marcharme, mil veces he pensado en decir al mundo quiénes somos y lo que hacemos. Pero no lo he hecho, no lo haré por la memoria de mi madre, porque mi familia pueda seguir viviendo con la cabeza alta y mis sobrinos disfruten de una vida mejor de lo que ha sido la mía. No lo hago por ellos, y porque no sé qué sería de mí. Soy un hombre, un pobre hombre, demasiado mayor para empezar una nueva vida. Soy un cobarde, como tú, los dos lo fuimos aceptando este destino.

Addaio le miraba en silencio intentando escudriñar en el rostro de Guner algún gesto, alguna emoción, el rastro de algo que le indicara que aún contaba con su afecto.

–Ahora sé por qué te vas mañana. Estás preocupado, temes lo que le pueda pasar a Mendibj. ¿Se lo has dicho a su padre?

–Ya que estás tan seguro de que no me traicionarás te diré que me preocupa que a Mendibj le dejen en libertad. Si has leído la carta, sabrás que nuestro contacto en la cárcel ha visto al jefe del Departamento del Arte en una ocasión visitando a Mendibj, también dice que sospecha que el director de la prisión trama algo. No podemos correr riesgos.

–¿Qué harás?

–Lo que sea necesario para que sobreviva nuestra Comunidad.

–¿Incluso mandar asesinar a Mendibj?

–¿Eres tú o soy yo el que ha llegado a esa conclusión?

–Te conozco bien y sé de lo que eres capaz.

–Eres el único amigo que he tenido, nunca te he ocultado nada, conoces todos los secretos de nuestra Comunidad, pero me doy cuenta de que no sientes ni un ápice de afecto hacia mí, que nunca lo has sentido.

–Te equivocas, Addaio, te equivocas. Siempre fuiste bueno conmigo, desde el primer día en que llegué a tu casa cuando tenía diez años. Supiste de mi pena por separarme de mis padres, e hiciste lo imposible para que los visitara a menudo. Nunca olvidaré cómo me acompañabas a mi casa y me dejabas pasar la tarde mientras paseabas por el campo haciendo tiempo para no obligarnos con tu presencia. No puedo reprocharte tu comportamiento hacia mí, te reprocho tu comportamiento hacia el mundo, hacia nuestra Comunidad, por el inmenso dolor que provocas. Si quieres saber si te tengo afecto, la respuesta es... sí, pero te confieso que a veces siento una profunda aversión hacia ti por estar encadenado a tu destino. Pero no te traicionaré, si eso es lo que te preocupa.

–Sí, me preocupa que haya un traidor entre nosotros, y mi obligación es no dar por seguro nada.

–Permíteme que te diga que la carta olvidada ha sido demasiado evidente.

—Quizá quería que la encontraras por si eras el traidor, para alertarte. Eres mi único amigo, la única persona a la que no querría perder.

—Corres peligro yendo a Italia.

—Lo correremos todos si no hago nada.

—En Turín tenemos gente que hará lo que mandes. Si la policía prepara algo no deberías exponerte.

—¿Por qué crees que la policía prepara algo?

—Lo sugieren en la carta, ¿me estás tendiendo otra trampa?

—Primero iré a Berlín, después a Milán y a Turín. Aprecio a la familia de Mendibj, lo sabes, pero no permitiré que se convierta en un problema.

—Puedes sacarle de Turín en cuanto lo dejen en libertad.

—¿Y si es una trampa? ¿Y si le dejan en libertad para seguirle? Es lo que yo haría si fuera ellos. No puedo permitir que ponga en peligro a la Comunidad, lo sabes bien. Soy responsable de muchas familias, también de la tuya. ¿Quieres que nos aplasten, que nos despojen de lo que tenemos? ¿Quieres que traicionemos la memoria que nuestros antepasados nos han legado? Somos lo que debemos ser, no quienes hubiéramos querido ser.

—Corres peligro si vas a Turín. Es una temeridad.

—No soy temerario, lo sabes bien, pero en esa carta nos sugieren que se puede estar preparando una celada y debo actuar para evitar que caigamos en ella.

—Los días de Mendibj están contados.

—Todos los hombres nacemos con los días contados. Ahora déjame trabajar y avísame en cuanto llegue Talat.

Guner salió del despacho en dirección a la capilla. Allí, de rodillas, dejó que las lágrimas le empaparan el rostro y buscó en la cruz que reposaba en el altar una respuesta a su sufrimiento.

26

–Te estás volviendo un neurótico.

–Mira, Giuseppe, estoy seguro de que los mudos entran y salen por algún sitio que no es la puerta, y el subsuelo de Turín es como un queso de Gruyère. Está lleno de túneles, lo sabes bien.

Sofia escuchaba en silencio a los dos hombres, pero pensaba que Marco tenía razón. Los mudos aparecían y desaparecían sin dejar huellas. Los mudos o sus cómplices, porque estaban convencidos de que esas operaciones en torno a la Síndone eran obra de una organización que elegía mudos para ejecutar los robos, si es que lo que pretendían era robar la Síndone de la catedral como sostenía Marco.

Su jefe había decidido en el último minuto que les acompañaría a Turín. El ministro de Cultura le había conseguido un permiso del Ministerio de Defensa para explorar los túneles, los que estaban cerrados al gran público. En los planos de la Turín subterránea de los que disponía el ejército no había ningún túnel que diera a la catedral. Pero su instinto le decía a Marco que estaban equivocados, así que con la ayuda de un comandante de Ingenieros y cuatro zapadores del mismo regimiento de Pietro Micca iba a recorrer los túneles que permanecían cerrados. Había firmado un documento asumiendo la responsabilidad del riesgo que corría, y el ministro le había indicado que no pusiera en peligro las vidas del comandante y los soldados que le iban a acompañar.

–Hemos estudiado los planos, no hay ningún túnel que llegue a la catedral, lo sabes bien.

–Giuseppe –terció Sofia– no sabemos todo lo que hay en

el subsuelo de Turín. Si excaváramos, sabe Dios lo que podríamos encontrar. Algunas galerías que recorren el subsuelo de la ciudad no han sido exploradas, otras parecen no llevar a ninguna parte. En realidad, puede que alguna llegue hasta la catedral. Sería lógico que fuera así. Date cuenta que la ciudad ha sufrido muchos asedios, y que la catedral alberga joyas únicas que los turinenses querrían salvar en caso de ser asaltados o conquistados por el enemigo. No es descabellado pensar que alguna galería de las que parecen no conducir a ninguna parte en realidad conduce a la catedral o cerca de ella.

Giuseppe se quedó en silencio. Respetaba a Marco y a Sofia por sus conocimientos, porque eran historiadores y a veces veían donde otros no veían nada. Además, Marco estaba obsesionado con el caso. O lo resolvía o terminaría tirando por la borda su carrera porque desde hacía meses sólo se ocupaba del último incendio de la catedral.

Se alojaban en el hotel Alexandra, cerca del centro histórico de Turín, y al día siguiente comenzarían a trabajar. Marco recorrería las galerías de la ciudad, Sofia había pedido cita con el cardenal, y Giuseppe se reuniría con los *carabinieri* para definir los efectivos que necesitarían para seguir al mudo. Pero esa noche Marco les había invitado a cenar pescado en Al Ghibellin Fuggiasco, un restaurante clásico y acogedor.

Seguían hablando animadamente cuando se vieron sorprendidos por la presencia del padre Yves.

El sacerdote se acercó amistosamente a su mesa y les dio un cálido apretón de manos a cada uno como si se alegrara de verles.

–No sabía que usted venía también a Turín, señor Valoni. El cardenal me informó de que nos visitaría la doctora Galloni, creo que mañana tiene usted cita con Su Eminencia.

–Sí, así es –respondió Sofia.

–¿Cómo van las investigaciones? Las obras de la catedral han terminado, y de nuevo la Síndone está expuesta a los fieles. Hemos reforzado las medidas de seguridad, y COCSA ha instalado un modernísimo sistema antiincendios. No creo que volvamos a sufrir más percances.

–Ojalá tenga usted razón, padre –dijo Marco.

–Bueno, les dejo que disfruten de la cena.

Lo siguieron con la mirada hasta la mesa donde le aguardaba sentada una joven morena. Marco se rió.

–¿Sabéis con quién está nuestro padre Yves?

–Con una morena bastante aparente. ¡Vaya con los curas! –afirmó sorprendido Giuseppe.

–Es Ana Jiménez, la hermana de Santiago.

–Tienes razón, Marco, es la hermana de Santiago.

–Ahora soy yo el que va a ir a la mesa del padre Yves a saludarle.

–¿Por qué no les invitamos a una copa?

–Eso les indicaría a ambos que han despertado nuestro interés y no nos conviene, ¿no os parece?

Marco cruzó el restaurante y se acercó a la mesa del padre Yves. Ana Jiménez le dedicó una amplia sonrisa y le pidió encarecidamente que le dedicara unos minutos cuando tuviera tiempo. Había llegado a Turín hacía cuatro días.

Marco no se comprometió a nada, respondió que con gusto la invitaría a un café si le sobraba algo de tiempo, ya que no iba a permanecer muchos días en Turín. Cuando le preguntó adónde la podía llamar, Ana Jiménez le respondió que al hotel Alexandra.

–Qué coincidencia, nosotros también estamos alojados en el Alexandra.

–Me lo recomendó mi hermano, y está bien para pasar unos días.

–Bueno, pues siendo así seguro que encontraremos tiempo para vernos.

Se despidió de ellos y regresó junto a Sofia y Giuseppe.

–Nuestra dama está alojada en el Alexandra.

–¡Qué casualidad!

–No, no es casualidad, Santiago le recomendó el hotel,

era de esperar. En fin, que la tendremos demasiado cerca, así que procuremos esquivarla.

–Yo no sé si quiero esquivar a una morenaza así –exclamó riendo Giuseppe.

–Pues lo harás y por dos razones, la primera porque es periodista y está empeñada en averiguar qué hay detrás de los accidentes en torno a la Síndone, la segunda porque es hermana de Santiago y no quiero líos, ¿de acuerdo?

–De acuerdo, era una broma.

–Ana Jiménez es una mujer testaruda e inteligente, no es para tomarla a broma.

–El memorando que mandó a su hermano está lleno de especulaciones interesantes. No me importaría hablar con ella.

–No te digo que no, Sofia, pero hemos de andar con cuidado con ella.

–¿Qué hace con el padre Yves? –se preguntó Sofia en voz alta.

–Es una chica lista y ha conseguido que la mano derecha del cardenal la invite a cenar –respondió Marco.

–Me intriga el padre Yves.

–¿Por qué, Sofia?

–No lo sé, pero es tan correcto, tan guapo, tan amable, y siempre está en su papel de sacerdote. No coquetea. Lo estoy mirando y habla con ella, es atento, pero ni por asomo coquetea y eso que, como dice Giuseppe, Ana es una chica guapa.

–Si tuviera intención de ligar con ella no la traería a este restaurante donde le puede conocer mucha gente –remachó Marco–, ninguno lo haríamos.

El anciano colgó el teléfono y dejó que la mirada vagara unos segundos a través del ventanal. La campiña inglesa resplandecía verde esmeralda iluminada por un sol tibio.

Los siete hombres aguardaban expectantes a que el anciano hablara.

–Saldrá dentro de un mes. La Junta de Seguridad estudiará formalmente la próxima semana la propuesta de excarcelación.

–Por eso Addaio ha viajado a Alemania y, según nuestro hombre, cruzará la frontera a Italia. Mendibj se ha convertido en su mayor problema, en un peligro para la Comunidad.

–¿Lo matará? –preguntó el caballero con acento francés.

–No puede dejar que sigan la pista a Mendibj. Addaio se ha dado cuenta de la jugada y viene a evitarla –respondió el caballero con aspecto de militar.

–¿Dónde lo matarán? –insistió el francés.

–Seguramente en la cárcel –afirmó el caballero italiano–. Sería lo más seguro. Se organizaría un pequeño escándalo, pero poco más. Sin pretenderlo, Mendibj en libertad puede poner al descubierto a los hombres de Addaio.

–¿Qué proponéis? –inquirió el anciano.

–Si Addaio resuelve el problema, será mejor para todos.

–¿Hemos previsto protección para Mendibj en caso de que logre salir vivo de la cárcel? –preguntó de nuevo el anciano.

–Sí –afirmó el caballero italiano–, nuestros hermanos procurarán evitar que la policía le siga los pasos.

–No es suficiente con que nuestros hermanos lo intenten, no pueden fallar.

La voz del anciano sonó firme como el trueno.

–Y así lo harán –respondió el italiano–. Espero conocer en las próximas horas todos los detalles del plan de los *carabinieri* para la operación que denominan caballo de Troya.

–Bien, llegamos al nudo de la partida y el desenlace no puede ser otro que el de salvar a Mendibj de los *carabinieri*, o de lo contrario...

El anciano no terminó la frase. Todos asintieron, sabían que por lo que se refería a Mendibj sus intereses coincidían con los de Addaio, no podían permitir que se convirtiera en un caballo de Troya.

Un ligero toque en la puerta, previo a la entrada de un mayordomo con librea, sirvió para dar por terminada la reunión vespertina.

–Señor, los invitados comienzan a despertarse para la jornada de caza.

–Bien.

Los hombres, en atuendo de montar, fueron saliendo despacio del despacho para entrar en un caldeado comedor donde el desayuno les aguardaba. Minutos después una anciana aristócrata acompañada de su esposo entró en el comedor.

–Vaya, creí que éramos los más madrugadores, pero ya ves, Charles, que nuestros amigos se nos han adelantado.

–Seguro que aprovechan para hablar de negocios.

El caballero francés les aseguró que nada deseaban más que comenzar la jornada de caza. Al comedor siguieron llegando otros invitados. Hasta un total de treinta. Charlaban animadamente, y algunos comentaban indignados la pretensión de los Comunes de acabar con la caza del zorro.

El anciano les miró con gesto resignado. Aborrecía la caza como el resto de los siete hombres con los que había estado conversando minutos antes. Pero no podían rehuir esta distracción tan inglesa. Los miembros de la familia real adoraban la caza, y le habían pedido, como en otras ocasiones, que organizara una partida de caza en su espléndida finca. Y allí estaban.

Sofia había pasado buena parte de la mañana con el cardenal. No había visto al padre Yves, fue otro sacerdote quien la introdujo en el despacho de Su Eminencia.

El cardenal estaba contento con las obras terminadas. Le ponderó a Umberto D'Alaqua, que personalmente se había preocupado de que terminaran las obras en un tiempo menor al previsto, aumentando la cuadrilla de obreros sin coste adicional.

Bajo la supervisión del doctor Bolard la Síndone había

vuelto a la capilla Guarini, a su arqueta de plata. El cardenal se quejó sutilmente por no haber recibido ninguna llamada, ni de Marco ni de ella, para comentarle el curso de las investigaciones. Sofia se disculpó, y procuró congraciarse contándole lo imprescindible.

—Así que creen que hay una organización o un particular que quiere la Síndone y organiza los incendios para crear confusión y poder robarla. ¡Uf! Muy complicado me parece. ¿Y para qué creen ustedes que alguien quiere la Sábana Santa?

—No lo sabemos. Puede ser un coleccionista, un excéntrico, o una organización mafiosa que luego pediría un rescate cuantioso para devolverla.

—¡Dios mío!

—De lo que estamos seguros, Eminencia, es de que todos los accidentes que ha sufrido esta catedral tienen relación con la Síndone.

—¿Y dice que su jefe está buscando una galería subterránea que conduzca hasta la catedral? Pero eso es absurdo. Ustedes pidieron al padre Yves que revisara nuestros archivos, creo que les envió una documentación detallada de la historia de la catedral y en ningún lugar se dice que hubiera un pasadizo.

—Pero eso no significa que no lo haya.

—Pero tampoco que lo haya. No crean todas las historias fantásticas que se escriben sobre las catedrales.

—Eminencia, soy historiadora.

—Lo sé, lo sé, doctora; admiro y respeto el trabajo que hacen en el Departamento del Arte, no era mi intención ofenderla, créame.

—Lo sé, Eminencia, pero créame usted también que la historia no está del todo escrita, que no sabemos todo lo que ha sucedido en el pasado, y mucho menos las intenciones de los hombres que vivieron.

208

Cuando regresó al hotel se encontró en el vestíbulo a Ana Jiménez. Sofia se dio cuenta de que la estaba esperando.

–Doctora...

–¿Qué tal está?

–Bien. ¿Me recuerda?

–Sí, usted es hermana de Santiago Jiménez, un buen amigo de todos nosotros.

–¿Sabe qué hago en Turín?

–Investigar los incendios de la catedral.

–Sé que a su jefe no le hace ninguna gracia.

–Es natural, a usted tampoco le haría gracia que la policía se metiera en su trabajo.

–No, no me gustaría y procuraría darles esquinazo. Sé que lo que voy a decir le parecerá una ingenuidad, pero puedo ayudarles y pueden confiar en mí. Mi hermano me importa muchísimo y no haría nada que le pudiera perjudicar. Es verdad que me gustaría escribir un reportaje, pero no lo haré, me comprometo a no escribir una línea hasta que ustedes hayan cerrado la investigación, hasta que se haya aclarado todo.

–Usted debe comprender que el Departamento del Arte no la puede integrar porque sí a su equipo de investigación.

–Pero podemos trabajar en paralelo, yo les voy contando lo que sé, y ustedes juegan limpio conmigo.

–Ana, esto es una investigación oficial.

–Lo sé, lo sé.

A Sofia le sorprendió la preocupación que reflejaba el rostro de la joven.

–¿Por qué es tan importante para usted?

–No sabría explicárselo. En realidad nunca me había importado la Síndone ni había prestado atención a los incendios y robos en la catedral. Fue en casa de su jefe, de Marco Valoni, donde me entró el veneno. Mi hermano me llevó a su casa a cenar creyendo que sería una cena de amigos, pero el señor Valoni quería la opinión de Santiago y de otro amigo, creo que se llama John Barry, sobre el incendio. Hablaron toda la noche, especularon, y me quedé atrapada por la historia.

–¿Qué ha averiguado?

–¿Nos tomamos un café?

–De acuerdo.

Ana Jiménez suspiró aliviada, mientras que Sofia lamentaba haber aceptado sentarse con la periodista. Le caía bien, creía que se podía confiar en ella, pero Marco tenía razón ¿por qué tenían que hacerlo? ¿Para qué?

–Bien, cuénteme –le instó Sofia.

–He leído varias versiones de la historia de la Síndone, es apasionante.

–Sí, lo es.

–En mi opinión alguien quiere la Síndone. Los incendios son un señuelo para despistar a la policía. El objetivo es llevarse la Síndone.

Sofia se sorprendió de que la joven hubiera llegado a la misma conclusión que ellos, y la siguió escuchando con interés.

–Pero deberíamos buscar en el pasado. Alguien quiere recuperarla –insistió Ana.

–¿Alguien del pasado?

–Alguien que tiene relación con el pasado de la Síndone.

–¿Y por qué ha llegado a esa conclusión?

–No lo sé, es una corazonada. Tengo mil teorías a cual más loca, pero...

–Sí, leí su memorando.

–Y ¿qué opina?

–Que tiene mucha imaginación, sin duda talento, y a lo mejor hasta razón.

–Me parece que el padre Yves sabe más de lo que dice en relación con la Síndone.

–¿Por qué lo dice?

–Porque es tan perfecto, tan correcto, tan inocente, tan transparente que eso me hace pensar que esconde algo. Y guapo, es muy guapo, ¿no le parece?

–Sí, realmente es un hombre muy atractivo. ¿Cómo le ha conocido?

–Llamé al obispado, expliqué que era periodista y que quería escribir una historia de la Síndone. Hay una señora ya mayor, periodista, que es la que se encarga de la prensa. Durante dos horas me contó lo que dicen los folletos turísticos sobre la Sábana Santa, además de darme una lección de historia sobre la Casa de Saboya.

»Me marché aburrida. La buena señora no era la persona adecuada para conseguir alguna pista. Volví a telefonear y pedí hablar con el cardenal; me preguntaron quién era y qué quería. Expliqué que era periodista y que investigaba los incendios y los accidentes que habían tenido lugar en la catedral. Me volvieron a remitir a la amable periodista, que esta vez me recibió contrariada. La presioné para que me consiguiera una cita con el cardenal. Al final me lo jugué todo a una carta, le dije que estaban ocultando algo y que iba a publicar lo que sospechaba y algunas averiguaciones que había hecho.

»Anteayer me llamó el padre Yves. Me dijo que era el secretario del cardenal, que éste no podía recibirme pero que le había encargado que se pusiera a mi disposición. Nos vimos, charlamos durante un buen rato. Pareció franco al exponerme lo que había sucedido en el último incendio, me acompañó a visitar la catedral y luego tomamos un café. Quedamos en seguir hablando. Cuando ayer llamé para fijar la cita, me dijo que estaría todo el día ocupado y me preguntó si me importaría que me invitase a cenar. Eso es todo.

–Es un sacerdote peculiar –dijo Sofia como si pensara en voz alta.

–Imagino que cuando dice misa se llenará la catedral –respondió Ana.

–¿Le gusta?

–Si no fuera sacerdote intentaría ligar con él.

A Sofia le sorprendió lo desinhibida que era Ana Jiménez. Ella jamás habría hecho esa confesión a una extraña. Pero las chicas jóvenes son así. Ana no tendría más de veinticinco años, pertenecía a una generación que acostumbraba a coger cuanto les apetecía, sin hipocresías ni miramientos, aunque el hecho de que el padre Yves fuera sacerdote parecía frenarla, al menos por ahora.

–Sabe, a mí también me intriga el padre Yves, pero le hemos investigado y no hay nada en él que sea extraño, que indique más de lo que se ve. A veces hay gente así, limpia y transparente. Bien, ¿qué piensa hacer?

–Si usted me diera alguna indicación, podríamos intercambiar información...

–No, no puedo ni debo.

–Nadie se enteraría.

–No se confunda, Ana, yo no hago nada a espaldas de nadie, y menos de las personas en las que confío y con las que trabajo. Usted me cae bien, pero yo tengo mi trabajo y usted el suyo. Si Marco decidiera en algún momento que debemos contar con usted estaré encantada, y si no, estaré igualmente encantada.

–Si alguien quiere robar o destruir la Síndone el público tiene derecho a saberlo.

–No lo dudo. Sólo que es usted quien dice que alguien quiere robar o destruir la Síndone. Nosotros estamos investigando las causas de los incendios, cuando hayamos cerrado la investigación la comunicaremos a nuestros superiores y éstos a la opinión pública si fuera de interés.

–No le he pedido que traicione a su jefe.

–Ana, he entendido lo que me ha pedido, y la respuesta es no. Lo siento.

Ana se mordió el labio disgustada y se levantó de la mesa sin haber terminado el capuchino.

–Bueno, qué le vamos a hacer. En todo caso si descubro algo, ¿le importa que le llame?

–No, no me importa.

La joven sonrió y salió con paso rápido de la cafetería del hotel. Sofia se preguntó adónde iría tan decidida. Su móvil sonó y cuando escuchó la voz del padre Yves tuvo ganas de reír.

–Hace unos minutos estaba hablando de usted.

–¿Con quién?

–Con Ana Jiménez.

–¡Ah, la periodista! Es una persona encantadora y muy inteligente. Está investigando los incendios de la catedral. Ya sé que su jefe, Marco, es amigo de su hermano, el representante de España en la Europol de Italia.

–Así es. Santiago Jiménez es amigo de Marco y de todos nosotros. Es una buena persona, y un profesional muy competente.

–Sí, sí, eso parece. Verá, la llamo en nombre del cardenal. Quiere invitarla a usted y al señor Valoni a una recepción.

–¿A una recepción?

–El cardenal recibe a una comisión de científicos católicos que vienen cada cierto tiempo a Turín para examinar la Síndone; se encargan de que esté en buen estado. El doctor Bolard es el presidente de esta comisión. Siempre que vienen el cardenal organiza una recepción; no es que invite a demasiada gente, treinta o cuarenta personas lo máximo, y quiere que ustedes vengan. El señor Valoni le manifestó en una ocasión su interés por conocer a estos científicos y ahora se da la ocasión.

–¿Yo también estoy invitada?

–Desde luego, doctora, así me lo ha dicho Su Eminencia.

–Bien, dígame dónde y a qué hora.

–Pasado mañana, en la residencia de Su Eminencia, a las siete de la tarde. Además de los miembros del comité, vendrán algunos empresarios que colaboran con nosotros en el sustento de la catedral, el alcalde, representantes del gobierno regional, y puede que acuda monseñor Aubry, ayudante del sustituto de la Secretaría de Estado, y Su Eminencia el cardenal Visier.

–De acuerdo, muchas gracias por la invitación.

–Les esperamos.

Marco estaba de malhumor. Había pasado buena parte del día en las galerías subterráneas de Turín. Algunos tramos databan del siglo XVI, otros del XVIII, e incluso Mussolini había mandado aprovechar los túneles y ampliarlos en algunos de sus recorridos. Recorrer las galerías subterráneas era una labor ardua. Había otro Turín en el subsuelo, o mejor dichos, varios Turín. El viejo territorio de los turinenses colonizado por Roma, asediados por Aníbal, invadidos por los lombardos, hasta llegar a formar parte de la Casa de Saboya. Era una ciudad donde la historia y la fantasía se cruzaban a cada paso.

Las catas arqueológicas demostraban que algunas de las galerías eran anteriores al siglo XVI, de los primeros siglos de nuestra era.

El comandante Colombaria se había mostrado paciente y amable, pero también inflexible cuando Marco le instaba a tomar por alguna galería en mal estado, o proponía tirar alguna pared para ver si detrás había algún túnel que condujera a alguna parte.

—Me han ordenado que le guíe por las galerías, y no expondré inútilmente ni su vida ni las nuestras metiéndonos por túneles que no están apuntalados y se podrían derrumbar. Y no estoy autorizado a abrir huecos en los muros. Lo siento.

Pero el que lo sentía era Marco, que al final de la tarde tenía la sensación de haber viajado en balde por el subsuelo de Turín.

—Vamos, no te enfades, el comandante Colombaria tiene razón, él sólo ha cumplido con su deber, habría sido una locura que os hubieseis puesto a dar martillazos.

Giuseppe intentaba calmar a su jefe con poco éxito. Tampoco Sofia tenía mejor suerte.

—Marco, lo que tú pretendes sólo es posible si el Ministerio de Cultura, de acuerdo con el Consejo Artístico de Turín, ponen a tu disposición un equipo de arqueólogos y técnicos para excavar más túneles. Pero así, por las buenas, no puedes pretender que te dejen excavar por donde creas conveniente. No es lógico.

–Si no probamos a ir por las galerías cerradas no sabremos si lo que estoy buscando existe o no.

–Pues habla con el ministro y...

–El ministro un día de éstos me va a mandar a la mierda. Está un poco harto del caso de la Síndone.

Sofia y Giuseppe se miraron preocupados por la revelación de Marco, pero no dijeron nada.

–Bueno, te daré novedades. El cardenal nos invita pasado mañana a una recepción.

–¿A una recepción?¿A nosotros?

–Sí. Me ha llamado el padre Yves. El comité científico que se encarga de mantener en buen estado la Sábana Santa está en Turín y el cardenal les suele agasajar con una recepción a la que invita a los ilustres de la ciudad. Al parecer una vez le manifestaste interés por conocer a estos científicos y por eso nos ha invitado.

–No tengo ganas de fiestas, preferiría hablar con ellos de otra manera, no sé, en la catedral, mientras examinan la Síndone... Pero, en fin, iremos. Mandaré planchar el traje. Y tú, Giuseppe ¿qué novedades tienes?

–El jefe de aquí no tiene hombres para el dispositivo que necesitamos. Tendremos que pedir refuerzos a Roma. Ya he hablado con Europol como me dijiste por si el mudo intenta fugarse. Podrán colaborar con nosotros sobre el terreno tres hombres. Así que tendrás que hablar con Roma para que nos manden refuerzos.

–No me gustaría que nos mandaran policías de Roma. Prefiero echar mano de nuestro equipo. ¿Qué gente podría venir?

–El departamento está saturado de trabajo. No hay nadie con los brazos cruzados –afirmó Giuseppe–, a no ser que alguno deje lo que está haciendo, si es que puede, y lo traslades aquí cuando llegue el momento.

–Sí, lo prefiero. Me siento más cómodo con nuestra gente. Nos conformaremos con el apoyo que nos puedan dar aquí los *carabinieri*. Aunque eso supondrá que todos tendremos que hacer de policías.

–Creía que es lo que somos –dijo con sarcasmo Giuseppe.

–Bueno, tú y yo sí. Sofia no lo es, Antonino tampoco, ni Minerva.

–¿No se te ocurrirá ponerles a seguir al mudo?

–Haremos todos de todo, ¿está claro?

–Clarísimo jefe, clarísimo. Bien, si no te importa me voy a cenar con un amigo de los *carabinieri*, un buen tipo dispuesto a colaborar con nosotros al que he invitado a cenar. Vendrá dentro de media hora. Me gustaría que os tomarais una copa con nosotros antes de irnos.

–Por mí, de acuerdo –dijo Sofia.

–Está bien –respondió Marco–, me doy una ducha y bajo. ¿Tú qué harás, doctora?

–Nada, si quieres cenamos juntos por aquí.

–Te invito, a ver si se me pasa el malhumor.

–No, te invito yo.

–Vale.

Sofia se había comprado un traje de chaqueta negro de seda. No se había llevado nada adecuado para ir a una recepción, así que buscó en los alrededores de la calle Roma una tienda de Armani, y además del traje compró una corbata para Marco.

Le gustaba Armani por su sencillez, por ese toque informal que tenían sus trajes.

–Serás la más guapa –aseguró Giuseppe.

–Desde luego –corroboró Marco.

–Voy a montar un club de fans con los dos –dijo Sofia riendo.

El padre Yves les recibió en la puerta. No iba vestido de sacerdote, ni siquiera llevaba alzacuellos, sino un traje de un azul casi negro y una corbata de Armani exactamente igual que la que Sofia había regalado a Marco.

–Doctora... señor Valoni... Pasen, Su Eminencia estará encantado de verles.

Marco miró de reojo la corbata del padre Yves, y éste esbozó una sonrisa.

–Tiene usted buen gusto para las corbatas, señor Valoni.

–En realidad el buen gusto lo tiene la doctora, que es quien me la ha regalado.

–¡Ya decía yo! –exclamó riéndose el padre Yves.

Se acercaron al cardenal y éste les presentó a monseñor Aubry, un francés alto y enjuto, elegante y de gesto bondadoso. Tenía alrededor de cincuenta años y parecía lo que era: un experto diplomático. Se mostró inmediatamente interesado por el curso de las investigaciones sobre la Síndone.

Llevaban varios minutos hablando con él cuando percibieron que todas las miradas se concentraban en la entrada.

Su Eminencia el cardenal Visier y Umberto D'Alaqua acababan de llegar. El cardenal de Turín y monseñor Aubry se disculparon ante Sofia y Marco y acudieron a saludarles.

Sofia sintió que se le aceleraba el pulso. No imaginaba que iba a volver a ver a D'Alaqua, y mucho menos allí. ¿La ignoraría con su fría cortesía?

–Doctora, te has puesto colorada.

–¿Yo? Bueno, me he llevado una sorpresa.

–Había muchas posibilidades de que estuviera D'Alaqua.

–No lo había pensado.

–Es uno de los benefactores de la Iglesia, un hombre de confianza. Parte de las finanzas del Vaticano pasan discretamente por sus manos. Y te recuerdo que según el informe de Minerva es él quien paga a este comité científico.

–Sí, tienes razón, pero no pensaba que le veríamos.

–Tranquila, estás guapísima, si a D'Alaqua le gustan las mujeres es imposible que no se rinda ante ti.

–Ya sabes que no se le conoce ninguna mujer a lo largo de su vida. Es extraño.

–Bueno, es que esperaba a conocerte a ti.

No siguieron hablando porque el padre Yves se acercó a ellos acompañado del alcalde y de dos caballeros entrados en años.

–Quiero presentarles a la doctora Galloni y al doctor Valoni, director del Departamento del Arte. El alcalde, el doctor Bolard y el doctor Castiglia...

Iniciaron una animada charla sobre la Síndone en la que Sofia participaba a duras penas.

Se sobresaltó cuando Umberto D'Alaqua se plantó delante de ella acompañando al cardenal Visier.

Después de los saludos de rigor, D'Alaqua la cogió del brazo y la separó del grupo ante el asombro de todos.

–¿Qué tal marchan sus investigaciones?

–No puedo decir que hayamos avanzado mucho. Es cuestión de tiempo.

–No esperaba verla hoy aquí.

–El cardenal nos ha invitado; sabía que deseábamos conocer a los miembros del comité científico, y espero que podamos reunirnos con ellos antes de que se vayan.

–Así que han venido a Turín para asistir a esta recepción...

–No, no exactamente.

–En cualquier caso me alegro de verla. ¿Cuánto tiempo se va a quedar?

–Pues unos días, cuatro, cinco, puede que más.

–¡Sofia!

La voz chillona de un hombre interrumpió el momento de intimidad con D'Alaqua. Sofia esbozó una sonrisa al comprobar que quien la llamaba era un viejo profesor de la universidad. Su profesor de arte medieval, un ilustre catedrático con numerosos libros publicados, una estrella del universo académico europeo.

–¡Mi mejor alumna! ¡Qué alegría verla! ¿Qué ha sido de usted?

–¡Profesor Bonomi! Me alegro de verlo.

–Umberto, no sabía que conocías a Sofia. Aunque no me extraña, es una de las mejores especialistas en arte que tenemos en Italia. Lástima que no quisiera dedicarse al mundo académico. Le ofrecí que fuera mi ayudante, pero fueron inútiles mis ruegos.

–¡Por Dios, profesor!

–Sí, sí, nunca tuve un alumno tan inteligente y capaz como usted, Sofia.

–Sí –intervino D'Alaqua–, sé que la doctora Galloni es muy competente.

–Competente y brillante, Umberto, y con una mente especulativa. Perdone mi indiscreción, pero ¿qué hace usted aquí, Sofia?

Sofia se sintió incómoda. No tenía ganas de darle explicaciones a su viejo profesor, aunque sabía que no tenía más remedio.

–Trabajo para el Departamento del Arte y estoy en Turín de paso.

–¡Ah! El Departamento del Arte. No imaginaba que pudiera usted trabajar como investigadora.

–Mi trabajo es más científico, no me dedico a la investigación propiamente dicha.

–Venga, Sofia, le presentaré a algunos colegas, le gustará conocerlos.

D'Alaqua la sujetó del brazo impidiendo que el profesor Bonomi se la llevara.

–Perdona, Guido, pero estaba a punto de presentarle a Sofia a Su Eminencia.

–Siendo así... Umberto, ¿vendrás mañana al concierto de Pavarotti y a la cena que doy en honor del cardenal Visier?

–Sí, naturalmente.

–¿Por qué no traes a Sofia? Me gustaría que viniera, mi querida niña, si es que no tiene ningún compromiso.

–Bueno, yo...

–Estaré encantado de acompañar a la doctora si efectivamente no tiene ningún otro compromiso. Ahora si nos disculpas, el cardenal nos espera... Luego nos vemos.

D'Alaqua se acercó con Sofia al grupo donde se encontraba el cardenal Visier. Éste la miró con curiosidad, como si la estuviera evaluando; se mostró amable pero frío como un témpano. Parecía tener una estrecha relación con D'Alaqua, ambos se trataban con familiaridad, como si un hilo sutil les uniera.

Durante un buen rato hablaron de arte, luego de política, y por último de la Síndone.

Marco observaba cómo Sofia se había integrado de manera natural en el selecto grupo. Hasta el estirado cardenal sonreía ante sus comentarios y mostraba interés por las opiniones de Sofia.

Pensó que Sofia, además de inteligente, era muy guapa y nadie puede permanecer insensible ante la belleza, ni siquiera ese sofisticado cardenal.

Pasaba de las nueve cuando los invitados comenzaron a despedirse. D'Alaqua se iba acompañado de Aubry y los dos cardenales, además del doctor Bolard y otros dos científicos.

Antes de marcharse buscó a Sofia, que en ese momento estaba con Marco y su viejo profesor Guido Bonomi.

–Buenas noches, doctora, Guido, señor Valoni...

–¿Dónde cenas Umberto? –preguntó Guido Bonomi.

–En casa de Su Eminencia el cardenal de Turín.

–Bueno, espero verte mañana acompañado de la doctora.

Sofia sintió que enrojecía.

–Desde luego. Me pondré en contacto con usted, doctora Galloni. Hasta mañana.

Sofia y Marco se despidieron del cardenal y del padre Yves.

–¿Lo han pasado bien? –preguntó el cardenal.

–Sí, muchas gracias, Eminencia –respondió Marco.

–¿Han concertado alguna cita con nuestro comité científico? –inquirió el padre Yves.

–Sí, mañana nos recibirá el doctor Bolard –contestó Marco.

–Yves, ¿por qué no invita al señor Valoni y la doctora a cenar?

–Encantado. Si me esperan un segundo, voy a reservar en la Vecchia Lanterna. ¿Les parece bien?

–No se moleste padre...

–No me molesta en absoluto, señor Valoni, a no ser que no quiera cenar conmigo por lo de la corbata...

Pasadas las doce el padre Yves los dejó en la puerta del hotel. La velada había sido agradable. Rieron, hablaron de todo un poco, y cenaron espléndidamente, como era de esperar, ya que la Vecchia Lanterna era uno de los restaurantes más sofisticados y caros de Turín.

—¡Me agota la vida social! —exclamó Marco camino del bar para charlar con Sofia sobre los pormenores de la velada.

—Pero lo hemos pasado bien.

—Tú eres una princesa y estabas en tu ambiente; yo soy un policía y estaba trabajando.

—Marco, tú eres algo más que un policía. Te recuerdo que eres licenciado en historia y que nos has enseñado a todos nosotros más de arte que lo que aprendimos en la universidad.

—No exageres. Por cierto, el viejo Bonomi te adora.

—Era un gran profesor, además de ser una *prima donna* del mundo del arte; siempre fue amable conmigo.

—Yo creo que estaba secretamente enamorado de ti.

—¡Qué cosas dices! Has de saber que yo era una estudiante aplicada que sacaba sobresalientes en casi todas las asignaturas. En fin, que fui una empollona.

—Bueno, ¿qué me cuentas de D'Alaqua?

—¡Uf! No sé qué decirte. El padre Yves se parece un poco a él: los dos son inteligentes, correctos, amables, guapos, e inaccesibles.

—No me parece que D'Alaqua sea inaccesible para ti; además, no es sacerdote.

—No, no lo es, pero hay algo en él que le hace parecer como si no fuera de este mundo, como si planeara sobre todos nosotros... No sé, es una sensación muy rara, no te lo sé explicar.

—Se le veía encantado contigo.

—Pero no más que con los demás. Me gustaría decir lo contrario, que ese hombre se interesa por mí, pero no es verdad, Marco, no me voy a engañar. Soy mayorcita y sé cuándo le gusto a un hombre.

—¿Qué te ha dicho?

—El poco rato que hemos estado solos me ha preguntado por la investigación. He eludido decirle qué estábamos haciendo aquí, salvo que querías conocer al comité científico de la Síndone.

—¿Qué te ha parecido Bolard?

—Es curioso, pero también es el mismo tipo de hombre que D'Alaqua y que el padre Yves. Ahora sabemos que se conocen, bueno, en realidad era de prever que así fuera.

—¿Sabes? A mí también me parecen hombres singulares, no sé muy bien por qué ni en qué, pero lo son. Hay en ellos algo imponente, quizá sea su prestancia física, su elegancia, la seguridad que denotan. Están acostumbrados a mandar y a que les obedezcan. Nuestro parlanchín doctor Bonomi me ha contado que a Bolard sólo le interesa la ciencia y que por eso permanece fiel a su soltería.

—Me sorprende la devoción que siente por la Síndone sabiendo como sabe que el carbono 14 la ha fechado en la Edad Media.

—Sí, a mí también. Veremos qué da de sí la cita que tengo con él mañana. Quiero que vengas. ¡Ah!, explícame lo de la cena en casa de Bonomi.

—Le ha insistido a D'Alaqua para que me lleve a la ópera y después a su casa, a la cena que ofrece en honor del cardenal Visier. D'Alaqua no ha tenido más remedio que decir que me acompañaría. Pero no sé si debo ir.

—Sí, sí debes ir, y pegar la oreja. Vas en misión de servicio; todos esos hombres tan respetables y poderosos tienen cadáveres en los armarios y a lo mejor alguno de ellos sabe algo en relación con los sucesos de la catedral.

—¡Marco, por favor! Es absurdo pensar que esos hombres tienen ninguna relación con los incendios, con los mudos...

—No, no es absurdo. Ahora te habla el policía. No me fío de los grandes; para llegar han tenido que pisar mucha mierda y muchas cabezas. Te recuerdo, además, que cada vez que desmantelamos alguna organización de ladrones de obras de arte nos encontramos con que el destinatario del robo es algún excéntrico millonario que sueña con tener en su galería privada lo que es patrimonio de la Humanidad porque está en algún museo.

»Tú eres una princesa buena, de cuento, pero ellos son tiburones que destrozan todo lo que encuentran a su paso. No lo olvides mañana cuando vayas a la ópera y a la cena de Bonomi. Sus modales exquisitos, sus conversaciones cultas, el lujo del que se rodean es fachada, nada más que fachada. Me fío menos de ellos que de los rateros del Trastevere, hazme caso.

–Tendré que comprarme otro traje...

–Cuando volvamos propondré que te den una gratificación por todos los gastos que te está ocasionando esta investigación. Pero, princesa, procura no ir a Armani o te terminarás de gastar el sueldo de este mes.

–Lo procuraré, pero no te lo prometo.

27

La novia recibía emocionada la felicitación de sus innumerables parientes. El salón, lleno a rebosar, era la tapadera perfecta, pensó Addaio.

La boda de la sobrina de Bakkalbasi le había permitido reunirse con la mayoría de los miembros de la Comunidad en Berlín.

Había viajado con Bakkalbasi, uno de los ocho obispos secretos de la Comunidad, oficialmente un comerciante próspero de Urfa.

Con los siete jefes de la Comunidad en Alemania y los siete de Italia, se dirigió a un rincón discreto del salón, donde encendieron largos cigarros. Uno de los sobrinos de Bakkalbasi se quedó vigilante cerca de ellos para que nadie se acercara a importunarles.

Con paciencia escuchó los informes de los hombres, los pormenores de la existencia de la Comunidad en aquellas tierras bárbaras.

–El mes próximo Mendibj estará en libertad. El director de la prisión ha hablado en varias ocasiones por teléfono con el director del Departamento de Arte. El otro día una trabajadora social se quejaba al director; le dijo que le parecía indigno hacer teatro delante de un preso; dijo también que hacía tiempo que ella había aconsejado que Mendibj fuera a un centro especial, que estaba convencida de que no les entendía, y que montar la escena que recomendaba su libertad para ver si él daba muestra de comprenderlos le parecía un hecho reprobable. Le dejó claro que nunca más haría una cosa así.

–¿Quién es tu contacto dentro de la cárcel? –preguntó Addaio al hombre que acababa de hablar.

–Mi cuñada. Es limpiadora. Lleva muchos años limpiando los despachos administrativos y algunas zonas de la prisión. Dice que se han acostumbrado a su presencia y que no le prestan atención, que cuando llega el director por la mañana y ella está limpiando siempre le hace ademán para que continúe aunque él se enfrasque en alguna conversación telefónica o hable con algún funcionario. Confían en ella. Además, ya es mayor, de manera que nadie sospecha de una mujer con canas que va con un cubo y una bayeta.

–¿Podremos saber el día exacto que lo dejarán en libertad?

–Sí, sí podemos –respondió el hombre.

–¿Cómo? –inquirió Addaio.

–Porque las órdenes de libertad le llegan al director por fax y cuando llega por la mañana las recoge. Mi cuñada llega antes que él, y ya sabe que tiene que mirar los envíos de fax por si estuviera la orden de libertad provisional de Mendibj y llamarme inmediatamente. Le he comprado un móvil sólo para que haga esa llamada.

–¿A quién más tenemos en la cárcel?

–A dos hermanos condenados por asesinato. Uno de ellos trabajó como chófer de un jefazo del gobierno regional de Turín, el otro tenía una tienda de verduras. Una noche, en una discoteca, discutieron con unos tipos que se metieron con sus novias. Ellos fueron más rápidos y uno de los tipos murió de una cuchillada. Son buena gente, y leales.

–¡Dios les perdone! ¿Pertenecen a nuestra Comunidad?

–No, no, pero uno de sus parientes sí. Ha hablado con ellos y les ha preguntado si podrían... bueno, si podrían...

El hombre se sentía incómodo ante la mirada fija de Addaio.

–¿Qué han dicho?

–Depende del dinero. Si entregamos a sus familias un millón de euros lo harán.

–¿Cómo recibirán la señal?

–Un familiar los visitará y les dirá si les hemos entregado el dinero, y cuándo deben... En fin..., lo que tú has mandado.

–Mañana tendrás el dinero. Pero preparémonos por si al final Mendibj sale vivo de la prisión.

Un hombre joven con un poblado bigote, de ademanes elegantes, tomó la palabra.

–Pastor, si fuera así, intentaría conectar con nosotros por los cauces habituales.

–Explícamelos.

–Acudiría al parque Carrara a las nueve de la mañana y pasearía por el lado del parque que da al corso Appio Claudio. Por allí todos los días a esa hora pasa con sus hijas camino del colegio mi primo Arslan. Hace años que los miembros de la Comunidad en apuros acuden a ese lugar si están seguros de que no les sigue nadie, y cuando ven pasar a Arslan tiran un papel al suelo explicando dónde se pueden encontrar horas más tarde. Cuando los equipos que envías llegan a Turín les damos la misma instrucción.

»Arslan se pone en contacto conmigo, me dice dónde es la cita y organizamos un dispositivo para saber si alguien sigue a nuestros hombres; si es así, no nos acercamos a él, pero procuramos seguirle y ponernos en contacto si podemos.

»Si no es posible el contacto, el hermano sabe que algo pasa e intenta otra cita. Esta vez tiene que ir a una frutería en la via della Academia Alabertina y comprar manzanas; cuando pague entregará un papel con el lugar de la siguiente cita. El frutero es miembro de nuestra Comunidad y se pondrá en contacto con nosotros.

»La tercera cita...

–Espero que no haga falta una tercera. Si sale vivo de la cárcel no debe sobrevivir a la primera cita. ¿Está claro? Corremos un gran peligro. A Mendibj le seguirán los *carabinieri*, gente experta. Hay que buscar un equipo capaz de hacer lo que tiene que hacer y desparecer sin que los cojan. No será fácil, pero no podemos darle la oportunidad de que se ponga en contacto con ninguno de nosotros, ¿lo habéis entendido?

Los hombres asintieron preocupados. Uno de ellos, el más anciano, tomó la palabra.

—Soy tío del padre del Mendibj.

—Lo siento.

—Sé que lo haces para salvarnos, pero ¿no hay ninguna posibilidad de que le saquemos de Turín?

—¿Cómo? Montarán un dispositivo para seguirlo a donde quiera que vaya, fotografiarán y grabarán a todos aquellos a los que se acerque y luego los investigarán. Podemos caer como una baraja de naipes. Siento el mismo dolor que tú, pero no puedo permitir que lleguen hasta nosotros. Hemos resistido dos mil años, muchos de nuestros antepasados han dado sus vidas, sus lenguas, sus haciendas, sus familias. No podemos traicionarlos ni traicionarnos. Lo siento.

—Lo comprendo. ¿Me permitirás hacerlo a mí si sale vivo de prisión?

—¿A ti? Eres un honorable anciano de nuestra Comunidad, ¿cómo podrías siendo su tío?

—Estoy solo. Mi esposa y mis dos hijas murieron hace tres años en un accidente de coche. No tengo a nadie aquí. Pensaba regresar a Urfa a pasar mis últimos días junto a lo que me queda de familia. Voy a cumplir ochenta años, ya he vivido todo lo que Dios ha querido que viviera, y me perdonará si soy yo el que quita la vida a Mendibj y luego me la quito yo. Es lo más sensato.

—¿Te quitarás la vida?

—Sí, pastor, lo haré. Cundo Mendibj acuda al parque Carrara estaré esperándolo. Me acercaré a él, no sospechará, soy un pariente, lo abrazaré, y en ese abrazo mi puñal le arrancará la vida. Luego me clavaré el mismo cuchillo en el corazón.

Se quedaron en silencio, impresionados.

—No sé si es buena idea —respondió Addaio—. Te harán la autopsia, descubrirán quién eres.

—No, no podrán hacerlo. Me arrancaréis todos los dientes y me quemaréis las huellas dactilares. Seré un hombre sin identidad para la policía.

–¿Serás capaz de hacerlo?

–Estoy cansado de vivir. Déjame que éste sea mi último servicio, el más doloroso, para que sobreviva la Comunidad. ¿Dios me perdonará?

–Dios sabe por qué hacemos esto.

–Entonces, si Mendibj sale de la cárcel, mándame llamar y prepárame para morir.

–Lo haremos, pero si nos traicionas, el resto de tu familia en Urfa sufrirá.

–No ofendas mi dignidad ni mi nombre con amenazas. No te olvides de quién soy, de quiénes eran mis antepasados.

Addaio bajó la cabeza en señal de asentimiento, luego preguntó por Turgut.

Le respondió otro de los hombres, bajo, fornido, con aspecto de estibador, aunque su profesión era la de cuidador del Museo Egipcio.

–Francesco Turgut está asustado. Los del Departamento del Arte le.han interrogado en varias ocasiones, y cree que un tal padre Yves, el secretario del cardenal, lo mira con suspicacia.

–¿Qué sabemos de ese cura?

–Es francés, tiene influencias en el Vaticano y en breve será ordenado obispo auxiliar de Turín.

–¿Puede ser uno de *Ellos*?

–Sí, puede serlo. Tiene todas las características. No es un cura normal. Pertenece a una familia de aristócratas, habla varios idiomas, tiene una excelente formación académica, es deportista... y célibe, totalmente célibe. Ya sabes que *Ellos* nunca quiebran esa regla. Es un protegido del cardenal Visier y de monseñor Aubry.

–Que estamos seguros de que son de *Ellos*.

–Sí, no hay duda. Han sido inteligentes infiltrándose en el Vaticano y logrando colocarse en los puestos más altos de la Curia. No me extrañaría que algún día uno de ellos terminara siendo elegido Papa. Eso sí que sería una burla del destino.

–Turgut tiene un sobrino en Urfa, Ismet, un buen chico, le diré que vaya a vivir con su tío.

–El cardenal es bondadoso; supongo que permitirá a Francesco que acoja a su sobrino.

–Ismet es listo, su padre me ha pedido que me haga cargo de él. Le encomendaré la misión de vivir con Turgut e ir preparándose para relevarlo cuando llegue el momento. Para eso es preciso que se case con alguna italiana, de esa manera podrá quedarse como portero sustituyendo a su tío. Además, vigilará a ese padre Yves y descubrirá si es de *Ellos*.

–Lo es, no me cabe duda de que lo es.

–Ismet nos lo confirmará. ¿Nuestro túnel continúa siendo inexpugnable?

–Lo es. Hace dos días el director del Departamento del Arte visitó las galerías subterráneas acompañado de unos soldados. Cuando salió, la cara de frustración hablaba por sí sola. No, no han descubierto el túnel.

Los hombres continuaron hablando y tomando raki hasta bien entrada la noche, cuando los novios se despidieron de sus familiares. Addaio, abstemio, no había probado la bebida. Acompañado de Bakkalbasi y tres hombres abandonó el local y se dirigió a una casa segura que pertenecía a uno de los miembros de la Comunidad.

Al día siguiente tenía previsto viajar a Turín. Eso es lo que les había dicho, pero a lo mejor regresaba a Urfa. Todos sabían lo que tenían que hacer, les había dado instrucciones precisas. Mendibj debía morir para salvar a la Comunidad.

Pasó el resto de la noche rezando, buscando a Dios en las oraciones repetidas, pero sabía que Dios no le escuchaba, nunca le había sentido cerca, ni le había dado una señal, y él, pobre de él, desgarrando su vida y la de tantos otros en Su Nombre. ¿Y si Dios no existiera? ¿Y si todo fuera una mentira? A veces se había dejado tentar por el demonio y había llegado a pensar que su Comunidad se sustentaba sobre un mito, sobre una leyenda, que nada de lo que les habían contado de niños era verdad.

Pero no tenía vuelta atrás. Su vida había estado predeterminada, y su único objetivo era arrebatarles la mortaja de Jesús. Sabía que *Ellos* volverían a intentar impedírselo, llevaban siglos haciéndolo, desde que robaron el lino sagrado, pero algún día lo recuperarían, y lo lograría él, Addaio.

28

Sofia no pudo ocultar su sorpresa cuando entró en el palco de D'Alaqua. Había enviado un coche a recogerla al hotel para llevarla a la ópera y allí, en la puerta, la estaba esperando para acompañarla al palco de Umberto D'Alaqua el ayudante del gerente del teatro.

En el palco se encontraban el cardenal Visier, el doctor Bolard, otros tres hombres que reconoció inmediatamente, un miembro de la familia Agnelli con su esposa, dos banqueros y el alcalde Torriani acompañado por su mujer.

D'Alaqua se levantó y la recibió con afecto y un apretón de manos. El cardenal Visier la saludó con una ligera sonrisa.

D'Alaqua sentó a Sofia junto al alcalde y su esposa y el doctor Bolard. Él estaba sentado junto al cardenal.

Sintió que los hombres la miraban de reojo, todos menos el cardenal, Bolard y D'Alaqua, y ella sabía que estaba especialmente atractiva esa noche porque se había esmerado arreglándose.

Por la tarde había ido a la peluquería y había vuelto a Armani, esta vez para comprar un elegante conjunto de casaca y pantalón color rojo, un color poco utilizado por el diseñador. Estaba llamativa, espectacular, le habían asegurado Marco y Giuseppe.

La casaca tenía un escote sugerente y el alcalde no podía evitar desviar la mirada del señalado lugar.

Marco se sorprendió de que D'Alaqua no acudiera personalmente a buscarla y hubiera mandado un coche. Sofia entendió lo que quería decirle D'Alaqua con ese gesto: que no tenía ningún interés personal en ella, que sería una invitada más.

Ese hombre colocaba pesadas barreras entre ambos, y aunque lo hacía con sutileza no le dejaba margen para la duda.

En el entreacto salieron al salón privado de D'Alaqua, y allí les sirvieron champán y unos canapés, que Sofia no probó para no estropearse el maquillaje ni el carmín de labios.

—¿Le gusta la ópera, doctora?

El cardenal Visier la escudriñaba al tiempo que le hacía la pregunta.

—Sí, Eminencia. Pavarotti ha estado espléndido está noche.

—En efecto, aunque *La Bohème* no es su mejor ópera.

Guido Bonomi entró en el salón y saludó efusivamente a los invitados de D'Alaqua.

—¡Sofia, está bellísima! Siempre me sorprende su belleza aunque la haya visto el día anterior. Me pasaba cuando era mi alumna en la universidad y me pasa ahora. Tengo una lista de amigos impacientes por conocerla, y unas cuantas esposas celosas porque los prismáticos de sus maridos han estado dirigidos más tiempo hacia usted que hacia Pavarotti. Usted es una de esas mujeres que ponen nerviosas a las demás.

Sofia se sonrojó. Los halagos de Bonomi le parecieron fuera de lugar. La trataba con frivolidad y eso le molestaba. Lo miró furiosa, seria, y Bonomi entendió el mensaje de los ojos verdes de Sofia.

—Bien, les espero para la cena. Eminencia, doctora, alcalde...

D'Alaqua había observado la incomodidad de Sofia y se acercó a ella.

—Guido es así, siempre lo ha sido. Un hombre excelente, una eminencia como medievalista, con una personalidad digamos que demasiado exuberante. No se enfade.

—No estoy enfadada con él, sino conmigo. Me pregunto qué hago aquí, éste no es mi sitio. Si no le importa, cuando termine la función regresaré al hotel.

—No, no se marche. Quédese, y perdone a su viejo profesor que no acierta a manifestarle de otra manera su admiración.

–Lo siento, pero prefiero marcharme. En realidad no tiene sentido que vaya a una cena a la casa de Bonomi; fui su alumna, nada más. Tampoco debí dejarme arrastrar por la invitación de Bonomi para venir a la ópera, ocupar un lugar en su palco, entre sus invitados, sus amigos, en definitiva imponerle mi presencia. Estoy fuera de lugar, siento las molestias que le haya podido causar.

–Usted no me ha causado ninguna molestia, se lo aseguro.

El timbre anunciaba el comienzo de la segunda parte y ambos entraron en el palco.

Sofia notó que D'Alaqua la observaba discretamente. Tenía ganas de salir corriendo, pero no iba a hacerlo, no quería hacer el ridículo ni comportarse como una chiquilla. Aguantaría hasta el final, se despediría, y nunca más se cruzaría en el camino de D'Alaqua. Ese hombre no tenía nada que ver con la Síndone, y por mucho que Marco desconfiara de esta gente poderosa, no les creía detrás de los incendios o del intento de robo de la catedral, era ridículo, y así se lo diría a su jefe.

Cuando terminó la función el teatro en pie aplaudió a Pavarotti. Sofia aprovechó para despedirse del alcalde, de su mujer, de la pareja Agnelli y de los banqueros. Por último se acercó al cardenal Visier.

–Buenas noches, Eminencia.

–¿Se marcha?

–Sí.

Visier, sorprendido, buscó con la mirada a D'Alaqua. Éste charlaba animadamente con Bolard sobre el registro de voz de la soprano y la perfección de las arias interpretadas por Pavarotti.

–Doctora, me gustaría que nos acompañara a la cena –le aseguró el cardenal a Sofia.

–Eminencia, usted puede comprender mejor que nadie mi malestar. Prefiero marcharme. No quiero ocasionar ninguna molestia.

–Bien, si no la puedo convencer... espero volver a verla. Su valoración sobre los métodos arqueológicos modernos me resultó muy novedosa. Yo estudié arqueología antes de dedicarme enteramente a la Iglesia.

D'Alaqua les interrumpió.

—Los coches nos esperan...

—La doctora no nos acompaña —afirmó Visier.

—Lo siento, me gustaría que viniera con nosotros, pero si prefiere marcharse la llevarán a su hotel en el mismo coche que la trajo.

—Gracias, pero prefiero ir dando un paseo, el hotel no está muy lejos de aquí.

—Perdóneme doctora —la interrumpió el cardenal—, pero me parece una temeridad que vaya usted sola. Turín es una ciudad complicada, me quedaría más tranquilo si aceptara que la lleven.

Sofia decidió aceptar para que no la juzgaran terca ni irascible si continuaba empeñándose en marcharse sola.

—De acuerdo, se lo agradezco.

—No me lo agradezca, usted es una persona sólida, con muchos valores, no permita que la quiebren. Aunque imagino que su belleza habrá sido para usted un inconveniente más que una ventaja, precisamente porque nunca la ha utilizado en su provecho.

Las palabras del cardenal reconfortaron a Sofia. D'Alaqua la acompañó hasta el coche.

—Doctora, me alegro de que haya venido.

—Gracias.

—¿Se quedará unos días en Turín?

—Sí, es posible que los próximos quince días esté en Turín.

—La llamaré, y si tiene tiempo me gustaría que almorzáramos juntos.

Sofia no supo qué responder y esbozó un leve «sí» mientras D'Alaqua cerraba la puerta del coche y daba instrucciones al chófer para que la llevara al hotel.

Lo que no sabía Sofia es que Guido Bonomi iba a ser duramente reprendido por el cardenal Visier.

—Profesor Bonomi, usted ha faltado el respeto a la doctora Galloni y nos lo ha faltado a todos los que estábamos con ella. Su contribución a la Iglesia es innegable y todos le estamos agradecidos por cuanto hace como el principal experto en arte sacro medieval, pero eso no le da derecho a comportarse como un patán.

D'Alaqua asistió atónito a la regañina del cardenal.

—Paul, no imaginaba que la doctora te había impresionado tanto.

—Me ha parecido indignante la actitud de Bonomi, se ha comportado como un viejo zafio, y ha ofendido sin motivo a la doctora. A veces me pregunto cómo el talento artístico de Bonomi no le acompaña en otros órdenes de la vida. Galloni me parece una persona íntegra, inteligente, culta, una mujer de la que yo me habría enamorado si no fuera cardenal, si no fuera... si no fuera lo que somos.

—Me sorprende tu sinceridad.

—Vamos, Umberto, sabes como yo que el celibato es una opción dura, tan dura como necesaria. Yo la he cumplido, sabe Dios que he cumplido con la norma, pero eso no significa que si veo una mujer inteligente y hermosa no lo sepa apreciar. Sería un hipócrita si dijera lo contrario. Tenemos ojos, vemos, y lo mismo que nos admira una estatua de Bernini, nos conmueven los mármoles de Fidias o nos estremece la dureza de la piedra de una tumba etrusca, sabemos reconocer el valor de las personas. No ofendamos a nuestra inteligencia haciendo como que no vemos la belleza y la valía de la doctora Galloni. Supongo que harás algo para desagraviarla.

—Sí, la llamaré para invitarla a almorzar. No puedo hacer más.

—Lo sé. No podemos hacer más.

—Sofia...

Ana Jiménez entraba en el hotel cuando Sofia bajaba del coche.

–¡Caramba! Qué guapa está. ¿Viene de una fiesta?

–Vengo de una pesadilla, y a usted, ¿qué tal le va?

–Más o menos, esto es más difícil de lo que pensaba, pero no me rindo.

–Hace bien.

–¿Ha cenado?

–No, pero voy a llamar a Marco a su habitación; si no ha cenado le diré que baje al restaurante del hotel.

–¿Le importa si me uno a ustedes?

–A mí no, a mi jefe no lo sé, espere un minuto y se lo digo.

Sofia regresó de la recepción con un mensaje en la mano.

–Se ha ido con Giuseppe a cenar a casa del comandante de los *carabinieri* de Turín.

–Pues cenemos solas, la invito.

–No, la invito yo.

Pidieron la cena con una botella de Barolo y se examinaron la una a la otra de reojo.

–Sofia, hay un episodio confuso en la historia de la Síndone.

–¿Uno solo? Yo diría que todos lo son. Su aparición en Edesa, su desaparición en Constantinopla...

–He leído que en Edesa había una comunidad cristiana muy arraigada y con influencia, tanto que el emir de Edesa se tuvo que enfrentar a las tropas de Bizancio porque no querían entregar la Sábana.

–Sí, así es. En el año 944 los bizantinos se hicieron con el Mandylion luchando contra los musulmanes, en ese entonces señores de Edesa. El emperador de Bizancio, Romano Lecapeno, quería el Mandylion, así lo llamaban los griegos, porque creía que gracias a él contaría con la protección de Dios, que le haría invencible y le protegería. Envió un ejército al mando de su mejor general y propuso un pacto al emir de Edesa: si le entregaba la Sábana, el ejército se retiraría sin causar daños, pagaría con generosidad por el Mandylion y además dejaría en libertad a doscientos cautivos musulmanes.

»Pero la comunidad cristiana de Edesa se negó a entregar el Mandylion al emir y éste, aunque musulmán, temeroso de que aquel lino fuera mágico, decidió luchar. Ganaron los bizantinos y el Mandylion fue llevado a Bizancio el 16 de agosto del año 944. La liturgia bizantina conmemora ese día. En los archivos vaticanos se encuentra el texto de la homilía del archidiácono Gregorio al recibir el lienzo.

»El emperador lo mandó guardar en la iglesia de Santa María de las Blanquernas, donde todos los viernes era venerado por los fieles. De allí desapareció hasta su aparición en Francia en el siglo XIV.

–¿Se la llevaron los templarios? Algunos autores sostienen que fueron ellos los que se hicieron con la Síndone.

–Es difícil saberlo. A los templarios se les achaca de todo, se les imagina como superhombres capaces de cualquier cosa. Puede que se hicieran con el Mandylion o puede que no. Los cruzados sembraron muerte y confusión allí por donde pasaron. Puede que Balduino de Courtenay, que llegó a ser emperador de Constantinopla, lo empeñara y a partir de ahí se perdiera.

–¿Pudo empeñar la Síndone?

–Es una de las muchas teorías. No tenía dinero para mantener su imperio, mendigó ante los reyes y señores de Europa y llegó a vender muchas reliquias traídas por los cruzados de Tierra Santa, entre otros a su tío el rey San Luis de Francia. Puede que los templarios, los banqueros de la época, que también se dedicaban a recuperar las reliquias sagradas, pagaran a Balduino por la Sábana Santa. Pero no hay ningún documento que lo acredite.

–Pues yo creo que se la llevaron los templarios.

–¿Por qué?

–No lo sé, pero usted misma ha apuntado esa posibilidad. Se la llevaron a Francia que es donde volvió a aparecer.

Las dos mujeres continuaron hablando un buen rato, Ana fantaseando sobre los templarios, Sofia desgranando datos.

Marco y Giuseppe las encontraron camino del ascensor.

–Pero ¿qué haces aquí? –preguntó Giuseppe.

–He cenado con Ana, y lo hemos pasado muy bien.

Marco no hizo ninguna alusión, saludó a Ana con deferencia, y pidió a Sofia y a Giuseppe que le acompañaran a tomar una última copa al bar del hotel.

–¿Qué ha pasado?

–Bonomi metió la pata. Para decirme que estaba guapa casi me insultó, me sentí muy incómoda, y cuando terminó la ópera me vine. Mira, Marco, no quiero estar donde no me corresponde, no pintaba nada allí, me sentía muy humillada.

–¿Y D'Alaqua?

–Se comportó como un caballero, y sorprendentemente el cardenal Visier también. Dejémosles en paz.

–Ya veremos. No pienso dejar ninguna línea de investigación por disparatada que parezca. Esta vez no lo haré.

Sofia sabía que no lo haría.

Sentada en un borde de la cama, el resto lo había ocupado con papeles, notas, y libros, Ana Jiménez reflexionaba sobre la conversación mantenida con Sofia.

¿Cómo sería Romano Lecapeno, el emperador que robó la Sábana Santa a los edesianos? Lo imaginaba cruel, supersticioso, enfermo de poder.

Realmente la historia de la Síndone no había sido un camino de rosas: guerras, incendios, robos... y todo por su posesión, por ese sentimiento arraigado en el corazón de los hombres de creer que hay objetos mágicos.

Ella no era católica, al menos no lo era de verdad; estaba bautizada como casi todo el mundo en España, pero no recordaba haber vuelto a misa desde que hizo la primera comunión.

Apartó los papeles, tenía sueño, y como siempre antes de dormirse cogió un libro de Kavafis y buscó distraídamente uno de sus poemas favoritos:

Amadas voces ideales
De aquellos que han muerto, o de aquellos
                    [perdidos como si hubiesen muerto.
Algunas veces en el sueño nos hablan;
Algunas veces la imaginación las escucha.
Y con el suyo otros ecos regresan
Desde la poesía primera de nuestra vida
Como una música nocturna perdida en la distancia.

Se durmió pensando en la batalla librada por el ejército bizantino contra el emir de Edesa. Escuchaba las voces de los soldados, el crujir de la madera quemada, el llanto de los niños que de la mano de sus madres buscaban despavoridos un refugio para salvar la vida. Vio a un anciano venerable, rodeado de otros ancianos y de hombres circunspectos, de rodillas, implorando un milagro que no se produjo.

Luego, el anciano se acercaba a una urna, sacaba una tela cuidadosamente doblada y se la entregaba a un soldado musulmán muy fornido que a duras penas podía contener la emoción al despojar a aquellos hombres de su preciada reliquia.

Habían combatido con fiereza por el Mandylion de los cristianos, porque Jesús era un gran profeta, que Alá lo tuviera en su gloria.

El general de las huestes bizantinas recibió el Mandylion de manos de un noble de Edesa y, victorioso, partió raudo hacia Constantinopla.

El humo oscurecía los muros de las casas, y los soldados bizantinos dedicados a la rapiña cargaban el botín en carros tirados por mulas.

El anciano obispo de Edesa se sentía abandonado por Dios. Más tarde, en la iglesia de piedra que se había mantenido en pie, al lado de la cruz, rodeado por los sacerdotes y los más fieles cristianos, juraron que recuperarían el Mandylion, aunque en ello les fuera la vida.

Ellos, descendientes de Ticio el escriba, del coloso Obodas, de Izaz, el sobrino de Josar, de Juan el alejandrino, y de tantos cristianos que sacrificaron su vida por el Mandylion, ellos lo recuperarían, y si no fuera así sus descendientes no descansarían hasta cumplir la misión. Lo juraron ante Dios, ante la imponente cruz de madera que presidía el altar, ante el retrato de la madre de Jesús, ante las Sagradas Escrituras.

Ana se despertó gritando. Sentía que la atenazaba la angustia, tan vívida había sido la pesadilla.

Fue a buscar agua a la nevera y abrió la ventana de la habitación para dejar entrar el aire fresco de la madrugada.

El poema de Kavafis parecía haberse hecho realidad, y las voces de los muertos habían asaltado su sueño. Sintió que lo que había visto y escuchado en sueños había sucedido en realidad. Estaba segura de que había sido así.

Después de la ducha se sintió mejor, no tenía apetito, así que se quedó un rato en la habitación buscando en los libros que había comprado información sobre Balduino de Courtenay, el rey mendigo. No tenía mucho, así que entró en internet, aunque no se fiaba demasiado de la información de la red. Luego buscó información de los templarios y para sorpresa suya encontró una página supuestamente de la propia orden, pero los templarios no existían, de manera que llamó al jefe de informática de su periódico. Le explicó lo que quería.

Media hora más tarde el informático la telefoneó. La dirección de esa web de los templarios estaba en Londres, perfectamente registrada, perfectamente legal.

29

Addaio entró en su casa procurando no hacer ruido. Estaba cansado del viaje. Había preferido llegar directamente a Urfa, sin quedarse a dormir en Estambul.

Guner se llevaría una sorpresa cuando lo encontrara por la mañana. No le había avisado de su regreso, tampoco al resto de la Comunidad.

Bakkalbasi se había quedado en Berlín, de ahí viajaría a Zúrich para disponer del dinero necesario con que pagar a los dos hombres de la cárcel dispuestos a matar a Mendibj.

Sentía que Mendibj tuviera que morir; era un buen chico, amable, listo, pero le seguirían y encontrarían la Comunidad.

Habían logrado sobrevivir a los persas, a los cruzados, a los bizantinos, a los turcos. Llevaban siglos viviendo en la clandestinidad, cumpliendo con la misión encomendada.

Dios debería favorecerlos por ser los cristianos verdaderos, pero no lo hacía, les mandaba pruebas terribles, y ahora Mendibj tenía que morir.

Subió despacio las escaleras y entró en su aposento. La cama estaba preparada. Guner siempre lo hacía, aun cuando, como ahora, se hubiera marchado de viaje. Su amigo siempre le había servido fielmente, procurando hacerle la vida cómoda, intuyendo sus deseos antes de que los expresara.

Era la única persona que le hablaba con franqueza, que se atrevía a criticarle, incluso a veces creía percibir un cierto desafío en las palabras de Guner. Pero no, Guner no le traicionaría, había sido una estupidez pensarlo. Si no confiara en él no podría soportar la carga que llevaba desde que era apenas un hombre.

Escuchó un golpe suave en la puerta y se apresuró a abrir.

–¿Te he despertado, Guner?

–Hace días que no duermo. ¿Mendibj morirá?

–¿Te has levantado para preguntarme por Mendibj?

–¿Hay algo más importante que la vida de un hombre, pastor?

–¿Te has propuesto atormentarme?

–No, Dios no lo quiera, sólo apelo a tu conciencia para que pares de una vez esta locura.

–Márchate, Guner, necesito descansar.

Guner se dio media vuelta y salió de la estancia, mientras Addaio apretaba los puños y reprimía la ira que le embargaba.

30

—¿Ha pasado una mala noche? —preguntó Giuseppe a Ana, que mordisqueaba distraída un cruasán.

—¡Ah, es usted! Buenos días. Sí, realmente he pasado una mala noche. ¿Y la doctora Galloni?

—Estará a punto de bajar de la habitación. ¿Ha visto a mi jefe?

—No, no le he visto. Acabo de llegar.

Las mesas de la cafetería del hotel estaban todas ocupadas, así que Giuseppe no se lo pensó dos veces y tomó asiento en la mesa que ocupaba Ana.

—¿Le importa que pida aquí un café?

—En absoluto. ¿Cómo llevan las investigaciones?

—Este trabajo es lento. ¿Y usted cómo va?

—Empapándome en la historia. He leído algunos libros, he buscado documentación en internet, pero le seré sincera, anoche aprendí más escuchando a Sofia que en todo lo que he leído estos días pasados.

—Sí, Sofia explica las cosas de manera que las ves. A mí también me ha pasado. Cuénteme, ¿tiene alguna teoría?

—Ninguna sólida, y hoy tengo la cabeza espesa; he tenido pesadillas.

—Bueno, eso es que no tiene la conciencia tranquila.

—¿Cómo dice?

—Eso me decía mi madre de pequeño cuando me despertaba gritando. Me preguntaba: «Giuseppe, ¿qué has hecho hoy que no deberías haber hecho?». Mi madre decía que las pesadillas eran un aviso de la conciencia.

—Pues no recuerdo haber hecho ayer nada particular para que me zarandee mi conciencia. ¿Usted es sólo policía o también historiador?

–Sólo policía, y ya es bastante. Pero tengo suerte de trabajar en el Departamento del Arte, he aprendido mucho estos años al lado de Marco.

–Veo que todos ustedes adoran a su jefe.

–Sí, su hermano ya le habrá hablado de él.

–Santiago le aprecia mucho, me llevó una noche a cenar a casa de Marco y lo he visto en dos o tres ocasiones más.

Sofia entró en la cafetería y enseguida los vio.

–¿Qué te pasa, Ana?

–Me voy a empezar a preocupar, ¿tan evidente es que he pasado mala noche?

–Como si hubieras librado una batalla.

–En realidad he estado en medio de una batalla, he visto a niños despedazados, a sus madres violadas, hasta he olido el humo negro de los incendios. Lo he pasado fatal.

–Se te nota.

–Sofia, ya sé que te puedo resultar pesada, pero si tienes hoy un rato libre y no te importa, me gustaría volver a hablar contigo.

–Bueno, no sé en qué momento, pero en principio podemos vernos.

Marco se acercó a la mesa leyendo una nota.

–Buenos días a todos. Sofia, aquí tengo un mensaje del padre Charny. Bolard nos espera dentro de diez minutos en la catedral.

–¿Quién es el padre Charny? –preguntó Ana.

–El padre Yves de Charny –respondió Sofia.

–No sea curiosa, Ana –replicó Marco.

–Tengo que serlo.

–Bien, si habéis desayunado, cada uno a lo suyo. Giuseppe, tú...

–Sí, voy para allá; luego te llamo.

–Vamos Sofia, si nos damos prisa llegaremos puntuales a la cita con Bolard. Ana, que pase un buen día.

–Lo intentaré.

De camino a la catedral Marco preguntó a Sofia por Ana Jiménez.

—¿Qué sabe?

—No lo sé, pregunta pero no dice nada. Parece desvalida, pero intuyo que tiene más recursos de los que parece, y es inteligente. Ella pregunta, pregunta, pero no suelta prenda. Se diría que no tiene nada, pero yo no estaría segura.

—Es muy joven.

—Pero lista.

—Mejor para ella. He hablado con Europol, nos echarán una mano. Empezarán a sellar las fronteras, aeropuerto, aduanas, estaciones de ferrocarril... Cuando terminemos con Bolard vamos a la central de los *carabinieri;* quiero que veas el dispositivo que ha estado organizando Giuseppe, no contaremos con muchos hombres, pero espero que sean suficientes. Tampoco debe de resultarnos muy difícil seguir a un mudo.

—¿Cómo crees que se comunicará cuando salga?

—No lo sé, pero si pertenece a alguna organización tendrá alguna dirección de contacto, tiene que ir a algún sitio. Caballo de Troya nos guiará, no te preocupes. Tú te quedarás coordinando la operación en la central de los *carabinieri.*

—¿Yo? No, no quiero, prefiero ir con vosotros.

—No sé con qué nos vamos a encontrar, y tú no eres policía, no te veo corriendo por Turín detrás del mudo.

—No me conoce, puedo participar en el seguimiento.

—Alguien tiene que quedarse en la central, y tú eres la persona adecuada. Todos nos comunicaremos contigo a través de los radiotransmisores; estarás informada. John Barry ha convencido a sus colegas de la CIA para que nos echen una mano extraoficialmente prestándonos unas cámaras diminutas para captar la imagen del mudo donde quiera que vaya. Recibirás la señal en la central, será como si estuvieras en la calle. Giuseppe ha acordado con el director de la cárcel que nos deje echar un vistazo a los zapatos del mudo.

—¿Le vais a poner un micrófono?

—Sí. Eso pretendemos. El problema es que no tiene zapatos sino zapatillas de deporte, y ahí es más difícil introducirlo, pero los muchachos de la CIA nos echarán una mano para resolver ese contratiempo. En Estados Unidos están más acostumbrados a las deportivas que en Europa, aquí gastamos más zapatos.

—Vaya, no se me había ocurrido... ¿Tenemos ya permiso judicial para la operación?

—Espero tener ese problema resuelto a lo más tardar mañana.

Llegaron a la catedral. El padre Yves los esperaba para acompañarlos al recinto donde Bolard y el comité científico examinaba la Síndone. Con ellos los dejó. Se excusó diciendo que tenía mucho trabajo.

31

–Señor, acaba de llegar un mensajero de vuestro tío.

Balduino saltó del lecho y, restregándose los ojos, ordenó a su gentilhombre que hiciera pasar al mensajero.

–Debéis vestiros mi señor, sois el emperador y el mensajero es un noble de la corte del rey de Francia.

–Pascal, si tú no me lo recordaras hasta yo mismo me olvidaría de que soy el emperador. Ayudadme, pues. ¿Tengo algún manto de armiño que no haya empeñado o vendido?

Pascal de Molesmes, un noble francés vasallo del rey de Francia y colocado por éste al lado de su desgraciado sobrino, no respondió a la pregunta del emperador.

En verdad carecía de medios. No hacía tanto que había mandado despojar de plomo los tejados de su palacio para empeñarlos a los venecianos que estaban haciendo grandes negocios a cuenta de los apuros económicos de Balduino.

Cuando el emperador se sentó en el salón del trono sus nobles cuchicheaban nerviosos a la espera de las noticias del rey de Francia.

Robert de Dijon hincó la rodilla en el suelo y bajó la cabeza ante el emperador. Éste le hizo un gesto para que se levantara.

–Y bien ¿qué noticias traes de mi tío?

–Su majestad el rey combate con fiereza en Tierra Santa, para liberar el Sepulcro de Nuestro Señor. Os traigo la buena nueva de la conquista de Damietta. El rey avanza y conquistará las tierras del Nilo camino de Jerusalén. Ahora no os puede ayudar como desearía puesto que el coste de la expedición supera con creces la recaudación anual de la Corona. Os recomienda que tengáis paciencia y fe en el Señor. Pronto os llamará a su lado como sobrino leal y amantísimo que sois, y os ayudará entonces a resolver las tribulaciones que ahora sufrís.

Balduino contrajo el gesto y a punto estuvo de dejar fluir las lágrimas, pero la mirada dura de Pascal de Molesmes le recordó quién era.

–También os he traído una carta de su majestad.

El caballero sacó un documento lacrado y se lo entregó al emperador. Éste lo cogió sin fuerza y, sin mirarlo, se lo tendió a Pascal de Molesmes.

Tendió su mano a Robert de Dijon y el noble depositó un simbólico beso en el anillo del emperador.

–¿Me daréis respuesta a la carta del rey?

–¿Volvéis de nuevo a Tierra Santa?

–Antes he de viajar a la corte de doña Blanca de Castilla, le llevo una misiva de su hijo, mi buen rey don Luis. Uno de los caballeros que me acompaña ansía regresar a combatir con el rey, él llevará el mensaje que quiera transmitirle vuestra majestad al rey, vuestro tío.

Balduino asintió con la cabeza y se levantó. Salió del salón del trono sin mirar atrás, atribulado por la noticia de que su tío el rey de Francia no le podía ayudar.

–¿Qué haré ahora, Pascal?

–Lo que habéis hecho en otras ocasiones, mi señor.

–¿Viajar de nuevo a las cortes de mis parientes, que no son capaces de comprender la importancia que tiene que la cristiandad conserve Constantinopla? No es a mí a quien están ayudando, Constantinopla es el último baluarte contra los musulmanes, es tierra cristiana, pero los venecianos son avariciosos y pactan con los otomanos a mis espaldas, a los genoveses sólo les importan las ganancias del comercio y mis primos de Flandes se quejan de no disponer de suficientes medios para ayudarme. ¡Mentira! ¿He de volver a postrarme ante los príncipes suplicándoles que me ayuden a mantener el imperio? ¿Crees que Dios me perdonará haber empeñado la corona de espinas de Su Hijo Crucificado?

»No tengo para pagar a los soldados, ni a las gentes del palacio, ni a mis nobles. No tengo nada, nada. Fui rey con veintiún años, entonces soñaba con devolver al reino todo su esplendor, intentar recuperar las tierras perdidas, y ¿qué he hecho? Nada. Desde que los cruzados dividieron el imperio y saquearon Constantinopla, he mantenido el reino a duras penas, y el buen papa Inocencio tampoco es sensible a mis ruegos.

–Tranquilizaos, señor. Vuestro tío no os abandonará.

–Pero ¿no has oído el mensaje?

–Sí, os dice que os mandará llamar cuando venza al sarraceno.

Sentado en un majestuoso sillón del que hacía tiempo había mandado arrancar las láminas de oro que lo cubrían, el emperador se mesaba la barba y movía el pie izquierdo en un gesto incontrolado que delataba inquietud.

–Señor, debéis de leer la carta del rey de Francia.

Pascal de Molesmes le tendió el documento lacrado del que Balduino ya se había olvidado, angustiado como estaba por su precariedad.

–¡Ah! Sí, mi tío me escribe, supongo que será para recomendarme que sea un buen cristiano y no pierda la esperanza en Dios Nuestro Señor.

Rompiendo el lacre el emperador fijó la mirada en la misiva, y el asombro se reflejó en su rostro.

–¡Dios! Mi tío no sabe lo que pide.

–¿El rey os demanda algo, señor?

–Luis me asegura que, a pesar de las dificultades por las que atraviesa dado el coste de la cruzada, está dispuesto a adelantarme una cantidad de oro si le entrego el Mandylion. Sueña con poder mostrárselo a su madre, la cristianísima doña Blanca. Luis me pide que le venda la reliquia o se la alquile durante unos años. Cuenta que ha conocido a un hombre que le asegura que el Mandylion es milagroso, que ya curó a un rey de Edesa de la lepra, y que quien lo tiene nada ha de sufrir. Dice que en caso de que acceda a su ruego trate de los pormenores con el conde de Dijon.

–¿Y qué haréis?

–¿Tú me lo preguntas? Sabes que el Mandylion no me pertenece, que aunque quisiera no podría entregárselo a mi tío, el buen rey de Francia.

–Podéis intentar convencer al obispo de que os lo entregue.

–¡Imposible! Tardaría meses en intentar convencerlo y no lo lograría. No puedo esperar, dime, ¿qué más puedo empeñar, acaso nos queda alguna reliquia importante que pueda estar a la altura de mi primo?

–Sí.

–¿Sí? ¿Cuál?

–Si convencéis al obispo de que os entregue el Mandylion...

–Nunca lo hará.

–¿Se lo habéis pedido acaso?

–Lo guarda celosamente. La reliquia sobrevivió milagrosamente al saqueo de los cruzados. Se la entregó su antecesor y juró que la protegería con su vida.

–Vos sois el emperador.

–Y él el obispo.

–Es vuestro súbdito, si no obedece amenazadlo con cortarle las orejas y la nariz.

–¡Qué horror!

–Perderéis el imperio. Esa tela es sagrada, quien la posee nada ha de temer. Intentadlo.

–Bien, hablad con el obispo. Decidle que vais en mi nombre.

–Lo haré, pero no se conformará con hablar conmigo, tendréis que ser vos quien se lo pida.

El emperador se retorció las manos con gesto contrito, temía enfrentarse con el obispo. ¿Qué le diría para convencerlo y que le entregara el Mandylion?

Bebió un sorbo de vino del color de las granadas, y con un gesto indicó a Pascal de Molesmes que quería quedarse solo. Necesitaba pensar.

El caballero paseaba por la playa ensimismado con el batir de las olas contra los guijarros de la orilla. Su caballo lo aguardaba paciente, sin atadura ninguna, como el fiel amigo que había sido en tantas batallas.

La luz del crepúsculo iluminaba el Bósforo y Bartolomé dos Capelos sintió en la belleza del momento el aliento de Dios.

Su caballo estiró las orejas, y él se volvió divisando una figura a caballo en la polvareda del camino.

Colocó la mano en la espada, en un gesto instintivo más que defensivo y aguardó a ver si el hombre que llegaba era quien él esperaba.

El recién llegado bajó del caballo, y con paso raudo fue hacia la orilla donde impasible aguardaba el portugués.

–Os habéis retrasado –afirmó Bartolomé.

–He estado de servicio con el emperador hasta que ha cenado. No ha sido hasta entonces cuando he podido escabullirme de palacio.

–Bien, ¿qué tenéis que decirme, y por qué aquí?

El hombre grueso, de baja estatura, piel cetrina y ojos de ratón sopesó al caballero templario. Debía andarse con cuidado con él.

–Señor, sé que el emperador va a solicitar al obispo que le entregue el Mandylion.

Bartolomé dos Capelos no movió un músculo, como si la información que acababa de recibir no le importara lo más mínimo.

–¿Y tú cómo lo sabes?

–He oído al emperador hablar con el señor De Molesmes.

–¿Qué quiere hacer el emperador con el Mandylion?

–Es la última reliquia valiosa que le queda, la empeñará. Vos sabéis que el reino está en bancarrota. Se la venderá a su tío, el rey de Francia.

–Ten, márchate.

El templario entregó unas monedas al hombre que, saltando sobre su caballo, se fue felicitándose por su buena suerte. El caballero le había pagado bien la información.

Hacía años que espiaba en palacio para los templarios; sabía que los caballeros de la cruz bermeja tenían más espías, pero no sabía quiénes.

Los templarios eran los únicos que disponían de monedas contantes y sonantes en el empobrecido imperio, y eran muchos, incluso nobles, los que les ofrecían sus servicios.

El portugués ni se había inmutado al decirle que el emperador pensaba alquilar el Mandylion. Pudiera ser, pensó el hombre, que los templarios ya lo supieran por algún otro de sus espías. Bien, pensó, no es mi problema, con estas monedas estoy bien pagado.

Bartolomé dos Capelos cabalgó hasta la casa que el Temple tenía en Constantinopla. Un edificio amurallado, cerca del mar, donde vivían más de cincuenta caballeros junto con sus servidores y caballerizos.

Dos Capelos acudió a la sala capitular donde a esas horas rezaban sus hermanos. André de Saint-Remy, su superior, le hizo una seña para que se incorporara al rezo. No fue hasta transcurrida una hora de su llegada cuando Saint-Remy lo mandó llamar a la cámara en donde trabajaba.

—Sentaos, hermano. Contadme qué os ha dicho el copero del emperador.

—Confirma la información del jefe de la guardia real: el emperador quiere empeñar el Mandylion.

—La mortaja de Cristo...

—Ya empeñó la corona de espinas.

—Hay tantas reliquias falsas... Pero el Mandylion no lo es. En ese lino está la sangre de Cristo, su verdadero rostro. Espero el permiso de nuestro gran maestre, Guillaume de Sonnac para comprarlo. Hace semanas que le envié recado explicándole que en estos momentos el Mandylion es la última reliquia verdadera que queda en Constantinopla, y la más preciada. Debemos hacernos con ella para custodiarla.

–¿Y si no os llega a tiempo la respuesta de Guillaume de Sonnac?

–Entonces tomaré yo la decisión, y espero que el gran maestre la avale.

–¿Y el obispo?

–No quiere entregársela al emperador. Sabemos que Pascal de Molesmes ha ido a verlo y le ha suplicado su entrega. Se ha negado. El emperador en persona acudirá a solicitarle su entrega.

–¿Cuándo?

–Dentro de siete días. Solicitaremos una entrevista con el obispo e iré a ver al emperador. Mañana os daré las órdenes, id a descansar.

Aún no había amanecido cuando los caballeros acababan los primeros rezos del día.

André de Saint-Remy escribía ensimismado una misiva pidiendo audiencia al emperador.

El Imperio latino de Oriente agonizaba. Balduino era emperador de Constantinopla y de las tierras aledañas, pero poco más, y los caballeros templarios mantenían un difícil equilibrio con Balduino, que tan a menudo les demandaba crédito.

Saint-Remy no había terminado de guardar el recado de escribir cuando entró presuroso en la estancia el hermano Guy de Beaujeau.

–Señor, un musulmán pide hablar con vos. Viene acompañado de otros tres más...

El superior de los templarios de Constantinopla no se inmutó. Terminó de guardar los documentos escritos.

–¿Le conocemos?

–No lo sé, lleva el rostro cubierto y los caballeros que hacen guardia en la entrada han preferido no obligarlo a desvelarse. Les ha entregado esta flecha, hecha de la rama de un árbol, y con estas muescas, dice que vos la reconoceréis.

Guy de Beaujeau le tendió la flecha a Saint-Remy y observó cómo una nube cubría la mirada de su superior mientras contemplaba en la palma de su mano una rama tallada toscamente como una flecha y cinco muescas.

–Hacedle pasar.

Unos minutos más tarde un hombre alto y fuerte, vestido con sencillez pero con ropajes que evidenciaban su nobleza, entró en la sala donde le aguardaba Saint-Remy.

Éste hizo un gesto a los dos caballeros templarios que acompañaban al musulmán para que los dejaran solos, lo que hicieron sin rechistar.

Cuando quedaron a solas, los dos hombres se miraron a los ojos al tiempo que soltaron una sonora carcajada.

–Pero Robert, ¿por qué te has disfrazado?

–¿Me hubieses reconocido si no te llegan a mostrar la flecha?

–Claro que sí, ¿crees que no sería capaz de reconocer a mi propio hermano?

–Eso habría sido mala señal porque significaría que mi disfraz no es bueno y que mi aspecto no es el aspecto de un sarraceno.

–Los hermanos no te han reconocido.

–Puede que no. En todo caso llevo semanas cabalgando, y he podido llegar hasta aquí atravesando las tierras de nuestros enemigos sin que nadie sospechara de nosotros. Me alegro de que recuerdes que cuando éramos niños nos gustaba tallar nuestras propias flechas con las ramas que arrancábamos de los árboles, yo siempre les hacía cinco muescas, tú tres.

–¿Has tenido algún percance?

–Ninguno que no haya podido solucionar con la ayuda del joven hermano François de Charney.

–¿Con cuántos hombres viajáis?

–Con dos escuderos musulmanes. Así es más fácil pasar inadvertidos.

–Dime ¿qué noticias me traes del gran maestre?

–Guillaume de Sonnac ha muerto.

–¿Cómo? ¿Qué ha sucedido?

–El Temple luchó junto al rey de Francia y el apoyo que le prestamos fue fructífero, como sabrás por el éxito de la conquista de Damietta. Pero el rey ardía en deseos de atacar Al-Mansura, aunque Guillaume de Sonnac le llamó a la prudencia para evitar ensombrecer sus sentidos por la dulzura del triunfo. Pero el rey es testarudo, ha hecho el voto de recuperar Tierra Santa y ardía en deseos de entrar en Jerusalén.

–Intuyo que traes malas nuevas.

–Así es. El rey quiso conquistar Al-Mansura; su estrategia consistía en rodear a los sarracenos y atacarlos por detrás. Pero Roberto de Artois, hermano de Luis, cometió un error arrasando un pequeño campamento. De esa manera puso sobre aviso a los ayubíes. La batalla fue cruenta.

Robert de Saint-Remy se restregó los ojos con el dorso de la mano, como si así pudiera borrar el recuerdo de los muertos que le asaltaban en la memoria. Vio de nuevo la tierra de color carmesí, empapada de sangre sarracena y sangre cruzada, y a sus compañeros combatiendo encarnecidamente, sin tregua, con las espadas cual prolongación de sus brazos clavándose en las tripas de los sarracenos. Aún sentía el cansancio en los huesos y el horror en el alma.

–Murieron muchos de nuestros hermanos. El gran maestre fue herido pero pudimos salvarle.

André de Saint-Remy guardaba silencio al ver reflejado en el rostro de su hermano pequeño una explosión de emociones, de vívidos recuerdos de muerte, de sufrimiento.

–Junto al caballero Yves de Páyens y Beltrán de Aragón, recogimos a Guillaume de Sonnac del campo de batalla, malherido por una flecha traidora y nos alejamos cuanto pudimos. Pero el esfuerzo fue en vano; murió en la retirada preso de la fiebre.

–¿Y el rey?

–Ganamos la batalla. Las pérdidas fueron grandes, miles de hombres yacían muertos o heridos sobre la tierra, pero Luis decía que Dios estaba con él y vencería. De esta guisa animaba a los soldados, y tuvo razón, ganamos, pero nunca fue tan frágil una victoria. Las tropas cristianas emprendieron camino a Damietta, pero el rey enfermó de disentería, los soldados estaban hambrientos, agotados. No sé cómo pasó, sólo sé que el ejército capituló y Luis ha sido hecho prisionero.

Un silencio pesado inundó la estancia, y los dos hermanos, ensimismados en sus pensamientos, apenas se movieron de donde estaban. Pasaron largos minutos sin que ninguno dijera palabra.

Por la ventana entraba el eco de las voces de los caballeros templarios dedicados a ejercitarse en la explanada de la fortaleza, también se escuchaba el crujir de los carros y el redoble de la yunta del herrero.

Por fin André de Saint-Remy rompió el silencio.

–Decidme, ¿a quién se ha elegido gran maestre?

–Nuestro gran maestre es Renaud de Vichiers, preceptor de Francia, mariscal de la Orden. Vos le conocéis.

–Así es. Renaud de Vichiers es un hombre prudente y piadoso.

–Ha mandado negociar con los sarracenos para obtener la liberación de Luis. Los nobles del rey también han enviado embajadores instando a que pongan precio a la libertad de su rey. Cuando vine hacia aquí las negociaciones no avanzaban, pero el gran maestre confía en lograr la liberación del rey.

–¿Cuál será el precio?

–Luis sufre enormemente, aunque recibe buen trato y le cuidan los físicos sarracenos. Éstos piden que las tropas cruzadas devuelvan Damietta.

–¿Los nobles de Luis están dispuestos a retirar las tropas de Damietta?

–Harán lo que diga el rey, sólo él puede capitular. Renaud de Vichiers ha enviado recado al rey de que acepte. Nuestros espías aseguran que ése y no otro será el precio.

–¿Qué órdenes me traes del gran maestre?

–Te traigo un documento sellado, y otros mensajes que he de decirte de palabra.

–Dime, pues.

–Debemos hacernos con el Mandylion. El gran maestre asegura que ésa es la única reliquia de la que hay constancia de su autenticidad. Cuando la tengas he de llevarla a nuestra fortaleza de San Juan de Acre. Nadie debe saber que está en nuestro poder. Debes comprarla, hacer lo que estimes conveniente sin que se sepa que es para el Temple. Por el Mandylion los reyes cristianos serían capaces de matar. El Papa la reclamaría para sí. Le hemos regalado muchas de las reliquias que durante estos años has ido comprando a Balduino, otras muchas están en poder de Luis de Francia, regaladas o vendidas por su sobrino.

»Sabemos que Luis quiere el Mandylion. Después de la victoria de Damietta mandó una comitiva con un mensaje para el emperador, además de llevar documentos con sus órdenes a Francia.

–Sí, lo sé, hace unos días llegó el conde de Dijon y le entregó una carta al emperador. Luis le pide a su sobrino el Mandylion a cambio de prestarle ayuda.

Robert de Saint-Remy entregó varios rollos de documentos sellados a su hermano, que éste depositó sobre la mesa.

–Dime, André, ¿sabes algo de nuestros padres?

Los labios de André de Saint-Remy se crisparon, bajó los ojos al suelo y sin dejar escapar el suspiro que se le formaba en la garganta respondió a su hermano.

–Nuestra madre ha muerto. Nuestra hermana Casilda también. La muerte la sorprendió en el parto de su quinto hijo. Padre, aunque anciano, aún vivía el invierno pasado. Pasa las horas sentado en el gran salón; apenas puede moverse por la hinchazón de los pies que le causa la gota. Nuestro hermano mayor, Umberto, gobierna la heredad, el condado es próspero y Dios le ha dado cuatro hijos sanos. Hace tanto tiempo que dejamos Saint-Remy...

–Pero yo aún recuerdo el paseo de los álamos por el que

se llegaba al castillo, y el olor a pan cocido, y a nuestra madre cantando.

–Robert, elegimos ser templarios, y ni podemos ni debemos albergar nostalgias.

–¡Ay, hermano! Siempre has sido demasiado rígido contigo mismo.

–Y tú, dime, ¿cómo es que tienes un escudero sarraceno?

–He aprendido a conocerles y a respetarles. Hay hombres sabios entre ellos, también hay caballerosidad y honor. Son unos enemigos formidables a los que respeto. He de confesarte que también tengo algún amigo en sus filas. Es imposible no tenerlos cuando compartimos territorio y discretamente tenemos que tratar con ellos. El gran maestre ha querido que todos aprendamos su lengua y que algunos de nosotros aprendamos sus costumbres para poder introducirnos en su territorio, en sus ciudades, para espiar, observar, o llevar a cabo las misiones para mayor gloria del Temple y de la cristiandad. Mi piel cetrina se ha oscurecido aún más por el sol de Oriente, y el color negro del cabello también me ayuda a disimular mi aspecto. En cuanto a su lengua, he de confesarte que no me ha costado demasiado entenderla y escribirla. Tuve un buen maestro, el escudero que me acompaña. Recuerda, hermano, que ingresé muy joven en el Temple y fue Guillaume de Sonnac quien ordenó que los más jóvenes aprendiéramos de los sarracenos hasta poder confundirnos con ellos.

»Pero me preguntabas por Alí, mi escudero. No es el único musulmán que tiene tratos con el Temple. Su pueblo fue arrasado por los cruzados. Él, junto con otros dos niños, lograron sobrevivir. Guillaume de Sonnac los encontró vagando a varias jornadas a caballo de Acre. Alí, el más pequeño, estaba exhausto, deliraba a causa de la fiebre. El gran maestre los llevó a nuestra fortaleza, allí se recuperaron y allí se quedaron.

–¿Y os han sido leales?

–Guillaume de Sonnac les permitía rezar a Alá y los utilizaba como intermediarios. Nunca nos han traicionado.

–¿Y Renaud de Vichiers?

–No lo sé, pero no puso objeción a que viajáramos solos en compañía de Alí y Said.

–Bien, descansa, y envíame a François de Charney, el hermano con el que has viajado.

–Así lo haré.

Cuando André de Saint-Remy se quedó solo desenrolló los documentos que le había entregado su hermano, y se dispuso a leer las órdenes escritas de Renaud de Vichiers, gran maestre de la Orden del Temple.

La estancia recamada en color púrpura asemejaba un pequeño salón del trono. Los mullidos asientos, la mesa tallada en madera noble, el crucifijo en oro puro y otros objetos de plata repujada mostraban la opulencia en la que vivía su dueño.

En una mesita aparte, varias frascas de cristal tallado guardaban vinos especiados y sobre una enorme bandeja se hallaba dispuesta una colorida muestra de dulces del obrador de un cercano cenobio.

El obispo escuchaba con ademán impasible a Pascal de Molesmes. Desde hacía una hora el noble franco se deshacía en argumentos intentando convencerlo para que entregara el Mandylion al emperador. También él apreciaba a Balduino; sabía que había bondad en su corazón, por más que como monarca su reinado hubiera sido una larga ristra de impotencias.

Pascal de Molesmes interrumpió su alegato al percatarse de que el obispo había dejado de escucharlo y estaba perdido en sus propios pensamientos. El silencio sobresaltó al obispo.

–Os he escuchado y comprendo vuestro razonamiento, pero el rey de Francia no puede librar la suerte de Constantinopla a poseer o no el Mandylion.

–El rey cristianísimo ha prometido ayuda al emperador; si no fuera posible adquirirlo, pretende, al menos, tener el

Mandylion durante algún tiempo. Luis ansía que su cristiana madre, doña Blanca de Castilla, pueda contemplar el verdadero rostro de Jesús Nuestro Señor. La Iglesia no perdería la propiedad del Mandylion y podría obtener ganancia, además de contribuir a salvar Constantinopla de la penuria en la que se encuentra. Creedme, vuestros intereses y los del emperador son coincidentes.

–No, no lo son. Es el emperador quien necesita el oro para salvar lo que queda del imperio.

–Constantinopla languidece, el imperio es más ficción que realidad, algún día los cristianos llorarán su pérdida.

–Señor De Molesmes, os sé demasiado inteligente para intentar convencerme de que sólo el Mandylion puede salvar Constantinopla. ¿Cuánto ha ofrecido el rey Luis por su alquiler, cuánto por poseerlo? Se necesitarían grandes cantidades de oro para salvar este reino, y el rey de Francia es rico, pero no arruinará su reino por mucho que aprecie a su sobrino o desee el Mandylion.

–Si la cantidad fuera sustanciosa, ¿consentiría vuestra merced en su venta o alquiler?

–No. Decidle al emperador que no se lo entregaré. El papa Inocencio me excomulgaría. Hace tiempo que quiere poseer el Mandylion y siempre le he dado largas achacando a los peligros del viaje que la Sábana permanezca aquí. Necesitaría el permiso del Papa, y vos sabéis que le pondría precio, un precio que aunque pudiera pagarlo el buen rey Luis, sería para la Iglesia, no para su sobrino el emperador.

Pascal de Molesmes decidió jugar la última carta.

–Os recuerdo, Ilustrísima, que el Mandylion no os pertenece. Fueron las tropas del emperador Romano Lecapeno quienes lo trajeron a Constantinopla, y el imperio nunca ha renunciado a su propiedad. La Iglesia es mera depositaria del Mandylion. Balduino os pide que se lo entreguéis voluntariamente y él sabrá ser generoso con vos y con la Iglesia.

Las palabras de De Molesmes hicieron mella en el ánimo del obispo.

–¿Me estáis amenazando, señor De Molesmes? ¿El emperador amenaza a la Iglesia?

–Balduino es, como vos sabéis bien, un hijo amantísimo de la Iglesia, a la que defendería con su propia vida si fuera menester. El Mandylion es patrimonio del imperio y el emperador lo reclama. Cumplid con vuestro deber.

–Mi deber es defender la imagen de Cristo y conservarla para la Cristiandad.

–No os opusisteis a que la corona de espinas que se guardaba en el convento del Pantocrátor fuera vendida al rey de Francia.

–Sé que sois inteligente, señor De Molesmes. ¿De verdad creéis que ésa era la corona de espinas de Jesús?

–¿Vos no?

La furia se dibujaba en la mirada azul del obispo. El pulso entre los dos hombres estaba alcanzando su cenit y ambos lo sabían.

–Señor De Molesmes, vuestras razones no me han convencido, decídselo al emperador.

Pascal de Molesmes inclinó la cabeza. El duelo había terminado por ahora, pero ambos sabían que aún no había vencedor ni vencido.

El noble salió de la estancia con la garganta seca, sin haber probado la copa de vino de Rodas que el obispo le había ofrecido. Y lo lamentaba, porque era uno de sus vinos favoritos.

En la puerta del palacio donde residía el obispo le esperaban sus sirvientes junto a su caballo, un alazán negro como la noche que era su más fiel compañero en la turbulenta Constantinopla.

¿Aconsejaría a Balduino presentarse con sus soldados en el palacio del obispo y obligarle a que le entregara el Mandylion? No había otro remedio. Inocencio no se atrevería a excomulgar a Balduino, y menos cuando supiera que el Mandylion era para el rey cristianísimo. Se lo alquilarían a Luis y pondrían un alto precio, de manera que el imperio pudiera recuperar parte de la savia derramada.

El viento de la tarde era suave y Pascal de Molesmes decidió cabalgar por la orilla del Bósforo antes de regresar al palacio imperial. De cuando en cuando gustaba de escapar de los muros opresivos del palacio donde las intrigas, la traición y la muerte acechaban en todos los rincones, y donde era difícil saber quién era tu amigo y quién te deseaba mal, dado el refinado arte del disimulo del que hacían gala los caballeros y damas de la corte. Sólo confiaba en Balduino por quien, con el pasar de los años, había llegado a sentir un afecto sincero, tanto como en su día sintiera por el buen rey Luis.

Hacía ya muchos inviernos desde que el rey de Francia lo envió a la corte de Balduino protegiendo el oro que debía a su sobrino como pago por unas valiosas reliquias que éste le había vendido, además de su condado de Namur. Luis le había encargado que se quedara en la corte y le tuviera informado de cuanto acontecía en Constantinopla. En una carta que el propio De Molesmes entregó al rey, Luis de Francia le recomendaba a su sobrino que confiara en el buen Pascal de Molesmes, un hombre leal y cristiano que –según refería la carta– sólo velaría por su bien.

Balduino y él sintieron una corriente de simpatía desde su primer encuentro, y allí estaba, pasados ya quince años, convertido en consejero del emperador y en su amigo. Porque De Molesmes apreciaba los esfuerzos de Balduino por mantener la dignidad del imperio, por conservar Constantinopla resistiendo la presión de los búlgaros, por un lado, y el acecho cercano de los sarracenos, por otro.

Si no hubiese sido porque les debía lealtad al rey Luis y a Balduino, hacía años que habría pedido el ingreso en la Orden de los Templarios para combatir en Tierra Santa. Pero el destino lo había situado en el corazón de la corte de Constantinopla, donde debía sortear tantos peligros como en el campo de batalla.

El sol empezaba a ocultarse cuando se dio cuenta de que había llegado cerca de la casa del Temple. Respetaba a André de Saint-Remy, el superior de la encomienda. Un hombre austero y cabal que había elegido la cruz y la espada como norma de vida. Los dos eran franceses y nobles, y ambos habían encontrado su destino en Constantinopla.

De Molesmes sintió el deseo de hablar con su compatriota, pero las sombras de la noche comenzaban a hacerse presentes y los caballeros estarían rezando, de manera que su visita les causaría inconvenientes. Será mejor esperar a mañana para mandar recado a Saint-Remy y fijar un encuentro, pensó para sus adentros.

Balduino II de Courtenay dio un puñetazo en la pared. Afortunadamente un tapiz amortiguó el golpe en los nudillos.

Pascal de Molesmes le había relatado minuciosamente la conversación con el obispo y su negativa a entregar el Mandylion.

El emperador sabía que las posibilidades de que el obispo accediera de buen grado a su petición eran escasas, pero se lo había pedido encarecidamente en sus rezos a Dios Nuestro Señor a la espera de que hiciera aquel milagro para salvar el imperio.

El francés, molesto por la explosión de ira del emperador, lo miró sin disimular un ademán de reproche.

–¡No me mires así! ¡Soy el más desgraciado de los hombres!

–Señor, calmaos, el obispo no tendrá más remedio que entregaros el Mandylion.

–¿Cómo? ¿Quieres que acuda a arrancárselo por la fuerza? Eso sería un escándalo. Mis súbditos no me perdonarían que les arrebate la Sábana a la que confieren carácter milagroso, e Inocencio, el Papa, me excomulgará, y tú me pides que me calme como si hubiera una solución, cuando sabes que no la hay.

–Los reyes deben tomar decisiones ingratas para salvar sus reinos. Vos estáis en esa situación. No os lamentéis más, y actuad.

El emperador se sentó en el sillón regio sin ocultar en el gesto el cansancio que le invadía. Era más hiel que miel lo que había saboreado como rey, y ahora la última prueba que el reino le deparaba era tener que enfrentarse a la Iglesia.

—Pensad en otra solución.

—¿Acaso vos veis otra salida?

—Sois mi consejero, ¡pensad!, ¡pensad!

—Señor, el Mandylion os pertenece, reclamad lo que es vuestro, por el bien del reino. Ése es mi consejo.

—Retírate.

De Molesmes salió del salón y se encaminó hasta la sala de la cancillería. Allí, para su sorpresa, se encontró con Bartolomé dos Capelos.

Acogió con agrado al templario, al que preguntó por su superior y por los otros hermanos a los que conocía. Después de unos minutos de charla cortés, le preguntó qué le había llevado a palacio.

—Mi superior, André de Saint-Remy, solicita una entrevista con el emperador.

El tono grave del templario portugués alertó a De Molesmes.

—¿Qué sucede, mi buen amigo? ¿Alguna mala nueva?

El portugués tenía órdenes de no decir una palabra de más y por consiguiente de no dar información sobre la delicada situación de Luis de Francia, la cual evidentemente desconocían en palacio, puesto que cuando el conde de Dijon salió de Damietta la ciudad aún estaba en manos de los francos y el ejército avanzaba triunfalmente.

Bartolomé dos Capelos respondió esquivando la pregunta.

—Hace tiempo que André de Saint-Remy no se reúne con el emperador, y son muchos los acontecimientos acaecidos en estos meses. La entrevista será del interés de ambos.

De Molesmes entendió que el portugués no le diría nada más, pero intuyó la importancia de la cita solicitada.

—Tomo nota de vuestra petición. En cuanto el emperador fije el día y la hora yo mismo me acercaré a comunicároslo a vuestra encomienda, y poder así disfrutar de un rato de charla con vuestro superior.

—Os pediría que tramitarais la audiencia con la presteza que os sea posible.

—Así lo haré, me sabéis amigo del Temple. Que Dios os acompañe.

—Que Él os proteja.

Pascal de Molesmes se quedó pensativo. El rostro circunspecto del portugués indicaba que el Temple sabía algo de vital importancia que sólo quería transmitir al emperador, quién sabe a cambio de qué.

Los templarios eran los únicos que disponían de dinero e información en aquel mundo convulso en que les había tocado vivir. Y ambos bienes, el dinero y la información, les confería un poder especial, superior al de cualquier rey, incluso al del mismísimo Papa.

Balduino había vendido algunas reliquias al Temple y había recibido cantidades sustanciosas por las mismas. La relación entre Balduino y Saint-Remy era de respeto mutuo. El superior de la encomienda templaria compartía el pesar de Balduino por la situación del cada vez más exiguo imperio. En más de una ocasión el Temple les había prestado dinero, dinero que no habían podido devolver, pero que para responder del mismo habían depositado reliquias que habían terminado siendo propiedad de los templarios, así como otros objetos de valor que nunca volverían al palacio imperial mientras el emperador no saldara la deuda, posibilidad bastante remota.

Desechó estos pensamientos y se dedicó a preparar la visita de Balduino al obispo. Debía acudir acompañado de soldados con armadura y bien pertrechados. En número suficiente como para rodear el palacio del obispo y la iglesia de Santa María de las Blanquernas, donde se encontraba el Mandylion.

Nadie debía saber lo que se proponían para no alertar al pueblo, ni tampoco al obispo, que tenía a Balduino como un buen cristiano que no alzaría la mano contra la voluntad eclesial.

Sabía que el emperador estaría meditando esta posibilidad, y que en su desesperación entendería que la única salida era entregar el Mandylion al rey Luis.

Mandó llamar al conde de Dijon para estudiar con él los pormenores de la entrega de la Sábana Sagrada. El rey de Francia le habría dado al de Dijon instrucciones precisas sobre qué hacer cuando su sobrino le entregara la Sábana Sagrada y cómo iba a disponer el pago de la misma.

Robert de Dijon tenía por entonces unos treinta años. De mediana estatura, fuerte, nariz aguileña, ojos azules, el noble francés había despertado el interés de las damas de la corte de Balduino.

Al criado que envió Pascal de Molesmes en su búsqueda le costó encontrarlo. Tuvo que sobornar a otros sirvientes de palacio hasta dar con él en los aposentos de doña María, prima del emperador y viuda reciente.

Cuando el conde de Dijon se presentó en la cancillería aún conservaba el perfume almizclado que dejaba a su paso la ilustre dama.

–Decidme, De Molesmes, ¿por qué tanta premura?

–Conde, necesito saber las instrucciones que os ha dado el buen rey Luis, para intentar complacerle.

–Ya sabéis que el rey pretende que el emperador le ceda el Mandylion.

–Perdonad que no me ande con circunloquios: ¿qué precio está dispuesto a pagar el rey Luis por la Santa Sábana?

–¿El emperador accede a la petición de su tío?

–Conde, permitidme que haga yo las preguntas.

–Antes de responderlas debo saber si Balduino ha tomado ya una decisión.

De Molesmes se plantó en dos zancadas ante el noble francés y le clavó la mirada midiendo qué clase de hombre tenía enfrente. El francés no se amedrentó y sostuvo la mirada al consejero de Balduino.

–El emperador medita sobre la oferta de su tío. Pero ha de saber cuánto está dispuesto el rey de Francia a proporcionar-

le por el Mandylion, adónde sería trasladado y quién garan-
tizaría la seguridad de la reliquia. Sin conocer estos y otros
pormenores difícilmente podrá el emperador tomar una decisión.

–Mis órdenes son aguardar la respuesta del emperador y,
si Balduino acepta, entregar la Sábana a Luis, yo mismo la llevaré a Francia y la depositaré en manos de su madre, doña
Blanca, que la guardará hasta que el rey regrese de la Cruzada. Si el emperador quisiera vender el Mandylion, Luis
entregaría a su sobrino dos sacos de oro con el peso de dos
hombres y le devolvería el condado de Namur, así como le re-
galaría algunas tierras en Francia con las que pudiera disponer de una buena renta anual. Si por el contrario, el emperador sólo quisiera empeñar durante un tiempo la Sábana, el
rey entregaría igualmente los dos sacos de oro, que en su momento Balduino deberá devolver para recuperar el Mandylion; de lo contrario, si pasada la fecha que se fije por ambas
partes no se ha devuelto el oro, entonces la reliquia pasará a
ser patrimonio del rey de Francia.

–Luis gana siempre –afirmó contrariado De Molesmes.

–Es un trato justo.

–No, no lo es. Vos sabéis igual que yo que el Mandylion es
la única reliquia auténtica de que dispone la Cristiandad.

–La oferta del rey es generosa. Dos sacos de oro servirían
a Balduino para hacer frente a sus múltiples deudas.

–No es suficiente.

–Vos sabéis igual que yo que dos sacos de oro, cada uno
del peso de un hombre, resolverían muchos de los problemas del imperio. La oferta es más que generosa si el emperador entrega para siempre el Mandylion, puesto que dispon-
drá de una renta hasta el final de sus días, mientras que si
alquila la reliquia... en fin, no sé si le resultará posible devolver los dos sacos de oro a su tío.

–Sí, sí lo sabéis. Sabéis igual que yo que difícilmente podría recuperar el Mandylion. Bien, decidme, ¿habéis viajado
con los dos sacos de oro?

–Traigo un documento firmado por Luis comprometiéndose al pago. También dispongo de una cantidad de oro como adelanto.

–¿Qué seguridad podéis darnos de que la reliquia llegue a Francia?

–Como bien sabéis viajo con una numerosa escolta, y estoy dispuesto a aceptar cuantos hombres creáis necesarios para acompañarnos a puerto seguro. Mi vida y mi honor están empeñados en hacer llegar el Mandylion a Francia. Si el emperador acepta, enviaremos recado al rey.

–¿De cuánto oro disponéis?

–Su peso son veinte libras.

–Os mandaré llamar cuando el emperador haya tomado la decisión.

–Estaré esperando; os confieso que no me importa descansar en Constantinopla unos cuantos días más.

Los dos hombres se despidieron con una inclinación de cabeza.

François de Charney se ejercitaba con el arco junto al resto de los caballeros templarios. André de Saint-Remy le observaba desde la ventana de la sala capitular. Por su aspecto, el joven De Charney, al igual que su hermano Robert, le habían parecido musulmanes. Ambos habían insistido en la necesidad de parecer tales para poder atravesar los territorios enemigos sin demasiados contratiempos. Confiaban en sus escuderos sarracenos, a los que trataban con camaradería.

Después de tantos años en Oriente el Temple había ido cambiando. Habían llegado a apreciar los valores de sus enemigos, no se habían conformado sólo con combatirlos, sino que se habían esforzado por conocerlos, de ahí ese reconocimiento mutuo entre los caballeros templarios y los sarracenos.

Guillaume de Sonnac era un caballero prudente, y algo especial había sabido advertir en Robert y en François cualidades para convertirse en espías, pues eso es lo que eran.

Ambos hablaban árabe con fluidez, y cuando departían con sus escuderos se comportaban como tales. Con la piel curtida por el sol y los ropajes de los nobles sarracenos era difícil distinguirlos como los caballeros cristianos que eran.

Le habían hablado de sus innumerables peripecias en Tierra Santa, del embrujo del desierto donde habían aprendido a vivir, de las lecturas de los filósofos griegos de la Antigüedad recuperadas gracias a los sabios sarracenos, del arte de la medicina aprendida entre éstos.

Los jóvenes no podían ocultar su admiración hacia los enemigos que combatían, lo que hubiera preocupado a André de Saint-Remy si no hubiera comprobado con sus propios ojos la devoción de ambos y su compromiso de honor con el Temple.

Se quedarían en Constantinopla hasta que el superior de esta encomienda les entregara el Mandylion para llevarlo hasta Acre. André de Saint-Remy les había expresado sus dudas de dejarlos viajar solos con tan preciada reliquia, pero le habían asegurado que sólo así llegaría sana y salva a su destino, a la fortaleza templaria de San Juan de Acre donde se guardaban gran parte de los tesoros del Temple. Claro que antes Saint-Remy debía conseguir la mortaja de Cristo, y para ello se requería paciencia y diplomacia, además de astucia, cualidades todas ellas con las que contaba el superior de la encomienda de Constantinopla.

Balduino se había puesto sus mejores galas. De Molesmes le había aconsejado que no alertara a nadie sobre la visita que iban a realizar al obispo.

Pascal de Molesmes había elegido personalmente al grupo de soldados que les habían de acompañar, al igual que a los que debían cercar la iglesia de Santa María de las Blanquernas.

El plan era sencillo. Al caer la noche el emperador se presentaría en el palacio del obispo. Le pediría cortésmente que le entregara el Mandylion; si el obispo no accedía de buen grado, entonces los soldados entrarían en la iglesia de Santa María de las Blanquernas y se harían con la Sábana aunque fuera por la fuerza.

De Molesmes había convencido a Balduino para que no se arredrara ante el obispo y le amenazara si fuese necesario, para ello se harían acompañar del gigante Vlad, un hombre de las tierras del norte al que le faltaban entendederas y que hacía sin rechistar cuanto le ordenaba Balduino.

La oscuridad había cubierto la ciudad y sólo las bujías encendidas indicaban que casas y palacios estaban habitados.

Los golpes secos resonaron en el palacio del obispo, que en ese momento saboreaba una copa de vino de Chipre mientras leía una carta secreta del papa Inocencio. Un criado acudió a abrir el portón del palacio y se llevó un susto mayúsculo al encontrarse frente a frente con el emperador.

El hombre dio un grito y la guardia del obispo acudió presurosa a la puerta. El señor De Molesmes les ordenó que se arrodillaran ante el emperador.

Entraron en el palacio con paso firme. A Balduino le delataba el pánico, pero la resolución de su consejero le impedía salir corriendo, volverse atrás.

El obispo abrió la puerta de su estancia alarmado por el ruido que llegaba desde la escalera y no pudo articular palabra cuando se encontró de frente con Balduino, Pascal de Molesmes y un grupo de soldados que les acompañaban.

–¡Qué es esto! ¿Qué hacéis aquí? –exclamó el obispo.

–¿Así recibes al emperador? –le interrumpió el francés.

–Tranquilizaos, Ilustrísima –le dijo Balduino–. He venido a visitaros, siento no haber podido avisaros con tiempo suficiente, pero los asuntos de Estado no me lo han permitido.

La sonrisa de Balduino no logró tranquilizar al obispo, que plantado en medio de la estancia no acertaba a saber qué hacer.

–¿Nos permitís sentarnos? –preguntó el emperador.

–Pasad, pasad, vuestra visita, por inesperada, me ha sorprendido. Llamaré a mis criados para serviros como corresponde. Mandaré encender más bujías y...

—No —le interrumpió De Molesmes—. No hace falta que hagáis nada. El emperador os honra con su presencia, escuchadle.

El obispo, aún de pie, dudaba si seguir las indicaciones del francés mientras que los criados asomaban tímidamente por la puerta alarmados por el ruido y esperando órdenes de Su Ilustrísima.

Pascal de Molesmes se acercó a la puerta y les indicó que regresaran a sus aposentos, que aquella era una visita amistosa del emperador al obispo de Constantinopla y que, dada la hora, no se requería su presencia, puesto que para degustar una copa de vino, ellos mismos dispondrían.

El emperador tomó asiento en un cómodo sillón y dejó escapar un suspiro. Pascal de Molesmes lo había convencido de que no tenía otra opción que hacerse con el Mandylion para salvar Constantinopla.

Ya recobrado de la sorpresa y el susto inicial, el obispo se dirigió al emperador en tono insolente:

—¿Qué asunto es tan importante como para quebrar la paz de esta casa a estas horas? ¿Es vuestra alma quien necesita consejo u os preocupa algún asunto de la corte?

—Mi buen pastor, he venido como hijo de la Iglesia a haceros partícipe de los problemas del reino. Vos os cuidáis de las almas, pero quienes tienen alma tienen cuerpo, y es de los problemas terrenales de los que quiero hablaros, porque si el reino sufre, sufren los hombres.

Balduino suspiró buscando con la mirada la aprobación de Pascal de Molesmes; éste con un gesto apenas perceptible le indicó que continuara.

—Las necesidades de Constantinopla las conocéis tan bien como yo mismo. No hace falta estar en los secretos de la corte para saber que apenas quedan monedas en las arcas y que el acoso de nuestros vecinos nos ha ido debilitando. Hace meses que los soldados no cobran la paga entera, ni los funcionarios de palacio, ni mis embajadores reciben su estipendio. Siento pesar por no poder contribuir con dádivas a la Iglesia de la que me sabéis hijo amantísimo.

Llegado a este punto Balduino calló, temeroso de que en cualquier momento el obispo reaccionara con destemplanza. Pero éste le escuchaba tenso, rumiando la respuesta que iba a dar al emperador.

–Aunque no esté en el confesionario –prosiguió Balduino–, os hago partícipe de mis tribulaciones, debo salvar el reino y la única solución es vender el Mandylion a mi primo el rey de Francia, que Dios proteja. Luis está dispuesto a darnos el oro suficiente para pagar las deudas que nos acucian. Si le entrego el Mandylion salvaré Constantinopla. Por eso, Ilustrísima, os pido como emperador vuestro que me entreguéis la Santa Sábana. Estará en manos cristianas, como las nuestras.

El obispo le miró fijamente y carraspeó antes de hablar.

–Señor, vos acudís como emperador para demandarme una reliquia sagrada de la Iglesia. Decís que así salvaréis Constantinopla, pero ¿por cuánto tiempo? Yo no os puedo entregar lo que no me pertenece; el Mandylion es de la Iglesia, por ende de la Cristiandad. Sería un sacrilegio que os lo entregara para su venta. Los fieles de Constantinopla no lo permitirían, devotos como son de la imagen milagrosa de Cristo. No mezcléis los asuntos terrenales con los de Dios, vuestros intereses con los de la Cristiandad. Entended que no os puedo entregar la Sábana Santa a la que con tanta devoción rezan los viernes todos los cristianos. Los fieles jamás permitirían que vendierais la reliquia, que la enviarais a Francia, por bien guardada que pudiera estar por el buen rey Luis.

–No es mi intención polemizar, Ilustrísima, pero no os estoy rogando que me entreguéis el Mandylion, os lo estoy ordenando.

Balduino se sintió satisfecho de haber pronunciado esa última frase de manera tan contundente, y de nuevo buscó aprobación en los ojos de De Molesmes.

–Os debo respeto como emperador, y vos me debéis obediencia como pastor –contestó el obispo.

–Ilustrísima, no permitiré que se desangre lo que queda del imperio porque vos queráis conservar la preciada reliquia. Como cristiano siento tener que alejarme del Mandylion, pero ahora mi deber es actuar como emperador. Os pido que me entreguéis la reliquia... voluntariamente.

Alarmado, el obispo dejó su asiento y elevando la voz gritó:

—¿Os atrevéis a amenazarme? ¡Sabed que si osáis alzaros contra la Iglesia, Inocencio os excomulgará!

—¿Excomulgará también al rey de Francia por comprar el Mandylion? —replicó el emperador.

—No os entregaré la Sábana Santa. Pertenece a la Iglesia y sólo el Papa puede disponer de la más sagrada de las reliquias...

—No, no pertenece a la Iglesia, lo sabéis bien. Fue el emperador Romano Lecapeno quien la rescató del reino de Edesa y la trajo a Constantinopla. Pertenece al imperio, pertenece al emperador. La Iglesia sólo ha sido una leal depositaria, ahora será el imperio quien se encargue de su custodia.

—Acogeos a la decisión del Papa, le escribiremos, vos expondréis vuestras razones y yo me someteré a su decisión.

Balduino dudó. Sabía que el obispo intentaba ganar tiempo, pero ¿cómo negarse a una propuesta que parecía tan justa?

Pascal de Molesmes se plantó delante del obispo y lo miró con fiereza:

—Creo, Ilustrísima que no habéis entendido al emperador.

—¡Señor de Molesmes, os ruego que no intervengáis! —bramó el obispo.

—¿Me negáis la palabra? ¿Con qué autoridad? Soy súbdito, como vos, del emperador Balduino, y mi deber es proteger los intereses del imperio. Devolved el Mandylion que no os pertenece y saldemos en paz esta disputa.

—¡Cómo os atrevéis a hablarme así! ¡Señor, mandad callar a vuestro canciller!

—Calmaos los dos —intervino Balduino, ya recuperado de la duda inicial—. Ilustrísima, el señor De Molesmes ha dicho bien, hemos venido a reclamar que devolváis lo que me pertenece, no demoréis su entrega ni un minuto más o mandaré requisar el Mandylion por la fuerza.

Con pasos rápidos el obispo llegó a la puerta de la estancia y a voces pidió ayuda a su guardia. Al escuchar los gritos, un pelotón acudió a la carrera.

Envalentonado por la presencia de los soldados, el obispo intentó despedir a sus inoportunos visitantes.

—Si osáis tocar un solo hilo de la Santa Sábana escribiré al Papa y recomendaré que os excomulgue. ¡Marchaos! —tronó.

Sorprendido por aquella reacción inesperada, Balduino no se movió de su asiento, pero Pascal de Molesmes, preso de furia, se acercó a la puerta frente a la que continuaba el obispo:

—¡Soldados! —gritó.

En apenas unos segundos los soldados imperiales subieron la escalera y entraron en la estancia ante el estupor de los guardias del prelado.

—¿Vais a desafiar al emperador? Si es así, os mandaré prender por traición y ya sabéis que el castigo es la muerte —exclamó De Molesmes.

Un temblor recorrió el cuerpo del obispo, que miraba desesperado a sus soldados esperando que intervinieran. Pero no se movieron.

Pascal de Molesmes se dirigió al atónito Balduino.

—Señor, os ruego que deis la orden para que Su Ilustrísima me acompañe a la iglesia de Blanquernas y me entregue el Mandylion que os llevaré a palacio.

Balduino se levantó y haciendo acopio de su dignidad imperial caminó hacia el obispo.

—El señor De Molesmes me representa. Le acompañaréis y entregaréis el Mandylion. Si no cumplierais la orden, mi fiel servidor Vlad os llevará personalmente a las mazmorras de palacio de donde no saldréis jamás. Yo preferiría veros oficiar la misa el próximo domingo...

No dijo más. Acto seguido, sin mirar al obispo y con paso firme, abandonó la estancia rodeado de sus soldados y seguro de haberse comportado como un verdadero emperador.

Vlad, el gigante, se colocó delante del obispo dispuesto a cumplir con la orden del emperador. Su Ilustrísima entendió que de nada le serviría resistirse y rescatando de las brasas parte del orgullo herido se encaró con el canciller.

–Os entregaré el Mandylion e informaré al Papa.

Rodeados de soldados y bajo la atenta mirada de Vlad se encaminaron a la iglesia de Santa María de las Blanquernas. Allí, en una urna de plata, se encontraba la santa reliquia.

El obispo abrió la urna con una llave que llevaba colgada del cuello, y sin poder contener las lágrimas, sacó la Sábana y se la entregó a De Molesmes.

–¡Estáis cometiendo un sacrilegio por el que Dios os castigará!

–Decidme, ¿qué castigo recibiréis vos por tantas reliquias vendidas sin permiso del Papa y en vuestro propio provecho?

–¿Cómo osáis acusarme de tamaño dislate?

–Sois el obispo de Constantinopla, deberíais saber que nada de cuanto sucede queda oculto a los ojos de palacio.

El canciller tomó cuidadosamente la Sábana de manos del obispo, que cayó de rodillas llorando desconsoladamente.

–Os recomiendo, Ilustrísima, que os calméis y hagáis uso de vuestra inteligencia, que es mucha. Evitad un conflicto entre el imperio y Roma que a nadie beneficiaría. No os enfrentáis sólo a Balduino, os enfrentáis al rey de Francia. Pensadlo bien antes de actuar.

El emperador aguardaba a De Molesmes paseando, nervioso, de un lado a otro de la estancia. Se sentía confundido, sin saber si dejarse arrastrar por el pesar de haberse enfrentado al obispo o sentirse satisfecho por haber impuesto su autoridad imperial.

Un rojo vino de Chipre lo ayudaba a hacer más dulce la espera. Había despedido a su esposa y a sus criados y dado órdenes estrictas a su guardia de que sólo permitiera al canciller traspasar el umbral de sus aposentos.

En ésas estaba cuando, de pronto, escuchó pasos apresurados delante de la puerta y él mismo la abrió a la espera de encontrarse con De Molesmes.

Era él, en efecto. Escoltado por Vlad y con el Mandylion doblado, el canciller, con semblante satisfecho, entró en la cámara del emperador.

–¿Has tenido que usar la fuerza? –preguntó, temeroso, Balduino.

–No, señor. No ha sido necesario. Su Ilustrísima ha entrado en razón y me ha entregado de buen grado la reliquia.

–¿De buen grado? No te creo. Escribirá al Papa, puede que Inocencio me excomulgue.

–No lo permitirá vuestro tío el rey de Francia. ¿Creéis que Inocencio se enfrentará a Luis? No osará disputarle el Mandylion al rey Luis. No olvidéis que la Santa Sábana es para él, y no olvidéis tampoco que por ahora os pertenece a vos, nunca ha pertenecido a la Iglesia. Podéis calmar vuestra conciencia.

De Molesmes entregó la Sábana a Balduino y éste, con cierto temor, la colocó en un baúl ricamente adornado que estaba situado al lado de su lecho. Después, dirigiéndose a Vlad, le conminó a no moverse del lado del cofre y a defenderlo con su vida si fuese necesario.

La corte entera se presentó en Santa Sofía. No había ningún noble que no supiera de la disputa entre el emperador y el obispo, y hasta el pueblo llano habían llegado ecos del enfrentamiento.

El viernes los fieles habían acudido a Santa María de las Blanquernas a rezar ante el Mandylion y se encontraron con la urna vacía.

La indignación cundió entre los sencillos creyentes, pero acogotados como estaban por la precaria situación del imperio nadie osó enfrentarse al emperador. Además, todos apreciaban sus ojos y orejas, y por más que lloraran la ausencia de la Sábana Santa pensaban que más llorarían la ausencia de tan vitales órganos sensitivos.

En Constantinopla las apuestas formaban parte de la historia misma de la ciudad. Todo era motivo de juego para sus habitantes. Incluso el enfrentamiento entre el emperador y el obispo. Conocida la disputa del Mandylion, las apuestas habían alcanzado cifras desorbitadas. Unos auguraban que el obispo acudiría a oficiar la santa misa, otros que no se presentaría, y con este desaire al emperador se declararía la guerra entre el papado y Balduino.

Expectante, el embajador veneciano se acariciaba la barba, y el de Génova no quitaba los ojos de la puerta. A ambos les vendría bien para los intereses de sus repúblicas que el Papa excomulgara al emperador, pero ¿se atrevería Inocencio a desairar al rey de Francia?

Balduino entró en la basílica rodeado del boato propio de un emperador. Vestido de púrpura, acompañado de su esposa, de los nobles más fieles y flanqueado por su canciller, Pascal de Molesmes, se sentó en el trono adornado con láminas de oro y plata que ocupaba un lugar principal en la basílica. Después paseó la mirada entre sus súbditos, sin que ninguno pudiera leer en su rostro signos de preocupación.

Los segundos parecieron horas, pero apenas unos minutos más tarde apareció Su Ilustrísima el obispo de Constantinopla. Revestido de pontifical y con paso solemne se encaminó hacia el altar. Un murmullo recorrió la basílica mientras el emperador permanecía impasible, sentado en su trono.

De Molesmes había dispuesto que se esperara al obispo unos minutos, pero que si éste no comparecía oficiaría un sacerdote al que había remunerado con generosidad. La misa transcurrió sin incidentes y el sermón del obispo fue un llamamiento a la concordia entre los hombres y al perdón. El emperador comulgó de manos del obispo, lo mismo que la emperatriz y sus hijos, y el propio canciller también se acercó a recibir la comunión. La corte entendió el mensaje: la Iglesia no se enfrentaría al rey de Francia. Terminada la ceremonia el emperador celebró un ágape con abundante comida y vino traído del ducado de Atenas. Era un vino fuerte, denso, con recio sabor a pino. Balduino estaba de excelente humor.

El conde de Dijon se acercó al canciller.

–¿Y bien, señor De Molesmes, es posible que el emperador haya tomado ya una decisión?

–Mi querido conde, efectivamente el emperador os dará en breve una respuesta.

–Decidme ¿a qué debo esperar?

–Aún deberemos tratar algunos detalles que preocupan al emperador.

–¿Qué detalles?

–No os impacientéis. Disfrutad de la fiesta, acudid mañana a verme a eso de las diez.

–¿Podríais conseguir que me reciba el emperador?

–Antes de que el emperador os reciba, vos y yo tenemos que hablar; estoy seguro de que llegaremos a un acuerdo satisfactorio para vuestro rey y el mío.

–Os recuerdo que sois francés como yo y estáis obligado a Luis.

–¡Ah, mi buen rey Luis! Cuando me envió a Constantinopla me ordenó encarecidamente que sirviera a su sobrino como a él mismo.

Tal respuesta hizo entender al conde de Dijon que la primera lealtad de De Molesmes era para Balduino.

–A las diez me reuniré con vos.

–Os esperaré.

Con una inclinación de cabeza el conde de Dijon se alejó del canciller mientras buscaba con la mirada a María, la prima de Balduino, la que tanto celo ponía en hacerle grata su estancia en Constantinopla.

André de Saint-Remy salió de la capilla seguido por un pelotón de caballeros. Pasaron al refectorio donde por toda colación tomaron pan y vino.

El superior de la encomienda era un hombre austero que se había mantenido impoluto ante el oropel de la decadente Constantinopla evitando que se colara por las rendijas de la fortaleza cualquier concupiscencia o comodidad. Aún no se vislumbraba la primera luz de la mañana. Antes de dirigirse a sus quehaceres, los caballeros desayunaban una hogaza de pan mojada en vino. Concluida tan frugal colación los hermanos templarios Bartolomé dos Capelos, Guy de Beaujeau y Roger Parker se encaminaron a la sala de trabajo de Saint-Remy.

Aunque apenas había llegado dos minutos antes que ellos, su superior los esperaba impaciente.

–El canciller aún no me ha enviado recado para ser recibido por el emperador. Supongo que los últimos acontecimientos le han tenido ocupado. El Mandylion lo guarda Balduino en un arcón junto a su cama, y hoy mismo De Molesmes empezará a negociar el precio de su entrega con el conde de Dijon. La corte nada sabe de la suerte que ha corrido el rey de Francia, aunque hemos de suponer que no tardará en llegar algún emisario de Damietta anunciando las malas nuevas. No hemos de esperar más la llamada del canciller; acudiremos ahora a palacio y solicitaré audiencia al emperador para comunicarle que su tío augustísimo está preso de los sarracenos. Me acompañaréis, y con nadie hablaréis de lo que voy a comunicar al emperador.

Los tres caballeros asintieron y, siguiendo a su superior con paso rápido, llegaron a la explanada de la fortaleza donde los mozos de cuadra les tenían preparadas las monturas. Tres sirvientes con cabalgadura y tres mulas cargadas con pesados sacos se sumaron a la comitiva de los templarios.

El sol se había puesto cuando llegaron al palacio de las Blanquernas. Los criados de palacio se sorprendieron al ver en persona al superior de la encomienda de Constantinopla, deduciendo que algo importante había de pasar para que tan regio caballero acudiera a palacio a aquellas horas.

El canciller estaba leyendo cuando un criado entró precipitadamente en la sala para informarle de la presencia de Saint-Remy y sus caballeros y de su pretensión de ser recibidos de inmediato por el emperador.

La inquietud se reflejó en el rostro de Pascal de Molesmes. Su admirado André de Saint-Remy no se presentaría en la corte sin tener concertada una audiencia con el emperador a no ser que algo grave aconteciera.

Con paso presuroso se encaminó a su encuentro.

–Mi buen amigo, no os esperaba...

–Es urgente que vea al emperador –contestó con rudeza Saint-Remy.

–Decidme, ¿qué sucede?

El templario sopesó la respuesta.

–Traigo noticias de interés para el emperador. Hemos de verle a solas.

De Molesmes comprendió que nada más sacaría del hierático templario. Podía intentar sonsacarle asegurándole que Balduino no podría recibirle de inmediato a no ser que él, su canciller, estimara la urgencia del recado. Pero se dio cuenta de que esa táctica no funcionaría con Saint-Remy, y que si le dilataba la espera éste se marcharía sin decir palabra.

–Aguardad aquí. Informaré al emperador de vuestra urgencia en verle.

Los cuatro templarios permanecieron en la estancia de pie y en silencio. Se sabían espiados por ojos invisibles, capaces de leer sus labios aunque apenas entonaran las palabras. Esperando estaban cuando llegó el conde de Dijon a su cita con el canciller.

–Caballeros...

Se saludaron con una inclinación de cabeza. Los templarios sin apenas prestarle atención, el conde de Dijon sorprendido de ver a tan importante representación del Temple.

Apenas había pasado media hora cuando el canciller entró presuroso en la sala contigua a la cancillería, donde aguardaban.

Torció el gesto al ver al conde de Dijon, a pesar de la importancia que daba a la cita con el representante del rey de Francia.

–El emperador os recibirá ahora en su sala privada. Y vos, conde de Dijon, habréis de esperarme, porque yo a mi vez he de aguardar por si el emperador me necesita.

Balduino les esperaba en un salón contiguo al del trono. En sus ojos afloraba la preocupación por tan inesperada visita. Intuía que los templarios le traían malas noticias.

–Decidme, caballeros, ¿qué es tan urgente que no pueda esperar a que os reciba en audiencia como es debido?

André de Saint-Remy fue directo al grano.

–Señor, habéis de saber que vuestro tío, Luis de Francia, está preso en Al-Mansura. En estos momentos se negocian las condiciones de su libertad. La situación es grave. He creído prudente que la conocierais.

El rostro del emperador se tornó pálido, como si la sangre hubiera huido de su cuerpo. Durante unos segundos no acertó a decir palabra. Sintió que el corazón le latía con fuerza y que el labio inferior le temblaba al igual que le sucedía cuando era niño y tenía que hacer un esfuerzo por no llorar para que su padre no le castigara por mostrar un signo de debilidad.

El templario se dio cuenta del torbellino de emociones que abrumaban al emperador y continuó hablando para darle tiempo a que se recuperara.

–Sé cuán profundo es el afecto que sentís por vuestro tío. Os aseguro que se están haciendo los esfuerzos necesarios para conseguir la liberación del rey.

Balduino apenas logró balbucear unas palabras, tanta era la confusión en su mente y en su corazón.

–¿Cuándo lo habéis sabido? ¿Quién os lo ha dicho?

Saint-Remy no respondió a las preguntas de Balduino sino que a su vez le preguntó.

–Señor, sé bien los problemas que acucian al imperio y he venido a ofreceros nuestra ayuda.

–¿Ayuda? Decidme...

–Os disponíais a vender el Mandylion al rey Luis. El rey os envió al conde de Dijon para negociar el contrato del alquiler o la venta. Sé que la Sábana Santa ya está en vuestro poder y que una vez cerrado el acuerdo el conde la trasladaría a Francia para dejarla en depósito en manos de doña Blanca. Os apremian los banqueros genoveses, y el embajador de Venecia ha escrito a la Señoría que dentro de poco podrán comprar lo que queda del imperio a bajo precio. Si no liquidáis parte de las deudas con los venecianos y los genoveses os convertiréis en emperador de la nada. Vuestro imperio empieza a ser una ficción.

Las duras palabras de Saint-Remy estaban haciendo mella en el ánimo de Balduino que, desesperado, se retorcía las manos que ocultaba bajo las anchas mangas de la túnica púrpura. Nunca se había sentido tan solo como en aquellos momentos. Buscó inútilmente con la mirada a su canciller, pero los templarios habían advertido que preferían ver a solas al emperador.

–¿Qué me sugerís, caballeros? –preguntó Balduino.

–El Temple está dispuesto a compraros el Mandylion. Hoy mismo dispondríais del oro suficiente para hacer frente a las más acuciantes deudas. Génova y Venecia os dejarían en paz... a menos que os volváis a endeudar. Nuestra exigencia es el silencio. Deberéis jurar por vuestro honor que a nadie, a nadie, ni siquiera a vuestro buen canciller, le diréis que habéis vendido el Mandylion al Temple. Nadie debe saberlo jamás.

–¿Por qué me exigís silencio?

–Sabéis que preferimos actuar con discreción. Si nadie sabe dónde está el Mandylion no habrá rencillas ni enfrentamientos entre cristianos. El silencio es parte del precio. Confiamos en vos, en vuestra palabra de caballero y emperador, pero en el documento de venta constará que estaréis en deuda con el Temple si difundís los términos del acuerdo. También os exigiríamos el pago inmediato de las deudas que tenéis con el Temple.

El emperador apenas si respiraba del dolor intenso que sentía en la boca del estómago.

–¿Cómo sé que Luis está preso?

–Bien sabéis que somos hombres de honor en los que no cabe el engaño.

–¿Cuándo dispondría del oro?

–Ahora mismo.

Saint-Remy sabía que la tentación para Balduino era demasiado fuerte. Con decir sí se acabarían buena parte de sus más inmediatos pesares, esa misma mañana podría llamar al veneciano y al genovés, y saldar cuentas con ellos.

–Nadie en la corte creerá que el dinero ha llovido del cielo.

–Decidles la verdad, decid que os lo ha dado el Temple, no les digáis por qué. Que crean que es un préstamo.

–¿Y si no acepto?

–Estáis en vuestro derecho, señor.

Se quedaron en silencio. Balduino intentando pensar si había tomado la decisión acertada. Saint-Remy, tranquilo, sabiendo que el emperador aceptaría su propuesta, tan grande era su conocimiento del alma humana. El emperador fijó la mirada en el templario y con voz apenas audible esbozó una palabra:

–Acepto.

Bartolomé dos Capelos entregó a su superior un documento y éste a su vez se lo acercó al emperador.

–Es el documento del acuerdo. Leedlo, ahí están los términos de los que os he hablado. Firmadlo y nuestros criados depositarán donde digáis el oro que hemos traído con nosotros.

–¿Tan seguros estabais de que aceptaría? –se lamentó Balduino.

Saint-Remy guardó silencio sin dejar de mirar fijamente al emperador. Éste cogió una pluma de ganso, estampó su firma y la rubricó con el sello imperial.

–Esperad aquí, os entregaré el Mandylion.

El emperador salió por una puerta disimulada detrás de un tapiz. Minutos más tarde regresó y les entregó un lino cuidadosamente doblado.

Los templarios lo extendieron lo suficiente para comprobar que era el auténtico Mandylion. Luego lo volvieron a doblar.

A un gesto de Saint-Remy, Roger Parker, el caballero de origen escocés, y el portugués Dos Capelos, salieron del salón imperial y con paso rápido se dirigieron a la entrada del palacio donde aguardaban sus criados.

Pascal de Molesmes, que aguardaba en la antecámara, observaba el ir y venir de los templarios y sus criados cargados con sacos pesados. Sabía que era inútil preguntar qué se traían entre manos, y no dejaba de estar extrañado por no haber sido requerido por el emperador. Pensó en introducirse en el salón, pero podía provocar la cólera de Balduino, por lo que era más prudente esperar.

Dos horas más tarde, y ya con los sacos de oro guardados en un compartimiento secreto disimulado en la pared que cubría el tapiz, Balduino se despidió de los templarios.

Cumpliría con la promesa de guardar silencio, no sólo porque había comprometido su palabra de emperador, sino también porque temía a André de Saint-Remy. El superior de la encomienda templaria era un hombre piadoso, consagrado a la causa del Señor, pero en su mirada se reflejaba el hombre que llevaba dentro, un hombre al que no le temblaba la mano para defender aquello en lo que creía, o a lo que se comprometía.

Cuando Pascal de Molesmes entró en la cámara real encontró a Balduino pensativo, pero tranquilo, como si se hubiera quitado un peso de encima.

El emperador le informó de la mala suerte corrida por su tío el rey de Francia, y de cómo en vista de las circunstancias había aceptado un nuevo préstamo de los templarios. Haría frente a la deuda con Venecia y Génova a la espera de que el buen rey Luis recuperara la libertad.

El canciller le escuchó preocupado, intuyendo que Balduino le ocultaba algo, pero no dijo nada.

–Entonces, ¿qué haréis con el Mandylion?

–Nada. Lo guardaré en lugar secreto, y esperaré la liberación de Luis. Entonces decidiré qué hacer, acaso haya sido un aviso de Nuestro Señor para evitar que pequemos vendiendo su sagrada imagen. Llamad a los embajadores y comunicadles que les entregaremos el oro que adeudamos a sus ciudades. Y avisad al conde de Dijon, le comunicaré la suerte corrida por el rey de Francia.

André de Saint-Remy extendió cuidadosamente la Sábana, viendo aparecer en toda su extensión el cuerpo del Crucificado. Los caballeros cayeron de rodillas y, guiados por su superior, rezaron.

Nunca habían visto la Sábana entera. En la urna en la que estaba depositado el Mandylion en Santa María de Blaquernas sólo se alcanzaba a ver el rostro de Jesús, como si de un retrato pintado se tratase. Pero allí estaba ahora, ante ellos, la figura de Cristo con los signos del tormento que había sufrido. Perdieron la cuenta de las horas que pasaron rezando, pero caía la tarde cuando Saint-Remy se levantó y doblando cuidadosamente la mortaja se encaminó con ella a su cámara. Minutos más tarde mandó llamar a su hermano Robert y al joven caballero François de Charney.

–Disponed vuestra marcha cuanto antes.

–Si nos autorizáis podríamos salir dentro de unas horas, cuando nos envuelvan las sombras de la noche –sugirió Robert.

–¿No será peligroso? –preguntó el superior.

–No, es mejor que salgamos de la encomienda cuando nadie nos vea y los ojos de los espías estén vencidos por el sueño. A nadie diremos que nos vamos –terció De Charney.

–Prepararé el Mandylion para que no sufra los rigores del viaje. Venid a recogerlo antes de partir, no importa la hora, también llevaréis una carta mía y otros documentos al gran maestre Renaud de Vichiers. No os desviaréis del camino de Acre por ninguna causa. Os sugiero que os acompañen algunos hermanos, quizá Guy de Beaujeau, Bartolomé dos Capelos...

–Hermano –le interrumpió Robert–, os ruego que nos dejéis ir solos. Es más seguro. Nosotros podemos fundirnos con el paisaje, y contamos con la ayuda de nuestros escuderos. Si vamos solos no despertaremos sospechas, pero si salimos acompañados de un grupo de hermanos, entonces los espías sabrán que algo nos traemos entre manos.

–Lleváis el más preciado de los tesoros de la Cristiandad...

–... del que respondemos con nuestras vidas –añadió De Charney.

–Sea como decís. Ahora dejadme, he de preparar la carta. Y rezad, rezad pidiendo a Dios que os guíe a vuestro destino. Sólo Él puede garantizar el éxito de la misión.

La noche se había cerrado. Ni una sola estrella iluminaba la bóveda celeste. Robert de Saint-Remy y François de Charney salieron sigilosamente de sus cámaras y se encaminaron hacia la de André de Saint-Remy. El silencio impregnaba la noche y en el interior de la fortaleza los caballeros dormían. En las almenas algunos caballeros templarios junto a soldados a su servicio permanecían de guardia.

Robert de Saint-Remy empujó suavemente la puerta de la celda de su hermano y superior. Lo encontraron rezando de rodillas ante una cruz situada en una esquina de la habitación.

Al notar la presencia de los dos caballeros se levantó, y sin mediar palabra le entregó a Robert una bolsa de mediano tamaño.

–Dentro, en una arqueta de madera, está el Mandylion. Aquí tenéis los documentos que entregaréis al gran maestre, y oro para el viaje. Que Dios os acompañe.

Los dos hermanos se fundieron en un abrazo. No sabían si volverían a verse.

El joven De Charney y Robert de Saint-Remy vestían sus ropajes sarracenos, y ocultándose en la negrura de la noche acudieron a los establos en donde sus escuderos los aguardaban calmando la impaciencia de los caballos. Dieron la contraseña a los soldados que guardaban la puerta y abandonaron la seguridad de la encomienda para tomar el camino de San Juan de Acre.

32

Mendibj paseaba por el estrecho patio de la cárcel, disfrutando de los rayos de sol que iluminaban la mañana sin calentarla.

Había oído lo suficiente para saber que debía estar alerta. El nerviosismo de la psicóloga y la trabajadora social le hacía pensar que algo se estaba tramando y que él era la pieza de caza.

Había pasado el reconocimiento médico pertinente, había sido examinado una vez más por la psicóloga e incluso el director había asistido a una de esas cansinas sesiones en que la doctora se empeñaba en hacerle reaccionar a los estúpidos estímulos que le ponía como señuelos. Por fin la Junta de Seguridad de la prisión había firmado su conformidad para que accediera a la libertad, y sólo faltaba la ratificación del juez; a lo más siete días, y estaría en la calle.

Sabía lo que tenía que hacer. Vagaría por la ciudad hasta convencerse de que no le siguiera nadie, después se acercaría hasta el parque Carrara, iría durante varios días, observaría de lejos a Arslan, y no dejaría caer el papel indicando su presencia hasta no estar seguro de que nadie le preparaba una celada.

Temía por su vida. Aquel policía que lo había visitado no parecía un bravucón; le había amenazado con hacer lo imposible por que pasara el resto de su vida en prisión, y de repente todo eran facilidades para que recuperara la libertad. «La policía –pensó– prepara algo. Quizá piensan que si salgo a la calle les guiaré hasta mis contactos. Eso es, eso es lo que buscan, yo sólo soy el señuelo. Debo tener cuidado.»

El mudo paseaba de un lado a otro sin advertir que, disimuladamente, era observado por dos jóvenes. Altos, de complexión fuerte y con el rostro embrutecido por la experiencia de la cárcel, los dos hermanos Bajerai comentaban en voz baja los pormenores del asesinato que se disponían a perpetrar.

Mientras, en el despacho del director de la cárcel, Marco Valoni hablaba con éste y con el jefe de los celadores.

–Es improbable que pase nada, pero no podemos dejar cabos sueltos. Por eso hay que garantizar la seguridad del mudo los días que le quedan de estar aquí –insistía Marco a sus interlocutores.

–Pero señor, el mudo no le interesa a nadie, es como si no existiera, no habla, no tiene amigos, no se comunica con ningún interno. Nadie le haría ningún mal, se lo aseguro –respondió el jefe de los celadores.

–No podemos correr riesgos, compréndalo. No sabemos a quién nos enfrentamos. Puede que sea un pobre hombre, puede que no. Hemos hecho poco ruido, pero el suficiente para que haya llegado a algunos oídos que el mudo saldrá de prisión. Alguien tiene que garantizarme su seguridad aquí dentro.

–Pero, Marco –argumentó el director– en esta cárcel no se han producido ajustes de cuentas, ni asesinatos entre presos, ni nada que se le parezca, por eso no alcanzo a compartir tu preocupación.

–Pues la tengo. De manera que usted, señor Genari, como jefe de los celadores estoy seguro que sabe bien quiénes son los capos de la prisión. Quiero hablar con ellos.

Genari hizo un gesto de impotencia. No había manera de convencer a ese policía para que no metiera las narices en los entresijos de la cárcel. Pretendía nada menos que él, Genari, le dijera quién mandaba allí dentro, como si pudiera hacerlo sin jugarse el cuello.

Marco intuyó las reservas de Genari, así que intentó plantear su petición de otra manera.

–Vamos a ver, Genari, aquí dentro tiene que haber alguien por el que los demás presos sientan respeto. Tráigamelo aquí.

El director de la prisión se movió incómodo en el sillón mientras Genari se instalaba en un terco silencio. Finalmente, el director intervino a favor de Marco.

–Genari, usted conoce como nadie esta prisión, tiene que haber alguien con las características de las que habla el señor Valoni. Tráigalo.

Genari se levantó. Sabía que no podía tensar demasiado la cuerda sin despertar las sospechas de su superior y de aquel entrometido policía de Roma. Su cárcel funcionaba de maravilla, había unas reglas no escritas que todos respetaban y ahora Valoni quería conocer quién movía los hilos.

Mandó a un subalterno a por el capo, Frasquello. A esa hora estaría hablando por el móvil, dando instrucciones a sus hijos sobre cómo dirigir el negocio de contrabando de droga que le había llevado hasta prisión por culpa de un chivatazo.

Frasquello entró en el pequeño despacho del jefe de los celadores con gesto ceñudo.

–¿Qué quiere? ¿Por qué me molesta?

–Porque hay un policía empeñado en hablar con usted.

–Yo no hablo con policías.

–Pues con éste tendrá que hablar porque de lo contrario pondrá la prisión patas arriba.

–No tengo nada que ganar hablando con ese policía. Si tiene un problema, resuélvalo; a mí déjeme en paz.

–¡No, no le voy a dejar en paz! –gritó Genari–. Usted vendrá conmigo a ver a ese policía, y hablará con él. Cuanto antes termine su asunto antes se irá y nos dejará en paz.

–¿Qué quiere ese poli? ¿Por qué quiere hablar conmigo? Yo no conozco a ningún poli ni quiero conocerlo. Déjeme en paz.

El capo hizo ademán de salir del despacho, pero antes de que pudiera abrir la puerta Genari se le había echado encima cogiéndolo del brazo e inmovilizándolo con una llave.

–¡Suélteme! ¿Está loco? ¡Es hombre muerto!

En ese momento la puerta del despacho se abrió. Marco Valoni miró fijamente a los dos hombres notando la ira que albergaban ambos.

–¡Suéltelo! –ordenó a Genari.

El aludido soltó el brazo de Frasquello, quien permaneció inmóvil, como sopesando al recién llegado.

–He preferido venir yo a que usted acudiera al despacho del director. Le han telefoneado, así que le he dicho que para no importunarle yo venía a su despacho. Parece que he llegado a tiempo, porque usted ha encontrado a nuestro hombre. Siéntese –ordenó a Frasquello.

El capo no se movió. Genari, nervioso, le miró con odio.

–¡Siéntese! –repitió Valoni con gesto enfadado.

–No sé quién es usted, pero sí sé qué derechos tengo, y no estoy obligado a hablar con un policía. Llamaré a mi abogado.

–No llamará a nadie, y me escuchará y hará lo que yo le diga, porque de lo contrario le trasladarán de prisión a un lugar donde no tenga a su buen amigo Genari haciendo la vista gorda.

–Usted no puede amenazarme.

–Y no lo he hecho.

–¡Basta! ¿Qué quiere?

–Ya que está entrando en razón, se lo diré claramente: quiero que a un hombre que está dentro de esta prisión no le suceda nada.

–Dígaselo a Genari, es el jefe. Yo estoy preso.

–Se lo digo a usted, porque será usted el que se encargue de que a ese hombre no le suceda nada.

–¿Ah, sí? ¿Y cómo lo haré?

–No lo sé, ni me importa.

–Suponga que acepto, ¿qué gano?

–Algunas comodidades aquí dentro.

–Ja, ja, ja... De eso ya se encarga mi amigo Genari. ¿Con quién cree que está tratando?

–Bien, examinaré su expediente y veré si cabe alguna reducción de condena por colaborar con la justicia.

–No basta con que revise mi expediente, me lo tiene que asegurar.

–No. No le aseguraré nada. Hablaré con el director de la prisión y recomendaré que la Junta de Seguridad evalúe su comportamiento, su estado psicológico, sus posibilidades de reincorporarse a la sociedad. Pero no haré nada más.

–No hay trato.

–Si no hay trato empezará a dejar de tener algunos de esos privilegios a los que Genari lo tiene acostumbrado. Revisarán su celda de arriba abajo, y le aplicarán estrictamente el reglamento. Genari será trasladado a otra prisión.

–Dígame quién es el hombre.

–¿Hará lo que le he pedido?

–Dígame de quién se trata.

–De un mudo, un joven que...

La risa de Frasquello interrumpió a Marco.

–¿Quiere que proteja a ese pobre desgraciado? Nadie se ocupa de él, a nadie molesta. ¿Sabe por qué? Pues porque no es nadie, es un pobre desgraciado.

–Quiero que no le suceda nada en los próximos siete días.

–¿Quién podría hacerle algo?

–No lo sé. Pero usted lo evitará.

–¿Por qué tiene interés en el mudo?

–No es asunto suyo. Cumpla con lo que le he pedido y continuará disfrutando de estas vacaciones a cuenta del Estado.

–De acuerdo. Haré de niñera del mudo.

Marco salió del despacho con cierta sensación de alivio. El capo era un hombre inteligente. Haría lo que le había pedido.

Ahora venía la segunda parte: hacerse con las zapatillas deportivas que calzaba el mudo, las únicas que tenía, e introducir el transmisor. El director le había prometido que esa noche, cuando el mudo regresara a su celda, enviaría a un celador para que recogiera las zapatillas, aún no sabía qué excusa iba a esgrimir, pero le aseguró que lo haría.

John había enviado a Turín a Larry Smith, un experto en transmisiones capaz, le había dicho, de introducir un micrófono en una uña. Bien, vería si era tan bueno como prometía.

33

El duque de Valant había pedido audiencia con el canciller. A la hora prevista llegó acompañado de un joven comerciante ricamente ataviado.

—Decidme, duque —inquirió el canciller—, ¿qué es ese asunto tan urgente que queréis tratar con el emperador?

—Señor canciller, os pido que escuchéis a este caballero que me honra con su amistad. Es un respetado comerciante de Edesa.

Pascal de Molesmes, con gesto aburrido, pero por cortesía hacia el duque, escuchó al joven comerciante. Éste le expuso sin circunloquios el motivo de su viaje.

—Sé de las dificultades pecuniarias del imperio, y vengo a hacer una oferta al emperador.

—¿Vos queréis hacer una oferta al emperador? —exclamó entre irritado y divertido el canciller—. ¿Y qué oferta es ésa?

—Represento a un grupo de nobles comerciantes de Edesa. Como vos sabéis, hace mucho tiempo que un emperador de Bizancio arrebató por la fuerza de las armas a mi ciudad su más preciada reliquia: el Mandylion. Nosotros somos hombres de paz, vivimos honradamente, pero gustaríamos de devolver a nuestra Comunidad lo que era suyo y le fue robado a la fuerza. No vengo a suplicar que nos lo devolváis ahora que pertenece al emperador, pues de todos es sabido que obligó al obispo a entregárselo y que el rey de Francia jura que su sobrino no se lo vendió. Si el Mandylion está en manos de Balduino queremos comprárselo. No importa el precio, lo pagaremos.

—¿De qué Comunidad habláis? Pues Edesa está en manos musulmanas, ¿no?

293

–Somos cristianos, y nunca hemos sido molestados por los actuales señores de Edesa. Pagamos cuantiosos tributos y desarrollamos en paz nuestra actividad. De nada podemos quejarnos. Pero el Mandylion nos pertenece y debe volver a nuestra ciudad.

Pascal de Molesmes escuchó interesado al joven impertinente que osaba plantear sin remilgos la compra del Mandylion.

–¿Y cuánto estáis dispuesto a pagar?

–Diez sacos de oro con el peso de un hombre.

El canciller no movió un músculo pese a que le había impresionado la cuantía. El imperio volvía a tener deudas, y Balduino desesperaba en busca de préstamos, por más que su tío el buen rey Luis no le abandonara.

–Transmitiré al emperador vuestra oferta y os mandaré llamar cuando tenga una respuesta.

Balduino escuchó pesaroso a su canciller. Había jurado no revelar jamás la venta del Mandylion a los templarios. Sabía que respondía con su vida.

–Debéis decidle a ese comerciante que rechazo su oferta.

–¡Pero Señor, consideradlo!

–No, no puedo. No vuelvas a pedirme que venda el Mandylion. ¡Jamás!

Pascal de Molesmes salió cabizbajo de la sala del trono. Sospechaba de la incomodidad de Balduino cuando le hablaba del Mandylion. Hacía ya dos largos meses que la Sagrada Sábana estaba en manos del emperador, aunque a nadie se la había mostrado, ni siquiera a él, su canciller.

Corría la leyenda de que aquel oro generoso entregado por el superior de los templarios de Constantinopla, André de Saint-Remy, era en pago de la posesión del Mandylion. Pero Balduino siempre había negado esos rumores; juraba que la sagrada mortaja se encontraba a buen recaudo.

Cuando el rey Luis fue liberado y regresó a Francia envió

de nuevo al conde de Dijon con una oferta aún más generos
por el Mandylion, pero ante la sorpresa de la corte de Cons
tantinopla, el emperador se mostró inflexible y aseguró ante
todos que no vendería a su tío la reliquia. Ahora de nuevo re-
chazaba una oferta sustanciosa, de manera que Pascal de Molesmes dejó que en su mente se abrieran paso las sospechas
que albergaba: Balduino no poseía el Mandylion, se lo había
vendido a los templarios.

Esa tarde mandó llamar al duque de Valant y a su joven
protegido para transmitirles la negativa del emperador. De
Molesmes se sorprendió cuando el comerciante de Edesa le
aseguró que estaba dispuesto a doblar la oferta. Pero el canciller no le quiso hacer concebir falsas esperanzas.

–¿Entonces es cierto lo que se dice en la corte? –preguntó
el duque de Valant.

–¿Y qué es lo que se dice en la corte, mi buen amigo?

–Que el emperador no tiene el Mandylion, que se lo entregó en prenda a los templarios a cuenta del oro que éstos le
dieron para pagar a Venecia y a Génova. Sólo así se puede entender que rechace tan generosa oferta de los comerciantes
de Edesa.

–Yo no hago caso de los rumores ni de las insidias de la
corte, os aconsejo que vos tampoco creáis todo lo que se dice.
Os he transmitido la palabra del emperador, y no hay más que
hablar.

Pascal de Molesmes despidió a sus invitados albergando
las mismas sospechas que ellos: el Mandylion estaba en manos
de los templarios.

La fortaleza del Temple se levantaba sobre una roca junto al
mar. El color dorado de la piedra se confundía con la arena
del cercano desierto. La fortaleza se alzaba orgullosa domi-
nando un amplio terreno, uno de los últimos bastiones cristianos en Tierra Santa.

Robert de Saint-Remy se restregó los ojos como si la visión

de la fortaleza templaria se tratase de un espejismo. Calculó que en pocos minutos se verían rodeados de caballeros que desde hacía un par de horas los observaban. Tanto él como François de Charney parecían auténticos sarracenos. Hasta sus caballos, de pura sangre árabe, les ayudaban a ocultar su identidad.

Alí, su escudero, se había revelado una vez más como un experto guía y un fiel amigo. Le debía la vida, le había salvado cuando fueron atacados por una patrulla de ayubíes. Combatió a su lado con fiereza y no permitió que una lanza destinada a su corazón llegara a su destino, cruzándose en medio para recibir en su carne el hierro asesino. Ni uno de los ayubíes sobrevivió al ataque, pero Alí agonizó durante varios días, sin que él, Robert de Saint-Remy, se apartara de su lado.

Volvió a la vida gracias a las pócimas de Said, el escudero de De Charney, que era un mozo que había aprendido los remedios de los físicos del Temple y de algunos médicos musulmanes con los que había tratado en sus correrías. Fue Said quien arrancó el hierro de la lanza del costado de Alí y quien limpió minuciosamente la herida, cubriéndola con un emplasto que hizo con unas hierbas que siempre llevaba consigo, también le hizo beber un brebaje mal oliente con el que le indujo a un sueño tranquilizador.

Cuando el caballero De Charney preguntaba a Said si Alí viviría, invariablemente respondía, para desesperación de los dos templarios, con un «Sólo Alá lo sabe». Al cabo de siete días, Alí volvió a la vida despertando del sueño en el que se había sumergido y que tanto se asemejaba a la muerte. El dolor le laceraba un pulmón y respirar le suponía un sacrificio, pero Said ahora sí dijo que viviría y todos recuperaron el ánimo.

Alí tardó otros siete días más en poder incorporarse, y otros siete en poder cabalgar sobre su dócil corcel al que le habían sujetado con cinchas para que, en caso de que perdiera el conocimiento, no diera con sus huesos en el suelo. Alí sanó, y allí estaba, junto a ellos, a punto de entrar en la fortaleza cuando una polvareda provocada por los cascos de una docena de caballos los envolvió. Los caballeros templarios se hicieron presentes y el comandante de la patrulla les dio el alto.

En cuanto dijeron quiénes eran fueron escoltados hasta la fortaleza y llevados de inmediato a la presencia del gran maestre.

Renaud de Vichiers, el gran maestre del Temple, los recibió con afecto. A pesar del cansancio, durante una hora informaron a De Vichiers de algunos pormenores del viaje y le entregaron la misiva y los documentos que les diera André de Saint-Remy y la bolsa que guardaba el Mandylion.

El gran maestre les mandó descansar, y dio órdenes de que eximieran a Alí de cualquier servicio hasta que se recuperara totalmente.

Luego, ya a solas, con mano temblorosa, Renaud de Vichiers sacó de la bolsa el arca que guardaba el Mandylion. Sentía que la emoción le agarrotaba los sentidos, pues iba a conocer el rostro de Cristo Nuestro Señor.

Extendió el lino, y de rodillas, rezó, dando gracias a Dios por haberle permitido contemplar su verdadera faz.

Caía la tarde del segundo día de la llegada de Robert de Saint-Remy y François de Charney cuando el gran maestre llamó a la Sala Capitular a los caballeros de la Orden. Allí, sobre una mesa alargada, estaba expuesto el Mandylion. Uno por uno pasaron delante de la mortaja de Cristo, y algunos de aquellos recios caballeros a duras penas pudieron reprimir las lágrimas. Después de los rezos, Renaud de Vichiers explicó a los caballeros de la Orden que el santo sudario de Cristo permanecería en una urna, oculto a ojos indiscretos. Era la joya más preciada del Temple y la defenderían con su vida. Después les tomó juramento: a nadie dirían dónde se encontraba el Mandylion. Su posesión pasaba a ser uno de los grandes secretos de la Orden de los Caballeros Templarios.

34

Marco les había invitado a comer. Minerva, Pietro y Antonino habían llegado en el primer avión de la mañana.

Pietro se mostró frío, distante, casi antipático con Sofia, tanto que ésta se sintió incómoda. Pero sabía que no tenía opción: mientras estuviera en el Departamento del Arte tendría que trabajar con Pietro, lo que reafirmaba su decisión de marcharse en cuanto acabasen con el caso de la Síndone.

Estaban terminando el almuerzo cuando sonó el móvil de Sofia.

—¿Sí...?

Al identificar la voz que hablaba al otro lado del teléfono se ruborizó; también el que se levantara de la mesa y saliera del comedor llamó sin querer la atención de sus compañeros. Cuando regresó nadie le preguntó nada, pero era evidente que Pietro estaba en tensión.

—Marco, era D'Alaqua, me ha invitado a almorzar mañana con el doctor Bolard y el resto del comité científico de la Síndone; es una especie de comida de despedida.

—Habrás aceptado, ¿no? —preguntó Marco.

—No —respondió un tanto confundida.

—Pues has hecho mal, te dije que quería que te pegaras a ellos.

—Si no recuerdo mal mañana hacemos un ensayo general con todo el dispositivo que has montado, y se supone que yo coordino todo el operativo.

—Tienes razón, pero era una buena oportunidad de volver a ver a ese comité, sobre todo a Bolard.

—De todos modos almorzaré con D'Alaqua pasado mañana.

La miraron asombrados. El propio Marco no pudo reprimir una sonrisa.

—¡Ah! ¿Y cómo es eso?

—Sencillamente me reiteró la invitación para un día después, sólo que no estarán los miembros del comité científico.

Minerva observó cómo Pietro apretaba los nudillos contra la mesa. Antonino también se sentía incómodo por la conversación entre Sofia y Marco, por la tensión que afloraba en Pietro. De manera que, sin más disimulos, instaron a Marco a que pidiera la cuenta y desviaron la conversación hacia los pormenores del operativo del día siguiente.

Con chaqueta y pantalón vaquero, sin maquillaje, y con el pelo recogido en una cola de caballo, Sofia empezó a arrepentirse de haberse puesto de esa guisa para el almuerzo con D'Alaqua.

No estaba fea porque no lo era, y la chaqueta y el vaquero los había comprado en Versace, pero pretendía demostrarle a D'Alaqua que estaba trabajando y que la cita era parte del trabajo, nada más.

El coche salió de Turín y a pocos kilómetros se desvió por una pequeña carretera que desembocaba frente a un imponente *palazzo* de estilo renacentista oculto por un bosque.

La verja se abrió sin que el chófer de D'Alaqua presionara ningún mando a distancia y sin que nadie se hubiera acercado a ver quiénes eran. Supuso que había cámaras de seguridad disimuladas por todos los rincones.

En la puerta la esperaba Umberto D'Alaqua, enfundado en un elegante traje de seda gruesa de color gris oscuro.

Sofia no pudo ocultar un gesto de sorpresa cuando entró en el *palazzo*. Era un museo, un museo convertido en vivienda.

—Le he pedido que viniera a mi casa porque sabía que le gustaría ver algunos de los cuadros que tengo.

Durante más de una hora pasearon por distintas estancias

adornadas con impresionantes obras de arte distribuidas de manera muy inteligente.

Charlaron animadamente de arte, de política, de literatura. A Sofia se le pasó el tiempo con tal rapidez que se sorprendió cuando D'Alaqua se excusó diciendo que debía ir al aeropuerto porque a las siete tenía previsto volar hacia París.

—Perdóneme, lo he entretenido.

—En absoluto. Son las seis, y si no fuera porque esta noche debo estar en París, con mucho gusto la invitaría a que se quedase a cenar. Regreso dentro de diez días. Si continúa en Turín espero volver a verla.

—No lo sé. Es posible que para entonces hayamos terminado o estemos a punto de hacerlo.

—¿Terminado?

—La investigación sobre el incendio de la catedral.

—¡Ah! ¿Y cómo van?

—Bien. En la fase final.

—¿No puede ser más explícita?

—Pues...

—No se preocupe, lo entiendo. Cuando termine la investigación y se aclare todo, ya me lo contará.

Sofia se sintió aliviada por la reacción de D'Alaqua. Marco le había prohibido contarle nada, y aunque ella no compartía sus suspicacias sobre D'Alaqua, sería incapaz de desobedecerle.

Dos coches los esperaban en la puerta. Uno llevaría a Sofia al Alexandra y el otro, a D'Alaqua al aeropuerto, donde le aguardaba su avión privado. Se despidieron con un apretón de manos.

—¿Por qué quieren matarlo?

—No lo sé. Llevan días planeándolo. Intentan sobornar a un celador para que deje abierta la puerta de la celda del mudo. El plan es entrar mañana por la noche y cortarle el pescuezo, luego regresar a su celda. Nadie se enteraría, los mudos no gritan.

–¿Aceptará el celador?

–Puede ser. Dicen que tienen mucho dinero, creo que le van a ofrecer cincuenta mil euros.

–¿Quién más lo sabe?

–Otros dos compañeros, confían en nosotros, somos turcos como ellos.

–Vete.

–¿Me pagarás la información?

–Te la pagaré.

El capo Frasquello se quedó pensativo. ¿Por qué los hermanos Bajerai querían matar al mudo? Sin duda un asesinato por encargo, pero ¿de quién?

Llamó a sus lugartenientes, dos hombres que cumplían penas de prisión perpetua por asesinato. Conversó con ellos durante media hora. Después pidió a un celador que llamara a Genari.

El jefe de los guardianes entró en la celda de Frasquello pasada la medianoche. Éste veía un programa de televisión y ni se movió al verlo entrar.

–No hagas ruido y siéntate. Dile a tu amigo el poli que tenía razón. Quieren matar al mudo.

–¿Quiénes?

–Los Bajerai.

–¿Y por qué? –preguntó sorprendido Genari.

–¡Y yo qué sé! Tampoco me importa. Cumplo con mi parte, que él cumpla con la suya.

–¿Lo podrás evitar?

–Márchate.

Genari salió de la celda y con paso rápido fue hasta su despacho y llamó al número del móvil de Marco Valoni.

Marco leía. Estaba cansado. Habían ensayado de nuevo el dispositivo que pondrían en marcha en cuanto el mudo saliera de prisión. Además había vuelto a los subterráneos y durante dos horas había ido de un lado a otro, golpeando paredes, esperando oír el sonido característico del muro hueco. El comandante Colombaria, haciendo alarde de paciencia, acompañó a Marco en el nuevo periplo intentando convencerlo de que allí abajo no había más de lo que veía.

—Señor Valoni, soy Genari.

Marco miró el reloj, pasaba la medianoche.

—Tenía usted razón, quieren asesinar al mudo.

—Cuéntemelo todo.

—Frasquello ha descubierto que dos hermanos, dos turcos, los Bajerai, quieren cargarse al mudo. Al parecer presumen de haber recibido dinero para hacerlo. Lo harán mañana. Deberían llevarse al mudo de esta prisión cuanto antes.

—No, no podemos hacerlo. Sospecharía que pasa algo y daría al traste con toda la operación. ¿Frasquello cumplirá su parte?

—Ya está cumpliendo, él me ha recordado que es usted quien debe cumplir la suya.

—Lo haré. ¿Está usted en la cárcel?

—Sí.

—Bien, voy a despertar al director; dentro de una hora estaré ahí, quiero toda la información que posean de los dos hermanos esos.

—Son turcos, buenos chicos, mataron a un hombre en una pelea pero no son asesinos, bueno, no son profesionales.

—Dentro de una hora me lo contará.

Marco despertó al director de la cárcel y le instó a reunirse con él en su despacho de la prisión. Luego telefoneó a Minerva.

—¿Dormías?

—Leía. ¿Qué pasa?

—Vístete, dentro de quince minutos te espero en el vestíbulo. Quiero que vayas a la central de los *carabinieri*, te metas en su ordenador y busques información sobre unos pájaros. Yo iré a la cárcel y desde allí te iré llamando con toda la información de que dispongan.

—Pero dime qué pasa.

–Que aún no me falla la intuición y hay dos que quieren asesinar al mudo.

–¡Dios mío!

–En quince minutos, abajo. No te entretengas.

Cuando Marco llegó a la prisión el director ya lo esperaba en su despacho. El buen hombre bostezaba sin poder disimular su cansancio.

–Quiero todo el informe de los Bajerai.

–¿Los hermanos Bajerai? Pero ¿qué han hecho? ¿Usted confía en lo que diga ese Frasquello? Mire, Genari, cuando esto termine usted deberá explicarme su relación con Frasquello.

El director buscó el informe referente a los hermanos y se lo entregó a Marco, al que le faltó tiempo para sentarse en el sofá y enfrascarse en su lectura. Cuando terminó telefoneó a Minerva.

–Me estoy durmiendo.

–Pues despiértate y empieza a buscar todo lo referente a esta familia de turcos que, aunque nacieron aquí, son hijos de inmigrantes. Lo quiero saber todo de ellos y de sus familiares. Pregunta a la Interpol, habla con la policía turca, en fin, que dentro de tres horas quiero un informe completo.

–¿Tres horas? Ni lo sueñes. Dame hasta mañana.

–A las siete.

–De acuerdo, cinco horas, algo es algo.

El comedor del hotel donde servían los desayunos abría a las siete en punto. Minerva, con los ojos enrojecidos por la falta de sueño y tantas horas ante el ordenador, entró en la sala segura de que allí encontraría a Marco.

Su jefe estaba leyendo el periódico y tomando un café. Igual que ella, tampoco tenía buena cara, se le notaban las huellas de la vigilia.

Minerva colocó dos carpetas encima de la mesa y se dejó caer en la silla.

—¡Uf, estoy agotada!

—Lo imagino. ¿Has encontrado algo interesante?

—Depende de lo que a ti te pueda parecer interesante.

—Prueba a decírmelo.

—Los hermanos Bajerai son hijos de inmigrantes turcos. Sus padres emigraron primero a Alemania y de allí pasaron a Turín. En Frankfurt encontraron trabajo pero la madre no se adaptaba al carácter germano, así que, como aquí tenían unos familiares, decidieron probar suerte. Sus hijos son italianos, turineses. El padre trabajó en la Fiat y la madre como asistenta. Ellos fueron a la escuela, y no fueron ni mejores ni peores que los demás. El mayor era más pendenciero y el más listo. Su expediente académico es bueno. Cuando terminaron secundaria el mayor entró a trabajar en la Fiat, como su padre, al pequeño lo contrataron de chófer de un jefazo del gobierno regional, un tal Regio, que le cogió porque la madre del chico había servido de asistenta en su casa. El mayor aguantó poco en la Fiat, lo de ser obrero no iba con él, de manera que alquiló un puesto en el mercado y se dedicó a vender verduras y hortalizas. Les iba bien, nunca tuvieron ningún lío con la policía, ni con Hacienda. Nada. El padre está jubilado, la madre también, viven de la pensión del Estado y de los ahorros de toda la vida. No poseen bienes salvo la casa que con mucho esfuerzo compraron hace quince años. Hace un par de años, un sábado por la noche, los Bajerai estaban en una discoteca con sus novias. Unos tipos borrachos las piropearon, parece que uno le tocó el culo a la novia del mayor. El informe de la policía afirma que los hermanos sacaron las navajas y se liaron a cuchilladas con los borrachos. Mataron a un tío y al otro lo hirieron de tal manera que le dejaron un brazo inútil. Les han condenado a veinte años, o sea, a toda la vida. Sus novias no les han esperado. Se han casado.

—¿Qué sabes de su familia en Turquía?

—Gente humilde. Provienen de Urfa, cerca de la frontera con Irak. A través de Interpol, la policía turca nos ha mandado un e-mail sobre lo que tienen de la familia Bajerai, que es muy poco y nada interesante. El padre tiene un hermano más joven en Urfa, aunque está a punto de jubilarse; trabaja en los campos petrolíferos. ¡Ah!, también tienen una hermana, casada con un maestro con el que ha tenido ocho hijos. Son gente de bien, no se han metido nunca en problemas, a los turcos les ha extrañado que preguntemos por ellos. Lo mismo les hemos hecho una faena a esa pobre familia, porque ya sabes cómo se las gastan allí.

—¿Algo más?

—Sí, aquí en Turín vive un primo de la madre, un tal Amin, al parecer un ciudadano ejemplar. Es contable, lleva muchos años trabajando para una empresa de publicidad. Está casado con una italiana, dependienta en una tienda de modas. Tienen dos hijas, la mayor va a la universidad, la pequeña está a punto de terminar secundaria, y van a misa los domingos.

—¿A misa?

—Sí, a misa, supongo que no te extrañará que la gente vaya a misa, esto es Italia.

—Sí, pero ese primo ¿no es musulmán?

—Pues no lo sé, supongo que sí, pero está casado con una italiana, por la iglesia, o sea que se habrá convertido, aunque en su ficha no figura ningún expediente de conversión.

—Investígalo. Investiga también si los Bajerai iban a la mezquita.

—¿A qué mezquita?

—Tienes razón, esto es Italia. De todas las maneras alguien tiene que saber si eran buenos musulmanes. ¿Te has podido meter en sus cuentas corrientes?

—Sí, y no tienen nada extraordinario. El primo este gana un sueldo aceptable, lo mismo que su esposa. Les da para vivir bien, aunque están pagando las letras del piso. No han tenido ninguna entrada especial de dinero. Son una familia muy unida y visitan con asiduidad a los hermanos presos, les llevan comida, dulces, tabaco, libros, ropa, en fin, procuran que la vida en prisión no les resulte tan dura.

—Sí, ya lo sé. Tengo aquí una copia del registro de las visitas. El tal Amin los ha visitado este mes en dos ocasiones, cuando lo normal es que los visitara una vez al mes.

–Bueno, tampoco es para sospechar porque haya ido un día más.

–Tenemos que analizarlo todo, hasta lo insignificante.

–De acuerdo, de acuerdo; pero, Marco, no debemos perder la perspectiva.

–¿Sabes lo que me llama la atención? Eso de que vaya a misa y se haya casado por la iglesia. Los musulmanes no apostatan de su religión así como así.

–¿Vas a investigar a todos los italianos que sin embargo no pisan la iglesia? Oye, tengo una amiga que se convirtió al judaísmo porque se enamoró de un israelita durante un verano que estuvo en un kibbutz. La madre del chico era una judía ortodoxa que no habría consentido que su criatura se casara con una gentil, de manera que mi amiga se convirtió y los sábados va a la sinagoga. No cree en nada, pero ella va.

–Vale, ésa es la historia de tu amiga, pero aquí tenemos a dos turcos que quieren matar a un mudo.

–Sí, pero lo quieren matar ellos, no su primo, y no lo convertirás en sospechoso porque vaya a misa.

Pietro entró en el comedor y enseguida los vio. Un minuto más tarde Antonino y Giuseppe se incorporaron al desayuno. Sofia fue la última en llegar.

Minerva les puso al tanto de lo que habían hecho las últimas horas y, por indicación de Marco, cada uno leyó una copia del expediente elaborado por su compañera.

–¿Y bien? –preguntó Marco cuando todos hubieron terminado la lectura.

–No son asesinos, luego si les han encargado el trabajo es porque tienen alguna relación con el mudo, o alguien que conoce al mudo tiene mucha confianza en ellos –argumentó Pietro.

–En la prisión hay hombres que le habrían rajado sin miramiento, pero quien ha hecho el encargo o no sabe cómo llegar a esos hombres, luego no pertenece al mundo del hampa, o, como dice Pietro, el que ha hecho el encargo confía por razones que no sabemos en esos dos hermanos, que a la vista del expediente no son nada extraordinarios. Nunca han estado relacionados con los bajos fondos, no han robado la moto del vecino y sí, han asesinado a un tío, pero en una pelea de borrachos.

–Vale, Giuseppe, pero dime algo más que no sepamos –insistió Marco.

–Pues yo creo que tanto Giuseppe como Pietro están diciendo mucho –intervino Antonino–. Hay un eslabón en alguna parte que debemos encontrar, alguien quiere muerto al mudo porque sabe que nos puede guiar hasta él. Eso quiere decir que hay una filtración, que alguien conoce la operación caballo de Troya; de lo contrario haría tiempo que habrían acabado con el mudo, pero lo quieren matar justo ahora.

Se quedaron unos segundos en silencio. El razonamiento de Antonino parecía haber dado en el clavo.

–Pero ¿quién conoce la operación? –preguntó Sofia.

–Demasiada gente –respondió Marco–. Y Antonino tiene razón, lo quieren matar ahora para evitar que nos guíe hasta ellos. Por tanto, conocen con antelación nuestros pasos. Minerva, Antonino, quiero que busquéis más información sobre la familia Bajerai, ellos son un eslabón. Tienen que estar conectados con alguien que quiere muerto a nuestro hombre. Revisadlo todo de nuevo, buscad e investigad el detalle más insignificante. Yo vuelvo a la prisión.

–¿Por qué no hablamos con los padres y el primo de los Bajerai? –preguntó Pietro.

–Porque si lo hacemos despertaremos la liebre. No, no podemos hacer aún más visible nuestra presencia. Tampoco podemos sacar al mudo de la prisión porque sería él quien sospecharía y no nos conduciría hasta su organización. Debemos mantenerlo vivo, lejos de los Bajerai –respondió Marco.

–¿Y quién se encarga de eso? –inquirió Sofia.

–Un capo de la droga, un tal Frasquello. Me he comprometido con él a que la Junta de Seguridad revise su expediente. Bien, manos a la obra.

Se encontraron con Ana Jiménez en el vestíbulo. Tiraba de la maleta en dirección a la puerta.

–Deben traerse entre manos algo importante, están todos... –bromeó la periodista.

–¿Se va? –se interesó Sofia.

–Sí, me voy a Londres, luego a Francia.

–¿Por trabajo? –insistió Sofia.

–Por trabajo. Lo mismo la llamo, doctora, a lo mejor necesito su consejo.

El portero la avisó de que el taxi aguardaba en la puerta, así que se despidió de ellos con una sonrisa.

–Esa chica me pone nervioso –confesó Marco.

–Sí, nunca te ha caído bien –afirmó Sofia.

–No, no, te equivocas, me cae bien, pero no me gusta que se entrometa en nuestro trabajo. ¿A qué va a Londres? Y ha dicho que luego irá a Francia. No sé si sabe algo que se nos escapa o si está intentando demostrar alguna de sus locas teorías.

–Es muy inteligente –respondió Sofia– y a lo mejor sus teorías no son tan locas. A Schliemann le consideraban un chiflado y encontró Troya.

–A esa chica sólo le faltabas tú de abogada defensora. En fin, me ha fastidiado saber que se va a Londres, porque no sé qué demonios puede ir a hacer allí, pero está claro que tiene que ver con la Sábana Santa. Llamaré a Santiago.

El celador había aceptado el dinero. Una cantidad sustanciosa sólo por dejar abierta la puerta de dos celdas, la del mudo y la de los Bajerai. No había nada malo en ello, o por lo menos él no haría nada, tan sólo olvidarse de echar el cerrojo.

La prisión estaba en silencio. Hacía dos horas que los presos habían sido encerrados en sus celdas. Los pasillos apenas estaban iluminados, y los celadores de servicio dormitaban.

Los Bajerai empujaron la puerta de su celda comprobando que estaba abierta. El individuo había cumplido. Pegándose a la pared, pero arrastrándose casi a ras del suelo, se dirigieron hacia el otro extremo del pasillo, donde sabían que estaba la celda del mudo. Si todo iba bien, en menos de diez minutos habrían vuelto a su celda y nadie se enteraría de nada.

Habían recorrido la mitad del pasillo cuando el pequeño, que cerraba la marcha, sintió una mano apretándole el cuello. No pudo esbozar el grito, sintió un golpe pesado en la cabeza y perdió el sentido. El mayor de los Bajerai se volvió demasiado tarde, un puñetazo se estrelló contra su nariz y empezó a sangrar; tampoco pudo gritar, una mano de hierro le apretaba el cuello y no le dejaba respirar, sintió que se le escapaba la vida.

Los dos hermanos se despertaron en su celda, tirados en el suelo, mientras un celador atónito daba la voz de alarma. Se alegraron de estar vivos mientras los trasladaban a la enfermería, pero alguien los había traicionado. Les estaban esperando.

El médico dictaminó que debían permanecer en observación en la enfermería. Habían recibido unos golpes brutales en la cabeza y sus rostros eran un amasijo de sangre, con los ojos casi cerrados a causa de la hinchazón. Se quejaron del dolor y, por indicación del médico, la enfermera les inyectó un calmante que los sumió en un nuevo sueño.

Cuando Marco llegó al despacho del director éste le contó preocupado los acontecimientos de la noche. Tenía que dar parte a las autoridades judiciales, y a los *carabinieri*.

Marco le tranquilizó, y pidió ver al capo Frasquello.

–He cumplido mi parte –le espetó éste tan pronto entró en el despacho del director.

–Sí, y yo cumpliré la mía. ¿Qué ha pasado?

–No haga preguntas, las cosas han salido como usted quería. El mudo vive y los turcos también, ¿qué más quiere? Nadie ha sufrido daño alguno. Bueno, hubo que parar a esos dos hermanos, pero no les ha pasado nada grave.

–Quiero que continúe vigilando. Pueden volver a intentarlo.

—¿Quiénes, esos dos? No lo creo.

—Ellos u otros, no lo sé. Esté atento.

—¿Cuándo hablará con la Junta de Seguridad?

—En cuanto esto haya acabado.

—¿Y cuándo será eso?

—Espero que en tres o cuatro días, no más.

—De acuerdo. Cumpla, poli, porque de lo contrario lo pagará.

—No sea estúpido, no me amenace.

—Cumpla.

Frasquello salió del despacho dando un portazo ante la mirada estupefacta del director.

—Pero, Marco, ¿usted cree que la Junta de Seguridad hará caso de su recomendación sobre Frasquello?

—Ha colaborado; deben tenerlo en cuenta, es todo lo que les pediré. Dígame ¿cuándo podremos tener las deportivas del mudo? Mi hombre no se puede quedar eternamente en Turín, tenemos que meter ese micrófono.

—No se me ha ocurrido ninguna excusa, yo...

—Pues mande que se las quiten para lavarlas, dígale que como va a salir es costumbre que los presos que recuperan la libertad salgan lo más aseados posible. Si no lo entiende dará lo mismo; si lo entiende, la explicación es la más plausible que se me ocurre. No hay otra. Así que esta noche, cuando lo encierren en su celda, me traen aquí las zapatillas de deporte; lávenlas, deben devolvérselas limpias, luego trabajaremos con ellas.

35

Addaio trabajaba en su despacho cuando el pitido del móvil le alertó. Respondió de inmediato. El gesto se le crispó mientras escuchaba a su interlocutor. Colgó rojo de ira.

—¡Guner! ¡Guner! —gritó por el pasillo, algo insólito en él. Su criado apareció presuroso.

—¿Qué sucede, pastor?

—Busca inmediatamente a Bakkalbasi. No importa dónde esté, tengo que verlo. Dentro de media hora quiero a todos los pastores aquí. Encárgate de ello.

—Lo haré, pero dime, ¿qué ha pasado?

—Una catástrofe. Ahora vete y haz lo que te he pedido.

Cuando se quedó solo se apretó las sienes con las dos manos. Le dolía la cabeza. Desde hacía días tenía unos dolores apenas soportables. Dormía mal y no tenía ganas de comer. Sentía que ya no le tenía apego a la vida. Estaba cansado de la trampa mortal que significaba ser Addaio.

Las noticias no podían ser peores. Los hermanos Bajerai habían sido descubiertos. Alguien de la prisión conocía sus planes y los había frustrado. A lo mejor los Bajerai eran unos bocazas, o sencillamente alguien protegía al mudo. Podían ser *Ellos, Ellos* otra vez, o ese poli que estaba metiendo las narices en todas partes. Al parecer en los últimos días no salía del despacho del director. Planeaba algo, pero ¿qué? Le habían dicho que Marco Valoni se había reunido un par de veces con un capo de la droga, un tal Frasquello. Sí, sí, las piezas encajaban, seguramente ese Valoni había encargado al mafioso que cuidara de Mendibj, el chico era su única pista para llegar hasta ellos, tenían que protegerlo. Eso era, sí era eso. Sí, sí, incluso es lo que le había sugerido su interlocutor. ¿O le había dicho otra cosa? El dolor le quemaba el cerebro. Buscó una llave y abrió un cajón, sacó unas píldoras, se tomó dos, luego se sentó con los ojos cerrados a esperar que se le fuera el dolor; con un poco de suerte, cuando los pastores llegaran ya se le habría pasado.

Guner golpeó con suavidad la puerta del despacho. Los pastores esperaban a Addaio en la sala grande. Cuando entró en la estancia encontró a Addaio con la cabeza sobre la mesa, los ojos cerrados. Se acercó temeroso, y suspiró aliviado: vivía. Lo sacudió con suavidad hasta que le despertó.

–Te has dormido.

–Sí... Me dolía la cabeza.

–Debes volver al médico, esos dolores te están matando, tendrías que hacerte un escáner.

–No te preocupes, estoy bien.

–No, no lo estás. Los pastores te esperan, arréglate un poco antes de bajar.

–Lo haré. Mientras, ofréceles una taza de té.

–Ya lo he hecho.

Unos minutos más tarde Addaio se reunía con el Consejo de la Comunidad. Los siete pastores ataviados con casullas negras que estaban sentados alrededor de una pesada mesa de caoba formaban un conjunto de aspecto imponente.

Addaio les informó de lo sucedido en la prisión de Turín y la preocupación inundó los rostros de los siete hombres.

–Quiero que tú, mi querido Bakkalbasi, vayas a Turín. Mendibj saldrá en dos o tres días e intentará ponerse en contacto con nosotros. Tenemos que evitarlo, nuestra gente no puede cometer más fallos. Por eso es importante que estés allí, coordinando la operación, en contacto permanente conmigo. Tengo el presentimiento de que estamos al borde del desastre.

–Tengo noticias de Turgut.

Todos los ojos se volvieron al pastor que hablaba, un hombre anciano, de vívidos ojos azules.

–Está enfermo, profundamente deprimido. Tiene complejo de persecución. Asegura que lo vigilan, que el obispado no se fía de él y que los policías de Roma continúan en Turín para prenderle. Deberíamos sacarlo de allí.

–No, ahora no podemos, sería una locura –respondió Bakkalbasi.

–¿Está preparado Ismet? –preguntó Addaio–. Ordené que dispusiera sus cosas para ir con su tío, es lo mejor.

–Sus padres han aceptado, pero el joven se muestra remiso, aquí tiene novia –explicó Talat.

–¡Novia! ¿Y porque tiene novia está poniendo en peligro a toda la Comunidad? Llamad a sus padres, saldrá hoy mismo hacia Turín, irá con nuestro hermano Bakkalbasi. Que los padres de Ismet llamen a Turgut y le anuncien que le envían a su hijo para que cuide de él al tiempo que se busca un porvenir en Italia. Hacedlo ya.

El tono perentorio de Addaio no dejaba lugar a réplicas. Una hora más tarde los hombres abandonaron la mansión con órdenes precisas que cumplir.

36

Ana Jiménez apretó el timbre. La elegante casa victoriana situada en el barrio más elegante de Londres parecía la residencia de algún rico lord. Un mayordomo entrado en años abrió la puerta.

–Buenos días. ¿Qué desea?

–Quisiera hablar con el director de esta institución.

–¿Tiene cita concertada?

–Sí. Soy periodista, me llamo Ana Jiménez, y la cita me la ha concertado un colega del *Times*, Jerry Donalds.

–Pase y aguarde un momento, por favor.

El vestíbulo de la casa era espacioso, el suelo de madera cubierto por mullidas alfombras persas y en las paredes colgaban cuadros con escenas religiosas.

Ana se distrajo mirando los cuadros a la espera de que regresara el mayordomo y no se dio cuenta de que un caballero anciano la observaba desde el umbral de la puerta.

–Buenos días, señora Jiménez.

–¡Ah! Buenos días, perdone, no me había dado cuenta de que...

–Pase a mi despacho. Así que es usted amiga de Jerry Donalds.

Ana prefirió sonreír y no responder la pregunta, porque en realidad no conocía de nada a ese tal Donalds que al parecer era capaz de abrir las puertas más herméticas de Londres.

El tal Jerry Donalds era amigo de un diplomático amigo de Ana que había estado destinado en Londres y ahora estaba en Bruselas en un cargo institucional en la Unión Europea. Le había costado convencerlo para que la ayudara, pero al final lo había conseguido y la puso en contacto con Jerry Donalds, que muy amablemente la escuchó y, tras pedirle que le diera un par de horas, la llamó a Turín anunciándole que el muy ilustre profesor Anthony McGilles la recibiría.

El profesor se acomodó en un sillón de cuero y la invitó a sentarse en el sofá. Apenas se habían sentado cuando entró el anciano mayordomo con una bandeja y el servicio de té.

Durante unos minutos Ana respondió a las preguntas de McGilles, que se interesaba por su trabajo como periodista, y por la situación política en España. Finalmente, el profesor decidió ir al grano.

—Así que está usted interesada en los templarios.

—Sí, para mí ha sido una sorpresa saber que aún existen, y que tienen una dirección en internet, ésta.

—Éste es un centro de estudios, nada más. Ahora dígame, ¿qué es lo que quiere saber?

—Pues si existen los templarios hoy en día, quisiera saber qué hacen, a qué se dedican... y si es posible me gustaría preguntarle sobre algunos acontecimientos históricos de los que fueron protagonistas.

—Verá señorita, los templarios tal y como usted los imagina, tal y como eran, ya no existen.

—¿Entonces, la información que encontré en internet es falsa?

—No, la prueba es que está usted aquí hablando conmigo. Sólo quiero advertirle que no deje volar su imaginación pensando en caballeros con la espada en la mano. Estamos en el siglo XXI.

—Sí, eso ya lo sé.

—De manera que somos una organización dedicada al estudio. En la actualidad nuestro cometido es intelectual y social.

—Pero ¿ustedes son los verdaderos herederos del Temple?

—Cuando el papa Clemente V suspendió a la Orden, los templarios pasaron a formar parte de otras órdenes. En Aragón pasaron a formar parte de la Orden de Montesa; en Portugal el rey Dionís creó una nueva orden, la Orden Do Cristo; en Alemania pasaron a formar parte de la Orden Teutónica, y en Escocia la Orden nunca se disolvió. La persistencia ininterrumpida de la Orden de Escocia evidencia por qué el espíritu templario ha llegado hasta nuestros días. Formaron parte de la Garde Escossaise francesa, desde el siglo XV, destinada a la protección del rey, y apoyaron a la dinastía jacobita en Escocia. Desde 1705 la Orden no se oculta. Ese año se adoptaron nuevos estatutos y se eligió a Luis Felipe de Orleans como maestre. Hubo templarios participando en la Revolución francesa, en el Imperio de Napoleón, en la independencia de Grecia, también formaron parte de la Resistencia francesa en la Segunda Guerra Mundial...

–Pero ¿cómo?, ¿a través de qué organización? ¿Cómo se llaman?

–Los templarios a lo largo de este tiempo han llevado una vida silenciosa, dedicada a la reflexión y al estudio, participando individualmente en estos acontecimientos, aunque siempre con conocimiento de sus hermanos. Hay distintas organizaciones, clubes si quiere llamarlos así, en los que se reúnen grupos de caballeros. Estos clubes son legales, están repartidos por distintos países, de acuerdo con la legislación nacional de cada país. Usted debe cambiar el enfoque sobre la Orden Templaria; le insisto en que en el siglo XXI no encontrará una organización como la de los siglos XII o XIII, sencillamente no existe.

»Nuestra institución se encarga de estudiar la historia y los hechos individuales y colectivos del Temple, desde su fundación hasta nuestros días. Examinamos archivos, revisamos como historiadores algunos acontecimientos oscuros, buscamos documentos antiguos. Veo reflejarse en su cara la decepción...

–No, es que...

–¿Usted esperaba que fuera un caballero con armadura? Siento decepcionarla. Sólo soy un profesor retirado de la Universidad de Cambridge que, además de ser creyente, comparto con otros caballeros unos principios: el amor a la verdad y a la justicia.

Ana intuía que tras las palabras de Anthony McGilles había mucho más, que no podía ser todo tan claro, tan sencillo. De manera que decidió seguir tentando a la suerte.

–Ya que es usted tan amable, y aunque sé que abuso de su paciencia, ¿podría ayudarme a entender un acontecimiento en que creo que estuvieron involucrados los templarios?

–Con mucho gusto. Si yo no supiera lo que me pregunta, acudiremos a nuestro archivo informatizado. Dígame, ¿a qué acontecimiento se refiere?

–Quisiera saber si los templarios se llevaron la Sábana Santa de Constantinopla en tiempos de Balduino II, que es cuando desapareció, hasta su posterior aparición en Francia.

–¡Ah, la Sábana Santa! Cuántas polémicas y leyendas... Mi opinión como historiador es que el Temple nada tuvo que ver con su desaparición.

–¿Podría comprobarlo en sus archivos?

–Naturalmente, el profesor McFadden le ayudará.

–¿El profesor McFadden?

–La dejo en buenas manos, yo debo asistir a una reunión. Le aseguro que el profesor colaborará con usted en lo que necesite puesto que viene recomendada por nuestro querido amigo Jerry Donalds.

El profesor McGilles movió con parsimonia una pequeña campana de plata. El mayordomo entró inmediatamente.

–Richard, acompaña a la señora Jiménez a la biblioteca. El profesor McFadden se reunirá allí con ella.

–Le agradezco su ayuda, profesor McGilles.

–Espero que le podamos ser de utilidad. Buenos días.

37

Guillaume de Beaujeu, gran maestre del Temple, guardó cuidadosamente el documento en un cajón secreto de la mesa en que trabajaba. La preocupación se dibujó en su enjuto rostro. La misiva enviada por los hermanos de Francia le alertaba de que en la corte de Felipe ya no contaban con tantos amigos como en tiempos del buen rey Luis, que Dios tendría en su gloria porque no hubo rey más caballero y valiente en toda la cristiandad.

Felipe IV les debía oro, mucho oro, y cuanto más les debía más parecía que crecía su inquina. En Roma, algunas órdenes religiosas tampoco ocultaban su envidia por el poder del Temple.

Pero en esa primavera de 1291, Guillaume de Beaujeu tiene otro problema más urgente que las intrigas de las cortes de Francia y de Roma. François de Charney y Said habían regresado con malas nuevas de su incursión al campamento de los mamelucos.

Durante un mes han vivido en su campamento, han escuchado a los soldados y compartido con ellos el pan, el agua y los rezos a Alá el Misericordioso. Se han hecho pasar por comerciantes egipcios, deseosos de vender provisiones al ejército.

Los mamelucos dominan Egipto y Siria, y se han hecho con Nazareth, la ciudad que vio nacer a Jesús Nuestro Señor, y su bandera ondea en el puerto de Jaffa, a pocas leguas de San Juan de Acre.

El caballero De Charney más parece un musulmán que un cristiano, y se confunde con ellos como si hubiese nacido en esa tierra en vez de en la lejana Francia. De Charney ha sido contundente: en pocos días, quince a lo más, atacarán San

Juan de Acre. Así lo dicen los soldados, así se lo han asegurado los oficiales con los que ha confraternizado en el campamento. Los comandantes mamelucos le aseguraban que pronto serían ricos, una vez que se hicieran con los tesoros guardados en la fortaleza de Acre, que juraban caería, como tantos otros enclaves habían caído en sus manos.

El viento suave de marzo presagiaba el calor intenso de los próximos meses en aquella Tierra Santa regada de sangre cristiana. Hacía dos días que un grupo escogido de templarios llenaba los cofres con el oro y los tesoros que el Temple guardaba en la fortaleza. El gran maestre les había ordenado embarcarse en cuanto estuvieran dispuestos, poner rumbo a Chipre, y de allí a Francia. Ninguno quería marcharse y habían pedido a Guillaume de Beaujeu que les permitiera quedarse a luchar. Pero el gran maestre se había mostrado inflexible: la pervivencia de la Orden dependía en buena medida de ellos, puesto que serían los encargados de salvar el tesoro templario.

El más compungido de los caballeros era François de Charney. Había tenido que frenar las lágrimas cuando De Beaujeu le anunció que debía afrontar una misión lejos de Acre. El francés rogó a su superior que le permitiera combatir por la Cruz, pero éste ni siquiera le escuchó. La decisión estaba tomada.

El gran maestre bajó las escaleras hasta llegar a los fríos sótanos de la fortaleza, y allí, en una sala custodiada por caballeros, revisó los arcones que debían partir para Francia.

–Repartiremos los arcones en tres galeras. Estad preparados para embarcar en cualquier momento. El tesoro repartido en tres naves tiene más posibilidades de llegar a su destino que si lo colocamos en una sola. Ya sabéis en qué nave vais cada uno...

–Aún me falta saberlo a mí –le dijo François de Charney.

–Vos, caballero, me acompañaréis a la sala capitular, allí he de hablaros y daros las órdenes de vuestro destino.

Guillaume de Beaujeu clavó la mirada en De Charney. Éste, un hombre con más de sesenta años pero aún fuerte, con el rostro oscuro curtido por el sol, era uno de los templarios más veteranos. Había sobrevivido a mil peligros y como espía no tenía parangón, lo mismo que su amigo, el fallecido Robert de Saint-Remy, muerto durante la defensa de Trípoli en la que una flecha sarracena le atravesó el corazón.

El gran maestre leyó en la mirada de De Charney la angustia que le provocaba alejarse de aquella tierra que había hecho suya, de aquella vida en la que las más de las ocasiones dormía al raso bajo las estrellas, cabalgaba con caravanas en busca de información y se perdía en los campamentos sarracenos de donde siempre volvía.

Para François de Charney regresar a Francia era una tragedia.

–Sabed, De Charney, que sólo a vos os puedo encomendar esta misión. Hace años, cuando erais un mozalbete recién ingresado en la Orden, junto al caballero De Saint-Remy trajisteis de Constantinopla la única reliquia cierta de Jesús, el lino que le sirvió de mortaja, y en el que quedó reflejado su rostro y su figura. Gracias a esa Santa Sábana conocemos el rostro de Jesús, y a Él le rezamos. Hace tiempo que rozáis la ancianidad, pero tranquilo, sé de vuestra fuerza y valor, por eso os voy a confiar que salvéis la mortaja de Cristo Nuestro Señor. De todos los tesoros que tenemos ése es el más preciado porque contiene el rostro y la sangre del Señor. Vos lo salvaréis. Pero antes quiero que regreséis al campamento de los mamelucos. Hemos de saber si pueden impedir que los barcos lleguen a su destino, si nos aguarda alguna emboscada en el mar. Una vez cumplida vuestra misión marcharéis a Chipre con los hombres que estiméis oportuno. Podéis elegir la ruta, bien en barco o a caballo. En vuestro buen juicio confío para que llevéis a Francia la Santa Sábana. Nadie ha de saber lo que lleváis, vos mismos dispondréis la manera de transportar la reliquia. Y ahora, preparaos para vuestra misión.

El caballero De Charney, acompañado de su fiel escudero, el viejo Said, se infiltró de nuevo en las filas mamelucas. Los soldados reflejaban la tensión que precede a las batallas, y alrededor de las hogueras recordaban a sus familias, añorando la imagen difusa de los hijos que ya se estarían haciendo hombres.

Durante tres días el templario escuchó los comentarios perdidos de soldados y oficiales, y de los numerosos sirvientes de los que disponían los jefes sarracenos. Alarmado, decidió regresar a la fortaleza cuando Said le aseguró que un viejo conocido le había contado que el ataque se produciría dos días más tarde.

Esa noche se escabulleron del campamento. Entraban en la fortaleza de Acre cuando las primeras luces de la mañana doraban la piedra de la imponente fortaleza templaria.

Guillaume de Beaujeu ordenó a los caballeros templarios que se prepararan para resistir el ataque. La histeria se apoderó de muchos cristianos que no encontraban transporte para abandonar la fortaleza, cuya suerte era más que incierta.

De Charney ayudó a sus compañeros a preparar la defensa mil veces ensayada y a contener las peleas entre algunos cristianos capaces de matar al prójimo con tal de escapar. Ya no quedaban naves en que partir y la desesperación había hecho presa de los hombres.

Caía de nuevo la noche cuando el gran maestre lo mandó llamar.

–Caballero, debéis marcharos. Cometí una equivocación al mandaros al campamento sarraceno, ahora no hay barco en el que podáis viajar.

François de Charney dominó sus emociones y respiró hondo antes de hablar.

–Lo sé, y he de pediros un favor. Quisiera viajar sólo en compañía de Said.

–Será más peligroso.

–Pero nadie sospechará de nosotros, dos mamelucos.

–Haced lo que estiméis.

Los dos hombres se fundieron en un abrazo. Era la última vez que se verían en la tierra; la suerte de ambos estaba echada. Los dos sabían que el gran maestre moriría allí, defendiendo la fortaleza de San Juan de Acre.

De Charney buscó un lino del mismo tamaño que el de la Santa Sábana. No quería que sufriera las vicisitudes del camino, y esta vez no creía conveniente guardarlo en un arcón. Le costaría llegar a Constantinopla, desde donde pensaba embarcar a Francia, y cuanto menos equipaje llevara, mejor.

Al igual que Said, estaba acostumbrado a dormir al raso, alimentándose de lo que cazaban en el camino, ya fuera en un bosque o en el desierto. Sólo necesitaban dos buenas cabalgaduras.

Sintió una punzada de remordimiento por marcharse al pensar que sus compañeros, de seguro, morirían. Sabía que dejaba esa tierra para siempre, que nunca más regresaría, y que en la dulce Francia recordaría el aire seco del desierto, y la alegría de los campamentos sarracenos donde tantos amigos había hecho, porque al cabo los hombres eran hombres, no importaba a qué Dios rezaran. Y él había visto honor, justicia, dolor, alegría, sabiduría y miseria en las filas de sus enemigos lo mismo que en las suyas. No eran diferentes, sólo luchaban con banderas distintas.

Pediría a Said que le acompañara un trecho, pero luego continuaría solo. No podía exigir a su amigo que dejara su tierra, no, no se acomodaría a vivir en Francia, por más que él le había contado las maravillas de su pueblo, Lyrey, cercano a Troyes. Allí aprendió a cabalgar por los verdes prados de la casa familiar y a manejar las pequeñas espadas que su padre mandaba hacer al herrero para que sus hijos se convirtieran en caballeros.

Said se había hecho viejo como él, ya era demasiado tarde para volver a aprender a vivir otra vida.

Terminó de doblar cuidadosamente la mortaja con el

lino nuevo y la guardó en un zurrón que siempre llevaba consigo. Fue a buscar a Said y le explicó las órdenes recibidas. Le preguntó si quería acompañarlo parte del camino antes de separar para siempre sus destinos. El hombre asintió. Sabía que cuando regresara no quedaría ningún cristiano en Acre. Volvería con los suyos, a consumir lo que le quedaba de vejez.

Llovía fuego. Las flechas incendiarias irrumpían por encima de las murallas arrasando lo que encontraban en su recorrido. El 6 de abril de aquel año del Señor de 1291 los mamelucos habían comenzado el asedio de San Juan de Acre. Llevaban varios días martirizando la fortaleza que los caballeros templarios defendían con fiereza.

Guillaume de Beaujeu había mandado confesar y comulgar el mismo día en que comenzó el asedio. Sabía que pocos de ellos lograrían sobrevivir, de manera que les pidió que pusieran sus almas en orden con Dios.

Sabía a François de Charney cabalgando, despidiéndose de aquellos lugares que se habían convertido en su hogar. Confiaba en que salvaría la mortaja de Cristo y la haría llegar a Francia. Su corazón le había dictado la decisión de mandar a De Charney con la tela sagrada. El joven que cuarenta años atrás la trajera de Constantinopla volvía a custodiarla camino de Occidente. *Insh'Allah!*

¿Cuántos caballeros quedaban? Apenas cincuenta defendían las murallas que no querían rendir, mientras los civiles cristianos corrían desesperados, gritando. Lo peor de la condición humana afloraba en aquellos momentos en que la vida era lo único que se podía salvar.

Las escenas de pánico se sucedían. Un barco había naufragado a pocos metros de la costa por la carga exagerada de hombres y pertrechos que buscaban huir de la muerte segura.

En Acre, la gran fortaleza templaria, en aquella ciudadela amurallada, se combatía cuerpo a cuerpo. Los templarios no cedían ni un palmo de terreno, lo defendían con su vida, y sólo cuando les era arrancada, avanzaba el enemigo.

Guillaume de Beaujeu, espada en ristre, se batía desde hacía horas; no sabía cuántos hombres había matado ni cuántos habían muerto a su alrededor. Había pedido a sus caballeros que intentaran marcharse antes de que cayera Acre. Petición inútil, porque todos combatían sabiendo que pronto responderían de sus actos ante Dios.

El gran maestre luchaba contra dos fieros sarracenos, intentaba esquivar los mandobles con el escudo, pero ¡ay! ¿Qué había hecho? De pronto siente un dolor agudo en el pecho, no ve nada, se ha hecho la noche. *Insh'Allah!*

Jean de Perigod logró arrastrar el cuerpo de Guillaume de Beaujeu y resguardarlo junto al muro. Se corrió la voz: el gran maestre ha muerto. Acre está a punto de sucumbir, pero Dios no ha dispuesto que sea esa noche.

Los mamelucos regresan a su campamento, de donde llegó aroma de cordero especiado y el sonido de canciones que hablan de victoria. Los caballeros se reúnen, exhaustos, en la sala capitular. Deben elegir a un gran maestre, allí, ahora, no pueden esperar. Están cansados, agotados, poco les importa quién se convierta en su jefe cuando mañana van a morir, quizá pasado, ¿qué más da? Pero rezan y meditan, y piden a Dios que los ilumine. Thibaut Gaudin es el sucesor del valiente Guillaume de Beaujeu.

El 28 de mayo de 1291 en Acre hacía calor y olía a miseria. Antes de que saliera el sol Thibaut Gaudin ha dispuesto que escucharan la santa misa. Las espadas entrechocan sin descanso y las flechas buscan a ciegas a sus víctimas. Antes de que caiga el sol ondeará sobre Acre la bandera de los enemigos. *Insh'Allah!* La fortaleza se asemeja a un cementerio. Apenas quedaban caballeros con vida.

38

Se despertó gritando como si estuviera en medio de la batalla. Pero estaba allí, en el corazón de Londres, en una habitación del hotel Dorchester. Ana Jiménez sintió el sudor que la recorría por la espalda. Las sienes le palpitaban, era presa de un ataque de arritmia.

Angustiada, se levantó de la cama y fue al baño. Tenía el cabello pegado a la cara y el camisón empapado. Se lo quitó y se metió en la ducha. Era la segunda vez que tenía una pesadilla con una batalla. Si creyera en la transmigración de las almas juraría que había estado allí, en la fortaleza de San Juan de Acre, viendo morir a los últimos templarios. Podía describir el rostro y el porte de Guillaume de Beaujeu y el color de los ojos de Thibaut Gaudin. Había estado allí, lo sentía. Conocía a aquellos hombres, podría jurarlo.

Salió de la ducha reconfortada y se puso una camiseta antes de volver a la cama. No tenía otro camisón. La cama estaba húmeda de sudor, de manera que decidió encender el ordenador y navegar un rato por internet.

Las explicaciones del profesor McFadden, junto a la documentación que le había suministrado sobre la historia de los templarios, la habían afectado. El tal McFadden la había abrumado con detalles sobre la caída de San Juan de Acre, según él uno de los días más amargos en la historia de la Orden.

Quizá por eso había soñado con la caída de Acre, lo mismo que le había sucedido cuando Sofia Galloni le había contado el sitio de Edesa por parte de las tropas bizantinas.

Mañana volvería a ver al profesor McFadden, intentaría conseguir algo más que esas historias vívidas de los templarios, que la conmovían hasta provocarle pesadillas.

39

El olor del mar le hacía sentirse optimista. No quería mirar atrás. No había podido reprimir el llanto cuando embarcó en la nave sabiendo que dejaba Chipre, en definitiva Oriente. Los hermanos se habían enfrascado en sus quehaceres para no verlo llorar. Se estaba haciendo viejo porque lloraba sin pudor. Había llorado al despedirse de Said. En tantos años era la primera vez que se habían fundido en un abrazo, y ambos lloraron con desconsuelo porque sabían que la separación era tanto como partir en dos la mitad del otro.

Para Said había llegado la hora de reencontrarse con los suyos mientras que él, François de Charney, regresaba a la patria, a una patria de la que apenas sabía nada, a la que ya no sentía como suya. Su patria era el Temple, y su casa Oriente, a Francia regresaba la carcasa de un hombre que había dejado su alma al pie de las murallas de San Juan de Acre.

La travesía fue tranquila, aunque el Mediterráneo es un mar traicionero, como bien sabía Ulises. Pero surcaron las aguas sin sobresalto. Las órdenes de Guillaume de Beaujeu fueron tajantes: debía depositar la Santa Sábana en la fortaleza del Temple en Marsella y aguardar allí nuevas órdenes, aunque le hizo jurar que nunca se separaría de la reliquia, a la que defendería con su vida.

Pese al dolor que había anidado en su corazón, la compañía de algunos caballeros templarios que como él regresaban a Francia le hizo más llevadero el viaje. El puerto de Marsella se le antojó impresionante, con decenas de barcos y un sinnúmero de gente yendo de un lado a otro, gritando y hablando sin cesar.

Cuando dejaron la nave les aguardaban unos caballeros

para conducirlos a la casa del Temple. Ninguno sabía nada de la reliquia que De Charney custodiaba. Beaujeu le había dado una carta para el visitador templario de Marsella y para el superior de la encomienda. «Ellos –le dijo– dispondrán lo mejor.»

El superior de la encomienda, un noble de gestos secos pero del que De Charney averiguaría pronto que era un hombre bondadoso, escuchó su relato sin decir palabra. Luego le pidió que le entregara la reliquia.

Hacía años que los templarios conocían el verdadero rostro de Cristo porque Renaud de Vichiers había mandado copiar la imagen de la Santa Sábana, y no había casa o encomienda templaria que no dispusiese de una pintura reproduciendo a Nuestro Señor. No obstante, Vichiers había aconsejado discreción, y esta imagen nunca estuvo a la vista de los curiosos, sino que la guardaban en capillas secretas a las que acudían a rezar.

Así se guardaba el secreto de que el Temple poseía la única reliquia cierta de Jesús.

François de Charney abrió su zurrón y sacó el lino con el que había envuelto la mortaja. La desenrolló y... Los dos hombres cayeron de rodillas rezando, tal era el milagro que se había producido.

Jacques Vezelay, superior de la encomienda, y François de Charney dieron gracias a Dios por el milagro que contemplaban sus ojos.

40

El celador entró en la celda y comenzó a revisar el armario, recogiendo la poca ropa que encontró. Mendibj le observaba en silencio.

–Parece que estás a punto de largarte y, como siempre, quieren que los que han estado aquí salgan con aspecto de personas decentes. Servicio de lavandería exprés. No sé si me entiendes o no, pero da lo mismo, me llevo todo esto. ¡Ah!, y tus asquerosas deportivas, deben de oler a mierda pura después de tenerlas puestas dos años.

Se acercó al lado de la cama y cogió las zapatillas. Mendibj hizo un gesto para incorporarse, como si estuviera alarmado, pero el celador le puso un dedo en el pecho en señal de advertencia.

–Quietecito. Yo cumplo órdenes, y esto va a la lavandería. Mañana te lo devolveremos.

Cuando se quedó solo cerró los ojos. No quería que las cámaras de vigilancia captaran su agitación. Le parecía muy extraño que se llevaran su ropa para lavarla, sobre todo las deportivas, ¿por qué lo harían?

Marco se despidió del director de la prisión. Llevaba allí casi todo el día. Había interrogado a los hermanos, pese a las protestas del médico. Había sido inútil. No quisieron decirle adónde se dirigían cuando fueron golpeados, tampoco de quién sospechaban que les había zurrado. Aunque Marco sabía que eran los hombres de Frasquello, quería saber si los hermanos los habían reconocido.

Guardaron un silencio sepulcral y se quejaron a gritos del

dolor de cabeza y de que aquel policía los estaba torturando con sus preguntas. No iban a ninguna parte, vieron que la puerta de la celda estaba abierta, salieron y alguien les atacó. Ni una palabra de más, ni una de menos. Ésa era su versión y nada ni nadie les haría cambiarla.

El director sugirió a Marco que les dijera que sabía que querían matar al mudo, pero Marco lo desechó. No quería alertar a los de fuera, quienes fuera que habían contratado a los hermanos Bajerai. En una prisión hay cientos de ojos que vigilan. Quién sabe quién era el eslabón con la calle.

–Buenas noches, director.

–Buenas noches, hasta mañana.

La mujer salió del despacho sin mirar atrás. Había entrado al baño privado del director a cambiarle las toallas. Era parte del paisaje de la prisión, iba por todas partes, sin que nadie le prestara atención.

Cuando Marco llegó al hotel, Antonino, Pietro y Giuseppe le esperaban en el bar. Sofia se había ido a dormir y Minerva había prometido bajar en cuanto hablara con su casa.

–Bueno, faltan tres días y el mudo estará en la calle. ¿Qué hay de nuevo?

–Nada en especial –respondió Antonino–, salvo que, por lo que parece, en Turín hay muchos inmigrantes de Urfa.

Marco frunció el entrecejo.

–Explícate.

–Minerva y yo hemos trabajado como chinos. Querías saber de la familia de los Bajerai, bueno pues nos hemos puesto a buscar, a meter datos en el ordenador, y hemos encontrado por ejemplo que el viejo Turgut, el portero de la catedral, es de Urfa, bueno él no, su padre. Su historia es muy similar a la de los Bajerai. Su padre vino a buscar trabajo, lo encontró en la Fiat, se casó con una italiana y Turgut nació aquí. No tienen ninguna relación de parentesco con la Bajerai, salvo el origen. ¿Os acordáis de Tarik?

–¿Quién es Tarik? –preguntó Marco.

–Uno de los obreros que trabajaban en la catedral cuando se produjo el incendio. También es de Urfa –respondió Giuseppe.

–Por lo que se ve, los de ese pueblo tiene predilección por Turín –añadió Marco.

Minerva entró en el bar. Estaba cansada y se le notaba. Marco sintió remordimientos; la había sobrecargado de trabajo en los dos últimos días, pero sin duda era la mejor manejando el ordenador, y Antonino tenía una mente fría y analítica. Estaba seguro del buen trabajo realizado por los dos.

–Bueno, Marco –exclamó Minerva–, no dirás que no nos ganamos el sueldo.

–Sí, ya me están contando la cantidad de gente de Urfa que hay en Turín. ¿Qué más habéis descubierto?

–Que no son musulmanes practicantes, puede que no sean ni siquiera musulmanes. Todos van a misa –explicó Minerva.

–En realidad no hay que olvidar que Kemal Ataturk convirtió Turquía en un país laico, de manera que el que no sean musulmanes practicantes no sería tan raro. Lo extraño es que vayan a misa y sean tan devotos; eso significa que son cristianos –apuntó Antonino.

–¿Hay cristianos en Urfa? –preguntó Marco.

–Que sepamos no, y que sepan las autoridades turcas tampoco –respondió Minerva.

Antonino carraspeó como hacía siempre que iba a hacer una intervención sobre algún tema histórico.

–Pero en la Antigüedad fue una ciudad cristiana, nada menos que Edesa. Los bizantinos sitiaron Edesa el 944 para apropiarse de la Sábana Santa, en manos de una pequeña comunidad cristiana, a pesar de que los musulmanes eran en ese entonces los señores de Edesa.

–Despertad a Sofia –dijo Marco.

–¿Por qué? –preguntó Pietro.

–Porque vamos a tener una tormenta de cerebros. Sofia

330

me dijo no hace mucho que a lo mejor la clave estaba en el pasado. Ana Jiménez pensaba lo mismo.

–Pero, por favor, no pierdas la razón.

Las palabras de Pietro fastidiaron a Marco.

–¿Qué te hace pensar que estoy perdiendo la razón?

–Te veo venir. Resulta que Sofia y la tal Ana han dejado volar la imaginación y creen que los incendios de la catedral tienen que ver con el pasado. Me perdonarás pero en mi opinión las mujeres son dadas al misterio, a las explicaciones irracionales, al esoterismo, al...

–¡Pero tú qué te has creído! –gritó Minerva enfadada–. ¡Eres un machista y un imbécil!

–Tranquilos, tranquilos... –pidió Marco–. Sería ridículo que nos peleáramos entre nosotros. Dime lo que tengas que decirme Pietro.

–Antonino dice que Urfa es la antigua Edesa. Bien, ¿y qué? ¿Cuántas ciudades se han levantado sobre otras? Aquí, en Italia, debajo de cada piedra hay una historia, y no nos volvemos locos buscando en el pasado cada vez que hay un asesinato o un incendio. Sé que este caso es especial para ti Marco, y si me lo permites te diré que estás obsesionado y has exagerado dándole una importancia desorbitada. Resulta que hay varias personas de origen turco que provienen de una ciudad llamada Urfa. ¿Y qué? ¿Cuántos italianos de un mismo pueblo se marcharon en los años difíciles a Frankfurt a trabajar en las fábricas? Supongo que cada vez que había un delito cometido por un italiano la policía alemana no sospechaba de Julio César y sus legiones. Lo que intento deciros es que no nos dejemos llevar por la sinrazón. Hay mucha literatura basura con historias esotéricas sobre la Sábana Santa, no nos dejemos contaminar por ella.

Marco sopesó las palabras encendidas de Pietro. Había lógica en lo que decía, mucha, tanta que pensó que a lo mejor tenía razón. Pero era un perro viejo, llevaba toda su vida husmeando y su instinto le decía que no debía abandonar esa pista, por estúpida que fuera.

–Te he oído; puede que tengas razón, pero como no tenemos nada que perder no dejaremos ningún cabo sin atar. Por favor, Minerva, llama a Sofia; confío en que todavía esté despierta. ¿Qué más sabemos de Urfa?

Antonino le dio un informe completo sobre Urfa o Edesa. Había previsto que su jefe se lo pediría.

–Es de conocimiento general que la Sábana estuvo en Edesa –recalcó Pietro–. Hasta yo lo sabía, os he oído contar la historia de la Síndone hasta la saciedad.

–Sí, es verdad, pero aquí lo nuevo es que tenemos unos cuantos ciudadanos que vienen de Urfa, y que de alguna manera están relacionados con la Síndone –insistió Marco.

–¿Ah, sí? Explícame cómo –le reclamó Pietro.

–Eres demasiado buen policía para que te lo tenga que explicar, pero si quieres... Turgut es de Urfa, es el portero de la catedral, estaba el día del incendio, y ha estado durante todos los accidentes que se han sucedido en la catedral. Curiosamente nunca ha visto nada. Tenemos a un mudo que sabemos que intentaba robar en la catedral. Lo curioso es que no es el único mudo que se ha cruzado en nuestro camino; hace unos meses otro mudo murió carbonizado, y en la historia de la Síndone sabemos que ha habido otros incendios y otros mudos. Luego resulta que dos hermanos de origen turco, curiosamente de Urfa, han querido matar a nuestro mudo. ¿Por qué? Quiero que tú y Giuseppe os acerquéis mañana a hablar con el portero. Decidle que la investigación continúa abierta y que queréis hablar con él por si recuerda algún detalle.

–Se pondrá nervioso. Casi lloraba cuando le interrogamos la primera vez –recordó Giuseppe.

–Precisamente por eso me parece el eslabón más débil. ¡Ah! Vamos a pedir autorización judicial para intervenir todos los teléfonos de estos simpáticos amigos de Urfa.

Minerva regresó seguida de Sofia. Las dos mujeres miraron con displicencia a Pietro y se sentaron. Cuando cerraron el bar cerca de las tres de la mañana Marco y su equipo seguían hablando. Sofia coincidía con él en que tenían que tirar de ese hilo inesperado que les llevaba a Urfa. Antonino y Minerva también. Giuseppe se mostraba escéptico pero no discutía el razonamiento de sus compañeros, mientras que Pietro a duras penas lograba ocultar su malhumor.

Se fueron a dormir convencidos de que estaban cerca del final.

El anciano se despertó. El zumbido del móvil lo había arrancado de un profundo sueño. Apenas si habían pasado dos horas desde que se había acostado. El duque estaba de un humor excelente y no les había dejado marchar hasta pasada la medianoche. La cena había sido espléndida y la conversación entretenida, como correspondía a caballeros de su edad y posición cuando se encuentran sin la presencia de damas.

No respondió la llamada al ver dibujarse en la pantalla el número desde el que lo llamaban en Nueva York. Sabía lo que debía hacer, de manera que se levantó y, enfundándose en un batín de suave cachemir, se dirigió a su despacho. Una vez allí cerró la puerta con llave y, sentado tras la mesa, apretó un botón oculto. Minutos más tarde hablaba por teléfono a través de un sofisticado sistema a prueba de oídos indiscretos.

La información que estaba recibiendo le perturbaba: el Departamento del Arte se estaba acercando a la Comunidad, a Addaio, aunque aún no supiesen de la existencia del pastor.

Addaio había fracasado en su plan para eliminar a Mendibj y éste se había convertido en un auténtico caballo de Troya.

Pero no sólo era eso. Ahora el equipo de Valoni había dado rienda suelta a la imaginación y la doctora Galloni construía tesis que rozaban la verdad, aunque ni ella misma pudiera sospecharlo. En cuanto a la periodista española, tenía una mente especulativa y una imaginación novelesca, que en este caso eran armas peligrosas. Peligrosas para ellos.

Amanecía cuando salió del despacho. Regresó a la habitación y procedió a prepararse. Le esperaba una larga jornada. Dentro de cuatro horas asistiría a una reunión crucial en París. Asistirían todos, aunque le preocupaba la improvisación y que pudieran llamar la atención de ojos avezados.

41

La tarde se hacía noche cuando Jacques de Molay, gran maestre del Temple, leía a la luz de las velas el memorando enviado desde Vienne por el caballero Pierre Berard informándole de los pormenores del concilio.

Las arrugas surcaban el noble rostro del gran maestre. Las largas vigilias habían dejado huella en su mirada enrojecida y cansada.

Corrían malos tiempos para el Temple.

Frente a Villeneuve du Temple, el inmenso recinto fortificado, se alzaba majestuoso el palacio real desde donde Felipe de Francia preparaba su gran golpe contra la Orden de los Caballeros Templarios.

Las arcas del reino estaban mermadas y Felipe era uno de los principales acreedores del Temple, que de tanto oro que le había prestado se decía que el rey tendría que vivir diez vidas para devolvérselo.

Pero Felipe IV no tenía intención de pagar sus deudas. Sus planes eran muy distintos: quería ser el heredero de los bienes de la Orden, aunque tuviera que repartir una parte del tesoro con la Iglesia.

Había tentado a los caballeros hospitalarios prometiéndoles encomiendas y villas si lo apoyaban en su sórdida campaña contra los templarios. Y alrededor del papa Clemente había clérigos influyentes a los que pagaba para que intrigaran junto al Papa en contra del Temple.

Desde que comprara el testimonio falso de Esquieu de Floryan, Felipe había ido cercando a los templarios y cada día que pasaba veía más cerca poder asestarles el golpe de gracia.

El rey se sentía impresionado por Jacques de Molay, al que secretamente admiraba por su valor y entereza, por tener la nobleza y las virtudes de las que él carecía, y no soportaba asomarse al espejo límpido de los nobles ojos del gran maestre. No pararía hasta verlo arder en la hoguera.

Esa tarde, como tantas otras, Jacques de Molay ha rezado en la capilla por los caballeros asesinados por orden de Felipe.

Hace ya tiempo, desde que Felipe se entrevistó con Clemente en Poitiers, que el rey de Francia tiene la custodia de los bienes templarios. Ahora el gran maestre espera impaciente la resolución del concilio de Vienne. Felipe en persona ha acudido para presionar a Clemente y al tribunal eclesiástico. No se conforma con administrar lo que no le pertenece: lo quiere para sí, y el concilio de Vienne se le presenta como la ocasión propicia para asestar el golpe mortal al Temple.

Una vez concluida la lectura del memorando, Jacques de Molay se frotó los ojos enrojecidos y buscó un pergamino. Durante un buen rato dejó correr su letra picuda por el papel. Apenas acabó se dispuso a llamar a dos de los más leales caballeros templarios, Beltrán de Santillana y Geoffroy de Charney.

Beltrán de Santillana, nacido en una casa solariega en las montañas cántabras, es alto y fuerte, gusta del silencio y la meditación. Ingresó en la Orden con apenas dieciocho años y antes de ser hermano profeso ya combatió en Tierra Santa. Allí se conocieron y allí le salvó la vida a De Molay, cubriéndolo con su cuerpo cuando la espada de un sarraceno iba a destrozarle la garganta. De aquella hazaña Santillana guardaba en el torso, cerca del corazón, una larga cicatriz.

Geoffroy de Charney, visitador de la Orden en Normandía, un templario adusto cuya familia había dado otros caballeros a la Orden, como su tío François de Charney, que Dios le tuviera en su Gloria, pues se había extinguido de melancolía años ha visitando el viejo solar familiar.

Jacques de Molay confía en Geoffroy de Charney como en sí mismo. Han combatido juntos en Egipto y frente a la fortaleza de Tortosa, y como de Beltrán de Santillana sabe de su valentía y piedad, por eso ha decidido que sean ellos quienes lleven a cabo la más delicada de las encomiendas.

El caballero templario Pierre Berard le ha informado en su misiva que Clemente está a punto de acceder a las pretensiones de Felipe. Los días de la Orden están contados, de Vienne saldrá la condena con la supresión de la Orden. Es cuestión de días, por eso debe disponer con prontitud salvar lo que aún le queda al Temple.

Geoffroy de Charney y Beltrán de Santillana entraron en el despacho del gran maestre. El silencio de la noche era roto por algún ruido lejano procedente del bullicioso pueblo de París.

Jacques de Molay, de pie, firme y sereno les invita a tomar asiento. La conversación será larga porque son muchos los detalles que tratar.

–Beltrán, es urgente que salgáis para Portugal. Nuestro hermano Pierre Berard me informa de que no han de pasar muchos días sin que el Papa nos condene. Aún es pronto para saber la suerte que correrá la Orden en otros países, pero en Francia la suerte está echada. Había pensado en enviaros a Escocia, puesto que el rey Robert Bruce está excomulgado y las disposiciones del Papa no le atañen. Pero confío en el buen rey Dionís de Portugal, del que he recibido garantías de que protegerá a la Orden. Es mucho lo que nos ha arrebatado el rey Felipe. Pero no es el oro ni las tierras lo que me preocupa, sino nuestro gran tesoro, el verdadero tesoro del Temple: la mortaja de Cristo. Años ha que los reyes cristianos sospechan que obra en nuestro poder y ansían recuperarla porque creen que la reliquia posee un poder mágico que convierte en indestructible a quien la tiene en su poder. No obstante, creo que fueron sinceras las súplicas del santo rey Luis para que le permitiéramos orar ante la verdadera imagen de Cristo.

»Siempre mantuvimos el secreto y así ha de ser. Felipe acaricia la idea de entrar en el Temple y revolver hasta el último rincón. Ha confiado a sus consejeros que si encuentra la Santa Sábana redoblará su poder y extenderá su supremacía de rey cristiano por todos los confines. Lo ciega la ambición y ya sabemos cuánta maldad alberga en su alma.

»Debemos salvar nuestro tesoro como un día hiciera vuestro buen tío De Charney. Vos, Beltrán, viajaréis a nuestra encomienda de Castro Marim cruzando el Guadiana, y entregaréis la mortaja al superior, nuestro hermano José Sa Beiro. Portaréis una misiva en la que ordeno cómo ha de proceder para su protección.

»Sólo vos, Sa Beiro, De Charney y yo sabremos dónde se encuentra la Santa Sábana, y sólo Sa Beiro a la hora de su muerte procederá a dejar el secreto a su sucesor. Os quedaréis en Portugal guardando la reliquia. Si fuera menester os mandaría nuevas instrucciones. Durante vuestro viaje a España pasaréis por varios maestrazgos y encomiendas templarias; para todos los superiores y priores llevaréis un documento en el que les doy instrucciones sobre cómo proceder si la desgracia se cierne sobre el Temple.

—¿Cuándo he de partir?

—En cuanto estéis dispuesto.

Geoffroy de Charney no pudo ocultar su desilusión al preguntar al gran maestre:

—Decidme, ¿cuál es mi misión?

—Iréis a Lirey y allí guardaréis el lino en el que vuestro tío envolvió la santa reliquia. Creo conveniente que permanezca en Francia, pero en lugar seguro. Durante estos años me he preguntado por el milagro obrado en ese lino, porque de un milagro se trata. Vuestro tío lloraba de emoción cuando evocaba el momento en que desplegó el lino para entregarle la mortaja al maestre de Marsella. Los dos linos son sagrados, por más que el primero fue el que envolvió el cuerpo del Señor.

»Cuento con la nobleza de la familia De Charney, vuestra familia, y sé que vuestro hermano, y vuestro anciano padre, protegerán y guardarán esta tela hasta que el Temple se la reclame.

»François de Charney cruzó dos veces el desierto por tierras infieles para hacer llegar al Temple la Santa Sábana. De nuevo el Temple requiere un servicio de familia tan cristiana y valiente.

Los tres hombres guardaron unos segundos de silencio, superando la emoción del momento. Esa misma noche, por caminos distintos, los dos templarios viajarían con las reliquias preciadas. Pues tenía razón Jacques de Molay: Dios había obrado un milagro en el lino dispuesto por François de Charney. Un lino suave, con la misma textura y color del que dispuso José de Arimatea para envolver el cuerpo de Jesús.

Llevaban muchas jornadas cabalgando cuando, por fin, divisaron el Bidasoa. Beltrán de Santillana, acompañado por cuatro caballeros y sus escuderos, espolearon las monturas. Ansiaban entrar cuanto antes en España, lejos del acecho del rey Felipe.

Sabiendo que podían seguirles los asesinos del rey, apenas habían descansado. Felipe tenía ojos en todas partes, y no era de extrañar que alguien hubiera acudido a susurrar a sus espías que un grupo de hombres había abandonado la fortaleza de Villeneuve du Temple.

Jacques de Molay les había pedido que no vistieran la capa ni la malla de los templarios, para pasar inadvertidos. Al menos hasta que se encontraran lo suficientemente lejos de París.

No se habían cambiado la vestimenta, no lo harían hasta haber recorrido unas leguas pasada la frontera. Entonces volverían a vestir como lo que eran: templarios, pues no había mayor orgullo que pertenecer al Temple y cumplir la sagrada misión de salvar su más preciado tesoro.

Beltrán de Santillana disfrutaba reconociendo los paisajes de su perdida patria y gustaba de hablar castellano con los labriegos y con los hermanos que los recibían en los maestrazgos y encomiendas que había en tantos territorios por los que pasaban.

Tras cabalgar treinta jornadas, llegaron a las cercanías de la villa extremeña de Jerez, llamada de los Caballeros por ser sede de una encomienda templaria. Beltrán de Santillana anunció a sus acompañantes que descansarían un par de días antes de emprender la última etapa del viaje.

Ahora que estaba en Castilla sentía añoranza de su pasado, cuando aún no sabía lo que el futuro le iba a deparar y sólo soñaba con ser un guerrero que libraría el Santo Sepulcro para devolvérselo a la Cristiandad.

Fue su padre quien le instó a ingresar en la Orden de los Templarios para convertirse en un guerrero de Dios.

Los primeros años fueron difíciles, pues si bien le gustaba manejar la espada y el arco, su naturaleza exuberante no estaba hecha para la castidad. Fueron años duros de penitencia y sacrificio hasta que logró domar su cuerpo, acompasarlo con el alma, y ser digno de profesar como hermano templario.

Ya había cumplido los cincuenta años y lo acechaba la ancianidad, pero se sentía rejuvenecer en este viaje que le había llevado a atravesar de norte a sur las tierras de Castilla.

A lo lejos, recortándose sobre el horizonte se alzaba, imponente, el castillo de los caballeros. Un valle feraz garantizaba a la encomienda el yantar, y el agua generosa de los arroyuelos les salvaba de la sed.

Unos labriegos los vieron llegar y los saludaron con la mano. Tenían por hombres de bien a los templarios. Un escudero se hizo cargo de sus monturas y les indicó el camino de entrada al castillo.

Beltrán de Santillana explicó al superior de la encomienda la situación en Francia y le entregó un documento sellado de Jacques de Molay.

Durante esos días, el de Santillana disfrutó de la conversación de otro templario nacido en las montañas de Cantabria. Recordaron los nombres de los amigos comunes, servidores del palacio en que nacieron, así como el nombre de las vacas que pastaban orgullosas e indiferentes al griterío de los niños, pues habían nacido en pueblos que estaban muy cerca el uno del otro.

Cuando se despidieron lo hicieron con el alma reconfortada. Nada contó Beltrán de Santillana de la misión que tenía encomendada. Nada le preguntó el superior, ni los hermanos templarios, porque nada sabían.

Las casas encaladas acariciadas por el sol eran el último pueblo antes de cruzar el río en dirección a Portugal. Pagaron bien al patrón de la balsa que diariamente cruzaba de una orilla a otra llevando hombres y pertenencias.

Los templarios no discutieron el precio. Les llevó a la otra orilla del Guadiana indicándoles por dónde cabalgar para llegar a Castro Marim, cuya compacta fortaleza se veía desde la orilla castellana.

José Sa Beiro, maestre de Castro Marim, era un erudito, un hombre sabio que había estudiado medicina, astronomía, matemáticas, y que leía a los clásicos gracias a su dominio del árabe, puesto que fueron éstos los que habían leído, traducido y conservado el saber de Aristóteles, de Tales de Mileto, de Arquímedes y de tantos otros.

Había combatido en Tierra Santa, conocido la sequedad de su árido paisaje, y aún añoraba las noches iluminadas por cientos de estrellas, que allí en Oriente parecía que se podían coger con la mano.

Desde las murallas de la encomienda templaria se divisaba, a lo lejos, el mar. Pero la fortaleza estaba al abrigo de las incursiones de cualquier enemigo, resguardada en un recodo del Guadiana, y desde sus almenas la mirada se podía perder en el horizonte.

El superior los recibió con afecto y les hizo descansar y quitarse el polvo del viaje. No quiso hablar con ellos hasta que no hubieron comido y bebido y les supo acomodados en las austeras habitaciones que les habían dispuesto.

Beltrán de Santillana se reunió en el despacho de Sa Beiro, donde una gran ventana dejaba entrar la brisa del río.

Cuando el caballero de Santillana terminó su relato, el superior le pidió que le enseñara la reliquia. El castellano la extendió y ambos se sobrecogieron al comprobar la nitidez del perfil de la figura de Cristo. Allí estaban las huellas de la pasión, el sufrimiento infligido.

José Sa Beiro acarició la tela suavemente, sabiendo el privilegio que suponía hacerlo. Allí estaba la verdadera imagen de Jesús, bien conocida por los templarios desde que el gran maestre Vichiers enviara a todas las casas del Temple cuadros asegurando a sus hermanos que el hombre pintado era el mismísimo Jesús.

El maestre leyó a continuación la carta de Jacques de Molay, y dirigiéndose a Beltrán de Santillana le dijo:

–Caballero, defenderemos con nuestra vida la reliquia. El gran maestre me recomienda que por ahora a nadie digamos que está en nuestra encomienda. Debemos esperar a saber qué sucede en Francia y qué efectos tendrá sobre la Orden el concilio de Vienne. Jacques de Molay me ordena que envíe de inmediato a un caballero como espía a París; debe ir disfrazado, no debe acercarse al Temple ni intentar ver a ningún templario, sólo ver y escuchar, y cuando sepa la suerte que ha corrido la Orden habrá de regresar de inmediato. Entonces, de acuerdo con sus órdenes y consejos será el momento de decidir si la mortaja continúa en Castro Marim o ha de ser llevada a algún otro lugar seguro. Así lo haremos. Buscaré al caballero que pueda cumplir con la misión encomendada por el gran maestre.

Había dejado atrás el pueblo de Troyes. Faltaban pocas leguas para llegar al señorío de Lirey.

Geoffroy de Charney había viajado sólo en compañía de

su escudero, y se había sentido vigilado durante el camino, seguramente por los espías de Luis.

Llevaba el lino guardado en el zurrón, a la manera que lo hizo su tío François de Charney.

Los labriegos recogían sus aperos al notar que la luz perdía intensidad. El templario se sentía emocionado al ver los campos soñados de su infancia y ardía en deseos de abrazar a su hermano mayor.

El encuentro con los suyos fue emotivo. Su hermano Paul lo recibió con afecto y respeto, asegurándole que ésa era su casa. Su padre, más cerca de la muerte que de la vida, admiraba al Temple y había colaborado con la Orden cuantas veces le habían requerido.

La familia se sentía orgullosa de que dos de los suyos, François y Geoffroy hubiesen profesado, y habían hecho juramento de lealtad para con la Orden.

Durante unos días Geoffroy reencontró el sosiego entre los suyos. Se entretuvo con su sobrino, que llevaba su mismo nombre, y que un día heredaría la casa familiar. Era un pequeño valiente y despierto que seguía a su tío por donde quiera que iba pidiéndole que lo enseñara a luchar.

–Cuando sea mayor seré templario –le decía.

Y a Geoffroy se le ponía un nudo en la garganta, sabedor como era de que al Temple se le cerraban las puertas del futuro.

El día de su marcha, Geoffroy despidió a su tío con lágrimas en los ojos. Le había pedido que le llevara con él para luchar en Tierra Santa. No hubo manera de consolarlo. El pequeño inocente no sabía que su tío iba a librar la peor de las batallas contra un enemigo que no conocía la nobleza del combate, ni hacía gala de honor. Su enemigo no era ningún sarraceno sino Felipe de Francia, el rey.

El gran maestre rezaba en su cámara cuando un servidor le anunció el regreso del caballero De Charney. Inmediatamente salió a su encuentro.

Jacques de Molay informó a su amigo de las últimas novedades. El rey acusa a los templarios de paganismo y de sodomía, en pocos días les prenderán, deben de prepararse para lo peor: sufrirán torturas y calumnias antes de encontrar la muerte.

Les acusan de adorar al Diablo y postrarse ante un ídolo al que llaman Bafumet.

Hay otra figura a la que los templarios rezan a lo largo y ancho del mundo, en cada casa y encomienda y cuyo secreto ha escapado por alguna rendija; puede que en alguna parte algún sirviente infiel haya sido sobornado para que cuente los entresijos de la vida en el Temple, y haya relatado que los caballeros suelen encerrarse a rezar en una capilla a la que no puede entrar nadie, y allí, sobre el muro, hay un cuadro con una figura. «Otro ídolo», dicen los enemigos de los caballeros.

La fortaleza de Villeneuve du Temple ha dejado de ser un recinto sagrado e inexpugnable. Los soldados del rey han requisado cuanto han encontrado y Felipe está furioso por no haber encontrado rastro del inmenso tesoro del Temple. No sabe que hace meses que Jacques de Molay ha repartido el oro por distintas encomiendas, y que la mayor parte del tesoro está en Escocia, donde ha mandado trasladar también los documentos secretos del Temple. En Villeneuve apenas queda nada, lo que aguijonea aún más la ira del rey.

Un enviado de Felipe se presenta en la fortaleza y pide ver al gran maestre. Jacques de Molay lo recibe tranquilo y seguro.

–Vengo en nombre del rey.

–Así lo supongo, por eso me he visto obligado a recibiros.

El gran maestre permanece en pie y no invita a sentarse al conde de Champagne que, molesto, le mira furibundo. La dignidad del gran maestre lo intimida y le hace sentir incómodo.

–Su Majestad os quiere ofrecer un trato: vuestra vida a cambio de la Santa Sábana con que se amortajó a Jesús. El rey está seguro de que la reliquia está en poder del Temple, así lo creía el santo rey don Luis. En el archivo real hay documentos al respecto, informes de nuestro embajador en Constantinopla, confidencias del rey Balduino a su tío el rey de Francia, hay legajos con los informes de nuestros espías en la corte del emperador. Sabemos que la mortaja de Cristo obra en poder del Temple. Vos la escondéis.

Jacques de Molay escuchó sin inmutarse la perorata del conde de Champagne. Mentalmente dio gracias a Dios por haber previsto la salvación de la reliquia que, a esas horas, pensó, ya estará a salvo en Castro Marim, bajo la protección del buen José Sa Beiro. Cuando el conde terminó de hablar, el gran maestre respondió con sequedad.

–Señor conde, os aseguro que no tengo la reliquia de la que me habláis, pero tened por cierto que si así fuera jamás la cambiaría por mi vida. El rey no debe confundir a todos los hombres con él mismo.

El conde de Champagne enrojeció al escuchar la impertinencia destinada a Felipe el Hermoso.

–Señor De Molay, el rey os demuestra su magnanimidad perdonándoos la vida, ya que poseéis algo que pertenece a la Corona, que pertenece a Francia y a toda la Cristiandad.

–¿Pertenece? Explicadme por qué pertenece al rey Felipe.

El de Champagne contenía su ira a duras penas.

–Sabéis como yo que el santo rey Luis envió importantes cantidades de oro a su sobrino el emperador Balduino, y que éste le vendió otras reliquias. Os consta como a mí que el conde de Dijon estuvo en la corte de Balduino tratando de la venta del allí llamado Mandylion y que el emperador accedió.

–No me concierne el comercio entre reyes. Mi vida pertenece a Dios, el rey me la puede quitar, mas es de Dios. Id y decidle a Felipe que no tengo la reliquia, pero que si la tuviera jamás la cambiaría por mi vida. En mí no cabe el deshonor.

Horas después Jacques de Molay, Geoffroy de Charney y el resto de los templarios que aún quedaban en Villeneuve du Temple fueron prendidos y conducidos a las mazmorras del palacio.

Felipe de Francia, conocido por Felipe el Hermoso, ordenó a los verdugos que torturaran sin piedad a los caballeros
del Temple, en especial al gran maestre, del que debían obtener una confesión: dónde escondía la santa reliquia con la
imagen de Cristo.

Los gritos de los torturados se estrellan contra los gruesos
muros de las mazmorras. ¿Cuántos días han pasado desde que
les prendieran? Los templarios han perdido la cuenta, algunos confiesan crímenes que no han cometido con la esperanza de que el verdugo no continúe estirando sus miembros, ni
quemándoles los pies con el hierro, ni descarnándoles el
cuerpo al que después rociaban con vinagre. Pero de nada les
sirven las confesiones porque sus verdugos continúan casti-
gándoles de manera implacable.

Algunos días un hombre embozado acude a los calabozos
y desde un rincón contempla el sufrimiento de los caballeros
que un día blandieron la espada y el alma para defender la
Cruz. Es el rey Felipe, enfermo de avaricia y de crueldad,
quien se complace en los tormentos de los caballeros. Hace
gestos al verdugo para que continúe, para que no cese el tormento.

Una tarde el embozado pide que lleven a su presencia a
Jacques de Molay. El gran maestre apenas ve, pero intuye
quién se esconde tras la máscara. Se mantiene firme, y en sus
labios se dibuja una sonrisa cuando el rey le insiste para que
confiese dónde guarda la santa reliquia de Jesús.

Felipe comprende la inutilidad de alargar el tormento.
Aquel hombre morirá sin confesar. Sólo le queda hacer público escarmiento, y que el mundo sepa que el Temple ha
quedado proscrito para la eternidad.

Es 18 de marzo del año del Señor de 1314 cuando se firma la sentencia de muerte contra el gran maestre del Temple
y los caballeros que han sobrevivido a las interminables torturas ordenadas por el rey.

El 19 de marzo París es una fiesta porque el rey ha mandado levantar una pira donde arderá el orgulloso Jacques de

Molay. Nobles y plebeyos acudirán al espectáculo, también el monarca ha prometido asistir.

Con las primeras luces del día la plaza se llena de curiosos que se pelean por conseguir un buen lugar desde donde contemplar el sufrimiento final de los otrora orgullosos caballeros. Los pueblos siempre disfrutan del espectáculo de ver humillados a los poderosos, y el Temple lo había sido, por más que de sus manos hubiera salido más bien que mal.

Jacques de Molay y Geoffroy de Charney son conducidos en el mismo carro. Saben que en pocos minutos arderán y su dolor se desvanecerá para siempre.

La Corte viste sus mejores galas, el rey bromea con las damas; él, Felipe, ha domeñado al Temple. Su hazaña pasará a la historia de las infamias.

El fuego comenzaba a abrasar la carne quebrada de los templarios. Jacques de Molay miró fijamente al rey y el pueblo de París, al igual que Felipe, escucharon al gran maestre proclamar su inocencia y emplazar al Juicio de Dios al rey de Francia y al papa Clemente.

Un escalofrío recorrió la espalda de Felipe llamado el Hermoso. Tembló de miedo, y tuvo que recordarse que él era el rey y nada le podía suceder porque contaba con el consentimiento del Papa y de las más altas autoridades eclesiásticas para hacer lo que había hecho.

No, Dios no podía estar de parte de los templarios, esos herejes que adoraban a un ídolo llamado Bafumet, que habían pecado de sodomía, y a los que se les sabían tratos con los sarracenos. Él, Felipe, cumplía con los mandamientos de la Iglesia, y asistía a la iglesia las fiestas de guardar.

Sí, él, Felipe, rey de Francia, cumplía con la Iglesia, pero ¿cumplía acaso con las leyes de Dios?

–¿Ha terminado?

–¡Uy, qué susto me ha dado! Estaba leyendo sobre la ejecución de Jacques de Molay. Pone los pelos de punta. Quería preguntarle qué es el Juicio de Dios.

El profesor McFadden la miró aburrido. Ana Jiménez llevaba dos días husmeando en los archivos, y haciéndole preguntas que a veces no tenían ningún sentido.

Era lista pero un tanto ignorante, y había tenido que darle unas cuantas lecciones elementales de historia. La joven sabía poco de las cruzadas y del convulso mundo de los siglos XII, XIII o XIV. Pero no se engañaba, la ignorancia académica de la periodista era inversamente proporcional a su intuición. Buscaba y buscaba, y sabía dónde encontrar. Una frase, una palabra, un acontecimiento, parecían servirle de pistas en su anárquica investigación.

Había sido cuidadoso, procurando desviar su atención de aquellos sucesos que sabía podían ser materia peligrosa en manos de la periodista.

Se ajustó las gafas y se dispuso a explicarle qué era el Juicio de Dios. Ana Jiménez lo miraba asombrada mientras le escuchaba, y no pudo dejar de sentir un estremecimiento cuando en tono dramático el profesor recitó las palabras de Jacques de Molay.

–El papa Clemente murió a los cuarenta días, y Felipe el Hermoso al cabo de ocho meses. Sus muertes fueron terribles, tal y como le he contado. Dios hizo justicia.

–Me alegro por Jacques de Molay.

–¿Cómo dice?

–Que me cae bien el gran maestre. Creo que era un hombre bueno y justo y Felipe el Hermoso, un malvado. Así que me alegro de que en este caso Dios se decidiera a hacer justicia; la pena es que no lo haga siempre. Ahora bien, ¿no estaría la mano de los templarios detrás de esas muertes un tanto extrañas?

–No, no lo estuvo.

–Y usted ¿cómo lo sabe?

–Hay suficiente documentación que demuestra las circunstancias de la muerte del rey y del Papa, y le aseguro que no encontrará ninguna fuente que sugiera, ni siquiera como especulación, la posibilidad de que los templarios se vengaran. Además, eso no está en la forma de ser ni de proceder de los templarios. Con todo lo que lleva leído debería de saberlo.

–Bueno, yo lo habría hecho.

–¿El qué?

–Pues habría organizado a un grupo de caballeros para que asestaran un golpe mortal al Papa y a Felipe el Hermoso.

–Es evidente que no fue así; ése no hubiera sido nunca el comportamiento de los caballeros templarios.

–Dígame qué es ese tesoro que buscaba el rey. Por lo que cuentan sus archivos, ya les había dejado prácticamente sin nada. Sin embargo, Felipe insistía en que Jacques de Molay le entregara un tesoro. ¿A qué tesoro se refería? Debía de ser algo concreto, algo de mucho valor, ¿no?

–Felipe el Hermoso creía que en el Temple se guardaban más tesoros de los que él había podido requisar. Estaba obsesionado con ellos, creía que Jacques de Molay le engañaba y escondía más oro.

–No, no, yo creo que no buscaba más oro.

–¿Ah, no? ¡Qué interesante! ¿Y qué cree que buscaba?

–Ya le digo que algo concreto, un objeto de muchísimo valor para el Temple y para el rey de Francia, seguramente para la Cristiandad.

–Bueno, pues dígame el qué, porque le aseguro que es la primera vez que oigo semejante... semejante...

–Si no fuera usted tan educado diría «semejante disparate». Bueno, quizá tiene usted razón, usted es un profesor y yo soy periodista, usted se atiene a los hechos y yo especulo.

–La historia, señorita, no se escribe con especulaciones sino con hechos ciertos, comprobados por varias fuentes.

–Según sus archivos, en los meses previos a que el rey lo detuviera, el gran maestre envió correos a varias encomiendas, muchos caballeros se marcharon y ya no regresaron. ¿Guardan copia de esas cartas escritas por Jacques de Molay?

—De algunas tenemos constancia, copias que hemos podido compulsar como auténticas. Otras se han perdido para siempre.

—¿Podré ver las que tienen?

—Trataré de complacerla.

—Me gustaría poder verlas mañana; por la noche me marcho.

—¡Ah, se marcha!

—Sí, y se nota que se alegra.

—¡Por favor, señorita!

—Sí, sé que le estoy dando la lata y distrayéndolo en su trabajo.

—Procuraré tener los documentos mañana. ¿Regresa a España?

—No, voy a París.

—De acuerdo, venga mañana a primera hora.

42

Ana Jiménez salió de la mansión. Le hubiera gustado volver a hablar con Anthony McGilles pero parecía que se lo había tragado la tierra.

Estaba cansada. Había pasado todo el día leyendo sobre los últimos meses del Temple. Los datos fríos, las fechas, los relatos anónimos, casi le habían embotado la cabeza.

Pero ella tenía una imaginación desbordante, su hermano siempre se lo reprochaba, así que cada vez que había leído «El gran maestre Jacques de Molay envió una carta a la encomienda de Maguncia a través del caballero De Larney que partió la mañana del 15 de julio acompañado por dos escuderos», procuraba imaginar cómo era el rostro del tal De Larney, si montaba un caballo negro o blanco, si hacía calor, o si los escuderos estaban de malhumor. Pero sabía que su imaginación no era capaz de suplir la realidad de aquellos hombres y sobre todo no alcanzaba a saber qué podía haber escrito Jacques de Molay en sus cartas a los maestres templarios.

Había una relación detallada de cuantos caballeros habían viajado con misivas, y de algunos se decía que habían regresado, como ese Geoffroy de Charney, visitador de Normandía. De los otros se había perdido el rastro para siempre, por lo menos en lo que a esos archivos se refería.

Al día siguiente viajaría a París. Había concertado cita con una profesora de historia de la Sorbona. Otra vez había tenido que movilizar a sus contactos para conseguir que le dijeran quién era la máxima autoridad académica en el siglo XIV. Al parecer lo era la profesora Elianne Marchais, una honorable sesentona, catedrática, autora de varios libros de esos que sólo leían los eruditos, como la propia Marchais.

Se fue derecha al hotel; le estaba costando más de lo que debería gastarse, pero se estaba dando el gustazo de dormir en el Dorchester como una princesa. Además, creía que en un buen hotel estaría más segura, porque tenía la impresión de que la vigilaban. Se había dicho a sí misma que era una estúpida, que quién iba a seguirla. Pensó que eran los del Departamento del Arte para ver qué sabía y eso la tranquilizó; de todas maneras, en un hotel de lujo se creía más segura.

Pidió que le subieran un sándwich y una ensalada. Quería meterse en la cama cuanto antes.

Los del Departamento del Arte podían pensar lo que quisieran, pero ella estaba segura de que fueron los templarios quienes compraron la Sábana Santa al pobre Balduino. Lo que no encajaba es que luego la Sábana apareciera en un pueblo de Francia, en Lirey. ¿Cómo había podido ir a parar allí?

Si iba a París es porque quería que la profesora Marchais le explicara lo que el bueno del profesor McFadden parecía no querer explicarle. ¿Por qué cada vez que ella le preguntaba si los templarios obtuvieron la Sábana Santa, el profesor se irritaba y le conminaba a que se atuviera a los hechos? No había ningún documento, ninguna fuente que confirmara esa loca teoría, y le insistía en que a los templarios se les achacaba todo tipo de misterios, lo que a él le indignaba como historiador que era.

Así que el profesor McFadden y aquella institución al parecer dedicada al estudio del Temple negaban la posibilidad de que los templarios hubieran tenido jamás la Sábana. Es más, el profesor le aseguraba que le era indiferente tal reliquia, que como los científicos habían demostrado, era del siglo XIII o XIV y no del siglo I; que entendía la superstición de la gente común, pero que a él la superstición no le interesaba ni le concernía. Hechos, sólo quería hablar de hechos.

Decidió llamar a Sofia; le gustaba hablar con ella, y a lo mejor le daba alguna pista para tratar con la doctora Marchais. Pero Sofia no contestaba, así que se entretuvo mirando la agenda. Y de repente se dio cuenta: allí estaba. ¿Cómo se le había pasado por alto? A lo mejor era una locura, pero ¿y si ella tenía razón? ¿Y si lo que sucedía tenía que ver con gente del pasado?

Durmió mal. Ya se había convertido en costumbre que la asaltaran las pesadillas. Era como si una fuerza extraña la arrastrara a los escenarios cruentos del pasado haciéndole contemplar el horror del dolor. Vio a Jacques de Molay y a Geoffroy de Charney, junto a los otros templarios, abrasados en la hoguera. Ella estaba allí, sentada en primera fila viéndolos arder, y sintió la mirada implacable del gran maestre conminándola a marcharse.

«Márchate, no busques o sobre ti caerá la Justicia de Dios.» De nuevo se despertó sudando, aterrorizada. El gran maestre no quería que continuara investigando. Moriría si continuaba, estaba segura de ello.

Durante el resto de la noche no pudo conciliar el sueño. Sabía que había estado allí, aquel 19 de marzo de 1314, en el *parvis* de Notre Dame frente a la pira en la que ardía Jacques de Molay y que él le había pedido que no siguiera adelante, que no buscara la Sábana.

Su suerte, se dijo, estaba echada, no desistiría por más que temiera a Jacques de Molay, e incluso que entendiera que no quisiera que ella supiese la verdad, pero ya no podía volverse atrás.

El pastor Bakkalbasi había viajado con Ismet, el sobrino de Francesco Turgut, el portero de la catedral. De Estambul habían cogido un avión directo a Turín. Otros hombres de la Comunidad llegarían por distintas vías, desde Alemania, desde otros lugares de Italia, y desde la misma Urfa.

Bakkalbasi sabía que también lo haría Addaio. Ninguno sabría dónde estaba, dónde se escondía, pero les estaría vigilando, controlando sus movimientos, dirigiendo la operación a través de los teléfonos móviles. Llevaban varios cada uno. Las órdenes de Addaio eran no utilizarlos demasiado, y procurar comunicarse desde teléfonos públicos.

Mendibj tenía que morir y Turgut calmarse, o de lo contrario también moriría; no había opción.

La policía había estado merodeando por sus casas en Urfa, señal de que el Departamento del Arte sabía más de lo que a ellos les hubiera gustado admitir.

Lo sabía porque tenía un primo trabajando en la jefatura de policía de Urfa: un buen miembro de la Comunidad que les había informado del interés repentino de la Interpol por los turcos que emigraron de Urfa a Italia. No les habían dicho qué buscaban, pero les habían pedido informes completos de varias familias, todas de la Comunidad.

Se habían encendido todas las alertas, y Addaio había designado sucesor por si algo le pasaba. Dentro de la Comunidad había otra comunidad secreta que vivía aún más sumergida en la clandestinidad. Serían ellos los encargados de continuar la lucha si ellos caían, y caerían, Bakkalbasi lo sentía por la opresión del estómago.

No dudó en acompañar a Ismet a casa de Turgut. Cuando el portero les abrió gritó asustado.

—¡Cálmate, hombre! ¿Por qué gritas? ¿Quieres alertar a todo el obispado?

Pasaron dentro de la vivienda, y ya más tranquilo Turgut les contó las últimas novedades. Sabía que lo vigilaban, lo había sabido desde el día del incendio. Y ese padre Yves lo miraba de aquella manera... Sí, era amable con él, pero había algo en sus ojos que le avisaba de que tuviera cuidado o moriría; sí, sí, así lo sentía él.

Compartieron un café y el pastor dio instrucciones a Ismet para que no se separara de su tío. Éste debía presentarlo en el obispado y anunciar que su sobrino viviría con él. También aleccionó a Turgut para que enseñara a Ismet el escondrijo por el que se accedía a los subterráneos, pudiera ser que algunos de los hombres llegados de Urfa se tuvieran que esconder allí, de manera que habría que surtirles con víveres y agua.

Luego el pastor les dejó, tenía que reunirse en distintos lugares con otros miembros de la Comunidad.

43

–¿Qué hacemos? –preguntó Pietro–. Quizá deberíamos
seguirle.

–No sabemos quién es –respondió Giuseppe.

–Es turco, se le ve.

–Si quieres le sigo.

–No sé qué decirte; bueno, vamos a ver al portero, y con
toda naturalidad le preguntaremos quién es el que ha salido
de su casa.

Ismet abrió la puerta pensando que era el pastor Bakkalbasi que había olvidado algo. Frunció el ceño cuando vio a los
dos hombres, que tenían aspecto de policías. Los policías, se
dijo, siempre parecen policías.

–Buenos días, queremos hablar con Francesco Turgut.

El joven dio muestras de que apenas les entendía y llamó
a su tío en turco. Éste salió a la puerta sin poder dominar el
temblor del labio.

–Verá, continuamos con la investigación sobre el incendio
de la catedral; nos gustaría que intentara recordar algún detalle, algo que le llamara la atención.

Turgut apenas escuchaba la pregunta de Giuseppe. Tan
grande era su esfuerzo para no romper a llorar.

Ismet se acercó a su tío y, poniéndole el brazo por el hombro con afán protector, respondió por él en italiano mezclado
con inglés.

–Mi tío es anciano, y ha sufrido mucho desde el incendio.
Teme que dada su edad consideren que ya no es tan hábil
como antes y le despidan precisamente por no haber estado
más atento. ¿No podrían dejarle ya? Les ha contado todo lo
que recuerda.

–¿Y usted quién es? –preguntó Pietro.

–Me llamo Ismet Turgut, soy su sobrino. He llegado hoy, espero poder quedarme en Turín y encontrar trabajo.

–¿De dónde viene?

–De Urfa.

–¿Y allí no hay trabajo? –intervino Giuseppe.

–En los campos petrolíferos, pero yo lo que quiero es aprender aquí un buen oficio, ahorrar y regresar a Urfa a poner un negocio. Tengo novia.

El joven parecía buena persona, pensó Pietro, incluso inocente. A lo mejor lo era.

–Bien, pero nos gustaría que su tío nos dijera si tiene contactos con otros inmigrantes de Urfa –preguntó Giuseppe.

Francesco Turgut sintió un estremecimiento. Ahora sí que estaba seguro de que la policía lo sabía todo. Ismet volvió a hacerse cargo de la situación respondiendo con rapidez.

–Pues claro, y yo espero también poder encontrarme aquí con la gente del pueblo. Aunque mi tío es medio italiano, pero los turcos nunca perdemos nuestras raíces, ¿verdad, tío?

Pietro insistió. El joven parecía dispuesto a no dejar hablar a Francesco Turgut.

–Señor Turgut, ¿conoce usted a la familia Bajerai?

–¡Bajerai! –exclamó Ismet como si le hubieran dado una alegría–. Con un Bajerai fui a la escuela, creo que aquí tienen unos primos segundos o algo así...

–Me gustaría que respondiera su tío –insistió Pietro.

Francesco Turgut tragó saliva y se dispuso a decir lo que tantas veces había ensayado.

–Sí, claro que los conozco, es una familia honorable que han sufrido una enorme desgracia, sus hijos... bueno, sus hijos cometieron un error y están pagando por ello, pero le aseguro que los padres son buenas personas, puede preguntar a quien quiera por ellos, les darán buena referencias.

–¿Ha visitado en los últimos tiempos a los Bajerai?

–No, últimamente no me siento bien y no salgo mucho.

–Perdone –interrumpió Ismet con expresión inocente–, ¿qué han hecho los Bajerai?

–¿Y por qué cree que han hecho algo? –inquirió Giuseppe.

–Porque si ustedes, que son policías, se presentan aquí y preguntan por los Bajerai es que han hecho algo; de lo contrario no preguntarían.

El joven sonrió satisfecho a los dos hombres que le miraban sin saber si era un cínico o realmente tan inocente como parecía.

–Bien, volvamos al día del incendio –insistió Giuseppe.

–Ya les dije todo lo que recordaba. Si hubiera recordado algo más me habría puesto en contacto con ustedes –afirmó con voz quejumbrosa el anciano.

–Acabo de llegar –explicó Ismet–, aún no he tenido tiempo ni de preguntar a mi tío dónde voy a dormir, ¿no podrían volver en otro momento?

Pietro hizo una seña a Giuseppe. Se despidieron y salieron a la calle.

–¿Qué te parece el sobrino? –preguntó Pietro a su compañero.

–No sé, pero parece un buen chico.

–Puede que lo hayan enviado para controlar a su tío.

–¡Bah! No veamos fantasmas, yo estoy de acuerdo contigo en que Sofia y Marco están haciéndose una película con este caso, aunque Marco donde pone el ojo... Pero con la Síndone está obsesionado.

–Pues ayer me dejaste solo cuando se lo decía.

–¿De qué sirve discutir? Hagamos lo que nos mandan. Si tienen razón, estupendo, hay caso; si no la tienen, da igual, al menos habremos intentado dar una respuesta a esos malditos incendios. Por investigar no se pierde nada, pero sin agobios, con tranquilidad.

–Me admira tu flema, pareces inglés en vez de italiano.

–Es que tú te tomas todo a la tremenda, y últimamente te da por discutirlo todo.

–Tengo la impresión de que el equipo se ha roto, que las cosas no son como antes.

–Pues claro que el equipo se ha roto, pero se recompondrá. Sofia y tú tenéis la culpa del mal rollo, os ponéis tensos como monos cuando estáis juntos, y parece que os divierte llevaros la contraria. Si ella dice «a» tú dices «b», y os miráis como si de un momento a otro os fuerais a saltar a la yugular. Mira, Marco tiene razón cuando dice que es un error mezclar el trabajo con la cama. Te seré franco, por vuestra culpa ahora estamos todos incómodos.

–No te he pedido que fueras tan franco.

–Ya, pero tenía ganas de decírtelo, así que dicho está.

–De acuerdo, la culpa es mía y de Sofia. ¿Qué quieres que hagamos?

–Nada. Supongo que se os pasará, de todos modos ella se va. Cuando termine el caso se larga, esto se le ha quedado pequeño. La chica vale mucho para dedicarse a perseguir ladrones.

–Es una mujer extraordinaria.

–Lo raro es que se liara contigo.

–¡Vaya hombre, gracias!

–¡Bah! Hay que aceptar lo que uno es, y tú y yo somos dos polis. No tenemos su clase, ni su formación. No somos como ella, tampoco somos como Marco, el jefe ha estudiado y se le nota. Claro que yo estoy contento de ser lo que soy y de llegar a donde he llegado. Trabajar en el Departamento del Arte es un chollo y da categoría.

–Tu sinceridad me está jodiendo.

–Chico, pues me callo, pero creía que entre nosotros podíamos hablar así, decir la verdad.

–Ya me la has dicho, ahora déjame en paz. Iremos a la central y pediremos a la Interpol que los turcos nos envíen información de ese sobrino que le ha salido a Turgut. Pero antes podríamos ir a hablar con ese padre Yves.

–¿Para qué? Ése no es de Urfa.

–Muy gracioso. Pero ese cura...

–¿Ahora le has cogido manía al cura?

–No seas estúpido. Vamos a verle.

El padre Yves los recibió de inmediato. Estaba preparando un discurso que el cardenal debía pronunciar al día siguiente en una reunión con superioras de conventos de clausura. Rutina, les dijo.

Les preguntó por las investigaciones, pero más por cortesía que por interés, y les aseguró que con los nuevos sistemas de seguridad contra incendios difícilmente la catedral volvería a sufrir nuevos incidentes.

Charlaron un cuarto de hora, pero como no tenían nada nuevo que decirse, se despidieron.

44

El caballero templario picó espuelas. Divisaba el Guadiana y las almenas de la fortaleza de Castro Marim. Había cabalgado sin descanso desde París donde había asistido, impotente, al sacrificio del gran maestre.

Le retumbaba en los oídos la voz profunda de Jacques de Molay emplazando a Felipe el Hermoso y al papa Clemente al Juicio de Dios. No tenía la menor duda de que el Señor haría justicia y no dejaría impune el crimen cometido por el rey de Francia con la ayuda del Papa.

A Jacques de Molay le habían arrancado la vida pero no la dignidad, porque nunca hubo hombre más digno y valiente en los últimos momentos de su existencia.

Acordó con el barquero lo que costaba cruzar el río, y una vez en la orilla portuguesa se dirigió veloz a la encomienda que había sido su casa durante los últimos tres años, después de haber luchado en Egipto y haber defendido Chipre.

El maestre José Sa Beiro recibió de inmediato a João de Tomar y le invitó a sentarse, ofreciéndole agua fresca que le aliviara del reseco del camino. El superior de la encomienda se sentó frente a él y se dispuso a escuchar las noticias del caballero que había enviado como espía a París.

Durante dos horas, João de Tomar hizo un vívido relato de los últimos días del Temple, detallando la negra jornada del 19 de marzo en que Jacques de Molay y los últimos templarios habían ardido bajo la mirada inclemente del pueblo y de la corte de París. Conmovido por el relato, el maestre tuvo que hacer acopio de toda la dignidad de su cargo para no dejar traslucir la emoción.

Felipe el Hermoso había sentenciado la muerte del Temple y en aquellos días se ejecutaba a lo largo y ancho de Europa la supresión de la Orden firmada por el Papa. Los caballeros serían juzgados en los reinos cristianos. En algunos reinos serían absueltos, en otros se cumplirían las órdenes del Papa para ingresarlos en otras órdenes religiosas.

José Sa Beiro sabía de las buenas intenciones del rey Dionís, pero ¿sería capaz el rey de Portugal de oponerse a los dictados del Papa? Habría de saberlo y para ello enviaría a un caballero para que en su nombre tratara con el rey y éste les aclarara su disposición.

–Sé de vuestro cansancio, pero he de pediros que aceptéis una nueva misión. Iréis a Lisboa y llevaréis una carta al rey. Le contaréis lo que habéis visto sin omitir detalle. Y esperaréis la respuesta. Prepararé la carta para el rey; mientras, podéis descansar. A ser posible partiréis mañana.

João de Tomar apenas si tuvo tiempo de reponerse de las fatigas del viaje. Aún no había amanecido cuando fue llamado a presencia del maestre.

–Tened la misiva, id a Lisboa y que Dios os guarde.

Lisboa lucía su esplendor en aquellas primeras luces del alba. Llevaba varios días en camino, ya que había tenido que hacer una larga parada porque su caballo se había lastimado una pata.

No quiso dejarlo en la posta sino que él mismo le colocó un emplasto y aguardó dos jornadas a que se recuperara. El caballo era su amigo más fiel, el que le había salvado la vida en más de una batalla. Por nada del mundo lo entregaría a cambio de otro jamelgo y, aun a riesgo de ser reprendido por el maestre por retrasarse en el encargo, João de Tomar, aguardó a que su caballo estuviera en condiciones de andar, y aun así no lo cargó con su peso, sino que montó otro caballo que le dieron en la casa de postas a cambio de una moneda de oro.

Con el rey Dionís, Portugal se había convertido en una nación próspera. De su genio nació la universidad, y estaba llevando a cabo una profunda reforma de la agricultura, tanto que por primera vez tenían excedentes de trigo y aceite de oliva, y buen vino para exportar.

El rey no tardó más de dos días en recibir a João de Tomar, y el templario portugués volvió a relatar lo vivido en París tras entregar al monarca la carta de José Sa Beiro.

Pronto le respondería, le aseguró el rey, que ya tenía noticias de la disposición del Papa para la disolución de la Orden.

João de Tomar sabía de la buena relación del rey Dionís con el clero, con el que había firmado un concordato hacía unos años. ¿Se atrevería a enfrentarse al Papa?

El templario aguardó tres días hasta ser de nuevo llamado por el rey. Éste había adoptado una decisión tan sabia como salomónica: no se enfrentaría al Papa, pero tampoco perseguiría a los templarios. Dionís de Portugal había dispuesto que se fundara una nueva orden, la Orden de Cristo, de la que formaran parte todos los templarios, manteniendo sus propias reglas, sólo que la nueva orden estaría bajo el control real y no del Papa.

De esta manera este rey prudente garantizaba que las riquezas templarias quedarían en Portugal, no pasarían al poder de la Iglesia ni al de otras órdenes. Contaría con la gratitud de los templarios y con la ayuda de éstos, y sobre todo de su oro, para sus planes, los planes del reino.

La decisión del rey era firme y así se lo comunicaría a los superiores de todos los maestrazgos y encomiendas. De ahora en adelante el Temple de Portugal quedaba bajo la jurisdicción real.

Cuando el maestre José Sa Beiro supo de la disposición del rey comprendió que, si bien los templarios no serían perseguidos ni arderían en ninguna hoguera como en Francia, desde aquel momento sus bienes pasaban a estar a disposición del rey. Debía, pues, adoptar una decisión, ya que era posible que desde Lisboa les pidieran un inventario de las posesiones habidas en cada encomienda.

Castro Marim, por tanto, no era ya un lugar seguro para guardar el verdadero tesoro del Temple y debía disponer enviarlo a donde no alcanzaran las manos ni de reyes ni del Papa.

Beltrán de Santillana había doblado cuidadosamente la Sábana Santa y guardado en un zurrón del que no se separaría en ningún momento.

Esperaba a que subiera la marea para que zarpara la nave que le conduciría a Escocia. De todos los países de la Cristiandad era el único al que no había llegado, y nunca llegaría, noticia alguna con la orden de disolución del Temple.

El rey Robert de Bruce estaba excomulgado, y ni él se ocupaba de los asuntos de la Iglesia, ni la Iglesia de los de Escocia.

Los caballeros templarios nada habían de temer pues de Robert de Bruce, y Escocia se convertía así en el único reducto donde el Temple conservaba todo su poder.

José Sa Beiro sabía que sólo en Escocia el tesoro del Temple estaría para siempre a salvo, y cumpliendo las indicaciones del último gran maestre, del asesinado Jacques de Molay, se dispuso a enviar al caballero Beltrán de Santillana, junto a João de Tomar, Wilfredo de Payens, y otros caballeros para que custodiaran la santa reliquia hasta la casa del Temple en Arbroath.

Debía ser el maestre de Escocia quien decidiera dónde ocultar la Santa Sábana. Suya sería la responsabilidad de que la reliquia jamás pasara a otras manos que no fueran templarias.

El maestre de Castro Marim entregó a Beltrán de Santillana una carta para el maestre de Escocia, además de la misiva original que le enviara a él Jacques de Molay, en la que exponía las razones por las que debían guardar el secreto de la posesión de la mortaja de Cristo.

El bote doblaba el recodo del Guadiana en su salida al mar, donde aguardaba la nave que llevaría el tesoro del Temple hasta Escocia. Los caballeros no miraron atrás. No querían que la emoción les venciera al abandonar para siempre Portugal.

La nave de los caballeros estuvo a punto de zozobrar; tan fuerte era la tempestad que les salió al paso en su viaje a las costas escocesas. El viento y la lluvia había agitado el barco como si de una cáscara de nuez se tratara, pero había resistido.

Los acantilados de la costa escocesa anunciaban el final del viaje. Los hermanos del Temple de Escocia sabían del terror que el Papa y el rey de Francia habían desatado contra los templarios, pero ellos se sabían a salvo gracias a su buena relación con el rey Robert de Bruce, junto al que combatían y al que defendían de sus enemigos.

El maestre les llamó a la sala capitular. Allí, ante los ojos atónitos de los caballeros, expuso la tela sagrada. Guardaba parecido con la pintura de aquel Cristo al que adoraban en la discreción de la capilla privada, pues de todos los maestres era sabido que poseían la verdadera imagen de Cristo de la que se habían hecho copias para que los templarios tuvieran presente al Señor.

Amanecía sobre el mar cuando los caballeros salieron de la sala en la que durante las últimas horas habían tenido el privilegio de orar ante el verdadero rostro de Jesús.

Beltrán de Santillana se quedó a solas con el maestre de los templarios de Escocia. Los dos hombres hablaron brevemente, luego, doblando cuidadosamente la tela sagrada se dispusieron a guardar el tesoro más preciado del Temple. Un tesoro del que, con el devenir de los siglos y según lo dispuesto por el último gran maestre, sólo unos pocos elegidos podrían gozar. Jacques de Molay podía descansar en paz.

45

Elianne Marchais era menuda, elegante, y no exenta de atractivo. Recibió a Ana Jiménez con una mezcla de resignación y curiosidad.

No le gustaban los periodistas, reducían tanto lo que se les contaba que al final lo tergiversaban todo. Por eso no concedía entrevistas y cuando le preguntaban su opinión sobre algo su respuesta era invariable: «Léase mis libros, allí está todo lo que pienso, y no me pida que le diga en tres palabras lo que he necesitado trescientos folios para explicar».

Pero aquella jovencita era un caso aparte, venía recomendada. El embajador de España ante la Unesco la había telefoneado pidiéndole el favor. Además de dos rectores de prestigiosas universidades españolas y tres colegas de la Sorbona. O la chica era muy importante o era una testaruda dispuesta a todo con tal de salirse con la suya, en este caso que ella le dedicara unos minutos de su tiempo, porque no estaba dispuesta a más.

Ana Jiménez decidió que con una mujer como Elianne Marchais no cabían subterfugios, de manera que decidió decirle la verdad, y una de dos, o la echaba con cajas destempladas o decidía ayudarla.

No tardó más de veinte minutos en explicarle que quería escribir una historia sobre la Síndone y que necesitaba su opinión de experta para desbrozar todo lo que había de fantasía y de verdad en la historia de la reliquia.

–¿Y por qué le interesa la Sábana Santa? ¿Es usted católica?

–No... bueno... supongo que sí, de alguna manera, estoy bautizada, aunque no soy practicante.

–No ha respondido a mi pregunta. ¿Por qué le interesa la Síndone?

–Porque es un objeto polémico que, además, parece atraer una cierta violencia: incendios, robos en la catedral...

La profesora Marchais enarcó una ceja y con cierto desprecio se dispuso a poner fin a la conversación.

–Señorita Jiménez, me temo que no podré ayudarla. Mi especialidad no son los sucesos esotéricos, de manera que tendrá usted que buscar a una persona más adecuada para hablar de esa tesis tan interesante como que la Síndone atrae calamidades.

Elianne Marchais se puso en pie. No tenía ningún interés en hablar con una estúpida periodista. ¿Por quién la había tomado para atreverse a plantearle a ella semejante desatino?

Ana no se movió de su asiento. Miró fijamente a la profesora y probó otra vez suerte intentando no meter la pata.

–Creo que me he expresado mal, profesora Marchais. No me interesa el esoterismo, si le he dado esa impresión lo siento. Lo que intento es escribir una historia documentada, alejada precisamente de toda interpretación mágica, esotérica o como se la quiera llamar. Busco hechos, hechos, sólo hechos, no especulaciones. Por eso he acudido a usted, para ser capaz de separar la verdad de las interpretaciones de determinados autores más o menos reconocidos. Usted conoce lo que sucedió en Francia en los siglos XIII y XIV como si fuera hoy mismo, y son esos conocimientos los que necesito.

La profesora Marchais, todavía de pie, titubeó sobre si despedir a la joven o atender su petición. La explicación que le acababa de dar era al menos seria.

–No dispongo de mucho tiempo, así que dígame exactamente qué quiere saber.

Ana suspiró aliviada. Sabía que no podía volver a cometer un error o sería despedida con cajas destempladas.

–Me gustaría que me explicase exactamente todo lo que se refiere a la aparición de la Sábana Santa en Francia.

Con un gesto de apatía la profesora contó a Ana con todo tipo de detalles la «aparición» en Lirey de la Sábana.

–Las crónicas más documentadas de la época aseguran que en 1349, Geoffroy de Charny, señor de Lirey, dio a conocer que poseía un sudario con la impresión del cuerpo de Jesús, al que su familia tenía gran devoción. Este noble dirigió cartas pidiendo autorización al Papa y al rey de Francia para construir una colegiata donde exponer el sudario para su veneración por los fieles. Ni el Papa ni el rey respondieron a la pretensión del señor de Lirey, por lo que la colegiata no se pudo construir, pero el sudario empezó a ser objeto de culto con la complicidad de los canónigos de Lirey, que vieron una oportunidad para aumentar su influencia e importancia.

–Pero ¿de dónde había sacado el sudario?

–En la carta que De Charny escribió al rey de Francia, que se conserva en los archivos reales, aseguraba que había mantenido la posesión del sudario en secreto para no provocar disputas entre cristianos, ya habían aparecido otros sudarios en lugares tan distantes como Aquisgrán, Jaén, Tolosa, Maguncia y Roma. Precisamente en Roma, desde 1350, estaba expuesto un sudario en la basílica vaticana que naturalmente se daba por auténtico. Geoffroy de Charny juró al rey y al Papa, por el honor de su familia, que la mortaja que él poseía era la auténtica, pero lo que nunca confesó, ni al rey ni al Papa, era cómo había llegado a sus manos. ¿Herencia de familia? ¿Lo había comprado? No lo dijo y por tanto no lo sabemos.

»Tuvo que esperar años a recibir autorización para construir la colegiata, aunque no lograría ver expuesta la Sábana ya que murió en Poitiers por salvar al rey de Francia, al que cubrió con su propio cuerpo durante la batalla. Su viuda la donó a la iglesia de Lirey, lo que contribuyó al enriquecimiento de los canónigos del lugar al tiempo que provocó la envidia de los prelados de otros pueblos y ciudades, lo que planteó un auténtico conflicto.

»El obispo de Troyes mandó hacer una investigación exhaustiva; incluso pudo presentar a un testigo importante para desacreditar la autenticidad de la mortaja. Un pintor aseguró haber realizado la imagen por encargo del señor de Lirey, de manera que el obispo logró que fuera prohibida la exhibición del sudario.

»Sería otro Geoffroy, Geoffroy II de Charny, quien años después, exactamente en 1389, logró que el papa Clemente VII lo autorizase a exponer el sudario. De nuevo intervino el obispo de Troyes, alarmado por el fluir de peregrinos para adorar la Sábana. Durante unos meses consiguió que el sudario volviera a su arca y no se expusiera pero, mientras tanto, Geoffroy de Charny llegó a un acuerdo con el Papa: podría exponer el sudario a condición de que los canónigos de Lirey explicaran a los fieles que era una pintura hecha para representar la mortaja de Cristo.

Con voz monótona la profesora Marchais continuó su recorrido por la historia, explicando que la hija de Geoffroy II, Marguerite de Charny, decidió guardar el sudario en el castillo de su segundo marido, el conde de la Roche.

–¿Por qué? –preguntó Ana.

–Porque en 1415, durante la guerra de los Cien Años, los pillajes eran continuos. De manera que estimó que la reliquia estaría más segura en el castillo de su marido, situado en Saint Hippolyte-sur-le-Doubs. Fue una mujer peculiar porque cuando enviudó por segunda vez, aumentó las escasas rentas que le había dejado su marido cobrando limosnas a quien quisiera ver de cerca el sudario de Cristo y orar ante él. Fueron precisamente sus apuros económicos los que la llevaron a vender la reliquia a la Casa de Saboya. La fecha de la cesión fue el 22 de marzo de 1453. Los canónigos de Lirey protestaron porque se decían propietarios del lienzo ya que la viuda de aquel Geoffroy I de Charny se la había cedido. Pero Marguerite hizo caso omiso y disfrutó del castillo de Varambom y las rentas del señorío de Miribel cedidas por la Casa de Saboya. Existe un contrato al respecto, firmado por Luis I, duque de Saboya. Desde entonces la historia de la Sábana es conocida por todos.

–Quisiera preguntarle si es posible que el sudario llegara a Francia a través de los templarios.

–¡Ah, los templarios! ¡Cuántas leyendas y cuán injustamente se les ha tratado por desconocimiento! Es basura, sólo basura, esa seudoliteratura que trata de los templarios. ¿Y sabe por qué? Pues porque muchas organizaciones de masones se dicen herederas del Temple. Algunas de estas organizaciones han estado, por decirlo con llaneza, en el «lado bueno», por ejemplo durante la Revolución francesa, pero otras...

–Pero ¿el Temple ha sobrevivido?

–Claro, hay organizaciones que, ya le digo, aseguran que son sus herederas. Recuerde que en Escocia el Temple jamás fue disuelto. Pero para mí el Temple murió el 19 de marzo de 1314 en la hoguera en la que Felipe el Hermoso mandó que ardiera el gran maestre Jacques de Molay junto a otros caballeros.

–He estado en Londres, encontré un centro de estudios templarios.

–Ya le he dicho que hay clubes y organizaciones que se dicen herederas del Temple. No tengo ningún interés en ellas.

–¿Por qué?

–Señorita Jiménez, soy historiadora.

–Sí, lo sé, pero...

–No hay peros. ¿Algo más?

–Sí, quisiera saber si la familia De Charny ha llegado hasta nuestros días, si aún hay descendientes...

–Las grandes familias se suceden a sí mismas, debería consultar a un experto en la materia, un experto en genealogía.

–Perdone que insista, pero ¿de dónde cree usted que pudo sacar ese Geoffroy de Charny el sudario?

–No lo sé. Ya le he explicado que él nunca lo dijo, tampoco su viuda, ni los descendientes que poseyeron el sudario hasta que pasó a la Casa de Saboya. Podía ser una reliquia comprada, o regalada, vaya usted a saber. En aquellos siglos Europa estaba llena de reliquias que habían traído los cruzados. La mayoría falsas, de ahí que haya tantos «santos griales», sudarios, huesos de santos...

–¿Hay alguna manera de saber si la familia de Geoffroy de Charny tuvo alguna relación con las cruzadas?

–Le reitero que tendría que hablar con un genealogista. Claro que...

La profesora Marchais se quedo pensativa, golpeando la punta del bolígrafo sobre la mesa. Ana guardó un silencio expectante.

–Podría ser que Geoffroy de Charny tuviera algo que ver con Geoffroy de Charney, el visitador del Temple en Normandía que murió en la hoguera junto a Jacques de Molay, y que también combatió en Tierra Santa. Es una cuestión de grafía y...

–¡Sí, sí, eso es! ¡Seguro que son de la misma familia!

–Señorita, no se deje confundir por sus deseos. He dicho que pudiera ser que los dos apellidos provengan del mismo tronco, de manera que el Geoffroy de Charny que poseía el sudario...

–Lo tuviera porque años atrás el otro Geoffroy lo trajera de Tierra Santa y lo guardara en la casa familiar. No es una suposición descabellada.

–Sí, sí lo es, porque el visitador de Normandía era templario; si hubiera poseído la reliquia ésta pertenecería al Temple, nunca la habría ocultado en la casa familiar. De este Geoffroy tenemos abundante documentación porque se mantuvo fiel a De Molay y al Temple... No dejemos volar la imaginación.

–Pero pudo haber algún motivo por el que no entregó el sudario al Temple.

–Lo dudo. Respecto a Geoffroy de Charney no caben especulaciones. Siento haberla podido confundir; en mi opinión no es un problema de grafía, sencillamente los dos Geoffroy pertenecen a familias distintas.

—Iré a Lirey.

—Me parece muy bien. ¿Algo más?

—Muchas gracias, usted no lo sabe, pero creo que ha desvelado una parte del enigma.

Elianne Marchais se despidió de Ana Jiménez reafirmando una vez más su opinión sobre los periodistas: poco profundos, bastante incultos y dados a las más estúpidas elucubraciones. No era de extrañar que se contaran tantas tonterías en los periódicos.

Ana llegó a Troyes un día después de su entrevista con la profesora Marchais. Había alquilado un coche para desplazarse hasta Lirey y se sorprendió al comprobar que era un caserío en el que no vivían más de cincuenta personas.

Paseó entre los restos de la antigua casa señorial acariciando las viejas piedras, buscando que su contacto le indujera alguna pista, algún presentimiento. Últimamente actuaba dejándose llevar por la intuición, sin planificar nada de antemano.

Se acercó a una anciana que paseaba con su perro por el borde del camino que conducía a la que fuera fortaleza del noble Geoffroy.

—Buenas tardes.

La anciana la miró de arriba abajo, con curiosidad.

—Buenas tardes.

—Es un paraje muy hermoso.

—Sí que lo es, pero los jóvenes no piensan lo mismo y prefieren la ciudad.

—Bueno es que en las ciudades hay más oportunidades de trabajo.

—El trabajo está donde uno lo quiere encontrar, aquí en Lirey las tierras son buenas. ¿De dónde es usted?

—Soy española.

—¡Ah! Me lo parecía por el acento, pero habla usted bastante bien francés.

—Muchas gracias.

–¿Y qué hace por aquí? ¿Se ha perdido?

–No, en absoluto. He venido a ver este lugar. Soy periodista y estoy escribiendo una historia sobre la Sábana Santa, y como apareció aquí, en Lirey...

–¡Uf! ¡De eso hace muchos siglos! Ahora dicen que el sudario no es auténtico, que lo pintaron aquí.

–¿Y usted qué cree?

–A mí me da lo mismo, yo soy atea, bueno en realidad agnóstica, y nunca me han interesado las historias de santos ni de reliquias.

–Ya, a mí me pasa lo mismo, pero me han encargado el reportaje y el trabajo es el trabajo.

–Pero aquí no encontrará nada, los restos de la fortaleza son los que ve.

–¿No hay archivos o documentos sobre la familia De Charny?

–Puede ser que los haya en Troyes, aunque los descendientes de esa familia viven en París.

–¿Viven?

–Bueno, hay muchas ramas de la familia, ya sabe que los nobles eran prolíficos.

–¿Cómo podría localizarlos?

–No lo sé, yo no les trato, aunque alguna vez ha venido alguno de ellos. Hace tres o cuatro años vino el pequeño de los hermanos de una de las ramas de los Charny. ¡Menudo mozo! Salimos todos a verle.

–Pero ¿cómo podría localizarles?

–Pregunte usted en aquella casa del fondo del valle. Allí vive el señor Didier, él se encarga de las tierras de los Charny.

Ana no se entretuvo más con la anciana y echó a andar deprisa hacia la casa que le había indicado. No podía creer en su buena suerte. Estaba a punto de encontrar a los descendientes de Geoffroy de Charny.

El señor Didier debía de tener unos sesenta años. Alto y fuerte, con el cabello cano y cara de pocos amigos, miraba a Ana con desconfianza.

–Señor Didier, soy periodista, estoy escribiendo una historia sobre la Sábana Santa, y he venido a conocer Lirey puesto que fue aquí donde apareció. Sé que estas tierras eran de la familia De Charny y me han dicho que usted trabaja para ellos.

Didier la miró con fastidio. Estaba echando una cabezada sentado en su sillón favorito. Su esposa se encontraba en la parte trasera de la casa, en la cocina, y no había oído el timbre de la puerta, así que había abierto él, y ahora se encontraba con una entrometida.

–¿Qué quiere usted?

–Pues me gustaría que me hablara de este pueblo, de la familia Charny...

–¿Y por qué?

–Pues ya le he dicho que soy periodista y que estoy escribiendo una historia.

–¿Y a mí qué me importa lo que usted haga? ¿Cree que voy a hablarle de los Charny porque usted sea periodista? –la atajó el guardián.

–Bueno, no me parece que le esté pidiendo nada malo. Sé que en este pueblo se deben de sentir orgullosos porque aquí apareciera la Sábana Santa y...

–Nos importa un pimiento, a nadie le importa. Si usted quiere saber de la familia búsqueles en París pero no venga aquí a pedir información, no somos unos cotillas –le respondió el anciano.

–Señor Didier, me está malinterpretando, no busco cotilleos, sólo escribir una historia en la que este pueblo y la familia Charny son parte importante. Ellos tenían la Sábana Santa, aquí se expuso, y bueno, supongo que es para que se sientan orgullosos.

–Algunos lo estamos.

Ana y el señor Didier volvieron los ojos a la mujer que acababa de entrar en el salón. Alta y robusta, debía de ser un poco más joven que el señor Didier, pero al contrario que éste, su gesto no era de fastidio sino de afabilidad.

—Me temo que ha despertado a mi marido y eso afecta su humor. Pase, ¿quiere un té, café?

Ana no se lo pensó dos veces y entró en la casa.

—Muchas gracias, si no es molestia, sí me gustaría tomar un café.

—Bien, lo traeré en unos minutos. Siéntese.

Los Didier se miraron midiéndose el uno al otro. Estaba claro que eran caracteres contrapuestos y debían de chocar a menudo. Ana decidió hablar de banalidades hasta que regresara la señora Didier. Cuando ésta regresó le contó a qué se debía su visita.

—Los Charny son los señores de estas tierras desde tiempo inmemorial; debería acercarse a la colegiata, allí encontrará información sobre ellos, y desde luego en los archivos históricos de Troyes.

Durante un buen rato la señora Didier habló de la vida en Lirey, quejándose de la huida de los jóvenes. Sus dos hijos vivían en Troyes, uno era médico y el otro trabajaba en un banco. La buena mujer le dio información puntual sobre toda su familia, y Ana la escuchó pacientemente. Prefería aguantar aquella conversación banal antes de ir al grano, lo que finalmente hizo.

—¿Y qué tal son los Charny? Debe de ser emocionante para ellos venir a Lirey.

—Hay muchas ramas, los descendientes de una de ellas, que es a los que conocemos, no vienen mucho, pero cuidamos de sus tierras y de sus intereses. Son un poco estirados, como todos los aristócratas. Hace unos años vino un familiar lejano, ¡qué chico tan guapo! y simpático, muy simpático. Vino acompañado por el superior de la colegiata. Él les ha tratado más. Nosotros tratamos con un administrador que está en Troyes. Le daré la dirección para que le llame, es muy amable el señor Capell.

Dos horas después Ana salía de la casa de los Didier con algo más de información de la que tenía cuando llegó. Era tarde, porque en Francia a las siete ya estaban cenando, así que decidió regresar a Troyes y aguardar al día siguiente para husmear en los archivos y acercarse a la colegiata de Lirey a hablar con su superior, si es que éste quería recibirla.

El encargado del archivo municipal de Troyes era un joven con *piercings* en la nariz y tres pendientes en cada oreja que le confesó que se aburría como una ostra en ese trabajo, pero que al fin y al cabo había tenido suerte de encontrarlo puesto que era bibliotecario.

Ana le contó lo que buscaba, y Jean –que así se llamaba– se ofreció para ayudarla en la investigación.

–Así que cree que el visitador del Temple en Normandía era un antepasado de nuestro Geoffroy de Charny. Pero los apellidos no son los mismos.

–Ya, pero puede ser una variación en la grafía del apellido, no sería la primera vez que a un apellido se le cae o se le añade una letra.

–Desde luego, desde luego. Bien, esto no va a ser fácil, así que si me echa una mano veremos qué encontramos.

Primero buscaron en los archivos informatizados, luego iniciaron la búsqueda entre los viejos legajos aún sin informatizar. Ana se maravillaba de la inteligencia de Jean. Además de bibliotecario era licenciado en filología francesa, así que el francés antiguo no tenía secretos para él.

–He encontrado una relación de todos los bautizados en la colegiata de Lirey. Es un documento del siglo XIX en el que un estudioso local decidió rescatar la memoria de su pueblo y copió los archivos eclesiásticos. Veremos si hay algo.

Llevaban cuatro días trabajando y habían casi logrado hacer un árbol genealógico de los Charny, pero ambos sabían que estaba incompleto, porque si bien constaba la copia de algunas actas de nacimiento, nada sabían de las vicisitudes de esos personajes que tantas veces se casaron para estrechar alianzas con otros nobles, y cuyo rastro y el de sus hijos era casi imposible de seguir.

–Creo que deberías buscar un historiador, alguien que sepa de genealogías.

–Sí, eso ya me lo han dicho. Pero ¿quién? ¿Conoces a alguien?

–Tengo un amigo que es de aquí, de Troyes. Estudiamos juntos el bachillerato, luego se marchó a París y se doctoró en historia en la Sorbona, incluso ha sido ayudante de cátedra. Pero se enamoró de una periodista escocesa y en menos de tres años estudió la carrera de periodismo. Viven en París, tienen una revista: *Enigmas*. Personalmente tengo mis dudas sobre ese tipo de publicaciones; tratan de temas históricos, de enigmas sin resolver. Cuentan con genealogistas, historiadores, científicos. Él nos puede dar el nombre de algún genealogista. Hace años que no nos vemos, casi desde que se casó con la escocesa, ella tuvo un accidente y ya no han vuelto por aquí. Pero es un buen amigo y te recibirá. Aunque antes debes ir a la colegiata, lo mismo el superior tiene otros archivos, o sabe algo de esta familia que pueda resultar interesante.

El superior de la colegiata resultó ser un amable septuagenario que la recibió una hora después de haberle llamado.

–Los Charny siempre han estado ligados a este lugar, han mantenido la posesión de las tierras, pero hace siglos que no viven aquí.

–¿Usted conoce a los actuales Charny?

–Bueno, a algunos. Hay varias ramas de Charny, así que puede imaginar que hay docenas de ellos. Una de las familias, los que están más ligados con Lirey son gente importante, viven en París.

–¿Vienen a menudo?

–No, la verdad es que no. Hace años que no vienen por aquí.

–Una señora de Lirey, la señora Didier me ha dicho que hace tres o cuatro años vino un joven de la familia muy simpático.

–¡Ah, el sacerdote!

–¿El sacerdote?

–Sí. ¿Le sorprende que alguien pueda ser sacerdote? –dijo riendo el superior.

–No, no, en absoluto. Sólo que en Lirey me dijeron que hace unos años vino un chico muy guapo, pero no me dijeron que era sacerdote.

–No lo sabrían, no tienen por qué. Cuando vino no llevaba ni alzacuello, vestía como cualquier chico de su edad. No parecía un sacerdote, pero lo es, y creo que lleva una buena carrera. Vamos, que no se quedará como un cura de pueblo. Pero no es un Charny, aunque parece ser que sus antepasados tuvieron alguna relación con estas tierras, tampoco me explicó mucho. Me llamaron de París para que lo recibiera y le ayudara en lo que me pidiera.

El teléfono móvil de Ana interrumpió la conversación. Respondió y escuchó a Jean con voz agitada.

–¡Ana, creo que lo tengo!

–¿El qué?

–Dile al padre Salvaing que te deje ver las actas bautismales de los siglos XII y XIII, puede que tengas razón y algunos Charny antes fueran Charney.

–¿Cómo lo sabes?

–Revisando las copias, pero no sé si es un error o por el contrario hemos dado en la diana. Cierro y voy para allá. Espérame, no tardo más de media hora.

A Ana le costó convencer al padre Salvaing para que accediera a dejarle ver las actas de bautismo archivadas en la colegiata y guardadas en la biblioteca como auténticas joyas.

El anciano sacerdote llamó al hermano archivero, que puso el grito en el cielo al conocer la pretensión de la periodista.

–Si usted fuera una erudita, una historiadora, pero sólo es una periodista que a saber qué busca –dijo el archivero de mal humor.

–Intento escribir una historia de la Síndone lo más completa posible.

–¿Y qué más le dan las grafías del apellido Charny? –insistió el archivero de la colegiata.

–Pues porque quiero saber si fue el visitador del Temple en Normandía, Geoffroy de Charney, que murió quemado junto a Jacques de Molay, el propietario de la Sábana y que por lo que fuera la escondió aquí, en la casa familiar, de manera que Geoffroy de Charny apareciera como su propietario cuarenta años después.

–O sea, que usted quiere probar que la Sábana perteneció a los templarios –afirmó más que preguntó el padre Salvaing.

–Y si no es así se lo inventará –remachó el archivero.

–No, yo no me invento nada, si no es así, pues no es así. Sólo trato de explicar por qué la Sábana apareció aquí, y me parece verosímil que la trajera alguien de Tierra Santa, un cruzado o un caballero templario. ¿Quién si no? Si Geoffroy de Charny aseguraba que era auténtica, sus razones debía de tener.

–Nunca lo demostró –afirmó el anciano superior.

–Quizá no podía hacerlo.

–¡Bah, tonterías! –intervino el archivero.

–Permítanme que les pregunte, ¿ustedes creen que la Sábana Santa es auténtica?

Los dos sacerdotes permanecieron unos segundos en silencio. Habían dedicado su vida a Dios porque tenían fe. Sólo la fe podía hacer que un hombre renunciara a tener una familia, amor. Y su fe, la de ellos y tantos otros como ellos, a veces flaqueaba, les sumía en la desesperación porque inteligentes como eran no podían dejar de sentir la llamada de la razón.

El primero en hablar fue el archivero.

–La Iglesia permite desde hace siglos que el sudario sea un objeto de culto.

–Pero yo le he preguntado su opinión y la del padre Salvaing, la doctrina de la Iglesia ya la sé.

–Mi querida niña –dijo Salvaing–, la Sábana es una reliquia apreciada por millones de fieles. Su autenticidad ha sido cuestionada por los científicos y sin embargo... debo reconocer que me emocioné cuando la vi en la catedral de Turín. Hay algo sobrenatural en la tela, sea cual sea el veredicto del carbono 14.

Cuando Jean llegó aún continuaba intentando convencer a los dos sacerdotes para que le dejaran ver los archivos de la colegiata.

El superior y el archivero miraron con cierto disgusto a Jean, pero éste no tardó más de diez minutos en convencerlos de que le permitieran echar un vistazo a los legajos de la biblioteca. Además pidió al archivero que les ayudara.

Tardaron más de un par de horas, pero al final encontraron lo que buscaban: además de Charny en Lirey había Charney, con cierto grado de parentesco.

De regreso a Troyes, Ana invitó a cenar a Jean.

–Lo hemos conseguido.

–Bueno, ha resultado que tenías razón, y esos dos Geoffroy estaban emparentados.

–En realidad no he sido yo la que lo ha descubierto. Fue un comentario de la profesora Elianne Marchais la que me dio la pista de que eso era posible. Y lo es. Ahora estoy casi segura de que Geoffroy de Charney fue el propietario de la Sábana. Seguramente la mandó pintar o la compró por buena en Tierra Santa.

–Si hubiese sido auténtica habría estado en manos del Temple; acuérdate, Ana, de que los caballeros hacían voto de pobreza y no poseían nada. De manera que no deja de ser extraño que el templario tuviera la Sábana. A lo mejor los dos Geoffroy eran parientes, pero le estamos cargando al primero la posesión del sudario sin ninguna base, sin pruebas –señaló Jean.

–Sólo que estuvo en Tierra Santa –insistió Ana.

–Sí, como casi todos los templarios.

–Ya, pero éste se llamaba Geoffroy de Charney.

–Ana, tu teoría es interesante pero está cogida por los pelos, y lo sabes. Por eso yo no me termino de creer lo que cuentan los periódicos, porque los periodistas a veces dais por cierto lo que sólo es probable.

–¡Otro que tiene mala opinión de los periodistas!

–Mala opinión no, una cierta desconfianza, sí.

–No mentimos, ¿sabes?

–No digo que mintáis, incluso admito que en lo que escribís hay una base de realidad, pero eso no significa que sea la verdad. Lo que te estoy intentando decir es que procures ser rigurosa cuando escribas sobre esto. De lo contrario, la gente se lo tomará como una fantasía, como otra historia esotérica sobre el sudario, y ya sabes que hay muchas.

Decidió confiar en Jean. Hacía una semana que se habían conocido, y sin embargo tenía la impresión de que le conocía de siempre. Jean era sensible, inteligente y sensato. Tras su apariencia descuidada había un hombre de una pieza.

Le contó casi todo lo que sabía, pero sin mencionar al Departamento del Arte ni a su hermano Santiago, y esperó a escuchar su opinión.

–Para un libro esotérico no está mal. Pero la verdad, Ana, sólo me hablas de intuiciones y pálpitos. Lo que dices, bien contado puede resultar una historia interesante para un magazine, pero nada de lo que me has contado se sustenta sobre una prueba, nada. Siento decepcionarte, pero si yo me encontrara en un periódico una historia como la que cuentas no me la creería, pensaría que es una elucubración de uno de esos seudoautores que escriben de ovnis y ven misterios en cada esquina.

Ana no pudo ocultar su decepción, aunque en su fuero interno admitía que Jean tenía razón, que sus teorías no tenían ninguna base sobre las que sustentarlas seriamente.

–No me voy a rendir, ¿sabes, Jean? Si efectivamente no encuentro pruebas sólidas, no publicaré ni una línea, ése es el trato que acabo de hacer conmigo misma. Así no os decepcionaré a quienes me habéis ayudado. Pero voy a continuar investigando. Ahora me queda por averiguar si un Charny que conozco tiene algo que ver con estos Charny.

–¿Quién es ese Charny que conoces?

–Un hombre muy guapo e interesante, un tanto misterioso. Iré a París; allí me será más fácil contactar con su familia, si es que es su familia.

–Me gustaría acompañarte.

–Pues hazlo.

–No puedo, tendría que pedir vacaciones, y de un día para otro no me las darían. ¿Qué más piensas hacer?

–Antes de irme pasaré por el despacho del señor Capell, el administrador de los Charny; también me gustaría que me presentaras a tu amigo, el que tiene esa revista, ¿*Enigmas*, me dijiste? Después de París iré a Turín, pero dependerá de lo que averigüe en París. Te llamaré y te iré contando. Sabes, eres la única persona con la que he podido hablar sinceramente de este tema, y como tienes mucho sentido común, seguro que sabrás poner coto a mis fantasías.

El señor Capell resultó ser un hombre serio y poco hablador que, educadamente, le dejó claro que no pensaba darle ninguna información sobre sus clientes. Eso sí, le confirmó que había decenas de descendientes de los Charny en Francia y que sus clientes eran una familia más.

Ana salió decepcionada del despacho de Capell.

Cuando llegó a París se dirigió directamente a la redacción de *Enigmas*, situada en la primera planta en un edificio decimonónico. Paul Bisol era el reverso de Jean.

Perfectamente trajeado, parecía un ejecutivo de una multinacional en vez de un periodista. Jean le había telefoneado pidiéndole que la ayudara.

Paul Bisol escuchó pacientemente el relato de Ana. No la interrumpió ni una sola vez, lo que la sorprendió.

–¿Sabe dónde se está metiendo?

–¿A qué se refiere?

–Señorita Jiménez...

–Por favor, llámeme Ana.

–Bien, Ana, sepa que los templarios existen. Pero no son sólo esos elegantes historiadores que dice haber conocido en Londres, u otros amables caballeros de clubes más o menos secretos que se dicen herederos del espíritu del Temple. Jacques de Molay antes de morir organizó la permanencia de la Orden, muchos caballeros desaparecieron sin dejar rastro, pasaron a la clandestinidad. Pero todos ellos estuvieron en contacto con la nueva Casa Madre, con el Temple de Escocia, que es donde De Molay había decidido que residiera la legitimidad de la Orden. Los templarios aprendieron a vivir en la clandestinidad, se infiltraron en las cortes europeas, en la misma curia del Papa, y así han continuado hasta hoy. No desaparecieron.

Ana sintió una sensación de disgusto. Le parecía que Paul hablaba como un iluminado en vez de como un historiador. Hasta el momento había encontrado personas que le rebatían sus locas teorías, que le instaban a que no se dejara llevar por la fantasía, y de repente se encontraba con alguien que coincidía con ella, y eso no le gustaba.

Bisol levantó el auricular del teléfono y habló con su secretaria. Un minuto más tarde la invitó a seguirlo. La condujo hasta otro despacho situado cerca del suyo. Tocó con los nudillos la puerta y esperó a que una voz femenina le invitara a pasar.

Una mujer joven, de unos treinta años, con el pelo castaño y unos inmensos ojos verdes estaba sentada detrás de un escritorio escribiendo en el ordenador. Les sonrió cuando les vio entrar, pero no se movió.

–Sentaos. ¿Así que usted es amiga de Jean?

–Bueno, nos hemos conocido hace poco, pero la verdad es que hemos congeniado y me ha ayudado mucho.

–Así es Jean –afirmó Paul–; tiene alma de mosquetero,

aunque él no lo sabe. Bueno, Ana, quiero que le cuente a Elisabeth todo lo que me ha contado.

A Ana empezaba a ponerla nerviosa aquella situación. Paul Bisol era una persona amable pero había algo en él que definitivamente le disgustaba. Elisabeth también le producía un cierto rechazo, sin saber por qué. Sentía un deseo irrefrenable de salir corriendo, pero se contuvo y se dispuso a relatar una vez más sus sospechas en torno a las peripecias de la Sábana Santa.

Elisabeth la escuchó en silencio, tampoco la interrumpió con preguntas. Cuando Ana terminó, Paul y Elisabeth se miraron. Ana era consciente de que se estaban hablando con los ojos, decidiendo qué hacer. Por fin Elisabeth rompió el tenso silencio que se había instalado entre ellos.

–Bien, Ana, creo que estás en lo cierto. Nunca habíamos pensado en tu teoría, en que Geoffroy de Charney tuviera algo que ver con Geoffroy de Charny, pero efectivamente puede ser una cuestión de grafías, y si aseguras que en los archivos de Lirey has encontrado miembros de ambas familias... En fin, que está claro que esos dos Geoffroy tenían alguna relación. De manera que el sudario a quien en realidad pertenecía era a los templarios. ¿Por qué estuvo en manos de Geoffroy de Charney? A bote pronto se me ocurre que tal vez el gran maestre le mandara ponerlo a buen recaudo en vista de que Felipe el Hermoso buscaba hacerse con los tesoros del Temple. Sí, seguramente fue así, Jacques de Molay ordenó a Geoffroy de Charney esconder el sudario en sus tierras, y años después la mortaja apareció en manos de un pariente, del otro Geoffroy. Sí, así fue.

Ana decidió llevarle la contraria, en realidad llevársela a sí misma.

–Bueno, no hay ninguna prueba que sustente lo que digo, es sólo una especulación.

–Pero es lo que pasó –afirmó Elisabeth sin dudarlo–. Siempre se ha hablado de un tesoro misterioso del Temple; puede que el sudario fuera el tesoro, al fin y al cabo ellos lo creían auténtico.

–Pero no lo es –respondió Ana–, ellos sabían que no era auténtico. La Sábana Santa es del siglo XIII o XIV, de manera que...

–Sí, tienes razón, pero a los templarios se lo pudieron dar por bueno en Tierra Santa. Al fin y al cabo en aquel entonces era difícil dictaminar si una reliquia era verdadera o falsa. Lo que está claro es que ellos la dieron por verdadera cuando la mandaron guardar. Tus teorías son correctas Ana, estoy segura. Pero debes tener cuidado, uno no se acerca a los templarios impunemente. Tenemos un genealogista muy bueno, te ayudará. En cuanto a ese Charny que conoces, dame una hora y te diré algo de él.

Salieron del despacho de Elisabeth. Ana se despidió de Paul Bisol asegurándole que a primera hora de la tarde volvería a pasarse por la redacción para reunirse con el genealogista y recoger la información que Elisabeth le pudiera proporcionar de Charny, de Yves de Charny, el secretario del cardenal de Turín.

Vagó por París sin rumbo. Necesitaba pensar y le gustaba caminar mientras lo hacía. A mediodía se sentó tras los cristales de un bistrot y almorzó leyendo los periódicos españoles que había podido comprar. Hacía días que no sabía nada de lo que sucedía en España. Ni siquiera había llamado al periódico, tampoco a Santiago. Sentía que la investigación llegaba a su fin. Estaba convencida de que los templarios tenían algo que ver con el sudario, que habían sido ellos quienes lo trajeron de Constantinopla. Recordó la noche del Dorchester en que, repasando la agenda, pensó en que podía ser algo más que una coincidencia que el guapo sacerdote francés, secretario del cardenal de Turín, se llamara Charny. Hasta ahora no había logrado ninguna pista sólida; sólo que parecía que el padre Yves había visitado hacía unos años Lirey, porque, de eso sí estaba segura, era él, no había muchos sacerdotes guapos.

Pudiera ser que el padre Yves estuviera relacionado con los templarios, pero ¿con los del pasado o con los de ahora? Y si fuera así, ¿qué significado tendría?

Nada, se dijo, no significaría nada. Se imaginaba al guapísimo sacerdote con su sonrisa inocente contándole que efectivamente sus antepasados estuvieron en las cruzadas, y que, efectivamente, su familia venía de la región de Troyes. ¿Y qué? ¿Qué probaba eso? Nada, no probaba nada. Pero su instinto le decía que había un hilo que conducía a alguna parte. Un hilo que llevaba de Geoffroy de Charney a Geoffroy de Charny, que recorría miles de vericuetos y terminaba en el padre Yves.

Pero el padre Yves no tenía nada que ver con los incendios de la catedral, de eso estaba segura. Entonces, ¿dónde estaba la clave?

Apenas comió. Telefoneó a Jean y se sintió reconfortada cuando le escuchó al otro lado del teléfono, reiterándole que aunque un poco raro, Paul Bisol era buena persona y podía confiar en él.

A las tres se dirigió de nuevo a la redacción de *Enigmas*. Cuando llegó, Paul la estaba esperando en el despacho de Elisabeth.

–Bien, tenemos algunas novedades –dijo Elisabeth–. Tu sacerdote pertenece a una familia bien relacionada, su hermano mayor ha sido diputado, ahora está en el Consejo de Estado, y su hermana es juez de la Corte Suprema. Vienen de la pequeña nobleza, aunque desde la Revolución francesa los Charny viven como perfectos burgueses. Ese sacerdote tiene protectores importantes en el Vaticano, nada menos que el cardenal Visier es amigo de su hermano mayor. Pero la noticia bomba es que Edouard, nuestro genealogista, que lleva tres horas trabajando en su árbol genealógico, cree que, efectivamente, este Yves de Charny es descendiente de aquellos Charny que estuvieron en las Cruzadas y, lo que es más importante, del Geoffroy de Charny visitador del Temple en Normandía que murió en la hoguera junto a Jacques de Molay.

—¿Estáis seguros? —preguntó Ana sin terminar de creérselo.

—Sí —respondió sin vacilar Elisabeth.

Paul Bisol vio la duda reflejarse en la mirada de la periodista y decidió intervenir.

—Ana, Edouard es un profesor, un historiador solvente. Sé que a Jean no le gusta del todo nuestra revista, pero te aseguro que nosotros jamás hemos publicado nada que no hayamos podido comprobar. La nuestra es una revista que indaga sobre enigmas de la historia e intentamos darles respuesta. Esa respuesta la dan siempre historiadores, en ocasiones ayudados por un equipo de investigación formado por periodistas. Jamás hemos tenido que rectificar una información. Tampoco afirmamos aquello que no sabemos con seguridad. Si alguien tiene una hipótesis lo decimos, esto sólo es una hipótesis, pero no la damos por cierta. Tú sostienes que algunos de los incendios de la catedral de Turín tienen que ver con el pasado. No lo sé, jamás se nos ha ocurrido y por tanto no lo hemos estudiado. Crees que los templarios fueron los propietarios de la Síndone, y ahí puedes tener razón, como pareces tenerla en que el tal padre Yves viene de una familia antiquísima de aristócratas y templarios. Te preguntas si los templarios tienen alguna relación con los accidentes de la catedral. No te puedo responder a esa pregunta, no lo sé, pero pienso que no. Sinceramente, no creo que los templarios tengan ningún interés en dañar la Síndone, y eso sí, te aseguro que si la quisieran para ellos, ya la tendrían. Son una organización poderosa, más de lo que te imaginas, y capaces de todo.

Paul miró a Elisabeth, y ésta asintió. Ana se quedó muda cuando vio que la butaca en que estaba Elisabeth avanzaba hacia ella. No se había dado cuenta, parecía una butaca de despacho y en realidad lo era, pero preparada para servir de vehículo a alguien que no pudiera andar.

Elisabeth plantó la butaca delante de Ana y descubrió la manta que tapaba sus piernas, algo que ignoraba Ana puesto que hasta el momento sólo la había visto detrás de la mesa del despacho.

–Soy escocesa, no sé si te lo habrá dicho Jean. Mi padre es lord McKenny. Mi padre conocía a lord McCall. Nunca habrás oído hablar de él. Es uno de los hombres más ricos del mundo, pero jamás sale en los periódicos, ni en los informativos de televisión. Su mundo no es de este mundo, el suyo es un mundo donde sólo caben poderosos. Tiene un castillo impresionante, una antigua fortaleza templaria situada cerca de las Small Isles. Pero no invita a nadie allí. Los escoceses somos dados a las leyendas, de manera que sobre lord McCall se cuentan unas cuantas. Algunos de los aldeanos que viven cerca de su castillo le llaman El Templario y aseguran que de vez en cuando llegan en helicóptero otros hombres a visitarlo, entre ellos algunos miembros de la familia real inglesa.

»Un día le conté a Paul lo que sabía sobre lord McCall, y se nos ocurrió hacer un reportaje sobre las encomiendas y fortalezas templarias diseminadas por toda Europa. Una especie de inventario: saber cuáles se mantienen en pie, si están en manos de alguien, cuáles han quedado destruidas por el paso del tiempo. Pensamos que sería buena idea que lord McCall nos dejara visitar su castillo. Nos pusimos a trabajar y en principio no tuvimos muchos problemas. Hay cientos de fortalezas templarias, la mayoría en un estado ruinoso. Pedí a mi padre que hablara con McCall para que me dejara visitar su castillo y fotografiarlo. Fue inútil, lord McCall amablemente puso todo tipo de excusas. Yo no me conformé, de manera que decidí intentarlo por mi cuenta, presentándome en su castillo. Lo llamé por teléfono pero ni siquiera se puso, un amable secretario me informó de que lord McCall estaba ausente, en Estados Unidos, y por tanto no me podía recibir, y desde luego él no tenía atribuciones para dejarme fotografiar la fortaleza. Le insistí para que me dejara llegar hasta el castillo, pero el secretario se mantuvo en sus trece: de ninguna manera, sin permiso de lord McCall nadie entraba en esa antigua encomienda.

»No me di por vencida y decidí presentarme en la puerta del castillo, estaba segura que una vez allí, no tendrían más remedio que dejarme echar un vistazo.

»Antes de dirigirme a la fortaleza hablé con los aldeanos. Todos le tienen un respeto reverencial, aunque aseguran que es un hombre bondadoso que se ocupa de que nada les falte. Se puede decir que, además de respeto, le adoran; ninguno movería un dedo contra él. Uno de los campesinos me contó que su hijo vivía gracias a que McCall le había pagado una costosísima operación de corazón en Houston, en Estados Unidos.

»Cuando llegué a la verja que cierra el acceso a las tierras del castillo no encontré la manera de entrar. Empecé a bordear el muro intentando encontrar un lugar por donde saltar. Vi detrás del muro, en medio del bosque, una capilla de piedra cubierta de hiedra. Para que entiendas lo que pasó, debes saber que mi gran afición era la escalada, que desde que tenía diez años comencé a escalar, y que tengo en mi haber la escalada de unos cuantos picos importantes. De manera que escalar aquel muro no me parecía especialmente difícil, a pesar de que no tenía medios.

»No me preguntes cómo lo hice, pero logré subirme al muro y saltar dentro de la finca. Es lo último que recuerdo. Escuché un ruido y luego un dolor intenso en las piernas, me caí. Lloraba retorciéndome de dolor. Un hombre con una escopeta me apuntaba. Llamó por un walkie-talkie, apareció un todoterreno, me subieron y me condujeron al hospital. Me quedé paralítica. No tiraron a matar, pero sí dispararon con la suficiente precisión para dejarme así.

»Naturalmente todo el mundo disculpó a los guardias de lord McCall. Yo era una intrusa que había saltado el muro que rodea la fortaleza.

—Lo siento.

—Sí, me he quedado paralítica para el resto de mi vida y todo por una estupidez. Pero verás, estoy convencida de que el bondadoso lord McCall es más de lo que parece. Le pedí a mi padre que me diera una lista detallada de toda la gente que supiera que tenía relación con McCall. No quería hacerlo, pero al final lo convencí. Mi padre ha sufrido mucho con mi accidente. Nunca le gustó que fuera periodista, y mucho menos que me dedicara a estos asuntos. Lord McCall es un personaje peculiar. Soltero, amante del arte sacro, riquísimo. Cada cien días acuden al castillo unos caballeros que llegan en coche o en helicóptero y se quedan dos o tres días. Nadie sabe quiénes son, sólo intuyen que son tan importantes como el propio McCall. He seguido la pista de sus múltiples negocios hasta donde he podido, que no ha sido mucho. Pero sus empresas tienen intereses en otras empresas, y te diría que no hay acontecimiento económico en el mundo que no tenga que ver con él y sus amigos.

–¿Qué quieres decir?

–Pues que hay un grupo de hombres que mueve los hilos, que su poder económico es casi más grande que el poder de los gobiernos, de manera que influyen en éstos.

–¿Y eso qué tiene que ver con los templarios?

–Desde hace cinco años vengo estudiando todo lo que se ha escrito de los templarios. Tengo mucho tiempo, no puedo moverme de esta silla. He llegado a algunas conclusiones: además de todas las organizaciones que se dicen herederas del Temple, hay otra secreta, formada por hombres discretos, importantes todos, incrustados en el corazón de lo mejor de la sociedad. No sé ni cuántos ni quiénes son, o al menos no estoy segura de que lo sean todos de los que sospecho. Pero creo que los verdaderos templarios, los herederos de Jacques de Molay están ahí, y que McCall es uno de ellos. He averiguado todo sobre su castillo, y es curioso, a lo largo de los siglos va pasando por distintas manos, siempre de caballeros solitarios, ricos y bien relacionados, y todos con una obsesión: impedir la presencia de extraños. Creo que hay un ejército templario, un ejército silencioso, bien estructurado, cuyos integrantes ocupan posiciones relevantes en todos los países.

–Pareces referirte a una organización masónica.

–Bueno, ya sabes que algunas organizaciones masónicas se dicen herederas del Temple. Pero a la que yo me refiero es la auténtica, de la que nada se sabe. Llevo cinco años en esta silla de ruedas. Con la lista que me dio mi padre y la ayuda de un excelente periodista de investigación he logrado hacer un organigrama de lo que yo creo que es la verdadera organización del Temple. Pero te diré que no ha sido fácil. Michael, el periodista del que te hablo, está muerto, hace tres años sufrió un fatal accidente de coche. Sospecho que lo mataron ellos. Si alguien se acerca demasiado, se juega la vida. Lo sé, he seguido de cerca lo que les ha pasado a unos cuantos curiosos como nosotros.

—Tienes una visión conspirativa de la realidad.

—Ana, creo que hay dos mundos, el que vemos y en el que la inmensa mayoría vivimos, y otro subterráneo del que nada sabemos, que es desde donde mueven los hilos distintas organizaciones, económicas, masónicas, o lo que sea. Y en ese submundo está el nuevo Temple.

—Aunque tuvieras razón, eso no me aclara qué relación tienen hoy los templarios con la Síndone.

—Yo tampoco lo sé. Lo siento. Te he contado esto porque pudiera ser que tu padre Yves...

—Dilo.

—A lo mejor es uno de ellos.

—¿Un templario de esa organización secreta que tú crees que existe?

—Crees que te estoy contando una historia tonta, pero soy periodista como tú, Ana, y distingo perfectamente la ficción de la realidad. Te he dicho lo que creo. Ahora tú actúa en consecuencia. Si la Sábana perteneció a los templarios, y el padre Yves viene de la familia de Geoffroy de Charney...

—Pero la Sábana no es la mortaja de Cristo. El carbono 14 no ha dejado lugar a dudas. No sé por qué la tuvieron escondida los Charny, ni por qué apareció; en realidad, no sé nada.

Se sentía desanimada. Escuchando a Elisabeth se daba cuenta de que el efecto que la escocesa causaba en ella debía de ser el mismo que ella provocaba en los demás cada vez que les exponía sus teorías sobre la Sábana Santa.

En aquel momento sintió que no se gustaba a sí misma, que había perdido la cabeza metiéndose en una historia absurda, intentando demostrar que era más lista que los del Departamento del Arte. Se acabó, pensó, se iba a Barcelona inmediatamente. Llamaría a Santiago. Menuda alegría se iba a llevar cuando le dijera que había decidido pasar de la Síndone.

Elisabeth y Paul la dejaron que se sumiera en sus pensamientos. Notaban su confusión, veían la incredulidad reflejada en su rostro. En realidad eran muy pocas las personas a las que habían hablado del nuevo Temple y que sabían de sus investigaciones porque temían por su vida y la de todos aquellos que les ayudaban.

–Elisabeth, ¿se lo vas a dar?

Las palabras de Paul sacaron a Ana de su ensimismamiento.

–Sí, se lo voy a dar.

–¿Qué me vas a dar? –preguntó Ana.

–Toma este dossier; es un resumen de mi trabajo en los últimos cinco años. Del mío y del de Michael. Ahí están los nombres y las biografías de los que creemos que son los nuevos maestres del Temple. En mi opinión lord McCall es el gran maestre. Pero léelo. Te quiero pedir un favor. Estamos confiando en ti porque creemos que estás a punto de hacer un descubrimiento importante, no sabemos muy bien qué, ni en qué dirección, pero sí que tiene que ver con *Ellos*. Si estos papeles caen en las manos que no deben, moriremos, tenlo por cierto. Por eso te pido que no confíes en nadie, absolutamente en nadie. *Ellos* tienen oídos en todas partes, en la judicatura, en la policía, en los parlamentos, en las bolsas... en todas partes. Ya saben que has estado con nosotros, lo que no saben es qué te hemos contado. Hemos invertido mucho en seguridad y tenemos aparatos para detectar micrófonos. Aun así, no es imposible que los tengamos, *Ellos* son poderosos.

–Perdonad, pero ¿no os habéis vuelto un poco paranoicos?

—Cree lo que quieras, Ana. Tú te has puesto a investigar la existencia de los templarios porque has creído detectar su presencia. ¿Harás lo que te estamos pidiendo?

—No te preocupes, no le hablaré a nadie de este dossier. ¿Quieres que te lo devuelva cuando termine de leerlo?

—Destrúyelo. Es sólo un resumen, pero te aseguro que te será útil, mucho, sobre todo si decides continuar adelante.

—¿Qué te hace pensar que me voy a volver atrás?

Elisabeth suspiró antes de responder.

—Eres bastante más transparente de lo que tú te imaginas.

46

La iglesia olía a incienso. No hacía mucho que la misa había terminado. Addaio se dirigió con paso rápido hacia el confesionario más alejado del altar, situado en un recodo que lo mantenía a salvo de las miradas curiosas.

Llevaba una peluca y vestía con alzacuellos. En las manos sostenía un devocionario. Había citado al hombre a las siete. Aún faltaba media hora, pero había preferido llegar con tiempo. En realidad, llevaba más de dos horas dando vueltas por los alrededores, intentando averiguar si le seguían.

Sentado en el confesionario, pensó en Guner. Le notaba nervioso, incómodo con él y consigo mismo. En realidad, le sabía harto, como también él lo estaba.

Nadie conocía de su estancia en Milán, ni siquiera Guner. El pastor Bakkalbasi tenía órdenes específicas para organizar la operación que debía acabar con la vida de Mendibj, pero él a su vez iba a montar otra de la que ninguno de los suyos tenía noticias. El hombre al que esperaba era un asesino. Un profesional que trabajaba solo, y que nunca fallaba; al menos hasta el momento no había fallado.

Había sabido de él a través de un hombre de Urfa, un miembro de la Comunidad que unos años atrás fue a solicitarle el perdón de sus pecados. El hombre había emigrado a Alemania y de allí a Estados Unidos, no había tenido suerte, le dijo, y había torcido su camino llegando a ser un próspero narcotraficante que inundaba de heroína las calles de Europa. Había pecado, pero nunca había traicionado a la Comunidad. Su vuelta a Urfa estaba motivada por una penosa enfermedad. Iba a morir, el diagnóstico era claro, tenía un tumor que le corroía las entrañas y no cabían más operaciones. Por eso decidió regresar a su casa, a su infancia, y buscar el perdón del pastor, además de hacer una importante donación a la Comunidad para ayudar a garantizar su subsistencia. Los ricos siempre creen que pueden pagar su salvación en el más allá.

Se ofreció para ayudar en la sagrada misión de la Comunidad, pero Addaio rechazó su ayuda. Jamás un hombre impío, aunque fuera miembro de la Comunidad, podía participar en aquella sagrada misión, aunque su obligación como pastor fuese darle consuelo en los últimos días de su vida.

Durante una de aquellas charlas que le servían de confesión, el hombre le entregó un papel con el número de un apartado de correos de Rotterdam, diciéndole que si algún día necesitaba a alguien para hacer un trabajo difícil, imposible, escribiera a ese apartado de correos. Y eso es precisamente lo que había hecho. Envió un papel en blanco y el número de teléfono de un móvil que se había comprado nada más llegar a Frankfurt. Dos días después le llamó un desconocido. Él ya había pensado dónde se verían, así que se lo dijo. Y allí estaba, en el confesionario, aguardando la llegada del asesino.

–Ave María Purísima.

La voz del hombre lo sobresaltó. No se había dado cuenta de que alguien se había arrodillado en el confesionario.

–Sin pecado concebida.

–Debería ser más cuidadoso, estaba distraído.

–Quiero que mate a un hombre.

–A eso me dedico. ¿Ha traído un dossier sobre él?

–No, no hay dossiers, ni fotos. Le tendrá que encontrar usted solo.

–Eso aumentará el precio del trabajo.

Durante quince minutos Addaio explicó al asesino lo que esperaba de él. Luego éste se levantó y desapareció en la penumbra de la iglesia.

Addaio salió del confesionario y se dirigió a uno de los bancos frente al altar. Allí, cubriéndose el rostro con las manos, rompió a llorar.

Bakkalbasi se sentó en el borde del sofá. La casa de Berlín era segura. La Comunidad nunca la había utilizado. Ahmed le había dicho que era de una amiga de su hijo que estaba de vacaciones en el Caribe, y le había dejado la llave a éste para que fuera de vez en cuando a dar de comer y beber al gato.

El gato de angora le había recibido maullando. No le gustaban los gatos, le producían alergia, así que enseguida empezó a toser y a sentir picores por todo el cuerpo. Pero se aguantó. Los hombres estarían a punto de llegar.

A aquellos hombres los conocía desde la infancia. Tres de ellos eran hombres de Urfa, de la Comunidad y trabajaban en Alemania. Los otros dos habían llegado de Urfa por distintas vías. Todos eran miembros leales de la Comunidad dispuestos a dar su vida si fuera necesario, como sus hermanos y otros familiares la habían entregado en el pasado.

Les dolía la misión que debían afrontar: la muerte de uno de los suyos, pero el pastor Bakkalbasi les aseguraba que de lo contrario la Comunidad sería descubierta. No quedaba otra salida.

El pastor Bakkalbasi les explicó que el tío del padre de Mendibj se había comprometido a asestar al mudo la puñalada mortal. Le darían esa oportunidad, pero ellos debían asegurarse de que así fuera. Había que organizar un dispositivo para seguir a Mendibj desde el momento en que recuperara la libertad, y averiguar si le estaban utilizando para que les guiara hasta la Comunidad.

Contarían con la ayuda de dos miembros de la Comunidad de Turín, pero no debían correr riesgos, ni exponerse a que los detuvieran; su misión era no perder de vista al joven, nada más. Sólo que si alguno tenía la oportunidad de matarlo debía hacerlo sin dudar, aunque ese honor, recalcó Bakkalbasi, le estaba reservado a su pariente.

Cada uno debería llegar a Turín por sus propios medios, preferiblemente en coche. La ausencia de fronteras gracias a la Unión Europea les permitía pasar de un país a otro sin dejar rastro. Luego debían dirigirse al Cementerio Monumental de Turín y buscar la tumba 117. Una pequeña llave escondida en un macetero, junto a la puerta de entrada del mausoleo, les permitiría acceder al mismo.

Una vez dentro, debían accionar el mecanismo oculto que dejaba al descubierto unas escaleras secretas, situadas debajo de uno de los sarcófagos, y enlazar con el subterráneo que les conduciría hasta la catedral, hasta la mismísima vivienda de Turgut. El subterráneo sería su hábitat mientras estuvieran en Turín. No debían registrarse en ningún hotel, tenían que permanecer invisibles. El cementerio era poco frecuentado, aunque algunos turistas curiosos se acercaban a ver las tumbas barrocas. El guarda del cementerio era miembro de la Comunidad. Un viejo, hijo de padre emigrado de Urfa y madre italiana, un buen cristiano como ellos, y su mejor aliado.

El viejo Turgut había preparado la sala del subterráneo con ayuda de Ismet. Allí nadie les encontraría porque nadie sabía de la existencia de ese túnel, que comenzaba en una tumba del cementerio y llegaba hasta la mismísima catedral. Ningún plano daba cuenta de ese laberinto secreto. Sería allí donde tendrían que depositar el cadáver de Mendibj. El mudo descansaría en Turín el resto de la eternidad.

47

–¿Lo tenéis todos claro? –preguntó.

–Sí, Marco –repitieron casi al unísono Minerva, Sofia y Giuseppe. Antonino y Pietro asintieron con la cabeza.

Eran las siete de la mañana y la huella del sueño se dibujaba en el rostro de todos ellos. A las nueve el mudo quedaría en libertad.

Marco había preparado minuciosamente el dispositivo para seguir a Mendibj. Contarían con la ayuda de un grupo de *carabinieri*, y de la Interpol, pero sobre todo el jefe del Departamento del Arte contaba con los suyos, con el núcleo de su equipo.

Estaban esperando que les trajeran el desayuno. La cafetería del hotel acababa de abrir y ellos habían sido los primeros en entrar.

Sofia, no sabía por qué, estaba nerviosa y creía notar que tampoco Minerva estaba muy tranquila. Incluso a Antonino se le notaba la tensión en cómo apretaba los labios. Sin embargo Marco, Pietro y Giuseppe estaban tranquilos. En eso se notaba que los tres eran policías y que para ellos una operación de seguimiento no era más que parte de la rutina.

–Marco, he estado buscando una respuesta a por qué tantas personas de Urfa parecen tener relación de una u otra manera con la Síndone. Esta noche he estado repasando los Evangelios Apócrifos y algunos otros libros que compré el otro día sobre la historia de Edesa. A lo mejor es una tontería pero...

–Te escucho, Sofia; bueno, te escuchamos todos. Cuéntanos a qué conclusión has llegado –dijo el jefe del grupo.

–No sé si Antonino estará de acuerdo conmigo, pero si tenemos en cuenta que Urfa es Edesa, y que para los primeros cristianos de Edesa el sudario fue muy importante, hasta el punto de que curó al rey Abgaro de la lepra, que lo conservaron como una reliquia a lo largo de los siglos hasta que el emperador Romano Locapeno se lo robó... puede que decidieran que debían recuperarlo.

Sofia se quedó callada. Intentaba que las palabras dieran forma exacta a su intuición.

—¿Qué quieres decir? —le preguntó Marco.

—Pues que las causalidades existen, tú tienes razón: es demasiada casualidad que tanta gente de Urfa tenga relación con la Síndone. Es más, pienso que nuestro mudo puede ser de esa ciudad, y que vino a por la Sábana, lo mismo que los otros mudos. No sé, quizá los incendios hayan sido sólo señuelos para intentar robar el sudario y llevárselo.

—¡Vaya estupidez! —exclamó Pietro—. Sofia, no nos des la mañana con explicaciones irracionales, con cuentos de hadas.

—¡Oye Pietro, ya soy mayorcita para los cuentos de hadas! Es una especulación un tanto arriesgada, lo sé, ni siquiera digo que se acerque a la realidad lo que he pensado, pero no te pases a la hora de descalificar todo lo que no coincide con lo que tú piensas.

—¡Tranquilos, chicos! —les conminó Marco—. Lo que tú dices, Sofia, no es que sea descabellado, podría ser, pero parece el guión de una película de misterio... no sé... eso significaría...

—Eso significaría —terció Minerva— que hay cristianos en Urfa; por eso todos los que encontramos en Turín van a la iglesia, se casan, y se comportan como respetables católicos.

—Cristiano no es lo mismo que católico —terció Antonino.

—Ya lo sé —respondió Minerva—, pero una vez aquí lo mejor es confundirse con el paisaje, y para rezar a Cristo da lo mismo hacerlo en la catedral de Turín que en otra parte.

—Lo siento, Sofia —intervino Marco—, no lo termino de ver.

—Tienes razón, era sólo una idea loca. Perdona Marco —se excusó Sofia.

–No, no me pidas perdón. Hay que pensar en todas las posibilidades, no debemos desechar nuestra intuición, ni ninguna teoría por estrafalaria que nos parezca. Yo no veo lo que dices, pero me gustaría que los demás dieran su opinión.

Salvo Minerva, el resto del equipo coincidió con Marco, así que Sofia no insistió.

–Yo creo –dijo Pietro– que nos enfrentamos a una organización criminal, a una banda de ladrones, una banda con conexiones en Urfa puede ser, pero sin ningún sentido histórico.

Lejos de allí, en Nueva York, era de noche y llovía. Mary Stuart se acercó a Umberto D'Alaqua.

–¡Uf, estoy agotada! Pero el presidente está tan a gusto que sería una descortesía irse ahora. ¿Qué te parece Larry?

–Un hombre inteligente, y un excelente anfitrión.

–James opina lo mismo, pero a mí no me terminan de gustar los Winston. Esta cena... no sé, me parece un poco ostentosa.

–Mary, es que tú eres inglesa, pero ya sabes cómo son los norteamericanos que triunfan. Larry Winston tiene un cerebro privilegiado, es el rey de los mares, su naviera es la más importante del mundo.

–Ya, ya lo sé. Pero a mí no me termina de convencer. Además, en esta casa no hay un solo libro, ¿te has fijado? Me impresionan las casas donde no hay libros, retratan bien a sus propietarios.

–Bueno, al menos no es un hipócrita que tiene una biblioteca con libros perfectamente encuadernados pero que jamás leerá.

Una pareja se acercó a ellos y se incorporó a la charla. El ambiente animado hacía presagiar que la recepción aún duraría unas cuantas horas.

Pasada la medianoche, siete hombres lograron encontrarse en el mismo punto con una copa de champán en la mano.

Fumaban unos excelentes habanos y parecían entretenidos hablando de negocios. El más anciano informó al resto de los hombres.

–Mendibj estará a punto de abandonar la prisión. Todo está dispuesto.

–Me preocupa la situación. El pastor Bakkalbasi cuenta con siete hombres en total, Addaio ha contratado a un asesino profesional, y Marco Valoni va a hacer un auténtico despliegue de hombres y de medios. ¿No estaremos muy expuestos? ¿No sería mejor que lo resolvieran ellos? –preguntó el caballero francés.

–Tenemos una ventaja, y es que nosotros lo sabemos todo sobre el dispositivo de Valoni y el de Bakkalbasi, de manera que podemos seguir sus operaciones sin que nos vean. En cuanto al asesino de Addaio no hay problema. También está controlado –respondió el anciano.

–Yo también opino que hay demasiada gente en el escenario –añadió un caballero de acento indeterminado.

–Mendibj es un problema para Addaio y para nosotros porque Marco Valoni está obsesionado con el caso –insistió el anciano–, pero mucho más me preocupan esa periodista hermana del representante de Europol en Roma y la doctora Galloni. Las conclusiones que ambas van sacando las acercan peligrosamente a nosotros. Ana Jiménez ha estado con lady Elisabeth McKenny y ésta le ha entregado un dossier, el dossier resumido. Ya lo conocéis. Siento tener que tomar una decisión, pero tanto lady Elisabeth como la periodista y la doctora Galloni se han convertido en un problema. Las tres son jóvenes inteligentes y valiosas y por ello son un peligroso problema.

Un silencio pesado se instaló entre los siete hombres que se escudriñaban los unos a los otros con disimulo.

–¿Qué quieres hacer?

La pregunta directa, con un cierto toque de desafío, había sido hecha por un hombre con un ligero acento italiano.

–Lo que hay que hacer. Lo siento.

–No deberíamos precipitarnos.

–No lo hemos hecho, por eso han llegado en sus especulaciones más lejos de lo deseable. Es el momento de cortar. Quiero vuestro consejo, además de vuestro consentimiento.

–¿Podemos esperar un poco más? –preguntó uno de los hombres con aspecto militar.

–No, no podemos, salvo que pongamos todo en peligro. Sería una locura seguir corriendo riesgos. Lo siento, sinceramente lo siento. La decisión me repugna tanto como a vosotros, pero no encuentro ninguna otra solución. Si creéis que la hay, decídmela.

Los hombres callaron. Todos sabían en su fuero interno que el anciano tenía razón. Habían seguido cada paso de las tres mujeres, lo sabían todo sobre ellas. Hacía años que sabían de cada letra que escribía lady Elisabeth. Tenían su ordenador intervenido, así como los teléfonos de *Enigma*, y habían instalado micrófonos en la redacción de la revista y en su casa, incluso en la silla de ruedas.

De nada había servido el gasto enorme que Paul Bisol había hecho en seguridad. Lo sabían todo sobre ellos. Como desde hacía meses lo sabían todo de Sofia Galloni y de Ana Jiménez. Desde el perfume que llevaban a lo que leían por las noches, con quién hablaban, sus relaciones sentimentales... todo, absolutamente todo. Sabían lo que hacían cada minuto, incluso cuántas horas dormían.

Lo mismo que desde hacía unos meses sabían cada detalle sobre los miembros del Departamento del Arte, tenían intervenidos todos sus teléfonos, fijos y móviles; cada uno de ellos estaba sometido a un seguimiento exhaustivo.

–¿Y bien? –inquirió el anciano.

–Me resisto a...

–Lo entiendo –cortó el anciano al hombre de acento italiano–, lo entiendo. No digas nada. No participes de la decisión.

–¿Crees que eso aliviaría mi conciencia?

–No, sé que no. Pero puede ayudarte. Creo que necesitas

ayuda, ayuda espiritual, reordenarte por dentro. Todos hemos pasado por momentos así en nuestra vida. No ha sido fácil, pero no elegimos lo fácil, elegimos lo imposible. Es en circunstancias como ésta cuando se mide si estamos a la altura de nuestra misión.

–¿Después de toda mi vida dedicada a... crees que aún debo demostrar que estoy a la altura de nuestra misión? –preguntó el hombre de acento italiano.

–No, no creo que debas demostrar nada –respondió el anciano–. Veo que sufres. Debes buscar consuelo, necesitas hablar de tus sentimientos. Pero no aquí, ni con todos nosotros. Entiendo que te sientas atormentado pero, por favor, confía en nuestro juicio y déjanos hacer.

–No, no estoy de acuerdo.

–Puedo suspenderte temporalmente hasta que te sientas mejor.

–Puedes hacerlo. ¿Y qué más harás?

Los otros hombres empezaron a mostrar signos de incomodidad. La tensión era cada vez mayor y sin pretenderlo podían estar siendo objeto de la mirada curiosa del resto de los invitados. El hombre con aspecto militar les interrumpió.

–Nos están mirando. ¿Qué manera es ésta de comportarnos? ¿Nos hemos vuelto locos? Dejemos esta discusión para otro momento.

–No hay tiempo –respondió el anciano–. Os pido vuestro consentimiento.

–Sea –respondieron todos los hombres, menos uno de ellos, que apretando los labios se dio media vuelta.

Sofia y Minerva estaban en la central de los *carabinieri* de Turín. Faltaban dos minutos para las nueve y Marco les acababa de avisar de que se estaba abriendo la verja de la cárcel. Veían salir al mudo. Caminaba despacio, mirando al frente. La verja se cerró a sus espaldas pero no se volvió para mirar atrás. Caminó doscientos metros hasta una parada de autobús y aguardó. Su tranquilidad era sorprendente, les decía Marco a través del micrófono oculto en la solapa de la chaqueta. Nada, no parecía siquiera contento por haber recuperado la libertad.

Mendibj se dijo a sí mismo que estaba siendo observado. Él no los veía, pero sabía que estaban ahí, vigilando. Tendría que despistarlos, pero ¿cómo? Intentaría cumplir con el plan que se había trazado en prisión. Llegaría al centro, vagaría, dormiría en un banco en algún parque. No tenía mucho dinero; como máximo podría pagarse una pensión durante tres o cuatro días y comprar bocadillos para comer. También se desprendería de la ropa y de las deportivas; aunque las había revisado sin encontrar nada, su instinto le decía que no era normal que le hubieran despojado de su vestimenta para entregársela, limpia y planchada, y las zapatillas lavadas.

Conocía Turín. Addaio les había enviado un año antes de que intentaran robar la Síndone precisamente para que se familiarizaran con la ciudad. Habían seguido sus indicaciones: andar y andar, recorrer la ciudad andando de arriba abajo. Era la mejor manera de conocerla, además de aprenderse las líneas de autobuses.

Se acercaba al centro de Turín. Había llegado el momento de la verdad, el de escapar de quienes seguro le estaban siguiendo.

–Me parece que tenemos compañía. Dos pájaros.

La voz de Marco llegó a través del transmisor al despacho que servía de cuartel general de la operación.

–¿Quiénes son? –preguntó Minerva a través del micrófono conectado con el transmisor de Marco.

–Ni idea, pero parecen turcos.

–Turcos o italianos –escucharon decir a Giuseppe–, son iguales que nosotros, cabello negro y piel aceitunada.

–¿Cuántos son? –se interesó Sofia.

–Por ahora dos –dijo Marco–, pero puede haber más. Son jóvenes. El mudo no parece darse cuenta de nada. Vaga sin rumbo, mira escaparates y está tan ensimismado como siempre.

Escucharon a Marco dar instrucciones a los *carabinieri* para que no perdieran de vista a los dos «pájaros».

Ni Marco Valoni ni el resto de los policías reparó en un anciano renqueante que vendía lotería. Ni alto ni bajo, ni grueso ni delgado, vestido de manera impersonal, el anciano formaba parte del paisaje del barrio de la Crocetta.

Pero el viejo sí les había visto a ellos. El asesino contratado por Addaio tenía ojos de águila, y hasta ese momento había localizado a diez policías, además de cuatro de los hombres del pastor Bakkalbasi.

Estaba irritado; el hombre que lo había contratado no le había dicho que la policía andaría por medio, ni que otros sicarios como él irían tras el mudo. Debía tener cuidado, y desde luego reclamaría más honorarios. Estaba corriendo un peligro inesperado. Además, tanta compañía le impedía hacer su trabajo como tenía previsto.

Otro hombre despertó en él sospechas, pero luego las desechó. No, ése no era de la poli, tampoco parecía turco, seguro que no tenía nada que ver con el asunto, aunque su manera de moverse... De repente desapareció, y el asesino se quedó tranquilo. Efectivamente el hombre no era nadie.

Durante todo el día Mendibj vagó por la ciudad. Había desechado dormir en un banco; sería un error hacerlo. Si alguien quería matarlo, se lo ponía demasiado fácil durmiendo en un banco en medio de un parque. Así que se encaminó hacia el albergue de las Hermanas de la Caridad que había visto por la mañana en su deambular por Turín. En él entraban vagabundos y miserables buscando un poco de alimento y un lugar donde descansar. Allí estaría más seguro.

Marco estaba agotado. Había dejado a Pietro al mando de la operación una vez que comprobaron que el mudo había cenado la sopa boba de las monjas y recogido una colchoneta para pasar la noche, que situó cerca de donde vigilaba la sala una de las monjas para evitar peleas.

Estaba seguro de que aquella noche el mudo no se movería, de manera que decidió irse al hotel a descansar un rato y mandó que sus hombres hicieran lo mismo, salvo Pietro y un equipo de refresco de *carabinieri* formado por tres hombres más. Suficientes para seguir al mudo si éste decidía salir a la calle.

Sofia y Minerva le estaban sometiendo a un auténtico interrogatorio en el restaurante del hotel. Querían saberlo todo, y eso que habían seguido al minuto las incidencias del día. Las dos le pidieron que les permitieran participar de la vigilancia en la calle, pero él se negó tajante.

—Os necesito coordinando la operación. Además, ambas sois demasiado visibles.

Ana Jiménez aguardaba en el aeropuerto de París un vuelo nocturno a Roma. De allí iría a Turín. Estaba nerviosa. Había comenzado a hojear el dossier de Elisabeth y se había sentido trastornada por cuanto leía. Con que sólo fuera cierta la cuarta parte de lo que contaba, ya sería terrible. Pero si había decidido regresar a Turín fue porque uno de los nombres que aparecía en el dossier era un nombre que ella había visto en otro dossier, en el que Marco Valoni le entregó a su hermano Santiago, y si lo que Elisabeth decía era cierto, aquel hombre era uno de los maestres del nuevo Temple y estaba directamente relacionado con la Síndone.

Había tomado dos decisiones: hablar con Sofia y presentarse en la sede episcopal a intentar sorprender al padre Yves. Lo primero no lo había conseguido, había pasado buena parte de la mañana y de la tarde intentando conectar con Sofia, pero en el Alexandra le aseguraron que había salido muy temprano. Le dejó varios recados pero no obtuvo respuesta. No había manera de dar con ella. En cuanto al padre Yves, iría a verle al día siguiente.

Elisabeth tenía razón; se estaba acercando a algo aunque aún no sabía a qué.

Los hombres de Bakkalbasi lograron escabullirse de la vigilancia de los *carabinieri*. Uno de ellos se quedó vigilando la entrada del albergue de las Hermanas de la Caridad, los otros se dispersaron. Cuando llegaron al cementerio caía la noche y el guarda les estaba esperando nervioso.

–Daos prisa, tengo que marcharme. Os daré una llave de la verja por si una noche llegáis demasiado tarde y me he tenido que ir.

Les acompañó hasta el mausoleo cuya entrada protegía un ángel con una espada en la mano. Los cuatro hombres entraron iluminando el camino con una linterna, y desaparecieron en las entrañas de la tierra.

Ismet los estaba esperando en la sala subterránea. Les había llevado agua para que se lavaran y algo de cena. Estaban hambrientos y agotados y sólo deseaban dormir.

–¿Dónde está Mehmet?

–Se ha quedado cerca de donde está Mendibj por si se le ocurre salir de nuevo esta noche. Addaio tiene razón, quieren que Mendibj les lleve hasta nosotros. Han montado un dispositivo impresionante de vigilancia –dijo uno de los hombres, que en Urfa ejercía de policía, al igual que otro de sus compañeros.

–¿Os han descubierto? –preguntó con preocupación Ismet.

–No, no lo creo –respondió otro de los hombres–, pero no lo descarto, ellos son muchos.

–Debemos tener cuidado, y si creéis que os siguen no debéis venir aquí –insistió Ismet.

–Lo sabemos, lo sabemos, no te preocupes porque hasta aquí no nos han seguido.

A las seis de la mañana Marco ya estaba apostado cerca del albergue de las Hermanas de la Caridad. Había ordenado que se reforzara el equipo de *carabinieri* y que siguieran a los «pájaros», a esos dos hombres que había detectado que seguían al mudo.

–Procurad que no os vean porque los quiero vivitos y coleando. Si siguen al mudo es porque son de una organización, es decir son de la organización que buscamos, así que hay que procurar detenerlos, pero aún debemos tirar un poco más de la cuerda.

Sus hombres habían asentido. Pietro había insistido en continuar trabajando a pesar de haber estado toda la noche en vela.

–Te aseguro que aguanto. Cuando no pueda más te lo digo y me largo a echar una cabezada.

Sofia había escuchado la voz angustiosa de Ana en los mensajes que le había dejado en el móvil. En el hotel le habían dicho que la había llamado cinco veces. Tuvo una punzada de remordimiento por no llamarla, pero no era momento de distraerse con las elucubraciones de la periodista. Ya la llamaría cuando cerraran el caso; hasta entonces concentraría todas sus energías en cumplir las órdenes de Marco. Estaba a punto de salir hacia la central de los *carabinieri* cuando un botones se acercó corriendo hacia ella.

–¡Doctora Galloni, doctora!

–Sí, ¿qué pasa?

–La llaman por teléfono, es una llamada urgente.

–Pues ahora no puedo, diga en centralita que tomen el mensaje y...

–La de centralita me ha comunicado que el señor D'Alaqua ha dicho que es urgentísimo.

–¿D'Alaqua?

–Sí, ese señor es el que la llama.

Se dio media vuelta ante la mirada atónita de Minerva, y se dirigió a uno de los teléfonos de recepción.

–Soy la doctora Galloni, creo que tengo una llamada.

–¡Ah, doctora, menos mal! El señor D'Alaqua ha insistido mucho en que la localizáramos. Un momento.

La voz de Umberto D'Alaqua tenía un timbre distinto, como de tensión contenida, que a Sofia le sorprendió.

–Sofia...

–Sí, soy yo. ¿Cómo está?

–Quisiera verla.

–Me encantaría pero...

–No hay peros, mi coche la recogerá en diez minutos.

–Lo siento, pero debo ir a trabajar. Hoy me es imposible. ¿Ocurre algo?

–Sí, que quiero hacerle una proposición. Usted sabe que mi gran pasión es la arqueología, pues bien, me voy a Siria. Allí tengo la concesión de un yacimiento y han encontrado unas piezas que me gustaría que usted evaluara. Y por el camino quisiera hablar con usted, quiero hacerle una propuesta de trabajo.

–Se lo agradezco, pero en este momento no puedo irme, lo siento.

–Sofia, hay oportunidades que sólo pasan una vez en la vida.

–Lo sé, pero hay responsabilidades que uno no puede abandonar. Y yo en este momento no puedo dejar lo que estoy haciendo, si usted puede esperar dos o tres días quizá... –respondió Sofia

–No, no creo que pueda esperar tres días.

–¿Tan urgente es que se vaya a Siria hoy mismo?

–Sí.

–Lo siento, quizá podría ir dentro de unos días...

–No, no lo creo. Le ruego que acepte venir conmigo ahora.

Sofia dudó. La propuesta de Umberto D'Alaqua la desconcertaba tanto como el tono perentorio de su voz.

–¿Qué sucede? Dígamelo...

–Se lo estoy diciendo.

–Lo siento, de verdad que siento no poder ir con usted en este momento. Tengo que marcharme, me están esperando y no puedo hacerles esperar.

–Que tenga suerte.

–Sí, claro, gracias.

¿Por qué le deseaba suerte? Estaba confundida, no entendía la llamada de Umberto D'Alaqua. El tono rendido cuando le había deseado suerte. ¿Suerte por qué? ¿Acaso sabía lo de la operación caballo de Troya?

Cuando terminara lo del mudo le llamaría. Quería entender el porqué de esa llamada, porque estaba segura de que detrás de la oferta de Siria había algo más, y ese algo más no era precisamente una aventura amorosa.

–¿Qué quería D'Alaqua? –le preguntó Minerva camino de la central.

–Que me fuera con él a Siria.

–¿A Siria? ¿Por qué a Siria?

–Porque allí tiene la concesión de una excavación arqueológica.

–O sea, que no te estaba proponiendo una escapada amorosa.

–Creo que me estaba proponiendo una escapada, pero no amorosa. Lo he notado preocupado.

Cuando llegaron a la central, Marco ya había llamado dos veces. Estaba de malhumor. El transmisor que había colocado al mudo no funcionaba. Emitía pitidos, pero no conducían a la dirección por la que iba el mudo, de manera que, o éste había descubierto el aparato o se había estropeado. Pronto se dieron cuenta de que el mudo había cambiado de deportivas. Las que llevaba ahora estaban más viejas y gastadas. También se había puesto unos vaqueros y una cazadora mugrientos. Alguien había hecho un buen negocio con el cambio.

El mudo había salido y se dirigía al parque Carrara. Le vieron pasear por el parque. Quienes no parecían visibles eran los dos «pájaros» del día anterior, al menos hasta ese momento.

El mudo llevaba un trozo de pan e iba haciendo migas que tiraba a los pájaros. Se cruzó con un hombre que llevaba dos niñas de la mano. A Marco le pareció que el hombre clavó durante unos segundos los ojos en el mudo y que luego apretaba el paso.

El asesino llegó a la misma conclusión que Marco. Ése debía de ser un contacto del mudo. Seguía sin poder dispararle. No había manera de hacerlo, estaba protegido por más de una docena de *carabinieri*. Dispararle sería tanto como suicidarse él. Le seguiría dos días más y si las cosas continuaban igual, rompería el contrato, no estaba dispuesto a jugársela. Su mayor cualidad, además de la de asesinar, era la prudencia, jamás daba un paso en falso.

Ni Marco ni sus hombres, tampoco los «pájaros», ni siquiera esta vez el asesino, se dieron cuenta de que estaban siendo vigilados a su vez por otros hombres.

Arslan llamó a su primo. Sí, había visto a Mendibj, se había cruzado con él en el parque Carrara. Parecía tener buen aspecto. Pero no había tirado ningún papel ni hecho ninguna indicación, nada; parecía que sólo quería que supiesen que estaba libre.

Ana Jiménez pidió al taxista que la llevara a la catedral de Turín. Entró por la puerta que daba a las oficinas de la sede episcopal y preguntó por el padre Yves.

–No está –indicó la secretaria–. Ha acompañado al cardenal a una visita pastoral; pero, además, usted no tiene cita con él, ¿me equivoco?

–No, no se equivoca, pero sé que el padre Yves estará encantado de verme –le espetó Ana sabiendo que estaba siendo impertinente; no soportaba la suficiencia de la secretaria.

No estaba de suerte. Había vuelto a llamar a Sofia y tampoco la había encontrado. Decidió quedarse por los alrededores de la catedral y hacer tiempo a la espera de que regresara Yves de Charny.

Bakkalbasi recibió el informe de uno de sus hombres. Mendibj continuaba vagando por la ciudad, parecía imposible matarlo. Había *carabinieri* por todas partes, si continuaban siguiéndole terminarían siendo descubiertos.

El pastor no sabía qué órdenes dar. La operación podía fracasar y Mendibj provocar la caída de la Comunidad. Debían acelerar la entrada del tío del padre de Mendibj. Hacía días que le habían arrancado todos los dientes, así como la lengua, y quemado las huellas dactilares. Un médico había anestesiado al anciano para que no sufriera. El suyo era un sacrificio como el que hiciera Marcio, el arquitecto de Abgaro.

Mendibj se sentía vigilado. Le había parecido ver una cara conocida, un hombre de Urfa, ¿estaría allí para ayudarle o para matarle? Conocía a Addaio y sabía que éste no permitiría que por su culpa la Comunidad quedara al descubierto. En cuanto cayera la noche volvería al albergue y si era posible se escabulliría hasta el cementerio. Saltaría la tapia y buscaría la tumba. La recordaba muy bien, así como dónde se escondía la llave. Iría por el subterráneo hasta la casa de Turgut y le pediría que le salvara. Si lograba llegar hasta allí sin que lo descubrieran, Addaio podría organizar su fuga. No le importaba esperar dos o tres meses bajo tierra, hasta que los *carabinieri* se cansaran de buscarle. Lo que quería era salvar la vida.

Se dirigió hacia Porta Palazzo, el mercado al aire libre, para comprar algo de comer e intentar perderse entre los puestos. Quienes le siguieran tendrían más dificultad para camuflarse en el mercado, y si lograba verles las caras, más fácil le resultaría esquivarles cuando intentara escapar.

Le habían ido a buscar a su casa. Bakkalbasi le entregó la navaja. El viejo la cogió sin vacilar. Iban a matar al hijo de su sobrino y prefería hacerlo él a que lo profanaran otros. El pitido del móvil del pastor les avisó de que tenían un mensaje: se dirige hacia la piazza della República, a Porta Palazzo, al mercado.

Bakkalbasi ordenó al chófer que se dirigiera a Porta Palazzo y parara cerca de donde le decían que estaba Mendibj. Abrazó al viejo y le despidió. Rezaba para que pudiera cumplir su misión.

Mendibj vio al tío de su padre. Se dirigía hacia él como un autómata. Su mirada angustiada lo alertó. No era la mirada de un honorable anciano sino la de un hombre desesperado. ¿Por qué?

Sus miradas se cruzaron. Mendibj no supo qué hacer, si escapar o acercarse distraídamente, para ver si el anciano le entregaba algún papel o le susurraba algún mensaje. Decidió confiar en su pariente. Seguramente la angustia de sus ojos reflejaba el miedo que sentía, nada más. Miedo a Addaio, miedo a los *carabinieri*.

Sus cuerpos se rozaron y Mendibj sintió un dolor profundo en el costado. Se había golpeado, pensó, luego vio al anciano caer a sus pies, con un cuchillo clavado en la espalda. La gente empezó a correr y a gritar a su alrededor y él hizo lo mismo, echó a correr presa del pánico. Alguien había asesinado al tío de su padre, pero ¿quién?

El asesino corría entre la gente haciéndose el asustado como los demás. Había fallado. En vez de matar al mudo había asestado la puñalada a un viejo. Un viejo que llevaba a su vez otro cuchillo en la mano. Estaba harto, no lo volvería a intentar. El hombre con el que había firmado el contrato no le había contado toda la verdad, y sin la verdad no podía trabajar porque no sabía a qué se enfrentaba. Por él, el contrato estaba roto. No devolvería el adelanto, porque bastantes problemas ya le había causado este caso.

Marco llegó hasta donde yacía el viejo moribundo. Sus hombres llegaron detrás de él. Mendibj, a lo lejos, pudo verlos, lo mismo que los «pájaros». Los *carabinieri* habían quedado al descubierto, ahora sería más fácil esquivarlos.

—¿Está muerto? —preguntó Pietro.

Marco estaba buscando en vano el pulso del viejo. El hombre abrió los ojos, le miró como si quisiera decirle algo y expiró.

Sofia y Minerva habían seguido el suceso a través del radiotransmisor y habían escuchado los pasos apresurados de Marco, las órdenes que daba a los hombres, la pregunta de Pietro.

—¡Marco, Marco! ¿Qué ha pasado? —preguntaba nerviosa Minerva—. ¡Por Dios, dinos algo!

—Alguien ha intentado matar al mudo, no sabemos quién, no le hemos visto, pero ha matado a un viejo que en ese momento se ha cruzado. No lleva documentación, no sabemos quién es. Viene la ambulancia. ¡Dios, qué mierda!

—Cálmate. ¿Quieres que vayamos para allí? —dijo Sofia.

—No, no es necesario, iremos nosotros a la central. Pero ¿y el mudo? ¿Dónde coño se ha metido el mudo? —gritó Marco.

—Le hemos perdido —se escuchó una voz a través de los walkie-talkies—. Le hemos perdido —repitió—. Se ha escabullido en el tumulto.

—Pero ¡qué hijos de puta! ¿Cómo se os ha podido escapar?

—Cálmate, Marco, cálmate... —decía Giuseppe.

Minerva y Sofia seguían angustiadas la escena que sabían que se estaba desarrollando en Porta Palazzo. Después de tantos meses de preparar caballo de Troya, el caballo había huido al galope.

—¡Buscadle! ¡Todos a buscarle!

Mendibj respiraba con dificultad. Tenía una puñalada en un costado. Al principio había sentido que le ardía la carne, pero ahora el dolor se le antojaba insoportable. Lo peor es que iba dejando un rastro de sangre. Se paró y buscó la penumbra de un portal para reponerse. Creía que había logrado despistar a sus seguidores, pero no estaba seguro. Su única oportunidad era lograr llegar al cementerio, pero estaba lejos y debía esperar a que cayera la noche, pero ¿dónde podía hacerlo? ¿Dónde?

Ana vio a un grupo de gente que corría hacia la terraza de Porta Palatina en la que se había sentado. Gritaban diciendo que un asesino andaba suelto. Se fijó en un joven que también corría, parecía herido, pero se metió en un portal y desapareció. Se encaminó hacia donde venía la gente intentando averiguar qué pasaba. Pero salvo que había un asesino, nadie era capaz de explicar nada coherente.

Bakkalbasi había visto cómo Mendibj huía mientras el viejo caía muerto. ¿Quién le había matado? Los *carabinieri* no habían sido, ¿serían *Ellos*? Pero ¿por qué matar al viejo? Llamó a Addaio para contarle lo sucedido. El pastor lo escuchó y le dio una orden. Bakkalbasi asintió.

Ana vio a dos jóvenes, parecidos al que acababa de entrar en el portal, dirigirse hacia el mismo lugar. Pensó que todo era muy raro, y sin pensárselo dos veces los siguió. Los dos hombres de Urfa pensaron que la mujer que se dirigía hacia ellos podía ser de los *carabinieri* e iniciaron la retirada. Observarían desde lejos a Mendibj y observarían a esa mujer. Si era necesario la matarían también a ella.

El mudo encontró una puerta que daba a un pequeño cuartucho donde guardaban el cubo de basura de la comunidad. Se sentó en el suelo detrás del cubo, procurando no perder el conocimiento. Estaba perdiendo mucha sangre y tenía que taponarse la herida. Se quitó la cazadora que llevaba puesta y como pudo arrancó el forro para improvisar una venda con la que cubrir la herida, apretándola con fuerza e intentando cortar la hemorragia. Estaba agotado, no sabía cuánto tiempo podría permanecer oculto en ese lugar, quizá hasta la noche cuando alguien sacara el cubo. Sintió que se le iba la cabeza, y se desmayó.

Hacía un rato que Yves de Charny estaba en su despacho. Un rictus de preocupación se le había dibujado en el rostro.

Su secretaria entró en el despacho.

—Padre, están aquí esos dos sacerdotes amigos suyos, los de siempre, el padre Joseph y el padre David. Les he dicho que acaba de llegar y que no sé si podrá verles.

–Sí, sí, que pasen. Su Eminencia no me necesita más por hoy, se va a Roma, y aquí tenemos el trabajo muy adelantado. Si usted quiere, tómese la tarde libre.

–¿Se ha enterado de que ha habido un asesinato aquí al lado, en Porta Palazzo?

–Sí, lo están diciendo por la radio. ¡Dios mío, cuánta violencia!

–Y que lo diga padre. Bien, pues si no le importa que me vaya, me viene de maravilla, así puedo ir a la peluquería; mañana ceno en casa de mi hija.

–Vaya, vaya tranquila.

El padre Joseph y el padre David entraron en el despacho del padre Yves. Los tres hombres se miraron aguardando oír el sonido de la puerta al cerrarse, que les indicara que se había marchado la secretaria.

–¿Ya sabes lo que ha pasado? –le preguntó el padre David.

–Sí. ¿Dónde está él?

–Se ha refugiado en un portal cerca de aquí. No te preocupes, los nuestros están pendientes, pero no sería sensato entrar ahora a por él. La periodista está enfrente.

–¿Por qué?

–Por casualidad, estaba tomando un refresco en una terraza, haciendo tiempo mientras te esperaba.

–Si viene tendremos que hacerlo –dijo el padre Joseph.

–Aquí no me parece sensato.

–No hay nadie –insistió el padre Joseph.

–No, pero nunca se sabe. ¿Y la doctora?

–En cualquier momento, en cuanto salga de la central de los *carabinieri*. Ya está todo preparado –le informó el padre David.

–A veces...

–A veces dudas como nosotros, pero somos soldados, y cumplimos órdenes –dijo Joseph.

–Pero esto yo no lo creo necesario.

–No tenemos más remedio que cumplir.

–Sí, pero eso no significa que no podamos pensar por nuestra cuenta, e incluso manifestar nuestra disconformidad, aunque después obedezcamos. Nos han enseñado a pensar por nosotros mismos.

La suerte quiso jugar a favor de Marco. Giuseppe le acababa de anunciar por el transmisor que había visto a uno de los «pájaros» cerca de la catedral. Corrió como si le fuera la vida en ello en la dirección que le indicaba su compañero. Cuando llegó a la plaza acompasó el paso al del resto de los peatones que, en corrillos, aún comentaban los incidentes de hacía una hora.

—¿Dónde están? —preguntó acercándose a Giuseppe.

—Allí, se han sentado en la terraza, son los dos de siempre.

—Atención a toda la unidad, no quiero que os hagáis visibles. Pietro, ven hacia aquí, el resto rodead la plaza, pero a cierta distancia. Estos «pájaros» son muy listos y nos han demostrado que saben volar.

Media hora después los «pájaros» levantaron el vuelo. Se dieron cuenta de que de nuevo tenían a la policía pegada a los talones. A ellos les habían visto, a sus compañeros, no. De manera que primero se levantó uno y cruzó distraídamente la plaza, metiéndose en un autobús que pasaba en ese momento. El otro se dirigió en dirección contraria y empezó a correr. No había manera de seguirle sin que se diera cuenta.

—Pero ¿cómo les hemos vuelto a perder? —gritó Marco a un interlocutor invisible.

—No grites —le conminó Giuseppe por el transmisor desde el otro extremo de la plaza—. Te está mirando todo el mundo y pensarán que estás loco por hablar solo.

—¡No grito! —volvió a gritar Marco—. Pero todo esto es una mierda, parecemos aficionados. Se nos ha escapado el mudo y se nos han escapado esos «pájaros» primos suyos. Cuando los volvamos a tener a la vista los detenemos, no podemos permitirnos volver a perderlos, ellos son parte de la organización que buscamos, y por lo que he visto hablan, no son mudos, de manera que trinarán cuanto saben como que me llamo Marco.

Dos de los hombres de Urfa continuaban apostados aguardando la salida de Mendibj. Sabían que había *carabinieri* en la plaza, pero tenían que correr el riesgo. Sus compañeros se habían marchado al notar que les habían detectado, y los otros tres hombres de apoyo les seguían de cerca. Ellos ya se habían hecho una idea precisa de cuántos policías había en ese momento en la plaza. Lo que no sabían, tampoco Marco y sus hombres, es que todos ellos continuaban siendo vigilados a su vez por hombres mejor preparados, tanto que resultaban invisibles incluso a los ojos expertos de los *carabinieri*.

Caía la tarde y Ana Jiménez decidió volver a probar suerte con el padre Yves. Llamó al timbre de las oficinas pero no contestaba nadie. Empujó la puerta y entró. No quedaba nadie y el portero aún no había cerrado con llave. Se dirigió hacia el despacho del padre Yves, y estaba a punto de llegar cuando escuchó unas voces.

No conocía la voz del hombre que hablaba, pero lo que decía la llevó a guardar silencio y no hacer notar su presencia.

–Así que vienen por el subterráneo. Les han despistado. ¿Y los otros? Bien, vamos para allá. Seguramente él intentará refugiarse aquí, es el lugar más seguro.

El padre Joseph cerró el móvil.

–Bien, los *carabinieri* no saben por dónde se andan. Han perdido a dos de los hombres de Addaio y Mendibj continúa refugiado en el portal. Todavía hay demasiada gente. Supongo que saldrá de un momento a otro; el escondite que haya encontrado no puede ser muy seguro.

–¿Dónde está Marco Valoni? –preguntó el padre David.

–Me dicen que está furioso porque la operación se le escapa de las manos –respondió el padre Joseph.

–Está más cerca de la verdad de lo que él supone –terció el padre Yves.

–No, no lo está –afirmó tajante el sacerdote al que llamaban David–. No sabe nada, sólo ha tenido una buena idea: utilizar a

Mendibj de cebo porque supone que pertenece a una organización. Pero no sabe nada de la Comunidad y menos de nosotros.

–No te engañes –insistió el padre Yves–. Se está acercando peligrosamente a la Comunidad. Por lo pronto se han dado cuenta de que hay demasiada gente de Urfa relacionada con la Síndone. La doctora Galloni ha dado en la diana; ayer comentaba con el equipo del Departamento del Arte que había llegado a la conclusión de que el pasado de Urfa tiene que ver con los sucesos de la catedral. No le hicieron caso, salvo la informática, pero Valoni es inteligente y en cualquier momento lo verá tan claro como la doctora. Es una pena que una mujer así tenga...

–Bien –les interrumpió el padre Joseph–. Nos quieren en el subterráneo. Esperemos que Turgut y su sobrino ya estén dentro. Los nuestros están en el cementerio.

–Los nuestros están en todas partes, como siempre –remachó el padre Yves.

Los tres hombres se dirigieron hacia la puerta. Ana se escondió detrás de un armario. Tenía miedo. Ahora sabía que el padre Yves no era un sacerdote normal, pero ¿era un templario o pertenecía a otra organización? ¿Y los hombres que le acompañaban? Sus voces le indicaban que pertenecían a hombres jóvenes.

Contuvo la respiración cuando los vio salir. Parecía que no se habían percatado de su presencia ya que con paso presuroso habían cruzado el antedespacho. Esperó conteniendo la respiración y después, pegándose a las paredes, como había visto hacer en tantas películas, les siguió.

Por una puerta pequeña se dirigieron hacia los aposentos del portero de la catedral. El padre Yves golpeó con los nudillos la puerta sin recibir respuesta, momentos después uno de los jóvenes que le acompañaban sacó una ganzúa y abrió.

Ana contemplaba la escena con horror y asombro. De nuevo pegada a la pared se dirigió a la entrada de la vivienda del portero. No escuchó ningún sonido, de manera que decidió entrar. Rezó para que no la sorprendieran, y mentalmente empezó a buscar excusas por si lo hacían.

48

Mendibj escuchó un ruido y se sobresaltó. Hacía un rato que había vuelto en sí. La herida le dolía y la sangre se había secado formando una costra sobre la camisa sucia. No sabía si se mantendría en pie, pero tenía que intentarlo.

Pensó en la extraña muerte del tío de su padre. ¿Habría sido Addaio el que mandó matar a su tío porque sabía que éste se disponía a ayudarle?

No se fiaba de nadie, y menos que de nadie de Addaio. El pastor era un hombre santo pero rígido, capaz de cualquier cosa para salvar a la Comunidad, y él, Mendibj, sin proponérselo podía ponerles al descubierto. Lo quería evitar, lo estaba intentando evitar desde que recuperó la libertad, pero Addaio sabría cosas que él ignoraba, de manera que no descartaba que hubiera intentado matarlo.

La puerta del cuarto de la basura se abrió. Una mujer de mediana edad que llevaba una bolsa de basura en la mano le vio y dio un grito. Mendibj, haciendo un esfuerzo sobrehumano, se puso en pie y le tapó la boca.

No podía decirle nada, no tenía lengua, de manera que o la mujer se calmaba o tendría que golpearla hasta dejarla inconsciente. Nunca había pegado a una mujer, ¡Dios no lo permitiera!, pero ahora se trataba de su vida.

Por primera vez desde que le habían arrancado la lengua sintió una angustia infinita por no poder hablar. Empujó a la mujer contra la pared. Notaba que ésta temblaba y temió que volviera a gritar si quitaba la mano con la que le taponaba la boca. Decidió darle un golpe en la nuca y dejarla inconsciente.

La mujer, tendida en el suelo, respiraba con dificultad. Le

abrió el bolso y encontró lo que buscaba, un bolígrafo y una agenda de la que arrancó un papel. Escribió deprisa.

Cuando la mujer empezó a volver en sí, Mendibj le tapó la boca y le entregó el papel.

«Sígame, haga lo que le indico y no le pasará nada, pero si intenta escapar o grita, no lo contará. ¿Tiene coche?»

La mujer leyó el extraño mensaje y asintió con la cabeza. Lentamente, Mendibj retiró la mano de la boca, aunque la sujetó con fuerza para que no echara a correr.

—Marco, ¿me escuchas?

—Dime, Sofia.

—¿Dónde estás?

—Cerca de la catedral.

—Bien, tengo noticias del forense. El viejo al que han matado no tiene lengua, ni huellas dactilares. Calcula que la lengua se la extirparon hace un par de semanas, y las huellas se las quemaron por esa misma fecha. No lleva nada que lo identifique, nada. ¡Ah!, tampoco tiene dientes ni muelas, su boca es como una cueva vacía, nada.

—¡Joder!

—El forense todavía no ha terminado la autopsia, pero ha salido a llamarnos para que supiéramos que teníamos otro mudo.

—¡Joder!

—Bueno, Marco, dime algo más que ¡joder!

—Lo siento, Sofia, lo siento. Sé que el mudo, nuestro mudo, está por aquí. Alguien quiere matarlo, o llevárselo, o protegerlo, no lo sé. Los dos «pájaros» que teníamos localizados han volado, pero seguro que hay más; lo malo es que nosotros nos hemos puesto al descubierto en el mercado cuando han matado al viejo. Si hay más «pájaros» ellos saben quiénes somos, y nosotros no sabemos quiénes son ellos. Y nuestro mudo no aparece.

—Déjanos ir hacia allí, a Minerva y a mí no nos conocen, podemos relevaros.

–No, no, sería peligroso. No me perdonaría que os sucediera nada. Quedaos ahí.

Una voz interrumpió la conversación. Era Pietro.

–¡Atención, Marco! El mudo está en la esquina de la plaza. Va acompañado por una mujer. Abrazado a ella. ¿Le detenemos?

–¿Por qué? ¿Para qué? Sería absurdo detenerlo. ¿Qué quieres hacer con él? No le perdáis de vista, voy para allá. Si nosotros le hemos visto, los de su organización también. Pero no quiero fallos, si se nos vuelve a escapar os corto los huevos.

La mujer condujo a Mendibj hasta su coche, un pequeño utilitario, y una vez abierta la puerta sintió cómo el hombre la empujaba, sentándose él ante el volante.

Mendibj apenas podía respirar, pero logró poner el coche en marcha e introducirse en el caos del tráfico de aquella hora de la tarde.

Los hombres de Marco le seguían de cerca. También los hombres de la Comunidad. Y a todos ellos, a su vez, les seguía un ejército silencioso que ninguno de los dos grupos había sido capaz de detectar.

El mudo empezó a callejear por la ciudad. Tenía que desprenderse de la mujer, pero sabía que en cuanto lo hiciera ésta avisaría a los *carabinieri*. Aun así debía correr el riesgo, no podía llevarla hasta el cementerio. Claro que si dejaba el coche cerca del cementerio los *carabinieri* podrían seguirle la pista. Pero no estaba en condiciones de andar. Se sentía extremadamente débil, había perdido mucha sangre. Rezaría para que el guarda del cementerio estuviera en su garito; le entregaría el coche para que lo hiciera desaparecer. El buen hombre era un hermano, un miembro de la Comunidad y le ayudaría. Sí, le ayudaría salvo que Addaio hubiera ordenado que lo mataran.

Tomó una decisión: se dirigiría hasta el cementerio.

Cuando llegaron lo bastante cerca, pero no lo suficiente como para que la mujer supiera en dónde pensaba refugiarse, paró el coche.

Cogió el bolso de la mujer, que de nuevo lo miraba aterrada. Sacó el bolígrafo y un trozo de papel y escribió. «Voy a dejarla libre. No avise a la policía, si lo hace lo pagará. No importa que ahora la protejan, llegará un día en que no lo harán y entonces apareceré. Váyase y no le diga a nadie nada de lo que ha pasado. No se olvide de que si lo hace volveré a por usted.»

La mujer leyó la nota y el terror aumentó en su mirada.

–Le juro que no diré nada, pero por favor deje que me vaya... –suplicó.

Mendibj cogió el papel, lo partió en pedazos y los tiró por la ventana. Luego se bajó del coche, y no sin dificultad, se enderezó. Temía volver a desmayarse antes de que le diera tiempo a llegar al cementerio. Se acercó a la pared y comenzó a andar, mientras escuchaba el ruido del coche alejándose.

Caminó durante un buen rato, sentándose cuando el dolor le resultaba insoportable, y rezando a Dios para que le permitiera salvarse. Quería vivir, no deseaba dar su vida ni por la Comunidad ni por nadie. Ya les había entregado la lengua y dos años de su vida encerrado en la prisión.

Marco divisó la figura tambaleante del mudo. Era evidente que estaba herido y caminaba con dificultad. Ordenó a sus hombres que no le perdieran de vista pero que se mantuvieran a distancia. Habían vuelto a ver a otros dos «pájaros» siguiendo al mudo, lo hacían con discreción, a distancia, el resto había volado.

–Estad atentos, tenemos que detenerlos a todos. En caso de que los «pájaros» decidieran no continuar siguiendo al mudo, ya sabéis lo que tenéis que hacer, nos dividiremos, unos detrás de los «pájaros», otros detrás del mudo.

Los hombres de Bakkalbasi hablaban en voz baja mientras seguían a una distancia prudencial a Mendibj.

–Va en dirección al cementerio. Estoy seguro de que quiere llegar al subterráneo, en cuanto salgamos de la vista de la gente le disparo –dijo uno de ellos.

–Cálmate, tengo la impresión de que nos están siguiendo. Los *carabinieri* no son tontos. Quizá es mejor dejar que Mendibj se meta en la tumba y nosotros detrás de él. Si nos liamos a tiros nos detendrán a todos –respondió otro.

El crepúsculo comenzaba a dibujarse en el horizonte. Mendibj apretó el paso, quería entrar en el cementerio antes de que el guarda cerrara la verja, lo que le obligaría a saltar el muro, y no se encontraba en condiciones de hacerlo. Apresuró cuanto pudo el paso pero tuvo que pararse. Volvía a sangrar. Apretó el pañuelo que había cogido a la mujer contra la herida. Al menos estaba limpio.

La figura del guarda se recortaba junto a los cipreses de la entrada del cementerio. Parecía expectante, como si aguardara algo o a alguien.

Podía intuir la preocupación del hombre, incluso el miedo. Cuando éste lo vio comenzó a cerrar la verja, pero Mendibj, haciendo un esfuerzo supremo, llegó a la puerta y logró introducirse entre las dos hojas de la verja. Apartando al guarda y mirándolo furioso, se encaminó hacia la tumba 117.

La voz de Marco les llegó a todos los *carabinieri* que participaban en el operativo.

–Ha entrado en el cementerio, el guarda parecía no querer dejarlo entrar, pero el mudo le ha empujado. Os quiero dentro. ¿Y los «pájaros»?

Una voz se escuchó a través de las ondas.

–A punto de entrar en tu área de visión. Van también en dirección al cementerio.

Para sorpresa de Marco y de sus hombres, los «pájaros» tenían llave de la verja, de manera que la abrieron y entraron, cuidando de volver a cerrarla.

–¡Vaya, éstos tienen llave! –se oyó decir a un *carabiniere*.

–¿Qué hacemos nosotros? –preguntó Pietro.

–Intentaremos saltar la cerradura, y si no podemos saltaremos la verja –se escuchó decir a Marco.

Cuando llegaron a la verja, uno de los *carabinieri* intentó forzar la cerradura con una ganzúa. Ante la mirada impaciente del jefe del Departamento del Arte, tardó unos minutos en lograrlo.

–Giuseppe, busca al guarda. No lo hemos visto salir, debe de estar por ahí, o bien escondido o... No lo sé, búscalo.

–De acuerdo, jefe, y luego ¿qué hago?

–Primero me cuentas qué te dice, y luego decidimos. Que te acompañe un *carabiniere* por si necesitas protección.

–Vale.

–Tú, Pietro, ven conmigo. ¿Dónde se han metido? –preguntó Marco a los *carabinieri* a través del transmisor.

–Me parece que veo a los «pájaros» dirigirse a un mausoleo que tiene en la puerta un ángel de mármol –dijo una voz.

–Bien, dinos por dónde queda que allá vamos.

Ana Jiménez había entrado en la casa de Turgut sin encontrar a nadie. El padre Yves y sus amigos parecían haber desaparecido en la casa del portero de la catedral. Se quedó quieta intentando escuchar algún ruido, pero el silencio más absoluto imperaba en aquella modesta vivienda.

Empezó a buscar sin ver nada que le llamara le atención. Empujó con miedo la puerta de la habitación. Allí tampoco había nadie, aunque le sorprendió que la cama parecía movida de lugar. Se acercó despacio y la terminó de desplazar. No vio nada de especial, de manera que regresó a la sala de estar; luego buscó por la cocina, e incluso entró en el baño. Nada. No había nadie, pero Ana sabía que tenían que estar allí, porque por la puerta de entrada no habían vuelto a salir.

424

Volvió a revisar la casa. En la cocina había una puerta que daba a un armario empotrado. Golpeó la pared pero le pareció sólida; luego se fijó en el suelo, de madera, se puso de rodillas y empezó a buscar un hueco, porque para ese momento ya había llegado a la conclusión de que tenía que haber una puerta secreta que condujera a alguna estancia.

El suelo sonaba hueco, de manera que buscó en la cocina algo con que levantarlo. Con un cuchillo y un martillo logró levantar las tablas, y después de arrancarlas una por una se encontró con una escalera que se deslizaba hacia las entrañas de la tierra. Estaba oscuro y no se escuchaba ni un solo ruido.

Si habían salido de la casa tenía que haber sido por allí, de manera que decidió buscar una linterna y cerillas. Tardó un rato en encontrar una pequeña linterna, no parecía iluminar demasiado pero era todo lo que tenía. También se metió en el bolso una caja grande de cerillas de cocina. Buscó con la mirada qué otras cosas podría necesitar en aquel subterráneo, y cogió dos paños limpios de cocina, una vela, y encomendándose a santa Gema, patrona de los imposibles, con cuya ayuda estaba segura de que había logrado terminar la carrera, comenzó a bajar la estrecha escalera que la conduciría Dios sabe dónde.

Mendibj avanzaba a tientas por el subterráneo. Recordaba cada palmo de aquel terreno húmedo y viscoso. El guarda había intentado impedirle que llegara hasta la tumba, pero había desistido de retenerlo cuando lo vio coger una pala, dispuesto a golpearle con ella. El viejo echó a correr y él pudo llegar al mausoleo. Allí estaba la llave, disimulada debajo de un tiesto con plantas. La introdujo en la cerradura, entró y encontró el resorte tras el sarcófago que dejaba a la vista una escalera que se introducía en el subterráneo e iba hasta la catedral.

Respiraba con dificultad. La falta de aire y el olor del subterráneo le mareaban, pero sabía que su única oportunidad de sobrevivir era llegar hasta la casa de Turgut, de manera que venciendo el dolor y la debilidad continuó el camino hacia delante.

La luz del mechero no era suficiente para iluminar aquel pasadizo, pero era lo único de que disponía. Su mayor temor era quedarse a oscuras y perder la orientación.

Los hombres de Bakkalbasi habían entrado unos minutos después. Con paso ligero se encaminaron al mausoleo del ángel. También disponían de una llave para entrar. En pocos segundos se encontraron en las entrañas del cementerio siguiendo a Mendibj.

—Se han metido ahí —afirmó un *carabiniere*.

Marco observó el ángel de tamaño natural que blandiendo una espada parecía impedirles el paso.

—¿Qué hacemos? —preguntó Pietro.

—Está claro que meternos y buscarlos.

Tuvieron que recurrir de nuevo al *carabiniere* experto en forzar cerraduras. Ésta le costó más, ya que tenía un sofisticado sistema de cierre. Mientras manipulaba la cerradura, Marco y sus hombres aguardaban fumando, sin notar que estaban siendo observados. Los hombres invisibles les vigilaban desde los rincones más insospechados.

Turgut e Ismet paseaban nerviosos por la sala oculta en el subterráneo. Tres de los hombres llegados de Urfa compartían con ellos la espera. Habían logrado escabullirse de los *carabinieri*, y desde hacía horas aguardaban en aquella estancia secreta. El resto de los hombres de Bakkalbasi tenía que estar a punto de llegar. El pastor les había avisado de que posiblemente también vendría Mendibj, y que debían tranquilizarle y aguardar a que llegara el resto de los hermanos. Después, ya sabían lo que tenían que hacer.

Escucharon unos pasos presurosos y Turgut sintió un escalofrío. Su sobrino le dio una palmada en la espalda para tratar de animarle.

–Estate tranquilo, no pasa nada, tenemos las órdenes, sabemos qué hacer.

–Tengo el presentimiento de que va a ocurrir una desgracia.

–¡No tientes a la mala suerte! Todo saldrá como está previsto.

–No, sé que pasará algo.

–¡Cállate, por favor!

Ni Turgut ni Ismet habían escuchado los pasos silenciosos de los tres sacerdotes que, ocultos entre las sombras, les observaban desde hacía un rato. El padre Yves, el padre David y el padre Joseph, más parecían tres comandos que tres padres de la Iglesia.

Mendibj entró corriendo en la sala, sólo le dio tiempo de ver a Turgut, luego se le borró la mirada y se desmayó. Ismet se arrodilló a su lado para tomarle el pulso.

–¡Dios mío! Está sangrando, tiene una herida cerca del pulmón, no creo que le haya afectado porque si no ya estaría muerto. Acércame agua, y algo con que limpiarle la herida.

El viejo Turgut se acercó con los ojos desorbitados para dar a su sobrino una botella de agua y una toalla. Ismet arrancó la camisa sucia del cuerpo de Mendibj y limpió con cuidado la herida.

–¿No tenían aquí abajo un botiquín?

Turgut asintió sin fuerzas para hablar. Buscó el botiquín y se lo entregó a su sobrino.

Ismet volvió a limpiar la herida con agua oxigenada, y luego pasó un algodón con un desinfectante. Era todo lo que podía hacer por Mendibj.

Los hombres de Bakkalbasi le habían dejado hacer, aunque pensaban que no merecía la pena tantos cuidados puesto que Mendibj tenía que morir de todas maneras. Así lo quería Addaio.

–No merece la pena que le cures.

De las sombras salió otro de los hombres de Bakkalbasi,

uno de los policías de Urfa que él conocía bien por ser miembro de la Comunidad. Poco después le siguieron otros dos hombres. Durante unos minutos se entretuvieron contando las peripecias de la persecución. La charla les impidió escuchar que alguien se acercaba por la galería subterránea.

Marco, acompañado por Pietro y una docena de *carabinieri* irrumpieron en la estancia apuntándoles con pistolas.

—¡Quietos! ¡No os mováis! ¡Estáis todos detenidos! —gritó Marco.

No le dio tiempo a seguir hablando; una bala salida de las sombras casi le alcanzó. Otros disparos alcanzaron a dos de sus hombres. Los hombres de Bakkalbasi aprovecharon la confusión y también comenzaron a disparar.

Marco y los suyos se guarecieron como pudieron, lo mismo que los hombres de Bakkalbasi, conscientes de que los primeros disparos no habían partido de ellos.

Marco empezó a arrastrarse para cambiar de posición e intentar rodear a los hombres de Bakkalbasi. No pudo hacerlo, de nuevo le dispararon desde algún lugar oculto que no alcanzaba a ver, y casi al mismo tiempo escuchaba el grito de una mujer.

—¡Cuidado, Marco! Están aquí arriba. ¡Cuidado!

Ana se había descubierto. Hacía rato que, sin moverse, se escondía de los tres sacerdotes, a los que había encontrado después de recorrer la galería que conducía hasta aquella sala subterránea. El padre Ives se volvió, con una mueca de asombro reflejada en su mirada:

—¡Ana!

La joven intentó correr, pero el padre Joseph fue más rápido y la agarró con fuerza. Lo último que vio fue una mano dirigirse a su cabeza. El sacerdote la golpeó de manera que perdió el sentido.

—Pero ¿qué haces? —preguntó Yves de Charny.

No hubo respuesta. No podía haberla. Los disparos llegaban de todas partes, de manera que ellos, a su vez, tuvieron que responder a los *carabinieri* y a los hombres de Urfa.

No pasaron muchos minutos sin que otros hombres

irrumpieran en escena, eran los hombres invisibles, quienes disparando a todos, mataron en un segundo a Turgut, a su sobrino Ismet y a dos de los hombres de Bakkalbasi.

La resonancia de los disparos estaba provocando que del techo del subterráneo comenzara a caer piedras y arena. Pero los hombres seguían disparando e intentando matarse los unos a los otros.

Ana volvió en sí. La cabeza le dolía terriblemente. Se incorporó con esfuerzo y vio que delante de ella tenía a los tres sacerdotes disparando. Nada sabía de los hombres invisibles recién llegados. Decidió ayudar a Marco, de manera que se levantó y cogiendo una piedra se dirigió hacia donde estaban los sacerdotes. Con fuerza le dio con ella al padre David. No le dio tiempo a hacer nada más; el padre Joseph se disponía a dispararle pero no le dio tiempo, del techo del subterráneo empezaron a llover piedras y una de ellas alcanzó el hombro del padre Joseph.

Yves de Charny también estaba herido y la miraba con furia, con una rabia incontenida. Ana empezó a correr huyendo del sacerdote y también de las piedras que seguían cayendo con fuerza. El estruendo de los disparos y de las piedras le impidió encontrar la dirección por la que había llegado. Estaba perdida, sabía que el padre Yves le seguía gritando, pero no alcanzaba a escucharle.

El ruido ensordecedor del subterráneo derrumbándose le provocó un ataque de pánico. Además de a Yves de Charny escuchaba a Marco gritando su nombre. Tropezó y se cayó. Estaba a oscuras y gritó al sentir una mano agarrándola.

–¿Ana?

–¡Dios mío!

No sabía dónde estaba. La oscuridad lo envolvía todo. Le dolía la cabeza y estaba magullada. Sintió terror. Sabía que la mano que la sujetaba era de Yves de Charny, intentó zafarse y él no opuso resistencia. Ya no oía la voz de Marco, ni tampoco los disparos, ¿qué pasaba?, ¿dónde estaba? Gritó con fuerza sin reprimir un sollozo.

–Estamos perdidos, Ana, no saldremos de aquí.

La voz entrecortada de Yves de Charny le indicó que se encontraba herido.

–He perdido la linterna siguiéndola –dijo el sacerdote–, de manera que moriremos en la oscuridad.

–¡Cállese!, ¡cállese!

–Lo siento, Ana, lo siento, usted no merecía morir, no tenía por qué morir.

–¡Ustedes me están matando! ¡Nos están matando a todos!

El sacerdote calló. Ana buscó en el bolso la vela y las cerillas. Sintió alegría al encontrarlas, su mano tropezó con el teléfono móvil. Encendió la vela y vio el rostro angelical del padre Yves contraído por el dolor. Estaba malherido.

Ana se levantó y recorrió la cavidad en la que estaban atrapados. No era muy grande y no tenía ningún hueco. Pensó que de allí no saldría viva.

Se sentó al lado del sacerdote y dándose cuenta de que aceptaba su suerte, se dispuso a jugar su última carta como periodista. El padre Yves no la vio sacar del bolso el teléfono móvil. La última llamada que había efectuado sin obtener respuesta había sido al número de Sofia. Ojalá ahora respondiera. Ojalá el potente transmisor de su teléfono fuera capaz de llevar sus voces más allá de las paredes mortales de aquel subterráneo. Sólo tenía que apretar la tecla y volvería a marcarse automáticamente el teléfono de Sofia.

Con un paño de cocina de los que había cogido de la casa de Turgut apretó la herida del padre Yves, que la miró con ojos vidriosos.

–Lo siento, Ana.

–Sí, ya me lo ha dicho. Ahora explíqueme por qué, por qué esta locura.

–¿Qué quiere que le explique? ¿Qué más da si vamos a morir?

–Quiero saber por qué voy a morir. Usted es templario, como esos amigos suyos.

–Sí, somos templarios.

–¿Y quiénes eran los otros hombres, esos con aspecto de turcos, los que estaban con el portero de la catedral?

–Los hombres de Addaio.

–¿Quién es Addaio?

–El pastor, el pastor de la Comunidad de la Sábana Santa. Ellos la quieren...

–¿Quieren la Síndone?

–Sí.

–¿La quieren robar?

–Les pertenece, Jesús se la envió.

Ana pensó que el hombre deliraba, acercó la vela a su rostro y pudo ver cómo se dibujaba una sonrisa en los labios del sacerdote.

–No, no estoy loco. Verá, en el siglo I hubo un rey en Edesa, Abgaro; tenía lepra y se curó gracias al sudario de Jesús. Eso es lo que dice la leyenda. Eso es lo que creen los descendientes de aquella primera comunidad cristiana que se formó en Edesa. Creen que alguien llevó el sudario a Edesa y que cuando Abgaro se envolvió en él sanó.

–Pero ¿quién lo llevó?

–La tradición dice que uno de los discípulos de Jesús.

–Pero la Síndone ha pasado por muchas vicisitudes, salió hace muchos siglos de Edesa...

–Sí, pero desde que a los cristianos de esa ciudad las tropas del emperador de Bizancio...

–Romano Lecapeno...

–Sí, Romano Lecapeno, les robó la Síndone, juraron que no descansarían hasta recuperarla. La comunidad cristiana de Edesa es de las más antiguas del mundo, y no han cejado ni un solo día en intentar recuperar su reliquia, y nosotros en evitar que lo hagan. Ya no les pertenece.

–¿Los mudos forman parte de esa Comunidad?

–Sí, son los soldados de Addaio, jóvenes que consideran un honor sacrificar la lengua para recuperar la Síndone. Se la cortan para no hablar en caso de que les detenga la policía.

–¡Es una barbaridad!

–Así cuentan que lo hizo Marcio, un arquitecto de Abgaro. Nosotros tratamos de impedir que se hagan con la Síndone, y que les detengan y a través de ellos llegar hasta nosotros. Marco Valoni tiene razón, los incendios que ha sufrido la catedral son provocados, los ha provocado la Comunidad, intentando aprovechar la confusión para llevarse la Síndone, pero nosotros siempre hemos estado cerca, a lo largo de los siglos, siempre ha habido templarios evitando los robos.

Yves de Charny dejó escapar un suspiro de dolor. Le daba vueltas la cabeza y apenas veía el rostro de Ana entre las sombras. Ésta sostenía cerca de él el teléfono móvil. No sabía si Sofia había respondido a la llamada, si les estaría escuchando. No sabía nada, pero quería intentarlo, quería que la verdad no muriera con ella.

–¿Qué tienen que ver los templarios con la Sábana y con esa Comunidad de la que habla?

–Se la compramos al emperador Balduino, es nuestra.

–¡Pero si es falsa! Usted sabe que el carbono 14 ha dejado claro que el lienzo es del siglo XIII o XIV.

–Los científicos tienen razón, el lienzo es de finales del siglo XIII, pero como usted sabe no terminan de entender por qué determinados pólenes adheridos a la tela son iguales a los que se encuentran en estratos sedimentados de hace dos mil años en la zona del lago Genezaret. La sangre también es auténtica, y corresponde a sangre venosa y arterial. ¡Ah! Y el lino, ¡el lino es de Oriente!, y se ha encontrado resto de albúmina de suero en los bordes de las marcas donde Jesús fue azotado.

–¿Y usted cómo lo explica?

–Usted lo sabe o ha estado a punto de saberlo. Fue a Francia, estuvo en Lirey.

–¿Cómo lo sabe?

–Lo sabemos todo, todo. No hay nada que haya hecho o haya dicho que no sepamos. Su intuición no le falló, efectivamente soy descendiente de Geoffroy de Charney, el último visitador del Temple en Normandía. La mía es una familia que ha dado muchos de sus hijos a la Orden.

Ana estaba fascinada por el relato. Sabía que Yves de Charny le estaba haciendo una revelación sensacional, que moriría con ellos en aquella tumba de piedra. Jamás podría publicar la historia, pero en aquel momento dramático sintió una punzada de soberbia sabiendo que había logrado desentrañarla.

–Continúe.

–No, no lo voy a hacer.

–De Charny, usted va a comparecer ante Dios, hágalo con la conciencia tranquila, confiese sus pecados, confiese los porqués de la locura en la que ha vivido y que tantas vidas ha costado.

–¿Confesarme? ¿Con quién?

–Conmigo. Le servirá para aliviar su conciencia y para dar un sentido a mi muerte. Si cree en Dios, Él le estará escuchando.

–A Dios no le hace falta escuchar para saber qué hay en el corazón de los hombres. ¿Usted cree en Él?

–No lo sé. Ojalá exista.

El padre Yves guardó silencio. Luego, contrayendo el gesto, se limpió la frente perlada de sudor y cogió la mano de Ana, mientras ésta mantenía cerca de él, en las sombras, el teléfono móvil.

–François de Charney fue un caballero templario que vivió en Oriente desde muy joven. No le voy a contar las innumerables aventuras de este antepasado mío, sólo le diré que el gran maestre del Temple pocos días antes de la caída de San Juan de Acre le encomendó salvar el sudario que se guardaba en la fortaleza junto con el resto de los tesoros templarios.

»Mi antepasado envolvió el sudario en un trozo de lino muy similar y regresó a Francia tal y como le habían ordenado. Su sorpresa y la del maestre de Marsella fue mayúscula cuando al desenvolver el lino se encontraron con que la figura de Cristo había quedado impresa en el lino con que la había envuelto. Puede haber una explicación digamos «química» o podemos creer que lo que pasó fue un milagro, el caso es que a partir de ese momento hubo dos Sábanas Santas con la verdadera imagen de Cristo en ambas.

–¡Dios mío! Eso explica...

–Eso explica que los científicos tienen razón cuando, basándose en la prueba del carbono 14 afirman que la tela del sudario es del siglo XIII o XIV, y eso da también la razón a quienes creen que en la Síndone está la imagen de Cristo, y no se explican la aparición de esos pólenes o resto de sangre. La Síndone es sagrada, contiene restos del calvario de Jesús y su imagen, así fue Cristo, Ana, así fue Cristo. Ése es el milagro con el que Dios honró a la Casa de Charney, aunque más tarde otra rama de la familia, los Charny, se hicieron con nuestra reliquia, la historia ya la sabe, la vendieron a la Casa de Saboya. Ya conoce el secreto de la Sábana Santa, sólo unos pocos elegidos en el mundo saben la verdad. Ésta es la explicación de lo inexplicable, del milagro Ana, porque es un milagro.

–Pero usted ha dicho que había dos Síndones, la auténtica, la que compraron al emperador Balduino, y la otra, bueno ésta, la que está en la catedral, que es como un negativo fotográfico de la auténtica. ¿Dónde la tienen?, dígamelo.

–¿Dónde tenemos qué?

–La auténtica, la de la catedral es la copia.

–No. No es una copia, también es auténtica.

–Pero ¿dónde está la otra? –gritó Ana.

–Ni yo lo sé. Jacques de Molay la mandó guardar. Es un secreto que sólo unos pocos hombres conocen. Sólo el gran maestre y los siete maestres saben dónde está.

–¿Puede estar en el castillo de McCall en Escocia?

–No lo sé. Se lo juro.

–Pero sí sabe que McCall es el gran maestre, y que Umberto D'Alaqua, Paul Bolard, Armando de Quiroz, Geoffrey Mountbatten, el cardenal Visier...

–¡Calle, por favor! Me duelen mucho las heridas, estoy a punto de morir.

–Ellos son los maestres del Temple. Por eso permanecen solteros, alejados de las frivolidades propias de la gente que tiene tanto dinero y poder como ellos. Se mantienen lejos de los focos, de cualquier publicidad. Elisabeth tenía razón.

–Lady McKenny es una mujer muy inteligente, como usted, como la doctora Galloni.

–¡Ustedes son una secta!

–No, Ana, no, tranquilícese. Déjeme decir algo en nuestro descargo. El Temple sobrevivió porque eran falsas las acusaciones que nos imputaron. Felipe de Francia y el papa Clemente lo sabían, sólo querían nuestro tesoro. El rey, además del oro, perseguía la posesión de la Síndone, creía que si lograba hacerse con ella se convertiría en el soberano más poderoso de Europa. Le juro, Ana, que a lo largo de los siglos los templarios hemos estado del lado bueno, por lo menos los auténticos templarios. Sé que hay sectas, organizaciones masónicas que se dicen herederas del Temple. No lo son, nosotros sí; la nuestra es la organización clandestina que fundó el mismísimo Jacques de Molay para que la Orden perviviera. Hemos participado en distintos acontecimientos históricos que han sido fundamentales en la historia, en la Revolución francesa, en el Imperio de Napoleón, en la independencia de Grecia, también participamos en la Resistencia francesa durante la Segunda Guerra Mundial. Hemos contribuido a impulsar procesos democráticos en todo el mundo, y jamás nos hemos implicado en nada de lo que nos tuviéramos que avergonzar.

–El Temple vive en la sombra y no hay democracia en las sombras; sus jefes son extremadamente ricos y no se es rico impunemente.

–Lo son, pero la suya es una fortuna que no les pertenece, es del Temple. Ellos sólo la gestionan, aunque bien es verdad que su inteligencia les ha convertido personalmente en hombres ricos, pero cuando mueren, cuanto poseen vuelve a la Orden.

—A una Fundación que...

—Sí, esa Fundación que es el corazón de las finanzas del Temple y desde la cual estamos presentes en todas partes. Sí, estamos en todas partes, por eso nos adelantamos, por eso hemos sabido siempre lo que hacían y decían en el Departamento del Arte. Estamos en todas partes –repitió con un hilo de voz el padre Yves.

—Hasta en el Vaticano.

—Que Dios me perdone.

Fue lo último que dijo Yves de Charny. Ana gritó aterrada al sentirlo muerto, los ojos perdidos en el más allá. Se los cerró con la palma de la mano y empezó a sollozar preguntándose cuánto tardaría ella en morir. Quizá días, y lo peor no sería la muerte, sino el saberse emparedada viva. Se acercó el teléfono a los labios.

—¿Sofia? ¡Sofia, ayúdame!

El teléfono permaneció mudo. No había nadie al otro lado de la línea.

Sofia Galloni gritaba desesperada.

—¡Ana, Ana te sacaremos de ahí!

Hacía unos segundos que se había cortado la conexión. Seguramente al teléfono de Ana se le había acabado la batería. Sofia había escuchado a través de los walkie-talkies el tiroteo en el subterráneo y los gritos de Marco y los *carabinieri* temiendo quedar sepultados. No había dudado ni un instante y salió disparada en dirección a la calle. No había llegado a la puerta cuando el pitido del teléfono móvil la alertó; pensaba que era Marco. Se quedó helada cuando escuchó la voz de Ana Jiménez y del padre Yves. Con el teléfono pegado a la oreja para intentar no perder palabra se quedó quieta, sin fijarse en los hombres que corrían a su lado para sacar a los atrapados por el derrumbe del subterráneo.

Minerva encontró a Sofia llorando desconsoladamente con el móvil en la mano. La sacudió para sacarla del ataque de histeria.

—¡Sofia, por favor! Pero ¿qué sucede? ¡Cálmate!

A duras penas Sofia contó a Minerva cuanto había escuchado. La informática la miraba con asombro.

–Vamos al cementerio, aquí no hacemos nada.

Las dos mujeres se dirigieron a la calle. No había un solo coche, de manera que buscaron un taxi. Sofia no paraba de llorar. Se sentía culpable por no haber podido ayudar a Ana Jiménez.

El coche paró en un semáforo. Cuando de nuevo se puso en marcha el taxista gritó. Un camión se abalanzó contra ellos. El estrépito del choque volvió a quebrar el silencio de la noche.

49

Addaio lloraba en silencio. Se había encerrado en su despacho y ni siquiera permitía la entrada a Guner. Llevaba allí más de diez horas, sentado, con la mirada perdida en el vacío, dejándose arrasar por una oleada de sentimientos contradictorios.

Había fracasado y muchos hombres habían muerto por su tozudez. Los periódicos nada decían de lo sucedido, sólo que se había producido un derrumbe en los subterráneos de Turín y habían muerto unos cuantos operarios, entre ellos algunos turcos.

Mendibj, Turgut, Itzar y otros hermanos habían quedado sepultados para siempre bajo los escombros, nunca recuperarían sus cuerpos. Había soportado la dureza de la mirada de la madre de Mendibj y de Ismet. No le perdonaban, nunca le perdonarían, como tampoco lo hacían las madres de los jóvenes a los que había pedido que sacrificaran la lengua en el altar de un sueño imposible.

Dios no estaba de su parte. La Comunidad debía resignarse a no recuperar el sudario de Cristo puesto que tal era su voluntad. No podía creer que tantos fracasos fueran sólo pruebas que Dios les ponía para asegurarse de su fortaleza.

Terminó de escribir su testamento. Dejaba instrucciones precisas sobre quién debía ser su sucesor: un hombre bueno, limpio de corazón, carente de ambición, que sobre todo amara la vida como él no la había amado. Guner se convertiría en el pastor. Cerró la carta y la selló. Estaba dirigida a los siete pastores de la Comunidad; serían ellos quienes deberían cumplir su última voluntad. No podía negarse: el pastor elegía al pastor, así había sido a través de los siglos, así seguiría siendo siempre.

Sacó unas píldoras que guardaba en el cajón y se tomó todo el frasco. Luego se sentó en el sillón de orejas y se dejó llevar por el sueño. Le aguardaba la eternidad.

50

Habían pasado casi siete meses desde que sufrió el accidente. Renqueaba. La habían operado cuatro veces dejándole una pierna más corta que otra. Su rostro ya no lucía la piel blanca y luminosa de antaño. Estaba surcado de arrugas y de cicatrices. Hacía cuatro días que había dejado el hospital, no le dolían las heridas del cuerpo, pero el dolor que le atenazaba el pecho era más fuerte que el que sufriera meses atrás.

Sofia Galloni salía del despacho del ministro del Interior. Antes de ir había acudido al cementerio a depositar unas flores en la tumba de Minerva y en la de Pietro. Marco y ella habían corrido mejor suerte: habían sobrevivido. Sólo que Marco ya no podría volver a trabajar jamás, estaba inválido, en una silla de ruedas, y sufría crisis de ansiedad. Se maldecía por vivir cuando tantos de sus hombres habían muerto bajo los escombros del subterráneo, de aquel subterráneo que había intuido que existía y llegaba a la catedral, aunque habían sido incapaces de encontrarlo.

El ministro del Interior la había recibido junto a su colega de Cultura, los dos responsables del Departamento del Arte. Ambos le habían pedido que se convirtiera en la directora del Departamento, lo que ella amablemente rechazó. Sabía que había sembrado la inquietud en los dos políticos y que de nuevo su vida podía volver a estar en peligro, pero no le importaba.

Les había enviado un informe con el caso de la Sábana Santa en el que relataba minuciosamente cuanto sabía, incluida la conversación entre Ana Jiménez y el padre Yves. El caso estaba resuelto, sólo que no podía darse a conocer a la opinión pública. Era secreto de Estado, y Ana yacía muerta en un túnel de Turín junto al último templario de la Casa de Charny.

Los ministros amablemente le dijeron que la historia resultaba increíble, que no había testigos, nada, ni un documento que corroborara cuanto había escrito en el dossier. Naturalmente que la creían, pero ¿no podía estar equivocada? No podían acusar de asociación ilícita a hombres como McCall, Umberto D'Alaqua, el doctor Bolard... Hombres que eran pilares de las finanzas internacionales, y cuyos patrimonios eran imprescindibles para el desarrollo de sus propias naciones. No podía presentarse en el Vaticano y decirle al Papa que el cardenal Visier era un templario. No podían acusarles de nada, porque nada habían hecho, aunque cuanto Sofia les contara fuera verdad. Esos hombres no conspiraban contra el Estado, contra ningún Estado, no querían subvertir el orden democrático, no estaban conectados con mafias, no habían hecho nada censurable, y en cuanto a lo de ser templarios... Bueno, eso no era un delito, si es que lo eran.

La intentaron convencer de que aceptara sustituir a Marco Valoni. Si no lo hacía el puesto sería para Antonino o para Giuseppe. ¿Qué opinaba ella?

Pero ella no opinó, sabía que uno de los dos era el traidor, o bien el policía o el historiador, uno de los dos había estado informando a los templarios de cuanto pasaba en el Departamento del Arte. El padre Yves lo había dicho: lo sabían todo porque tenían informadores en todas partes.

No sabía qué iba a hacer con el resto de su vida, pero sí que tenía que enfrentarse a un hombre del que a pesar de todo estaba enamorada. No se iba a engañar por más tiempo. Umberto D'Alaqua era más que una obsesión.

Le dolía la pierna al apretar el acelerador. Hacía muchos meses que no conducía, desde el accidente. Sabía que no había sido casual, que la habían intentado matar. Seguramente D'Alaqua intentaba salvarla cuando la llamó pidiéndole que lo acompañara a Siria. Los templarios no mataban, había dicho el padre Yves, añadiendo que sólo lo hacían cuando era necesario.

Llegó a la verja que impedía el paso a la mansión y aguardó. Unos segundos más tarde la verja se abrió. Condujo hasta la puerta y se bajó del coche.

Umberto D'Alaqua la esperaba en el umbral de la casa.

–Sofia...

–Siento no haberle anunciado mi visita, pero...

–Pase, por favor.

La condujo hasta su despacho. Se sentó detrás del escritorio, marcando distancias, o acaso protegiéndose de aquella mujer que renqueaba y cuya mirada verde se había endurecido en medio de un rostro cruzado de cicatrices. Aun así continuaba siendo bella, sólo que ahora era una belleza trágica.

–Supongo que ya sabe que envié al gobierno un dossier sobre el caso de la Síndone. Un dossier donde denuncio que existe una organización secreta formada por hombres poderosos que creen que están por encima del resto de los hombres, de los gobiernos, de la sociedad, y pido que se les ponga al descubierto y se les investigue. Pero usted ya sabe que no pasará nada, que nadie les investigará, que podrán continuar moviendo los hilos del poder desde la sombra.

D'Alaqua no respondió, aunque pareció asentir con un leve movimiento de cabeza.

–Sé que usted es un maestre del Temple, que tiene votos de castidad, ¿de pobreza? No, a la vista está que de pobreza no. En cuanto a los mandamientos, ya sé que cumple los que le vienen bien y los que no... Es curioso, siempre me ha impresionado que algunos hombres de Iglesia, y usted de alguna manera lo es, creen que pueden mentir, robar, matar, pero que todos éstos son pecados veniales frente al gran pecado mortal que es el de ¿fornicar? ¿Si lo digo así hiero su sensibilidad?

–Siento lo que le ha sucedido, y la pérdida de su amiga Minerva, lo de su jefe el señor Valoni, lo de su... Pietro...

–¿Y la muerte de Ana Jiménez emparedada viva? ¿La siente? Ojalá estos muertos le asalten la conciencia y no le permitan ni un minuto de reposo. Sé que no puedo con usted, ni con su organización. Me lo acaban de decir, y me han querido comprar ofreciéndome la dirección del Departamento del Arte. ¡Qué poco conocen a los seres humanos!

–¿Qué quiere que haga? Dígamelo...

–¿Qué puede hacer? Nada, no puede hacer nada porque no puede devolver la vida a los muertos. Bueno, quizá puede decirme si continúo estando en la lista de ajusticiables, si voy a volver a sufrir un accidente de tráfico, o se va a caer el ascensor de mi casa. Me gustaría saberlo para evitar que alguien pueda estar conmigo y pierda la vida, como Minerva.

–No le pasará nada, le doy mi palabra.

–¿Y usted qué hará? ¿Continuará adelante como si lo que ha pasado fuera un simple accidente, algo inevitable?

–Si quiere saberlo, me retiro. Estoy traspasando los poderes de mis sociedades a otras manos, arreglando mis asuntos para que las empresas continúen funcionando sin mí.

Sofia sintió un estremecimiento, amaba y odiaba por igual a aquel hombre.

–¿Significa que deja el Temple? Imposible, usted es un maestre, uno de los siete hombres que mandan en el Temple, sabe demasiado, y los hombres como usted no escapan.

–No me estoy escapando. No tengo por qué ni de quién. Simplemente he respondido a su pregunta. He decidido retirarme, dedicarme al estudio, a ayudar a la sociedad desde otros lugares distintos a los de ahora.

–¿Y su celibato?

D'Alaqua volvió a guardar silencio. La notaba herida en lo más profundo, y él nada le podía ofrecer, no sabía si sería capaz de dar más pasos de los que había dado, terminar de desgarrar lo que había sido la esencia de su vida.

–Sofia, yo también llevo unas cuantas heridas. Usted no las ve, pero están ahí, y duelen. Le juro que siento cuanto ha pasado, lo que ha sufrido, la pérdida de sus amigos, la desgracia que se ha cernido a su alrededor. Si hubiera estado en mi mano evitarlo lo habría hecho, pero yo no domino las circunstancias, y los seres humanos tenemos libre albedrío. Todos decidimos qué queríamos hacer en el drama que hemos vivido, todos, hasta Ana.

–No, no es verdad, ella no decidió morir, no quería morir, tampoco Minerva, ni Pietro, ni los *carabinieri*, ni los hombres de la Comunidad, ni siquiera sus hombres, esos amigos del padre Yves, o esos otros de los que nada se ha dicho pero que también murieron en el tiroteo, aunque otros escaparon. ¿Quiénes eran, sus soldados? ¿El ejército secreto del Temple? No, ya sé que no me va a responder, no puede, mejor dicho no quiere hacerlo. Usted será un templario mientras viva aunque diga que se retira.

–¿Y usted qué hará?

–¿Le interesa saberlo?

–Sí, usted sabe que me interesa, que quiero saber qué hará, dónde estará, dónde la puedo encontrar.

–Sé que me visitó en el hospital, y que pasó algunas noches velándome...

–Respóndame. ¿Qué hará?

–Lisa, la hermana de Mary Stuart, me ha abierto la puerta de la universidad. Daré clases a partir de septiembre.

–Me alegro.

–¿Por qué?

–Porque sé que le irá bien.

Se miraron largamente, sin pronunciar palabra. Ya no había nada que decir. Sofia se levantó. Umberto D'Alaqua la acompañó hasta la entrada. Se despidieron con un apretón de manos. Sofia notó que D'Alaqua retenía su mano entre las suyas. Bajó los escalones sin mirar atrás, sintiendo la mirada de D'Alaqua, sabiendo que nadie tiene poder sobre el pasado, que éste no se puede cambiar y que el presente es un reflejo de lo que fuimos, sólo eso, y que sólo hay futuro si no se da ni un solo paso hacia atrás.

Diseño: Winfried Bährle
Ilustración a partir de una fotografía de www.no6.net

Círculo de Lectores, S. A. (Sociedad Unipersonal)
Travessera de Gràcia, 47-49, 08021 Barcelona
www.circulo.es
7 9 4 0 0 6 8 6

Licencia editorial para Círculo de Lectores
por cortesía de Random House Mondadori, S. A.

Depósito legal: B. 24701-2004
Fotocomposición: Anglofort, S. A., Barcelona
Impresión y encuadernación: Printer industria gráfica, s. a.
N. II, Cuatro caminos s/n, 08620 Sant Vicenç dels Horts
Barcelona, 2004. Impreso en España
ISBN 84-672-0538-5
N.º 29074